ON THE
GANGES

[美] 乔治·布莱克 —— 著

Encounters with Saints
and
Sinners
along
India's Mythic River

浮世恒河

韩晓秋 译

印度圣河边的
罪恶与救赎

社会科学文献出版社
SOCIAL SCIENCES ACADEMIC PRESS (CHINA)

ON THE GANGES

Text Copyright © 2018 by George Black

Published by arrangement with St.Martin's Press.

关于语言

对于任何热爱语言的人而言，印度这个国家都尤其令人感到妙趣横生。印度英语别具一格，源自英属印度时代的短语和古英语中某些奇怪的词义嬗变充斥其中。印度英语常常让说"标准"英语的人哑然失笑，在重建对话语词的过程中，作家很容易有屈尊降贵之感。我已经充分地意识到了这种陷阱，但我写作的最高目标是捕捉和尊重自己在恒河之旅中邂逅的所有真实的声音。

与我们通常认为的不同，只有约一成印度人能够开口讲英语，而且总是不那么流利。在本书中，很多对话对象只能使用一些基础性的英语，或者根本不懂英语。有些人在表达的过程中交替使用英语和他们的母语。很多人只说印地语，或者在某些语境下使用乌尔都语。在这种情况下，我深刻理解翻译们的处境，译者的水平也参差不齐。但我需再次指出的是，我的目标不变：尽我所能精准无误并心怀敬意地传达言者的本意。

1947 年印度独立以后，有一百多个城镇改掉了昔日英语化的地名。这一做法对大众而言，后果不尽相同。马德拉斯（Madras）改成了钦奈（Chennai）；然而几乎没有人会称他们的南邻为班加罗尔（Bengaluru），它仍是邦加罗尔（Bangalore）；关于孟买，有人坚持用 Mumbai，而另一些人则对 Bombay 的拼写方式情有独钟。相似的矛盾也发生在新旧加尔各答

（Kolkata 为新写法，旧为 Calcutta）的胡里节上，伏特加莫吉托和大麻－帕可拉的能量燃烧起来，城中居民总要热议这一话题。瓦拉纳西（Varanasi）是最极端的例子——又名贝拿勒斯（Benares）、巴纳拉斯（Banaras）和迦尸（Kashi）。在述及这些地方时，我会根据语境、语源或者说话的人而采用不同的变体。

当然，最重要的是恒河的名字。我应该使用 Ganges 还是 Ganga？如果视其为恒河女神，我总是会使用 Ganga，或者 Maganga 的写法。其他时候，依据语境和说话人，二者都有用到。每有存疑，我本能的反应是写作 Ganges，因为只有这样，那些非印度读者才更易理解。

驱邪避难的象头神!

萨拉姆! [1]

旅程开启之时我便祈求您的保佑,

保佑我最终能完成此书,

萨拉姆!

哦!象头神,请不要垂耳欲眠!

鼓励我吧,给我勇气。

——范妮·帕克斯,《一个朝圣者寻找风景的漫游》,1850

1　萨拉姆（Salam），意为"向您致敬"。——译者注

目录

第二部分　平原

第三部分　三角洲

PART ONE

群 山
MOUNTAINS

01 旅行者的故事

　　月复一月，积雪包裹着这座巨大的将印度和中国西藏地区分隔开来的岩石墙，岩石的晶体结构几经沉降、挤压和变迁，最终冷却凝固。这里诸峰林立，是全世界最高的地方，终年为无尽的冰层所覆盖，有时，人们称这里为"第三极"。

　　没有人知道喜马拉雅山脉到底蕴藏了多少冰川。有人说数以万计，也有人称不止于此。印度的第二大冰川是甘戈特里冰川（Gangotri Glacier），随着全球变暖，它也在缩小。在我离开新德里赶往山区前，拜访了印度著名的冰川学家塞德·伊克巴尔·哈斯纳因（Syed Iqbal Hasnain），一个鹤发童颜、和蔼可亲之人。他告诉我，这座冰川占地面积一度达到 250 多平方公里，约合 100 平方英里。"但眼下，冰川破碎的情况正在多地发生。你能看到大块大块的死冰，已经脱离了主冰体。"他笑声响亮，这对震惊于他的科学发现的听众来说，似乎有些不和谐，但我常常觉得，保持幽默感正是那些明知可能毫无希望却努力付出的科学家们共有的特点。

　　甘戈特里冰川的末端——科学家们称之为冰川之趾，或者冰川之鼻——自从 200 年前第一批欧洲探险者来到这里已经后退了大约 2 英里[1]，而且每

1　1 英里 =1.60934 千米。本书注释如无特别说明，均为译者注。

年还会减退 60 英尺 [1]。冰川的减退带给科学家们深切的悲伤，仿佛他们成了玩忽职守的人。在冰川之鼻，一股混着泥浆的灰色细流从一个被砾石场包围的阴冷昏暗的洞穴里滴出。由于冰体的大量融化，人们只有运用诗意的想象，或者翻看早已消失的洞口冰质拱顶的老照片，才能理解为何几百年来印度人称之为高穆克（Gaumukh）——牛嘴。

·　　　·　　　·　　　·　　　·

溪流下游 200 英里处，有一座叫德夫普拉亚格（Devprayag）的城镇，它坐落在一片三角形的海角地带。行至此处，它在沿途已经接纳了无数条支流，穿过了无数个村庄和朝圣途中的城镇、水坝，最终汇成一股河面宽阔、白浪滔滔的激流。在德夫普拉亚格，另一条大小相当的河流阿拉克南达河（Alaknanda）与之汇合。阿拉克南达河水碧流深，一路从东方而来。从那里到印度洋，又需 1300 英里，这就是恒河母亲，或者如英国人称呼它的，恒河（Ganges）。

在"天堂之门"——印度教圣地之一哈瑞多瓦（Haridwar），恒河告别群山，进入一望无垠、尘土飞扬的印度北部平原区。它的主要支脉亚穆纳河（Yamuna），沉寂而混黑，穿越德里，像一条玉带在阿格拉（Agra）的泰姬陵外绕墙而走，最终在一处被印度教徒视为神圣之地的区域流入恒河。这里仍然沿用旧时来犯的穆斯林君主赋予它的名字：安拉阿巴德（Allahabad），意为"安拉之城"。继续前行，大河波涛如怒，昼夜不息，流至另一座城市。这座城市有四个名字：迦尸，贝拿勒斯，巴纳拉斯，瓦拉纳西。大恒河平原的内陆城镇和村庄有时似乎承载着一切令印度痛苦的东西：

1　1 英尺 =0.3048 米。

种姓偏见，腐败，强奸和性交易，印度教与伊斯兰教间的暴力冲突，贫穷和污染。一年的大部分时间里，土地笼罩着褐色的烟尘，这是成千上万的村庄用木柴、煤油和牛粪生火做饭所致。3000 米厚的褐色云层向北面的喜马拉雅山脉飘移，染黑了那里的冰盖，加速了冰层融解的速度。但北部的平原区，特别是拥有 2 亿人口的北方邦，始终掌控着印度的政治命脉。

当这条大河最后接近三角洲地带——恒河百口时，地理学家和宗教信徒们也就此分道扬镳。恒河分，名字易。借助梵天（印度教主神之一）之子布拉马普特拉河（Brahmaputra）的洪荒之力，恒河水量激增，主干部分以千钧之势向东注入东孟加拉，即现在的孟加拉国。在地理学家看来，这才是真正的恒河。此时，它接纳了贾穆纳河（Jamuna）（又名"亚穆纳河"），成为博多河（Padma），最后又化身为梅格纳河（Meghna），河口已达 20 英里宽。但是印度教的圣河恒河——另一说为英国东印度公司和英属印度的不朽恒河——在边界处剥离，一路向南，随着她穿过东孟加拉丰腴的稻田和棕榈树林，再次更名。当它到达加尔各答，已经成为胡格利河（Hooghly）。

在这座超大城市南方 70 英里处，距离甘戈特里冰川 1569 英里，胡格利河最终流至一个平坦的椭圆形岛屿，这是这个国家的终端。在它的最南端是西孟加拉邦，沿河无数朝圣地的最后一站，大河铺展开 1 英里长的咖啡色羽流汇入印度洋。

· · · · ·

流至孟加拉湾时，恒河母亲已经哺育了 5 亿人口。恒河是这里稻米和小麦的灌溉水源，也是这里每天只有 2 美元收入的卑微度日者仅有的依靠。同时，它也是一种诱惑，几百年来，这片魔性的土地吸引了上百万甚至更多的帝国缔造者、觉悟后的取经人、杀戮狂和掠夺者、学者、教师、画家、诗人、制片人、猎奇者、贫穷好色的消费者、背包的朝圣者、瑜伽练习者、蹦极爱好者、吸毒成瘾的活死人、神圣与粗俗的献身者。他们来到这里，见证无法形容的美丽和无与伦比的丑陋，它是女神之河和朝圣之地，也是露天的下水道和工厂的排污口。

大多数人离开时如醉如痴，正如来时；他们总是会报道它、记载它，急切地写下内心的感受。默想千遍，难以理解之事仍是太多。怎么会有 3300 万个神？为什么同一宗教下的另一些人却说只有 33 个神？为什么在今年（2018 年）2 月 14 日下午 3 点 48 分 16 秒和次日清晨 5 点 29 分 37 秒之间结婚是吉利的？一江开放的排污之水为何如此神圣？为了解开这深不可测的印度谜题，他们行思坐想。

这一片土地！我该怎样向你描述？

他们向自己的国君呈文，他们撰写新闻报道、杂志文章和游记、史学研究文章、令人心醉神迷的诗歌、鱼类分类学、寺庙宝物清单，他们整理恒河 180 个名字列表和湿婆神 1008 个名字列表，他们撰写溶解氧和粪便大肠菌群的分析报告。他们向天祈祷。他们给家里人发电子邮件，字斟句酌。他们拍了无数张照片。他们制作故事片和虔诚的纪录片。他们也在 YouTube 网站上发布搞笑的业余视频。

在行李箱和背包中，旅行者带着那些前人关于这里的游记故事。我还记得自己第一次读到恒河的时候，那时我 11 岁，热爱足球、集邮、到古籍和版画旧货店寻宝。有一天，我花了几便士买了本很薄的书，皮面、书脊上印着烫金书名《神奇的土地和人民》(*Strange Lands and Their People*)。这本书出版于 1827 年，目的是启发读者，制造悬念，激发人们的好奇心，但最重要的是，以"基督教文明的使命"的名义，将读者联合起来。每隔几页，书中就印有一些木版画，展示一些当地的风土人情：拉普兰（Lapland）的驯鹿拉着雪橇飞驰，成群结队的穆斯林将额头贴在大地上祈祷，猛犸象的骨架被西伯利亚寒冰包裹。在有关印度的章节中，画面是在贝拿勒斯的恒河岸边，一位女性扑倒在火葬丈夫的柴堆上。穿着正式的英国人站在远处，惊恐地又拍手又捂嘴。

我沿着恒河行走时，总是记起那幅木版画，那本书可能是早期英国旅行家们从加尔各答至安拉阿巴德为期三周的旅程中，藏于大旅行包和扁平皮箱中的必备读物之一，当他们在平底船闷热的甲板上撑起遮阳伞时，或者藏身于轿子里一路摇摇晃晃时，就用它来消磨悠长的时光。如今，在漫长而艰苦的德里之旅中，旅行者会坐在挂着两台空调的车厢里，随着湿婆恒河号特快列车咣当当驶过北方邦无边无际的平原，借着微弱的夜晚的灯光品读，或者盘腿稳坐在瓦拉纳西的河坛上、陡峭的台阶上和石台上阅读，那里正是朝圣者黎明时分接受圣浸之地。旅行者随身携带的书籍多到可以装满一个小图书馆。有些作品出自一路从高穆克走到大海的徒步行者之手。他们经历过晒伤，感染过痢疾，每晚睡在名字不同但又毫无二致的村庄里，靠仅会的几句印地语与人交流，薄煎饼、印度汤和混合茶是他们每日生活的开始。一些人是坐船来的，必要时才选择陆地公共交通，他们对英治时代怀着一种乡愁，对沿途经过的面无表情或漫不经心的游牧人和乡下人做鬼脸。其他人则全程坐船旅行。一些人在孟加拉三角洲迷宫般的河道上漫游，另一些人则反其道而行，乘坐汽艇，逆流而上，试图直抵喜马拉雅山脉，直到面对最后一股激流，才肯低头作罢。

当我从恒河源头走到入海口——我并不是一次性成功而是断断续续经过

多次行程——我也随身带上了自己喜爱的书籍。每一位作家都在这一长篇的叙事中留下自己的新印记，续写属于他们的好奇、厌恶、愤世嫉俗、狂喜和崇敬之情。

拉迪亚德·吉卜林（Rudyard Kipling）曾短暂受雇于安拉阿巴德的《先驱报》（*The Pioneer*），写作中他就表示厌恶河上的浮尸。

马克·吐温写过一句屡被引用的话："贝拿勒斯比历史更悠久，比传统更年长，甚至比传说更古老，看起来甚至比所有这些都加在一起还要大上两倍。"

70 年后，艾伦·金斯伯格（Allen Ginsberg）总是置身于火葬场石路上赤裸的苦修者之中，神思恍惚之间，一连坐上几个小时。一天晚上，像往常一样，吸食大麻后的他如坠仙境。当"中间一具尸体的腹部破碎爆裂，肠子像玩具盒中的小丑一样突然弹出来"，他凝神观看，不能自持。

在瑞诗凯诗（Rishikesh）的玛哈瑞诗·玛哈士（Maharishi Mahesh）大师蜂巢式的冥想室里，乔治·哈里森（George Harrison）花去很久的时间为披头士的《白色专辑》（*White Album*）创作音乐。"那是瑞诗凯诗的好男人，但他同我合不来。"林戈·斯塔尔（Ringo Starr）说道。他思念故乡利物浦，厌倦吃鸡蛋和鹰嘴豆。

20 世纪 50 年代，在斯大林去世、波兰开放边境以后，记者雷沙德·卡普钦斯基（Ryszard Kapuściński）的第一站就是印度。像其他人一样，他凝视着尸体在瓦拉纳西的河坛上燃烧。从那儿，他乘坐火车前往加尔各答。在这个正浸在季风带来的洪水里的城市，他奋力走过睡在锡亚尔达（Sealdah）车站地板上的人群。

卡普钦斯基，世界上第一位旅行记者，随身带着希罗多德（Herodotus）

的《历史》（*The Histories*）。因此，他比任何人都更加了解旅行的真义。"毕竟一段旅程既不在我们出发的那一刻开始，也不在我们再次回到家门口时结束，"他写道，"它开始的时间要早得多，而且永远不会结束，因为即使在物理意义上我们已经有很长一段时间陷入了停滞，但记忆的胶片仍会在我们的身体里继续转动。"

　　我自己的部分记忆系由其他作者的故事穿缀而成，这些作家的名字将永远不会被后人知晓，是他们写就了印度教那些伟大的传说：《摩诃婆罗多》（*Mahābhārata*）、《罗摩衍那》（*Rāmāyana*）和各种《往世书》（*Purana*）。这些作品不断提醒世人，恒河并非普通的河流，而这一段旅程也并不只是为了探寻恒河之源。我在最不可能的地方找到了它的来处，只要你愿意，就能从冰川、从大海、从葬礼的圣火中寻获，在没有河流的土地上寻获。

02 创世之初

"在猴群处左转。"苏曼特（Sumant）说。苏曼特是个和蔼可亲的年轻人，长着一张天使脸。他很早就来到炽热的拉贾斯坦邦（Rajasthan）塔尔沙漠（Thar Desert）探索太阳能开发的可能性。

果不其然，又走了一两英里以后，在一个泥地卡车停靠点，猴群进入了我们的视野，这一大群共有 100 多只，以拾食为生，它们不断地扑向塑料袋和芒果皮，同时也躲避着涂着"塔塔"字样的大卡车的司机的踢打。我们驱车左转，朝沙漠深处的"蓝城"——焦特布尔（Jodhpur）进发，我要在那里走访一位女性，她叫卡努普利亚·哈里什（Kanupriya Harish）。

在水的世界里，卡努普利亚是一个名人。她年轻而活泼，戴着一副朴素的眼镜，笔记本电脑里满是幻灯片演示文稿。她是贾尔巴吉拉蒂基金会（Jal Bhagrirathi Foundation）的负责人，该基金会的办公地就设在位于焦特布尔郊外翻修改造过的 19 世纪塔哈特·辛格（Takhat Singh）王公的夏宫里，那是一座建在矮山上的沙褐色建筑。她曾两次在这里以主人的身份招待英国的查尔斯王子。第一次，他和卡米拉·帕克－鲍尔斯同行。第二次，他来时恰逢七彩春节——胡里节。卡努普利亚邀他同一群原住民共同跳起快乐的舞蹈。人们戴着头巾、耳环，留着令人难忘的拉贾斯坦邦胡子。王子穿着灰色双排扣的西服，手持一把斑斓的遮阳伞，跳了有好几分钟，当人们赞美他的舞姿时，他说："这都是遗传的。"

卡努普利亚打开了幻灯片。一位妇女在沙地上挖了一个洞寻求渗出的水。姑娘们头上顶着破旧的铝水壶艰难地穿过沙漠。人们打下深不可测的管井，一年更比一年挖得深。"没有什么比在沙漠里找水更艰难的了，"卡努普利亚说，"这就是基金会名字的由来。"

她说，你可以在邮票背面把我们基金会的印地语名字写下来，当然如果那上面还有空的话，也可以记下你来这里想要买的东西。在少数几个单词之中，我认出"贾尔"的意思正是水。那么巴吉拉蒂是什么意思呢？沙漠吗？她摇了摇头。"很难完成的事，一项需要很长时间才能完成的任务，它能给完成者带来赞誉和荣耀。这就是基金会名字的由来。"

"所以，贾尔巴吉拉蒂的任务就是寻找水？"

"就是这样。但巴吉拉蒂是个国王的名字。我来给你讲讲这个故事。"

• • • • •

每一个印度人都熟悉这个传说。在经文里，几百年来这个故事几经演化，经过人们一代代口口相传，添枝加叶，生出无数个变体和次变体。下面就是卡努普利亚讲给我的版本。

从前，在罗摩主神的出生地阿约提亚（Ayodhya）有一个国王名叫萨加拉（Sagara）。他是一位慷慨大气的明君，但最大的不幸是尚无子嗣。然而，诸神最终同意了他想要一个继承人的愿望——此处有点过于轻描淡写，因为后来的两个王后之一给他生了 6 万个儿子。王种是在葫芦里培育出来的。在出生时，他们被放在酥油罐或澄清的黄油罐里，一个女使照料一个。

在统治的末期，萨加拉决定执行传统马祭，这个仪式要求放出一匹白马，让它在这片土地上漫游一整年，一年结束之时，将其杀掉以祭祀众神。白马所经之处都属于这个国王的疆土。沿途的人们只有两个选择：屈服或战斗。但在途中的某个地方，白马竟然失踪了，原来是被众神绑架了，因为他们害怕萨加拉国王的势力会延伸到天堂。

我的白马在哪里？迷惑不解的萨加拉怒气冲冲地派出王子们寻找失踪的马匹。他们翻山越岭，披荆斩棘，不惧艰难。有一些描述中也提到，他们向地下深挖，最终到达大海，也许正是他们的挖掘和钻探创造了海洋。在最遥远的岸边，他们终于发现白马在一位名叫迦毗罗（Kapila）的圣人的修行所旁安静地吃草。他们就辱骂他是小偷。但即使打搅到他打坐，诋毁他的好名声，迦毗罗似乎全然不生气，他圆瞪双目，向入侵者射出火焰，也许他目光的炽热足以化作烈焰。不管怎样，萨加拉国王的6万个王子当场都被烧死了。

迦毗罗说，唯有让他们进入天堂才可以收回他们的骨灰，那么此时必须从天界中召唤恒河女神。她只能从宇宙的保护者——毗湿奴的左脚大脚趾被召唤出来，只有她才能洗脱他们的罪恶。

萨加拉国王试图说服女神降临人间，但她拒绝了。随着时间在推移，国王的曾孙巴吉拉蒂仍念念不忘，他来到喜马拉雅被白雪覆盖的群峰之间靠近湿婆神的故乡凯拉什山（Mount Kailash，梵语称吉罗娑山）的地方，单脚站在一块岩石上，一站就是一千年，这块岩石所在的位置就是现在的甘戈特里。造物主梵天为之感动，同意召唤恒河女神下凡。但恒河女神的降临并非一帆风顺，即使年轻女神一时冲动点头应允了，她也可能以洪水之力将宇宙摧毁。

困局最后由湿婆来化解。湿婆神是一个皮肤黝黑、手持三叉戟、头顶月亮的世界毁灭者，他亦正亦邪，他禁欲，同时也纵欲。喜怒无常的恒河女神蜷缩在月亮周围，愤怒地从银河系飞下，席卷的洪水中游弋着水族，但湿婆神用他那浓密而粗糙的发辫将她紧紧缠住，直到摔断了她的身躯。驯服洪水后，湿婆分别将其引到七条大河里，其中最重要的一条就是从甘戈特里冰川口流出的高穆克河，也就是被巴吉拉蒂国王据为己有的地方。从那里再到德夫普拉亚格，它连接起了阿拉克南达河，但名字仍为巴吉拉蒂。

恒河女神从出发到入海的旅程也并非风平浪静。当她穿过平原的时候，国王巴吉拉蒂让战车开道，翻滚的激流激怒了一个年轻的苦修者，他将女神一口吞下。众神不得不再次开口向他求情，于是他从耳朵里将她放了出来。接着，大河到达了三角洲，在那里几经缠绕与编织，河道和支脉就像一座迷宫，浓密缠绕，就像湿婆的长发。最终它流至恒戈撒加岛（Gangasagar）。如今，那里还有一座简朴而现代的庙宇，供奉着圣人迦毗罗，正是他将萨加拉诸子变成了一堆灰烬。恒戈撒加这个名字暗含了两层意思：一是江海之好，二是女神与国王的结合。

03 水之金字塔

从焦特布尔向西，道路变得越发狭窄和空寂，我们穿行在望不到尽头的沙丘间，野孔雀会突然从虎耳刺树的树荫里惊飞而出，骆驼车载着水箱蹒跚前行，箱体上总是画有代表好运的万字符。

距巴基斯坦边界几英里远的地方，我们遭遇了一支部队，有十二三辆坦克正在一块咔嚓作响的盐碱地上执行演习任务。一名士兵凶巴巴地高举手中的武器，示意我们在和战队保持安全距离的情况下，抓紧绕行通过。

"这里是要开战吗？"我问少言寡语的司机。印巴两国总是这样剑拔弩张，打打停停。

"很可能。"他说。话里好像是在说，如果他身处敌方阵营，早就祈求真主安拉的保佑了。

"可是你们两国都有核武器。"我说道。

对此，我得到的回应是热切地点头。"是这样的，我们会在伊斯兰堡投下一枚核弹。"

"可接着他们会在德里也投一枚。"

"可如果他们那么干，我们就摧毁他们所有的城市，"他说，幸福的神情洋溢在他宽阔的脸庞上，"这样，这里就获得永久和平了。"

我们来到一些有着锥形茅草屋顶的圆形泥棚前，它们被荆棘丛紧密地包围着。要不是见到身着七彩纱丽的妇女们正光着脚在自家院中踩平牛粪，我们还以为来到了非洲。待她们收工，院子平整得就像浇注和抛光过的混凝土路面。

　　院外，远处空旷的沙漠里，居然安放着一台荷兰工程师送给这个遥远的罗普吉・拉贾・贝里（Roopji Raja Beri）小村的机器，这有些不可思议。那是一台银色的塑料质地的光滑的蘑菇帽状设备，有30英尺高，驾驶员把看起来像是不明飞行物的机器停在沙丘中补充燃料。这是普雷玛・拉姆（Prema Ram）的骄傲和喜悦。

　　普雷玛・拉姆是村委会的负责人，一个相当有权威的人物，也是村子和政府之间的协调人。他高大魁梧，身穿一件宽松的白棉衣，头上缠着一条由红、绿、紫、金几种颜色搭配的头巾。他戴着一副刻有花瓣图案的小巧耳环，胡须浓密。他是一名在印度军中服过20年兵役的老兵，他为此感到骄傲。每当讲起那些戎马生涯的点滴，他健硕的胸肌看上去明显鼓胀起来，在严寒的克什米尔（Kashmir）地区，他就曾与敌人面对面作战。看来，我最好让他离那位司机远一点，而我也毫无兴趣与之深聊关于战争的话题。

　　普雷玛・拉姆用指腹擦拭着不锈钢套杯，我们满饮礼节性的印度奶茶——甜到让人倒牙——小口咬着从英属印度时期流传下来的一种功夫脆饼。普雷玛・拉姆此时显得闷闷不乐。饮水的问题上令这里的人们感到痛心，他说，一个好年景，总降雨量加起来才4英寸。地面上仅有的一点积水咸得能灼伤你的舌头。"天道秩序在崩塌。"他说。

接着，他带我们走近那架银色设备，开心得大喊大叫。他像一个马戏团演员正在解开自己魔术的秘密那样，去掉机器上厚重的双层塑料薄膜襟翼，此刻，一阵湿热的气浪迎面扑来。他伸出一只手在机器里面一大片泛着光芒的水中划着，从深度和面积来看，这相当于一个小院的泳池。他用拳头从里面用力敲打，水滴飞溅起来，沿着内壁滑落。这是一种物理和化学反应，原理简单，但设计独特。从地下将咸水泵上来，利用沙漠的高温和炙热实现蒸发和冷凝，析出盐分，当液体流入储存罐，就收集到了蒸馏水。

"我们称之为水之金字塔。"卡努普利亚告诉我。可它还有另外一个名字，即希夫·贾尔德哈拉（Shiv Jaldhara）——湿婆神赐予的不绝之水，万灵之源。湿婆神将恒河从银河带到了人间。从大河位于喜马拉雅冰川的源头一直到孟加拉湾的恒河百口，从这里一直到遥远的拉贾斯坦邦地区，伟大的湿婆神隐身于每一块岩石、河上的每一道涟漪，尊享人们的朝拜。

这第二个名字——水之金字塔是几年前在伟大的湿婆之夜正式宣布的。也有人把湿婆之夜叫作舞神（nataraja）之夜，湿婆在火圈中起舞飞旋。在日内瓦的欧洲粒子物理研究所（CERN）总部外，就矗立着舞神的雕像。对于物理学家而言，它就是亚原子物质之舞的象征，尽管其他人也将这类研究看作神性创造和毁灭之舞，可能这是对同一事物的两种争议性的说法。

是前往下一站参加传统活动的时候了。因此，我离开沙漠，前往山区。时机正好，我恰好赶上了湿婆之夜。关于这部分的记述稍后奉上。

04 牛嘴

1772 年，当第一任印度总督沃伦·黑斯廷斯（Warren Hastings）抵达加尔各答时，印度正值多事之秋。议会委员会指责英属东印度公司"滥用职权，恶行昭著，玷污了民治政府之名"。一切都直指这家著名公司的诸位官员有疯狂掠夺、中饱私囊之嫌。而印度，犹如敞开的店铺，架上货物只等被洗劫一空。"比起秘鲁的西班牙人，我们有过之而无不及，"政治家、作家贺拉斯·沃波尔（Horace Walpole）说，"无论贪欲多么罪恶，至少他们还是那种有宗教原则的屠夫。"

黑斯廷斯到任后，一切重新开始。要统治一个国家，难道没有责任去了解它吗？他努力学习印地语和乌尔都语。那时不只是一个帝国时代，同时也是一个启蒙时代，虽然有时两者之间很难划清界限。很快，像黑斯廷斯这样的人名声大噪，因为他们愿意弄清英制下所有东西的规格、重量和价值。他们搜集情报，以便能从征服的土地中攫取财富，他们更需要了解潜在对手的力量、地理方位和性格。但同时，他们也是严肃的宗教学者、梵文文学的推动者、历史学家、地质学家、语言学家、考古学家、古文物研究者。1784年，东方学者的代表威廉·琼斯爵士（Sir William Jones）创立了孟加拉亚洲学会。为此，他写道："亚洲学会预期的研究对象是人和自然——无论人们如何行事，无论自然赋予什么——以印度为中心，亚洲地理范围内的人和自然。"

在黑斯廷斯治下的所有学科中，最重要的是制图学。如果想要了解治下的国家，那么第一要务就是绘制它的版图，而印度的大部分地区仍然是未知领域，特别是北方无法逾越的冰岩巨垒。探索它的最重要意义正在于它关乎恒河之源。作为创世神话的发祥地之一，东方学者对此并不陌生，但在18世纪绘制的地图上，有关恒河上游的渲染可能也不过是标上"龙地"而已。制图者所知的细节仅仅是来自旅行家之口的一些故事和奇闻轶事，而非来自科学研究或者一线观察——托勒密（Ptolemy）时代以来，1500年间这种情况一直存在。

托勒密曾参考早期希腊和罗马作家的记载绘制过一份地图，图中东南流向的恒河从喜马拉雅山脉一直流入大海。他区分了河东区和河西区，恒河流域内的印度和恒河流域外的印度。人们一致认为，无论是多瑙河还是尼罗河，都不宜采用这种划分方法。老普林尼（Pling the Elder）转述道，恒河"发于山泉，喷涌而出，其声滔滔"。在恒河的下游还有一个大湖。此外，他写道，这条大河宽从未小于8英里，深也从不小于20噚[1]。3世纪时的诗人狄奥尼修斯（Dionysius）大概是对这条河流的物质属性和精神意义加以评论的第一人，他说："神圣的土地因恒河不舍昼夜的奔流而光荣；恒河则是这片大地的奇妙景观。"

7世纪的玄奘是众多中国朝圣者之一。当时，他们历经磨难，前往印度佛教圣地，求取经书和圣物。名录之中最引人注目的是鹿野苑（Sarnath），距瓦拉纳西6至7英里，佛陀曾在那里第一次讲经说法，而两种伟大的宗教——佛教和印度教也是在那里分道扬镳，沿着不同的路径各自演进，一个

1　一种英制长度单位，1噚为6英尺，约合1.8288米。

宁静沉思，另一个喧嚣争鸣，充盈着神话和史诗故事。在克什米尔度过两年后，玄奘来到了恒河。"它的河水碧蓝，就像海洋一样，它波澜壮阔，同样像海洋一样，无边无际。"他写道。他还记载了河岸上进行的葬礼仪式，将这一场景描述为："这是宗教的功德之河，它涤荡了无数的罪恶。那些厌倦生命的人，如果能够在河水中结束自己的生命，那么就会飞升天堂，获得无上幸福。"

从 11 世纪开始，随着莫卧儿入侵者横扫中亚，将北印度纳入自己的刀剑之下，数以千计的寺庙被夷为平地，穆斯林旅行家也纷至沓来。阿尔－比鲁尼（Al-Biruni）综合了印度经文中有关"天堂之河"的叙述，伊本·白图泰（Ibn Baṭṭūṭah）则记述了来自恒河的圣水如何从陆地历经 40 天被运到德里的苏丹面前。后来，给安拉阿巴德命名的穆斯林君主阿克巴（Akbar）特命仆人用精美的铜罐将河水从圣城哈瑞多瓦一直送到他位于阿格拉的宫廷。后来，他的长孙沙·贾汗（Shah Jahan）在那儿建造了泰姬陵。

17 世纪阿克巴当政。有关他高度重视"永生之河"的记载源于约同期赴印度的第一位欧洲作家。而英国人尼古拉斯·威辛顿（Nicholas Withington），很可能是将科学的好奇心放进当时大量反复论述恒河宗教性文献的第一人。最令他印象深刻的是，恒河的水"即便储存很久也不会变质，不会有害虫滋生"。"考虑到河中不断被投入的尸体的数量"，法国人让－巴蒂斯特·塔韦尼耶（Jean-Baptiste Tavernier）对此深表怀疑。1896 年，阿格拉的主任医师 E. 汉伯里·汉金（E. Hanbury Hankin）博士对这一现象充满疑惑，当时，位于巴黎的巴斯德（Pasteur）研究所公布了他的调查结果。汉金记述了他在瓦拉纳西是如何收集被霍乱病毒感染的尸体被扔进河里的案例的，最终发现接触过水的微生物在几个小时内会死亡。

东方学者们绘制地图的第一次伟大尝试是由孟加拉总测量师詹姆斯·伦内尔（James Rennell）少校完成的。他所绘制的《孟加拉地图集和印度地图》（*A Bengal Atlas and Map of Hindostan*）于1781年出版，对哈瑞多瓦以南的恒河做出了精确的描述。但对于北方的山区，他和所有其他人一样一无所知。他所能做的就是参阅经文，神话和传闻。巴吉拉蒂国王站过千年的岩石在哪里？当女神从天堂射中湿婆的长发辫时，湿婆立身何处？地图的这部分读来让人一头雾水。

又比如，传统观念坚持认为恒河确定是从湿婆位于喜马拉雅的驻地——凯拉什山（也称冈仁波齐山）或者它的周边而来。矗立于西藏西部的冈仁波齐像是一块高达2.2万英尺的巨大的金字塔形黑石板。藏传佛教徒也将这座山神化。在与第一批来到这个神秘国度的欧洲传教士的对话中，他们就曾着重讲述了这个传说。喇嘛们说，也许这条河并不是发源于这座大山，而是源自冈仁波齐附近的"觉悟之湖"玛旁雍错（Mansarovar），或者相邻的更小的拉昂错（Rakshastal）。伦内尔采用了玛旁雍错一说，但同时补充了一个有趣的细节描写：

此时，这一巨大的水体从喜马拉雅群山的山脊间冲出一条河道，它侵蚀着群山的基础，穿过一处洞穴后，在山脚岩石上被水穿凿出的巨盆上沉淀。这样，在漫不经心的观察者们面前，恒河就好像发源于山中泉水：人们把洞口想象成牛头的形状，而牛是印度人敬奉的动物，印度人对牛的崇拜的程度就像古埃及敬奉公牛神阿比斯（Apis）一般。

对于一代英国探险家来说，洞穴和牛头这个细节就像寻宝过程中的第一条线索，让他们欲罢不能。

·   ·   ·   ·

1808 年，军事测绘师、才华横溢的水彩画家罗伯特·科尔布鲁克（Robert Colebrooke）计划了他首次正式的探险，希望能找到恒河之源。然而，在他的团队即将出发时，他不幸染病离世。但威廉·韦伯（William Webb）上尉和运气不佳的威廉·雷珀（William Raper）上尉继承了他的遗志。他们穿过哈瑞多瓦，又横穿旷野，到达了已成废墟的小镇乌塔卡西（Uttarkashi），五年前这里遭受过大地震的破坏。在那里，他们记下了当地的民风民俗和农耕方法。他们运用三角测量法计算山脉的高度，并向河流上游奋力行进了 20 英里或更长的路。设备繁多，非常累人。如果丢弃帐篷会怎样呢？完全行不通，因为春天的天气变化多端。行程每一天都变得更加缓慢，更为艰苦也更加危险。最后，他们经一个名叫萨朗（Salang）的小村穿过河流，行至距离甘戈特里还有五六天路程的地方，决定放弃这次远征。

但是，他们说服了在当地找来的向导继续独自前进。他们给了这位向导一个指南针并教他如何使用。在他的帮助下，最终成功绘制出了地图，这幅地图追踪了恒河另外 30 英里左右的流程，避免了半途而废：甘戈特里这个词在一些模糊的等高线上徘徊，指示着"喜马拉雅山脉或雪山山脉"，在紧邻北部的某个地方，称摩诃提婆·卡·林迦（Mahádéva ca linga），与冈仁波齐山形成参照。

在加尔各答亚洲研究学会发表的报告中，韦伯和雷珀质疑了伦内尔有关那个形状奇特的洞穴的说法。韦伯写道："是的，恒河通过了一条秘密河道或与牛嘴相似的洞穴。每个描述都认可恒河源头是……事实并非如此，尽管与之相关。"雷珀也认为："关于牛嘴，我们现在有最有说服力的证据，能够证实其存在完全是神话传说，即其只能在印度教的宗教文献中找得到。"

终于在 1815 年第一个欧洲人到达了甘戈特里，他就是勇敢的苏格兰画家和旅行作家詹姆斯·贝利·弗雷泽（James Baillie Fraser），也是苏格兰雷利格（Reelig）第十五代男爵。他沿途创作了一系列绘画和尘蚀铜版画，让那些身在加尔各答和伦敦的画派首次兴趣盎然地欣赏到了来自巴吉拉蒂河上游景观的灵感，尤其是画家以其最浪漫的方式巧妙地提升了蕴含其中的美感：群峰总是比它们实际的面貌更陡峭更锐利，峡谷变得更幽深更黑暗，激流更奔放更喧嚣，多姿多彩的原住民看起来就像从《阿里巴巴和四十大盗》（*Ali Baba and the Forty Thieves*）中走出来的一样。弗雷泽也听过牛嘴的故事。"对这个寓言的起源虽然有过调查，"他写道，"但甘戈特里神庙里的一个祭司曾经郑重其事地向我们保证过那纯属无稽之谈。"毫无疑问，就像雷珀找过很多证人一样，为了摆脱外国人，拒绝他们亵渎神灵，祭司有各种理由这么说。

到了 1817 年，有两件事情发生了变化。经过两年的战争，不屈的廓尔喀人（Gurkhas）获得了自己的社会地位，英国人接管了山区，拥有直接统治权。随之而来的是结束了只有当地王公才能无偿征用脚夫的神授垄断地位。游客和探险家充分利用了这一变化，如果廓尔喀脚夫提出异议，公认的惩罚之一就是把马桶扣到他头上。

1817 年 5 月 31 日，约翰·霍奇森（John Hodgson）和詹姆斯·赫伯特（James Herbert）终于支持了牛嘴一说并非寓言。他们到甘戈特里后，又不辞辛苦向冰川西端行走了 5 天，在那里，他们发现，巴吉拉蒂河从低矮的拱洞中涌出，周围有令人生畏的雪峰环绕。霍奇森拿出了他的测链测算，溪流宽 27 英尺，深达 18 英寸。他认为，这才是真正的恒河源头。"有充分的理由可以假设，它的第一次出现就是在这个出口，我将其称为恒河之母的头发。"这是众多细节中最奇怪的一处。摩诃提婆就是湿婆神。但为什么是头发？因为冰柱从牛嘴里垂下。根据一份同期记载，这一说法来自霍奇森在甘戈特里遇到的一个婆罗门文盲，此人声称冰柱是湿婆神的长发辫。

05 岩上庙宇

　　前往甘戈特里的途中，我邂逅了一群来自不同国家的人，其中有两个美国人、两个印度人、一个德国人。其中那名印度女性名叫帕拉维，她的儿子普拉纳夫负责开车送我们前往目的地。其中的一个美国人，宝拉，不苟言笑，是一个阿育吠陀医药学专业的学生，在与乌塔卡西相邻的恒河岸边租了一个小木屋。德国人佩特拉和她的美国丈夫迈克尔正在徒步环游印度。通往甘戈特里之路陡峭蜿蜒，车辆拥堵。公共汽车总是不顾盲角飞速行驶，令人不安，即便如此，佩特拉夫妇二人还是跳上其中一辆，以便能让疲惫的双腿休息一下。

　　除了那些可容纳为数不多的苦修者的岩洞和粗陋草屋，甘戈特里镇是恒河上第一个人类居住点。在小镇最北方向外延伸的地方，一个大师把他的房子刷成了铁蓝色，屋顶上还放了一把懒人摇椅，这样，他就能毫无阻碍地欣赏大河。在他家后面，山谷的一头被两座不可征服的雪峰阻断。此时的恒河仍然叫巴吉拉蒂河，以致敬单腿站立千年的打动诸神的国王。

　　这是一条普通的来自冰川的泛着泥沙的蓝灰色之水。朝圣者聚集在堆满岩石的岸边。一些人把冰冷的河水看作长生不老的灵药大口大口吞下，称之为"amrit"，意思是"花蜜"。身着亮色纱丽的妇女们从齐膝深的水里走出，满提一小塑料桶河水回家。在异国他乡生活的印度人也可以在亚马逊网站或eBay 上花 9.95 美元买到一桶这样的水。

小镇本身同样普普通通。一处露天的停车场，狭窄的主街道，旅店和兜售宗教用品及小饰物的货摊排列两旁。这条路直通一处建着低矮白庙的由大块石板铺成的广场。恒河女神的雕像就供奉在庙内。直到第一场雪后，神像会被恭送到河谷深处，护佑着穆克巴（Mukhba）小镇。朝圣者们在围栏后站成一列，等待依次进入把守寺庙入口的伸缩门。孩子们扮成神灵的样子，拿着碗在人群中游荡乞讨。

神像仍在里面。我们赶上了融雪季和季风开始前的短暂间歇期。这个时候，无须担心食物不足，不会发生山石滑坡阻断道路几个星期的情况，因此旅行途中更安全。即便如此，夜寒入骨，在一间叫恒河雪屋的旅店里，我需要裹着让人皮肤发痒的粗毯子入睡。这家店里有十几个客房，"简朴"是对它的褒奖。唯一的灯光来自阳台上不起眼的灯泡，一台柴油发电机通宵滴答作响，为它提供动力。各个房间的钥匙就挂在街边一块木板的钩子上。对面墙上的牌子打着免费提供氧气服务的广告。此时，我们身处海拔 11000 英尺以上。

早上，我们发现了一家为来自南印度的朝圣者提供地方特色美食的餐厅。它有那种浴室才镶嵌的瓷砖墙和一个厨房，厨房对用餐区敞开，侍者们直接将咖喱薄饼、黑绿豆米饼铲到不锈钢盘子上。在一张旅游海报上，人们在从前英国人建造的老避暑地拉尼赫特（Ranikhet）打高尔夫球。咖喱薄饼又香又辣，黑绿豆米饼从来都是平淡无味。我们喝着水一样的雀巢咖啡御寒，女人们头上戴着厚厚的方巾。

佩特拉非常健谈。她方脸笑面，双眼有神，前齿上有一处明显的缝隙，这使我想起了乔叟（Chaucer）笔下那位唠叨又性感的巴斯夫人。"不瞒读者说，她缺牙又露齿……在教堂门口嫁过 5 个丈夫。"

巴斯夫人也是一个旅行家。"耶路撒冷她去过三次。"乔叟写道。佩特拉说她也到过那里。实际上，她和她丈夫的合著刚刚出了第二版，书名为《耶路撒冷之路上的邂逅》(*Encounters on the Road to Jerusalem*)。他们还有一个网站，网址为 www.walkingwithawareness.com。二人在前往圣地亚哥·德·孔波斯特拉(Santiago de Compostela)的朝圣路上相遇，还曾被虫子叮咬过。婚后，他们从家乡加州的帕索罗布尔斯(Paso Robles)出发漫游美国各处。当他们到达大西洋的另一边时，他们决定一直走下去，直到圣地。整个旅程用了 23 个月的时间。圣诞节时，他们到达了伯利恒(Bethlehem)。如今，他们四海为家。

· · · · ·

早饭过后，我们走上广场，在一个宗教人员的居所停留，里面有几名士兵松松垮垮地站着，从他们制服上的多处补丁可以判断那是一群掷弹兵，他们正寻找过夜的地方。一个身穿黄色棉服、戴着红色头巾的祭司请我在一处稍低的石块上与他并排坐下。这是一张温和而善良的面孔。

他叫苏雷什·赛姆瓦尔(Suresh Semwal)。他告诉我，同所有的赛姆瓦尔人一样，他也来自下游距此 25 公里的穆克巴村，冬天的几个月里，神像就存放在那儿。祭司的身份是世袭制，已经在赛姆瓦尔人中间传了 15 代，也许是 20 代。我问他，他是不是有儿子，他的神情变得落寞。他说，那个年轻人早就离开这里了，现在正在攻读工程学。"他可以选择自己的事业，"他说，"这里的收入不高。"

他靠过来，拍了拍我的胳膊。"可是我们的信仰非常虔诚。心中的母亲河——恒河像你身体里的血液一样在流淌。她是我们的生命线。"

我问庙里还有多少祭司修行。

"在这里做功课的有 200 多人。"他说。他们的工作是轮休制，收入的主要渠道是朝圣者的捐助。每天寺院的厨房有 500 人用餐，收入所得进入寺院的管理处。朝圣者来自印度各地，从马德拉斯（Madras），从孟买，从遥远的孟加拉过来。最虔诚的或者健硕的人都会完成全部的恒河源四处圣地之旅。如今，很多人参加旅行团，最富有的人甚至会乘坐直升机。但是北阿坎德邦经历过灾难。2013 年，6000 人死于洪灾，那场灾难非常诡异，季风 6 月就来到了，比以往早了一个月。道路几个星期无法通行。两年过去了，圣地还没有复原。在那场大灾难之前，每年到这来的人多达 150 万，可现在只有这一数字的十分之一。

我们走到外面，我跟祭司说，我想看看国王巴吉拉蒂单腿站立苦修的地方。在我想象中那应该是水中的一块大圆石，但也许早已不存在了，那毕竟是远古的事。他微笑着把我带到一处围栏中间，一小片基岩被故意暴露在许多石板之中。他在广场上挥舞着手臂说："所有这些都是巴吉拉蒂王站立过的岩石。整个甘戈特里镇就以这块石头为基。"

"的确是，"帕拉维喃喃说道，"这里的每一处建筑都看似不合理，可你又能怎么样呢？"

赛姆瓦尔向我们介绍了其他三位祭司，他们正坐在一个被漆成绿色的长凳上聊天。在英国，公园里的凳子是不可以随意移动的。在他们身后的墙上，"记录室"字样的红油漆已经褪色。其中一个祭司，是个身材高大的中年男子，大鼻子，留着修理得整齐的胡须。他把我带到屋里。房间里几乎没什么地方能够走动，因为地上差不多完全被大木箱占据着。我们坐在其中一个上面，他打开了旁边的那个，里面装满了早已卷角的账本，账页上密密麻麻地缀满了蜘蛛文、数字和日期，都是有关朝圣者的记录，或是由家人和原籍的人组织编写的；你可以查找到自己的祖先什么时候来过这儿。

祭司叹了一口气，说："过去这里存放了200多年的记录，但50年前的一场大火烧毁了存档的木屋。"他盖好大木箱，把它推到角落里。

烧毁的记录；溺亡的朝圣者；寺庙太穷无法维护自身遗留的传统。那是一个灿烂的春日，而我发现，甘戈特里是一个忧伤之地。

06 穴居隐士

　　苏雷什·赛姆瓦尔说，在甘戈特里山脉周边，常年住在山洞里的隐士约有 20 位。我们拜访了其中的一位。"与隐士唯一连接的是看不见的真实，即永恒的真理，"附近静修院的一个女士说，"隐士放弃了所有世上的俗务，切断与社会的一切联系，这就是为什么他们穿着藏红的衣服，因为那是火的颜色，火焰会烧掉所有的牵绊。"

　　在甘戈特里狭窄的街道上，有盲人隐士，也有视力正常的隐士；有独臂或独腿的隐士和没腿但是坐着自己驱动的小轮车到处游走的隐士，也有具有奥运健儿体魄的隐士。有的隐士会很高兴告诉你他们过往的经历，比如，他是来自加尔各答的愤世嫉俗的高中老师，或者是来自孟买的鳏居的公司高管。有些隐士回应你的问候时，目光冰冷地盯着你的脸，有的则会向你投来一波石子。

　　我们穿过一座小桥，沿着河东岸徒步前行了几英里远。河水在岩石上切割出一条由许多沟渠、斜槽、洞穴和瀑布构成的河道，水声震耳欲聋。我们沿着小路穿行在空气清新的雪松和黑头松林中，路不是很好走。在路上，帕拉维告诉我们，我们正要参观的可不是普通的洞穴，印度两部最伟大的梵语史诗之一《摩诃婆罗多》中有一个故事就发生在这里。

　　有一位名叫尤帝师替拉（Yudhishthira）的国王，他和妻子、四兄弟以及他的狗共同决定放弃整个世界，穿过甘戈特里，步入天堂，而这个洞穴就是他们的落脚点之一。继续前进之后，他们一个个接连坠崖而死，但因为身负一条又一条的罪行——暴食、自恋、傲慢等，无法到达天堂，只剩下没有污点的尤帝师替拉和狗幸免于难。当他们到达最高峰时，主神因陀罗（Indra）告诉国王他已经通过了测试，可以自如位列天堂，但狗不得进入。尤帝师替拉拒绝抛弃这个小动物，狗是他忠实的伙伴。因陀罗最后还是让步了，指出这条狗一定是法（Dharma）化身，是正义的神圣法则。于是，他们一同爬上因陀罗的战车升天。这个故事的寓意似乎是在告诉我们法会伴人一生。

· · · · ·

黑烟从洞口飘过来，一扇厚重的铁门就在眼前，门上挂着门闩。除了隐士面前的红色火光，里面漆黑一片，空气里弥漫着浓重的木烟和大麻烟味。我们摸索着走到一块岩石裸露的地方。黑暗中隐士喃喃吟唱着："哦，无往不胜的神。"

"你为什么要做一个隐士？"帕拉维沉默了一段时间后问道。

他又唱了几首献给主神罗摩的圣歌。他说他出生在位于德里和圣城哈瑞多瓦之间平原上的穆扎法尔纳格尔镇（Muzaffarnagar）。在哈瑞多瓦市他上了大学，专修梵语。十年前，他来到了甘戈特里。"你问我为什么变成了隐士？"他说着，呵呵笑起来，"嗯，生活中每个人都必须做些事情。大多数人结婚生子，我决定做一些与众不同的事。"

帕拉维问隐士他的导师是谁，因为这具有十分重要的意义，帕拉维和她的英国丈夫迈克曾告诉过我他们是如何找到自己的导师的经历。帕拉维是一名记者，迈克则就职于沃林达文（Vrindavan）的一家小型环境组织。这家公司就位于亚穆纳河与恒河交汇的地方附近，也是主神奎师那（Krishna）

为挤奶女工吹笛奏乐之处。二人在网上相遇，那时迈克刚刚 50 岁，一直在苦苦追寻神秘的真理。在哈瑞多瓦，他找到了隐士贾格迪什·吉里（Jagdish Giri），对方同意引领他们。于是，迈克成了这个隐士唯一的西方人弟子，帕拉维成了他的第一个女性弟子。

"你的导师看到你，判断你，他会悄悄地对你念一个他认为会帮助你的咒语，"帕拉维说，"迈克和我同为新人，所以很可能我们得到的咒语是相同的，但你永远不能泄露给任何人，甚至连配偶也不能说。"

贾格迪什在甘戈特里镇上面的山洞里一住就是 30 年。他是一个斗士，一个隐士，一个可怕的苦修者团成员。迈克说："苦修者被训练得非常坚韧，他们接受过武术训练，然后会领到武器。""他们是其他隐士的保护者。他们还在山里筑起防御工事，用弹弓驱赶陌生人。"但贾格迪什绝不是一个令人畏惧的人。"他现在大约 70 岁了，"迈克说，"他是童男，从没接触过香烟或酒。住在一个小木屋里，小木屋在两株缠绕的树下，一株是菩提，另一株是印楝。极具生态意识。他是一个简简单单的人。你知道，受过苦的孩子没什么心机，也没有生活日程的具体安排。我们甚至不能常常见到他，但实际上，也并不需要。当你的导师和你心灵相通，就像是有了感应。"

· · · · ·

穴居隐士似乎有意回避帕拉维的问题。最后，他咕哝着说，他的导师早已经过世了。一股印度大麻的烟雾在洞里弥漫。他又开始赞美罗摩神。我的问题太多，似乎令人不胜其烦。我问他是否觉得访客给他带来不便。他嘟囔了一声："我只是坐在角落里做我自己的事，晚上我睡得很安宁。我不喜欢和人闲聊。"当我告诉他我和甘戈特里寺院的祭司们聊过时，他变得很激动。

"这里不是游玩或放松的地方，到这来你就应该忏悔。这是众神的王国。天国的神灵以空气和阳光的形式在这里四处巡视。"

突然，山洞被照亮了。光从两个低功率的灯泡里骤然投射下来，令人头晕目眩。小诡计得逞后，他咯咯地笑出声来。他坐在一个水泥平台后面，眼睛瞪得大大的，牙齿白得惊人，龇牙咧嘴地狂笑。他胡须杂乱，吞云吐雾般地抽着大麻。

"看这个！"他说。那是两列摆着不锈钢餐具的长架子。灯泡就挂在沿墙爬过来的曲折的电线上，电是他从河上一个小水电厂偷接过来的。"很多人习惯在洞穴里待一小段时间，"他说，"我在这里已经住了七年零一个月了。我改善了这里的条件。看看这些墙！过去经常漏水，但我用水泥和石头填充了裂缝。我喜欢这儿，我不喜欢和别人在一起。"

灯又熄灭了，寂静再一次降临，余烬无力地燃烧着。

"真虚伪，"帕拉维喃喃自语，"他们中 90% 的人嗑药。他们说这使他们更容易与内心的自我对话，这纯属胡说八道。他很可能无法负担自己的恶习，只能和其他吸大麻的人混在一起分食。"

我们动身离开时，他似乎早把我们的到来忘到九霄云外了。当我们从山洞里离开时，"哦，无往不胜的神"的赞歌又一次响起，低沉而稳定，回荡在低吼的大河的上空。

07 哈希尔之王

对普拉纳夫和其他许多印度司机来说，不管驾驶什么车，最重要的部件就是喇叭，而他本人对大卡车和公共汽车有深深的敌意。尽管政府花了大力气，在进入喜马拉雅山区的路上每隔一段就刻上警告标识语，可在印度的路上行车，根本毫无规矩可言。

BETTER TO BE MR. LATE THAN THE LATE MR（宁可晚一点，不做已故人）

AFTER WHISKY, DRIVING RISKY（喝了威士忌，驾车有危险）

ROAD IS HILLY, DON'T DRIVE SILLY（山路危险，务必保持清醒）

从甘戈特里下山的路上，我们超过了一辆冒着黑烟的老旧的柴油公共汽车。沿途能看见很多从河边驮砂砾袋的驴车，还有一个步履蹒跚的女人，肩上扛了一只死羊。我们停下车，问她发生了什么事。原来这只小动物从悬崖上掉下来摔死了，不管怎样，她要把它带回家煮肉吃。这时，那辆公共汽车裹在一团黑烟之中从我们身边飞驰而过。过了一会儿，我们又再次超车。这场互相赶超的场面持续了一段时间。在一个弯道处，那辆公共汽车再次加速跑到了我们前面，帕拉维大声怒斥："褚提亚（Chutiya）！"她努力思考，希望找到一个更准确的词来表达愤怒。"白痴",也许"讨厌的东西"更好。帕拉维是一位文雅的翻译。后来,另一位印度朋友略显尴尬地告诉我,"褚提亚"字面意思就是"婊子"。

"如果真的想骂人,'behanchod'更脏一点,"普拉纳夫在驾驶位上应声说道,"意思是'去你妹的'。"

"嗯,也可以说'maderchod',"帕拉维想了一会说,"意思是'去你妈的'。"

他们争论着哪一个更下流。普拉纳夫觉得是"maderchod",理由是母亲比姐妹更值得尊敬。在一段很长的下坡路段,我们又超过了那辆公共汽车。帕拉维摇下窗户,大声喊道:"Maderchod!"

那天晚些时候,我们得知那辆公共汽车出了重大交通事故,数据略显惊人。其实,沿途就有一处警示标语:"路上安全行,家有安心茶。"但司机似乎对此视而不见,他停车去洗手间时忘了拉停车制动,结果公共汽车滑进了峡谷。尽管按喜马拉雅山区的伤亡标准,后果算轻的了:6名乘客受重伤,无人死亡。

·　　　·　　　·　　　·　　　·

我们穿过横亘在峡谷上的一座嘎嘎作响的大桥,脚下就是巴吉拉蒂的支流——贾德恒河(Jadh Ganga),帕拉维认出了正下方山坡上距我们很远的一些早已腐朽的古老的木桩。这些是19世纪40年代初期定居于此的英国冒险家弗雷德里克·威尔逊(Frederick Wilson)建造的悬索桥的遗迹。威尔逊来到喜马拉雅山时,被称为胡尔松·萨希卜(Hulson Sahib),也被称为哈希尔之王(Raja of Harsil),哈希尔是他定居之处附近的一个村庄的名字。有证据表明，他就是吉卜林的小说《国王迷》（*The Man Who Would Be King*）的人物原型，拍成电影后，肖恩·康纳利（Sean Connery）塑造的正是他的形象。

哈希尔的意思是"神的岩石"，据说这个名字很可能是主神毗湿奴所赋予的。小村坐落在一个美得惊人的山谷里，巴吉拉蒂河沿着森林覆盖的陡坡和险峻的冰岩雪壁造就的狭窄河道蜿蜒前行。另一部更为惊险的，同样让人看过之后冷汗涔涔的，以恒河为背景的电影《罗摩，你的恒河蒙羞》（*Ram Teri Ganga Maili*）也在这里取的景。

下山的路上，我们路过一个出了事故的橙色卡车。它变形的残骸倒挂在山腰的一个树桩上，很像《暗夜之穿刺王弗拉德》（*Vlad the Impaler*）中的受难者。一群工人围站在那里，挠着头，不知如何才能把它放下去。这次，车中乘客远没公共汽车上的那么走运，遇难的 4 人都是奎师那教派的俄罗斯信徒。20 世纪六七十年代印苏两国密切合作期间，这一印度教派活跃在苏联各共和国。

此时，帕拉维又查到有某位英国作家，后来出过一部非常精彩的威尔逊传记，但作家未署姓名。书中场景飘忽不定，对话想象力丰富。通过他的著作，帕拉维更详细地了解了哈希尔之王的故事。

在一份资料上，威尔逊被记述为"矮小，结实又坚定之人"，约 5 英尺 7 英寸高。在他来到哈希尔村前，已多少算作一个风云人物。他步行前往加尔各答，加入了女王的第十一轻骑兵部队。接着，又从德里附近的驻军城市密拉特（Meerut）出发继续前行，30 天内总共走了近 900 英里，再用 4 天时间到达喜马拉雅山区。他是凶猛的猎手、垂钓高手和热衷于杀戮的生物标本制作家。他捕获过一只 60 磅的印度最大的一种淡水鱼——印度鲃做标本。在一个狩猎季里，他和部下猎杀过 150 只麝，在当时的伦敦市场麝香每盎司 30 先令。他喜欢各种珍奇鸟类，如红羽雉、红胸角雉、七彩虹雉、棕尾虹雉。带回家后，他会把猎物置于工作台上，用剪刀、镊子和砷盐将其制作成纪念品，卖给英国的博物学家和收藏家。

威尔逊也是一个在挖掘河谷经济潜力方面具有远见卓识的园艺先驱。过去，村民们以种植大米、荞麦和苋菜为主。他教他们种植来自异国的美味水果——苹果，哈希尔村的果园至今仍享有盛名。

他注意到河流的季节性变化，于是灵机一动，酝酿出一个更大的野心。7 月季风开始，作家写道，巴吉拉蒂河变身为"一条波涛汹涌的浑浊大河，湍急地冲过险滩，绵延数英里之远，就像一个巨大的瀑布"。12 月时，河水又萎缩成"一个中等规模的，已然不再激烈的静静流淌的清澈的山间溪水，波光水影荡漾在浅滩和低地上"。威尔逊认为，在一年中的合适时间里正好可以借助河道运输原木，而周围山上可以就地取材。冬季砍伐，春季运往下游。他总有自己热爱的喧嚣的生活去思考。因为哈希尔之王被人们说成"一只眼神不安分的粗野山羊"，这就给了传记作家自由发挥想象力的空间。

威尔逊娶了河对面穆克巴村的一个当地女孩，那里是恒河女神冬季的栖身之所。结果，这女孩不育，他又娶了女孩的姑姑，一个只有 15 岁的低种姓鼓手。这个女孩不同季节会在穆克巴和寺庙之间游走迁徙。威尔逊从她的虐待狂警官丈夫手里花了 60 卢比买下了她，额外付给当地的王公——特赫里迦瓦尔邦（Tehri Garhwal）的世袭统治者一笔通奸税。可两个十几岁的新娘还不够。

王公年逾古稀，是一个马上退位的梵语学者和诗人，名叫苏达尔山·沙

（Sudarshan Shah）。他热切地支持英国人。然而，当时的印度总督达尔豪斯（Dalhousie）建立了所谓的削减制，直接威胁王室的合法地位，因为王公的妻子卡涅蒂（Khaneti）不能生育，后继无人。卡涅蒂身材娇小，胸部丰满，威尔逊传记的作者记载说，威尔逊垂涎这个女人已有 5 年之久，直到 1854 年的一天，卡涅蒂走进他的游廊，头戴宽檐帽，外披斗篷，上身穿修身夹克，下面是一袭拖曳的百褶裙配皮马靴。她向威尔逊求捐 2 万卢比为年轻的女性开设一座在山坡上俯瞰恒河的学校。传记作家写道，没用几分钟，她手中举着支票，衣裳散落一地，"像一只猎豹骑在他身上。待二人走到沙发时，她已解开了威尔逊的裤子……"

年迈的王公对二人暗通款曲一无所知。1858 年，他特许威尔逊可以在巴吉拉蒂河岸地区无限制开采木材。那里到处都是锯齿松，但最优质的原始木材当属雪松。雪松，被称为"上帝之木"，挺拔雄伟，树龄有数百年，高达 250 英尺，平均周长近 20 英尺，被看作神圣之木。木屑可以用作熏香，色彩浓郁，饱藏花粉的花瓣可以用来点扮前额的吉祥痣。在印度教的传统中，有时会植下雪松保佑寺庙，砍伐一株就犯下一宗重罪，威尔逊却数以万计地开采。他的手下用它建造木制水闸，炸开河道中有碍运送木材的岩石。不久以后，从他那里领取报酬的工人多达上千人，他已经把现代工业经济的思想带进了以前只知以种地、本地小本生意和寺庙捐款维持生计的山谷。他已经无比强大，于是，他开始铸造属于自己的货币，以此挑战王公的神圣垄断地位。黄铜质地的硬币币面上有这样的文字："F. 威尔逊 – 哈希尔 –1 卢比。"硬币中间留一个孔，妇女们可以串起来当项链。

在下游更远处，英属印度的官员们更加忙碌。在恒河平原上，从进入群山的门户哈瑞多瓦到坎普尔（Kanpur），恒河上游 300 英里长的运河已经接近竣工，专为救济饥荒和运输设计，同样也适于顺水伐木。然而，真正为威尔逊带来财富的是源自达尔豪斯总督丰富想象力的印度铁路。铁路需要枕木，每一英里铁路需要 170 根枕木；枕木用木头制成；木材来自威尔逊。雪松不像松树，它直接具备油性、便于加工、防白蚁等优良品质，因此不需要涂抹木馏油以防止腐烂。截至 1865 年，铁路从加尔各答一直延伸到了德里。

到 1870 年，铁路覆盖里程已达 6400 英里，使用枕木超过 1000 万根，威尔逊——此时称"威尔逊及其儿子的公司"——供应了其中的 80%。那时，他已经成为哈希尔之王，距离他从加尔各答带着不足 5 卢比和一把枪来到这里已经过去了 30 年，据说他已经成为北印度最富有的人。同大多数这种关系一样，他与卡涅蒂似乎已经不了了之。但是有一天，出于一时的冲动，他决定最后一次去拜访她。当他突然冲进房间，威尔逊发现卡涅蒂和另一个女人缠绕在一起。传记作家写道，卡涅蒂"僵直地立在床上，很快，她一边拉过被子盖住情人，一边质问他为什么粗鲁地闯进来。'难道是我让你着迷？'她说"。

但威尔逊觉得整件事非常有趣，生气当然无从谈起。于是，二人重归于好，翻云覆雨。至于卡涅蒂的女友，书中并无记载。

08 冬季的家

当第一场雪开始阻断甘戈特里与外界的联系,在排灯节首日,恒河女神的雕像被运到山下。女神像安坐在轿子上,来自迦瓦尔步兵团(Garhwal Rifles)身着红色制服的表演者以风笛、手铃和鼓一路伴奏,穿过巴吉拉蒂河上的铁桁梁桥,沿着蜿蜒的山路而上,再次回到她冬季里的家——穆克巴村小小的白庙。

我怀着深深的恐惧和悔意来到了穆克巴村,这是因为通往这里的道路根本算不得路,只不过是在半山腰的垂直岩面和碎石陡坡之间炸开的一条极狭的裂痕,那里的陡坡向下一直延伸到几百英尺的谷底。山路的尽头处是一座不大的混凝土建筑,内藏男女厕所。村子里零星分布着沥青斜顶的木屋,屋檐雕刻精美,从西藏到克什米尔,这种房子在喜马拉雅山区随处可见,有些还装上了卫星天线。房屋之间由一块块粗糙的石板台阶连接起来,站在一段石阶的最上方,俯瞰白庙的方向,就能找到村长安妮塔·拉娜(Anita Rana)的住所。

屋子里很冷,安妮塔戴着一条围巾,一件针织的羊毛开衫罩在她芥末色的纱丽克米兹(shalwar kameez)外。她的头发紧紧向后梳,绾成一个发髻。她还戴着一枚微小的鼻钉。我们坐在她简朴的客厅里,呷着浓浓的红茶。

她说,当她还是个孩子的时候,她的父亲,一位哈希尔的教师,滑倒落入河中，被激流冲走，人救回来以后，身体一直没有恢复，家里从此一直为贫穷所困。安妮塔那时只有10岁，是五个孩子中最大的一个，最小的孩子才6个月。她和妈妈在叔叔的田里干活。在15岁的时候，安妮塔面向朝圣者经营起了这家礼拜用品商店。她每天忙于工作，到现在已经过了一个女人应该结婚的年龄。她拒绝了一个又一个求婚者，对她来说，支持弟弟们接受教育是唯一重要的事。

三个兄弟最终都离家而去，一个去了德里，一个去了古吉拉特（Gujarat），还有一个搬到了别的喜马拉雅山的村庄。安妮塔一直未嫁。现在，她被选为村务委员会主任。每天睁开眼，她就要应付这个工作。"人们总来找我，我没有时间独处。治安，街灯，各家的家务事。'我家的墙要倒了。'但他们抱怨最多的还是你进来时的那条路。"

· · · · ·

我们沿着陡峭的台阶向寺庙走去。在澄澈的山中空气里，你永远可以望见，越过通往哈希尔的陡崖、梯形斜坡、山谷对面的飞瀑，再向西，就是海拔超过2万英尺直插云天的雪峰。

"恒河女神是我们的一切，"安妮塔微笑着说，"这个村子就像她的娘家，所以当她在这时，我们待她就像待女儿一样。山上有一个传统，当女儿离开娘家，要送她礼物和食物，然后把食物分给她丈夫的村里人。因此，在春天，当他们把女神像带回甘戈特里的寺庙时，我们就以这样的方式欢送她。然后，当她在排灯节归来时，每个人都守在她身边，烹制特殊的菜品庆祝她的归来。"

她说，迦瓦尔步兵团的风笛演奏是近来的创新，这是哈希尔基地的军人表达尊重之举。此前，在护送恒河女神的途中一直演奏传统的铜号和本地鼓。像赛姆瓦尔的婆罗门祭司一样，鼓手们属于指定种姓，或者是贱民（Dalits），他们会按季节轮流在甘戈特里和穆克巴之间表演。

但是风笛演奏也反映了这座山谷长期以来的军事传统。"在这里定居的大多数人是在1857年独立战争中被英国人追捕的士兵。"她说。他们中许多人来自西海岸的马哈拉施特拉邦（Maharashtra）；拉娜实际上是马哈拉施特拉人的名字。

迦瓦尔人（Garhwalis）一直被认为是凶猛的勇士，与英国人眼中的廓尔喀人可以相提并论。在两次世界大战中，有超过1000名迦瓦尔人阵亡。第二次世界大战中，他们参加过缅甸和马来西亚战役；在第一次世界大战中，他们在佛兰德斯（Flanders）、法国和土耳其军中服役，赢得了两枚英国的最高荣誉维多利亚十字勋章。

我们来到了一个大房子前，雪松木门厚重结实，可以抵御大雪。大铁环把手看起来像是中世纪沉船上的物件。"这是威尔逊为他的第二任妻子古拉比（Gulabi）家建的房子，"她说，"山上还有另一个，但已经开始拆除，可能几年内就再也见不到了。"这家人至今仍是寺庙的鼓手，就像威尔逊时代一样。据推测，他们房中仍有一小部分威尔逊时代的物品，包括一个威尔逊的9英尺长的横锯。但是我们去的时候，沉重的挂锁锁在门上，家中并没有人。

附近还有第二座小庙。实际上，恒河女神并不是穆克巴尊崇的唯一神灵，还有一个当地的神，名叫沙米什瓦（Sameshwar），被认为是湿婆主神的化身。每年9月，在塞尔库（Selku）集会期间举办的沙米什瓦神节上，他都会以人形现身。节日上有常见的歌舞，最虔诚的崇拜者会把刀或斧插在地上并从上面一直走到寺庙，以此表达对这位神灵赐福的感激之情。"不，他们不会受伤，"安妮塔说，"有神暗中保护他们。"

当地传说，当1865年哈希尔之王来到塞尔库集会时，沙米什瓦以仆人身份出现，谴责他掠夺森林，并在他身上施咒。咒语是："你的血统将会湮没无闻，你会断子绝孙。"

第二年，威尔逊的小儿子亨利从马背上摔下来死了，他的次子查理走进甘戈特里的群山，再也没有回来。长子纳达尼尔（Nathanial）是个酒鬼、瘾君子、强奸犯，也许还是个杀人犯，被英国人送进了监狱，从此再也没有消息。

09 游牧部落

　　我们在路边神庙旁的茶摊驻足，一个年轻的西方女游客正遭遇一群印度男子的围观和手机拍照，她一头红发，双乳高耸，身上有大量的文身，绿色吊带装，美好身材让人一览无余。一个苦修者正在水泵处用香皂洗手，一些妇女折叠着刚刚洗过的纱丽。稍远一点的路上，一大群男女老幼牵着载满货物的马匹奋力登山，他们是古贾尔人（Van Gujjars），正在从低地和希瓦里克山（Shivalik）往紧靠雪线的布吉亚纲（Bugyals）高山草甸进行春季大迁徙。

　　我第一次是在之前去德夫普拉亚格的途中听说以穆斯林为主的半游牧的古贾尔部落的。和我聊起古贾尔的人名叫普拉文，但他的朋友都叫他曼托。他身体健硕，一头浓密的黑色卷发，一抹汤姆·赛立克（Tom Selleck）式的小胡子，精力过人。他总是口若悬河，腿也总是不停抖动。他沉默不会超过10秒，就会说"而且"，然后我们就再接着聊下去。他的脸书更新得很频繁，并且他喜欢在上面晒一些店铺的招贴图片，如"新鲜果汁来到""桑托什（Santosh）裁缝——专业为淑女和绅士修改衣物"；医院墙上的海报，如"下午1:30前决不允许发生医疗强奸"；或者是巴基斯坦的伊斯兰激进抗议者举着拼写错误的海报，上面写着"我们必须放逐异教徒"。

　　当有人留言批评他政治立场不正确、图谋不轨时，他就贴上一句这样的回复：

我是一个不可知无神论者（宗教哲学观）、个人主义者（社会观）、无政府主义者（政治意识形态）、顽固的右翼自由主义者（政治哲学观）、政治经济学领域的极端保守主义者（社会哲学）、社会和文化问题左翼分子（社会公正）。

"我是一个闲不住的人，"他对我说，"也许这就是为什么我喜欢和周围的游牧民族一起游走。"

古贾尔部落的生活围着水牛转。他们以制售牛奶为生，把奶卖到山路沿途的奶茶摊和小餐馆。由于朝圣者众多，牛奶总是供不应求。

"你可以问问茶摊古贾尔人哪个时间都会在哪儿，"曼托说，"当他们冬天去了平原，你只能喝红茶或用奶粉制成的奶茶。"

印度不是一个饮用脱脂奶的国家，只有1%的人喝牛奶，或者饮用豆奶、杏仁奶。牛奶价格是由脂肪含量决定的，而古贾尔人出售的牛奶来自高原牧场放牧几个月的水牛。

"有时，他们要步行一个月的时间到达雪线的位置，"他说，"我曾和他们一起从西姆拉（Simla）出发前往德拉敦（Dehradun），共走了300公里。我还同他们一起在雪线生活，有一次长达45天，真的完全切断了与现代文明的联系。当他们下山回到平原，必须要努力工作，剪叶子给动物做饲料。在山里，他们只需放牧就可以了。那种状态要轻松许多。"

并不是说他们过的完全是田园诗般的生活。"每隔几年他们中会有一两个人被野象杀死。虽然能听到大象的叫声，闻到大象的气味，感到它们就在附近，但是他们要知道爬到哪棵树上去才可以得救。如果你爬的那棵树太小，大象就会一直摇，直到你像秋天成熟的芒果一样落下来。大象不会踩踏人的躯干致死，它们会用长鼻子把人卷起然后抛到半空中摔死。"

　　　　·　　　　·　　　　·　　　　·　　　　·

　　从德夫普拉亚格沿河向下游回来的路上，曼托变得有些落寞。"此外，政府说古贾尔人如果能拿出文件证明他们连续使用这片土地达到了 75 年，他们就可以得到土地所有权。但他们是游牧民，是文盲！后来，他们搬到了城镇里，变成了工厂的工人，或者装卸工。还让他们穿上工服，并称之为发展。"

　　他停下来，凝视着车窗外。"节俭是我们的传统，"过了一会儿他说，"在喜马拉雅山区，甚至在人们不要求用电的时候，也给人们供电，这很让人困惑。我们曾经在一棵树下开设了一所学校，但是现在，学校必须要在水泥建筑里，即便里面又热又不舒服。村庄发展的甘地模式，就是解决之道。你不要以为我想把时钟倒转 500 年。这只是一个方向问题。幸福不是堆满所有的快乐，而是奶油中最甘甜的部分。"

　　我们路过一群身穿纱丽的妇女，她们正在修补开裂的路段。那景象使我心有不安，但曼托耸耸肩。"挖掘机会让数百人失业，让这些人劳动，他们就可以活下去。"

　　我试图说点什么让他开心起来，于是把话题引向哈希尔之王和他的苹果。

　　他咕哝了一声："我凭什么喜欢澳大利亚苹果？这里有很多美味多汁的水果。澳大利亚的苹果看起来很漂亮，也很红，但味如嚼纸，甚至连纸都不如，是废纸。"

· · · · ·

午后很热，沿着恒河狭窄而蜿蜒的滨水高速路驾驶令人疲惫，许多的公路部门警示标语映入眼帘：

EAGER TO LAST, THEN WHY FAST MOUNTAINS（渴望活下去，为何山如飞去）

ARE ONLY A PLEASURE, IF YOU DRIVE WITH LEISURE（悠闲驾驶，是唯一的乐趣）

曼托沉默了。好半天没有说"而且"。

我们穿过一片林中通道，那是拉扎基国家公园（Rajaji National Park）的一部分。路边一阵骚动，一头野象正在林中乱跑，有一个人正在用棍子猛烈回击。我们驱车继续前进，过了一会儿，曼托转过头一脸严肃地说："很高兴你没有要求我停下来。"

我问为什么。

"哦，"他说，"因为可能大多数人都想停下来拍照，然后把它上传到脸书上。"

10 大鱼传说

　　身处殖民地，那些出身高贵的英国人如果不渔不猎会怎样？他们会怀念家乡周末的狩猎聚会，怀念苏格兰在松鸡栖息的湿地上分吉利钱和合作狩猎的好日子，怀念海湾的牡鹿，怀念棕鳟和银鲑漫游的河流。但印度给出了完全不同的选择。第一批游客追随霍奇森上校和赫伯特上校的脚步来到恒河源头后，为野外狩猎的包罗万象而欢呼雀跃。"我们的狩猎队由 3 位欧洲绅士组建，每人各带 10 名仆人、苦力或脚夫，加起来至少有 80 人，"第九十一团的乔治·弗朗西斯·怀特（George Francis White）中尉在 1838 年的游记中记述道："飞禽的羽毛和走兽的皮毛异常漂亮，都是逐猎的目标，打猎的过程令人异常振奋，每一次归来，运动健将们的狩猎袋总是满满当当。"

　　称其为运动是一种引申，它更像大规模的屠杀。大批鸥鸪和雉鸡殒命枪下。无数麝鹿、山羊、羚羊和野豹不能幸免，尤其是老虎。打虎能获得政府的一大笔赏金，因为杀死老虎被视为猎中之最，更是为民除害。詹姆斯·福赛斯（James Forsyth）上尉，印度中部森林的值守及《猎枪与子弹》（*The Sporting Rifle and Its Projectiles*）的作者，每月出猎 12 次。蓄着络腮胡子的古怪的老伊顿人（Etonian）鲁拉林·乔治·高登－卡明（Roualeyn George Gordon-Cumming），带着来复枪在两个大洲之间游走猎捕。"苏格兰疯子。"了解了这位同胞的东非暴行后，探险家大卫·利文斯通

（David Livingstone）如是说。在印度，高登－卡明曾经在 5 天内射杀 10 只老虎。

怀特中尉不太喜欢喜马拉雅山区鱼类。他说："这里，鱼类通常皮糙唇厚。"无疑，这句话的潜台词是，当地的鱼属于鲤鱼科，鱼唇厚实、富有弹性，会把河床的生物洗劫一空，收入腹中。在英国，这是下层阶级"粗渔"的对象。但其他人并不认同，因为恒河及其支流中最大的鱼"印度鲃"，作为鲤鱼家族的最大成员，最大重达 75 磅，可以把一个人的手臂从腋窝处撕下来。从一个绅士的角度看，最好还是安稳地投饵垂钓。

"我们想要的，不是已经征服的世界，而是更多有待征服的世界，"1873年，马德拉斯的文职官员亨利·沙利文·托马斯（Henry Sullivan Thomas）说，"从这个角度来看，我说印度鲃比鳟鱼更能展示狩猎的真谛。"

拉迪亚德·吉卜林在《丛林之书》（*The Jungle Book*）中写道："和印度鲃相比，大海鲢倒像小鲱鱼。只有捕到印度鲃的人才敢自称渔夫。"

尽管如此，人们还是怀念那种垂钓鳟鱼的乐趣。虽然它永远不会长到这种可怕的程度，但这种美丽的生物还是会引发别样的思乡之情。然而，即使鳟鱼永远不会来到恒河上游，但我们有充分的理由相信，在清冽冰冷的山涧中它们应该能够繁衍生息，唯一的问题在于如何把它们带到这里来。

·　　·　　·　　·　　·

从众人口中得知，在多迪塔尔（Dodital）可以觅到鳟鱼栖身之地。那是一座小山丘，位于一条崎岖难行的道路尽头，距恒河的支流之一阿西恒河（Assi Ganga）的源头几乎不到 1 英里。据说，它是湿婆神与雪山女神帕尔瓦蒂之子象头神迦尼萨的出生地。古贾尔人经常在它周边的草场上宿营。

"塔尔"指湖，"多迪"据说是鳟鱼的当地话发音。据说多迪塔尔是稀有的喜马拉雅金鳟的故乡，也有人说 19 世纪 40 年代，弗雷德里克·威尔逊曾在这边的湖里养过鳟鱼。

但这些都经不起推敲，因为根本没有喜马拉雅金鳟这个品种。在中亚咸海的支流中有与其种属最近的野生鱼类，可是在 19 世纪 40 年代，把脆弱的鱼卵带到 1 万英尺高的喜马拉雅山中的湖里，即使对于哈希尔之王这样的强人来说也是天大的难题。1852 年，英国的猎人们首次尝试把鳟鱼输入殖民地，他们选择的是塔斯马尼亚（Tasmania）。12 年后，终于在第三次尝试中获得成功。

在"适应环境实验俱乐部"中，人们再次合力转战新西兰、锡兰（Ceylon）、肯尼亚和南非——当时称为祖鲁兰（Zululand）。确切地说，在那里的大山中有少量的高原和绿色的草原，可能适合汉普郡（Hampshire）水草存活。也许此时亨利·沙利文·托马斯可能会说，总有鳟鱼需要征服的新世界。最后在 1900 年前后，第一批鱼卵从苏格兰被带到了克什米尔的养鱼场。如果在多迪塔尔和阿西恒河发现鳟鱼，那么一定是来自克什米尔。

从哈希尔到阿西恒河河口，距离 40 英里多一点，两个小时的路程几乎都是蜿蜒的山路。哈希尔山谷曾经纯朴原始，但如今这个词已不再适用，它的地貌已被自然和非自然灾害所破坏，而两种情况的差异很难区分，因为共同的结果是破碎的岩石和伤痕累累的大地。

在罗哈林格·帕拉（Loharinag Pala）的一个大峡谷里，有一个废弃的水电站，自 2008 年停建。当时，印度最高法院禁止在河流 200 码范围内进行任何"对生态环境可能造成影响"的工程。在 20 世纪 60 年代遗存的丑陋的马纳里（Maneri）大坝下面，愤怒的飞瀑穿过坚硬的磐石从半空的引水隧道落入恒河。多次山体滑坡破坏了周围的山坡。恒河上游段经过这一片地震活跃带，1991年发生的大地震的震中就在马纳里河段。

祭司们曾告诉我，2013年甘戈特里地区的大洪水中有6000人殒命。一年前，另一次突如其来的洪水尽管发生在局部地区，但仍非常严重。事情已经过去三年，但陡峭的阿西恒河河谷还只是一个被灰色劲流分开的碎石场。橙色的英国JCB大型机械和韩国现代大型挖土机正在推开周围的碎石，一台压路机正在铺设沥青道路。坚硬的外壳可以加固毁坏的桥基。

上游四五英里，陡峭的上山小路通往阿尼尔·库里亚尔（Anil Kuriyal）经营的野外营地。库里亚尔友善，秃头，养着两条活蹦乱跳的大狗，它们流着口水欢迎我的到来。库里亚尔的表情里透着逆境中的乐观。他说，他在乌塔卡西镇离恒河只几英里远的地方长大，后来走出去上大学。"我去了德里。我是一名自然主义者。在中央邦我经营过一个野外营地。但在2004年，我回到这里。我只能这样。我思念喜马拉雅的美景。"他发现有一个地方，有天然的山泉，于是建起了几间客房，游客可以在山坡的草地上搭建帐篷，并以此为基地向大山12公里高处的多迪塔尔徒步旅行，或躺在吊床上伸着懒腰静听鸟鸣，或者在下一次大灾难发生前，在阿西恒河里钓鳟鱼。"那里的河上曾有过两个渔场，"他说，"第一座是特赫里王公1921年所建，鱼苗来自克什米尔。但是在1991年大地震中被毁。重建以后，洪水再次给它们带来灭顶之灾。那一年，多迪塔尔遭遇了暴风雨。渔业被毁灭殆尽。这条河流也变得面目全非。你也见到了，这里除了巨石、碎石，别无其他，就连所有的树冠都不见了。"

库里亚尔从政府那里得到了在湖里养殖斑鳟的许可。"16个男青年走了一夜把氧气罐扛到了多迪塔尔。湖中现在仍是鱼儿成群。把它留给大自然吧。

尽管在我的有生之年可能不会有巨大的变化，但最终它们会再次在这条河中生长。"他从来没把自己看成什么捕鱼高手，只不过是一个业余爱好者，这似乎也和他捕过什么没有关系。"我只是喜欢垂钓，看看在你想钓鱼的地方，到底有没有鱼。但最终捕获的一刻，还想看看它怎么上的钩，对我来说，那些就足够了。"虽然河中盛产鳟鱼，但是很少有垂钓者会来到这种遥远的无名之地。"大概是那种年龄在 70 岁或 80 岁的人。大多数是来自欧美的外国人。"

他给我一本洪水前的相册，让我欣赏。相册中河流风光宜人，碧池相连，流过光滑的石面，与眼前的灾后状态相比，简直是天壤之别。钓鱼的人笑着举起金褐色的大鱼拍照留念，那是一种通常只有在蒙大拿（Montana）或巴塔哥尼亚（Patagonia）才有的钓鱼类杂志封面上才能看到的大鳟鱼。

库里亚尔知道，这项运动在当地永远不会流行起来。对于这里的人们来说，捕鱼就是用渔网、毒药或炸药。但传说恒河中也有迁徙至此的鳟鱼，长大后，个头大得惊人。我告诉他，我曾经看过一张被捕捞上来的大褐鳟鱼的照片。这条鱼来自新西兰的一条人工河，吃的是从上游一个鲑鱼养殖场漂出来的饲料颗粒，重量超过 42 磅。捕到它的渔夫站在一个牌子下，牌子上写着："快乐屠夫零售店卖肉。没压力，有格局。移动的屠宰场。"他告诉当地的电台，"这家伙看起来像一艘潜艇。非常丑，小脑袋，大肚子，真是棒极了。"

"乌塔卡西当地的一个屠夫说他捉过一个有它两倍大的，"库里亚尔说，"他是在连接马纳里大坝的隧道的一个大水池里用渔网捕到的。大多数人都不敢在那儿捕鱼，他们认为鳟鱼会把人的手指给咬掉。"

"两倍大？真是不可思议。"

他点了点头。"40 公斤，不是 40 磅。他发誓重量绝对真实，因为他在自己店里分割，按公斤售出。他一共卖了 40 公斤，他记着那个数。"

11 魔鬼纪元

　　在甘戈特里以南约 60 英里的桑德拉利村（Sangrali），有一个印度与中国西藏边境警察局管辖下的居民点和一座飘着经幡的白色寺庙，栖在岩石的岬角上。这是真正的天涯海角，需要人们两只手轮流地找到山石上刻好的手窝脚窝，人的手必须谨慎找准每一个位置，通过一段段粗砺的台阶才能到达。上来后，最近的房子里住着帕拉维和迈克，这家人养着一条狗。这狗有一个习惯令人不安，有时会把蛇当成好礼衔回来。最近一次，村里人还见过白唇蝮蛇，这种蛇一般只有在收拾花园时才得见。有时，一只人称"夜色公主"的豹子会在附近的山坡上游荡，但传说只有河对岸的豹子才尝过人肉的味道。

　　宝拉陪着我走出门，来到一块平坦的岩石上，从那里向下望去，地势陡峭，直指恒河河谷。在最显著的位置上，几处陡坡被人工凿成了梯田，一片碧绿。在初夏清新的山间空气中，锯齿状排列的雪峰定义了北方的地平线。更远处便是西藏。美景之中，唯一的不足是从附近峡谷升起的缕缕灰烟，当东风吹进这里，空气中便弥漫着一股焚烧塑料的臭味。

　　在来这里的路上，我路过一群聚在路边的妇女，她们面色难看，向每一个愿意倾听的路人抱怨这里的沟壑被当作临时垃圾场的情况。下游 3 英里远的地方就是乌塔卡西，一个肮脏丑陋的水泥和煤渣堆赫然出现在有 18000 人口的城镇前面。乌塔卡西是湿婆的住所，可圣洁和清洁并不一定是同一回事。与大多数印度市政情况一样，这里同样也没有专门的固体垃圾或非固体垃圾的处理措施。在夜里，猪被轰到一边，大卡车队从街边和集市舀走脏水，然后在低速挡上嗡鸣着，吃力地爬上通往桑德拉利的狭窄蜿蜒的道路，最后把所有东西一股脑儿倾倒在巨大的蒸腾着热气的垃圾场上，山谷的一侧已经因此留下了伤痕。雨水和重力在那里发挥了作用，污水悄无声息地在山间裂缝的清澈溪流中找到了去处，最终都将脏臭甩给了恒河。

后来，我听说抗议活动取得了成功。愤怒的妇女结伙抗议，令当局难以招架，于是，镇上又找了另一处作垃圾场，离河更近，其结果并无改变。

·　　　·　　　·　　　·　　　·

一天下午，我下山前往乌塔卡西去看阿杰·普里（Ajay Puri），一个有运动员体魄的健壮男子。他有许多身份，既有宗教身份也有世俗身份。他是一个徒步旅行家、滑雪爱好者、摄影师，也是一个世袭的维希瓦纳（Vishwanath）金庙祭司。金庙于1857年由弗雷德里克·威尔逊的双性恋情人马哈拉尼·卡涅蒂捐建。普里是乌塔卡西酒店协会主席，同时拥有希夫林伽旅游公司（Shivlinga Tourist Complex），公司以代表湿婆神宇宙能量的阳具命名，是前往甘戈特里的朝圣者们住宿落脚的明智之选。

尽管天已经很晚了，普里仍然一边在办公室的台式电脑上敲敲打打，一边忙着接听多部手机。

他挂断一个电话后告诉我，这个地方和瓦拉纳西一样重要，被称为印度最神圣的城市。那座城市的原始梵语名字是迦尸，乌塔卡西的意思是"北方的迦尸"。湿婆神本尊就和密友以及其他天神一起住在这里。喜马拉雅群山本身就是众神。很明显，这是大河北转的两处之一，另一处就在瓦拉纳西。

"所有这些都真实可信，"他说，"这不是我在信口雌黄。八大《往世书》中最大一部《斯坎达往世书》（*Skanda Purana*）中就有提及。"

湿婆金庙中的"湿婆林伽"形象不是普通之物。"它是天然之物，"他说，"它不是任何人的创造或人为安放。"它向南倾斜。其原因是强大的死神阎摩曾来到这里想要带走一个 8 岁的小男孩。男孩反抗之时紧紧抓住"湿婆林伽"，于是，它变得向一边倾斜。

湿婆从迦尸迁到乌塔卡西的重要意义不仅在于选址，还在于时间。他告诉圣人们，当印度受到异族势力入侵的影响时，他就会采取行动，这清楚地说明了我们当前所处的时代——卡利魔鬼纪元（不可与时母迦梨女神混淆），一个莫卧儿入侵的时代，东印度公司和英属印度时代，市场经济和全球化力量之下的时代。

"我们的星系在运动，太阳系在银河系内运动，这些运动决定了这个纪元。"普里说。魔鬼纪元是人类进化过程中四大纪元的最后阶段，是这个缓慢且漫长的进程之中从美德堕入邪恶的终点。

在第一个时代黄金纪元里，人类存在于纯善的状态中。"每一件事物都是无上纯洁的，即使这杯茶也会是金色的！"他举起杯子说。白银纪元是白银和罪恶的开端。黄铜纪元是黄铜、欺骗和疾病的时代。"今天我们身处魔鬼纪元，只有 10% 的人纯真善良，90% 的人是坏人，"他继续说道，自如地在生动的印地语和英语之间来回切换，"这是铁器、陶土、泥土和塑料的时代，而塑料是眼下最重要的材料！"

我问普里魔鬼纪元是何时开始的。他拿出一份厚重的三环装订的文档，上面是密集的柱状图并配有详细的标注。"所有这些都是我从《吠陀经》（*Vedas*）和《往世书》的文本中精选的。"他说。他快速查阅了几页，并把一些数字敲进计算器。"魔鬼纪元在 5115 年前就开始了。"他说。

当然，这远在异邦到来之前，但他们加快了这一进程。普里列举了其中的名字：首先是希腊人和中国人，然后是伊本·白图泰，1608 年至此一待就是三年的英国靛蓝染料商人威廉·芬奇（William Finch），泰姬陵的建造者沙·贾汗统治时期的法国人弗兰·伯尼尔（François Bernier）。1624 年，葡萄牙耶稣会教士团领袖安东尼奥·德·安德拉德（António de Andrade）神父到达了恒河上游，他们计划穿过高原隘口进入西藏传教，并为当地统治者洗礼，但遭到了拒绝。当地统治者说，耶稣会所传播的宗教似乎会影响他骄奢淫逸的生活。耶稣会碰壁以后，历经了 200 年的中断，直到第二波英国人到来，这次的队伍更庞大，包括士兵和风景画家、地图绘制者、动植物学家、运动员和射杀动物的标本制作人，如弗雷德里克·威尔逊，也就是砍掉古老而神圣的雪松并将其制成枕木的哈希尔之王。

现在，堕落和罪恶与日俱增，带给我们桑德拉利山谷里那阴暗的垃圾堆，普里把它看作魔鬼纪元的象征。他说："除了取水和崇拜，人们从来没有想过从这条大河索取。"但是，当我们开始所谓的发展，我们就丢弃了古老的传统。50 年前，我们从未见过这种事，因为那时人们仍然心怀信仰，不像今天这样狂热拜金。

我问他，肮脏、罪恶、堕落的魔鬼纪元何时才会结束？他又去飞速翻看文档，试图在字里行间寻找答案。最后他说："这会持续 4302000 年。"印度人按千万计数，无数个千万，无数个十万。所以，算起来，魔鬼纪元还会持续 4302000 年。他咧着嘴笑了笑。"你看，我们还有很长的路要走。"

12 你只需要爱

　　尽管阿杰·普里式的诙谐令人骇然，魔鬼纪元仍是一个充满宁静、爱与理解的时代，在半个多世纪里，西方青年漂泊无根，不断为寻求顿悟来到恒河岸边，但很少有人溯游而上，深入乌塔卡西，更别说甘戈特里了。相反，他们会聚在世界瑜伽之都——圣城瑞诗凯诗的青年旅舍和修行所里，从那里经过一条英国人建造的狭窄的悬桥，就可以直达河对面萨旺格静修学院（Swargashram）的所在地。

　　"萨旺格静修学院"的意思是"天堂之家"，它也是一部副题为"龌龊心灵大师传奇"（*Story of a Dirty Mind Guru*）的轻情色影片的名字，电影讲述了一个好色大师诱惑纯真女弟子的故事。

　　当我到达萨旺格静修学院时，天空正飘着细雨。斜坡泥泞，随处可见黄色的粪水洼，那些污秽的东西都是苦修者制造的，他们就蜗居在河岸和玛哈瑞诗·玛哈士大师遗弃的长满苔藓的静修中心之间的一些粗陋的庇护所里。从上面的山坡上，传来前往沿河10多英里远的天堂之门——哈瑞多瓦朝圣的喧闹声，那些青年人和少年大多穿着相同的橙色T恤，上面印着湿婆图片。许多人面露一副服过印度大麻的恍惚之态，临时摊档里会出售这种东西，这是一种用大麻、酸奶、酥油和调味品制成的黏稠混合物，从容器里舀出即售。其他的人像蠕虫一样爬行，用身体的长度丈量着朝圣之旅。音乐从差不多11个扩音器中传出，震耳欲聋。有人告诉我，这首音乐赞美了湿婆以及对大麻的喜爱。歌里唱道："我不要吃甜食，我只想要大麻。"

有传言说，政府正计划重建玛哈瑞诗·玛哈士大师的静修中心，并向游客开放，但当我到达那里时，大门仍然挂着锁，告示牌上用英语和印地语写着"不得入内"。墙头上嵌着玻璃碎片和锈迹斑驳的铁丝网，但我还是找到了一处墙体开裂的地方，于是翻了进去，走上了一条野草丛生的小路。路旁有一些粉色水泥长凳和状如蜂巢的无窗房间。披头士乐队曾在那里冥想和戒毒，最后完成了大部分《白色专辑》。

·　　　·　　　·　　　·

寻找玛哈瑞诗——大师——的想法来自贝蒂·伯伊德（Pattie Boyd）。1964 年的一个夜晚，她在《一夜狂欢》（*A Hard Day's Night*）的片场邂逅乔治·哈里森，两年后二人结成伉俪。〔最终，哈里森的好友埃里克·克莱普顿（Eric Clapton）把她偷走了。〕1965 年，披头士发行《救命！》（*Help!*），其情节就是围绕着一个滑稽的印度邪教展开。乔治在立柱上找到了一个西塔琴，乱弹起来，并把它加进一首叫《挪威森林》（*Norwegian Wood*）的歌曲中。拉维·香卡（Ravi Shankar）听完录音说，这听起来像是一个印度村民在演奏小提琴，她给乔治上了一课，让他"感受到努力成为至高无上的人的甜蜜与痛苦"，像约翰·科尔特兰（John Coltrane）一样，已在西塔大师的魔咒之下堕落。

乔治和贝蒂去了印度，在孟买、克什米尔和瓦拉纳西度过了 6 周。贝蒂加入了玛哈瑞诗的精神重生运动。乔治自己的灵性变得深沉而持久。1967年 8 月，就在发行了《帕伯军士》（*Sgt. Pepper*）之后，玛哈瑞诗来到伦敦，在希尔顿大酒店的舞厅里发表了一次演讲。披头士在贝蒂的敦促下，除林戈（Ringo）因妻子莫琳（Maureen）刚刚产下他们的第二个孩子没有出席外，其余悉数参加。

　　玛哈瑞诗在恒河与亚穆纳河交汇的安拉阿巴德长大。他研修物理专业，后来在一家工厂，找到了一位导师，有一段时间在喜马拉雅山上隐修并开发了一套被他称为先验冥想的方法。他的第一个弟子是个德国的水泥制造商人。"他教给所有员工这套方法，于是水泥产量翻了两番。"玛哈瑞诗说。不久，他在加利福尼亚开堂授课，并开设了一个瑞士银行账户。当披头士乐队在希尔顿见到他时，他马上就年过半百了。他是一个留着白胡子的小个子男人，被描述成"可爱的山羊妈妈"。他的声音高亢尖促，笑起来就像鸟鸣。约翰·列侬（John Lennon）的一位密友说，玛哈瑞诗"咯咯笑着，说起话来喋喋不休，就像老鼠"。披头士都被吓坏了。

　　两天后，他们四人，连同米克·贾格尔（Mick Jagger）和玛丽安娜·菲斯福尔（Marianne Faithfull）一起登上了前往威尔士邦戈（Bangor）的火车，玛哈瑞诗将在那里进行为期一周的研讨会。在过去的几年里，他们第一次在没有经理人布莱恩·爱泼斯坦（Brian Epstein）的陪同下外出旅行，约翰说，他们感到"就像身上没有穿裤子"。在记者招待会上，披头士宣誓效忠"大M"，就像乔治称玛哈瑞诗大师那样，并发誓戒毒。玛哈瑞诗为披头士每个人吟咏自己创作的梵语，"那是进入另一个世界的通行证"。乔治认为应该用梵语，结果是用英语。当然，他从未透露咒语说了什么，尽管他的确神秘地透露过，咒语可以在《我是海象》（*I Am the Walrus*）的歌词中找到。"Expert-texpert? Semolina pilchard? Crabalocker fishwife? Pornographic priestess? Goo-goo-ga-joob?"（歌词大意是：专家 - 文字高手；粗面粉沙丁鱼；蟹螯鱼婆；色情女祭司；

咕－咕－嘎－珠。）

　　但因爱泼斯坦过量服用巴比妥酸盐，披头士乐队被迫缩短了邦戈之行。玛哈瑞诗安慰了他们，但乔治说没关系，生活会继续下去，因为无论如何没有发生死亡。玛哈瑞诗现在是"披头士"的导师，出现在《时代》(*Time*)、《新闻周刊》(*Newsweek*)、《时尚先生》(*Esquire*)、和《生活》(*Life*)等杂志的封面上。6个月后，披头士取道萨旺格静修学院飞往新德里。腓力·高柏（Philip Goldberg），欧美学界印度灵性方面卓越的史学家，称之为"自从耶稣在荒野度过40天以来最重要的精神修隐"。

· · · · ·

　　静修中心占地14英亩，由美国烟草巨头、社交名媛多丽斯·杜克（Doris Duke）赠款10万美元建成。披头士乐队住在六号街区，这里比其他居住区更舒适，有西式马桶、浴缸、四帷柱大床和抵御晚冬寒夜的电热炉。不过如今在废墟周围徘徊，想要圈出六号街区的位置几乎不可能。墙壁好像被丢过炸弹似的。屋顶已经不知去向。树木从原来的地板中生长而出。穿过密林中的缝隙，依稀可以瞥见远处河岸的瑞诗凯诗静修中心和寺庙。

　　有关披头士乐队的相关记载中描写了一番到处是大象、豹子、老虎、猴子和孔雀的丛林景象，但我一个也没有见到。除了黑乌鸦和绿色长尾鹦鹉，潮湿的树林似乎已经死去，在灌木丛中我只需当心眼镜蛇。附近有一个老式邮筒，红漆已经剥落，锈迹斑斑的大门敞开着。辛西娅·列侬（Cynthia Lennon）曾希望印度之行能安抚约翰内心的恶魔，修补他们磕磕绊绊的婚姻。但在两周内，他搬进单独的房间，声称这有助于他的冥想。他常常偷偷溜到邮筒那儿，给小野洋子（Yoko Ono）寄信。

其他名人和准名人来来往往。其中有来自英国的多诺万（Donovan），一个能勉强与音色柔和、形象帅气的美国人鲍勃·迪伦（Bob Dylan）相提并论的人物。还有最近正在与法兰克·辛纳屈（Frank Sinatra）闹别扭的米娅（Mia）。她说："我在花间飞翔，寻找人们能允许我独处之所。"但她对这种地方的体验心情是复杂的。有一天，她给辛纳屈发了一封电报，其中写道："厌倦冥想，正要离开。会从德里给你去电。"但有人劝她不要发送，因为大家担心这会被捅给新闻界。来人之中还有刘易斯·拉普姆（Lewis Lapham），《哈珀杂志》（*Harper's Magazine*）的大佬编辑。拉普姆说，海滩男孩乐队主唱迈克·来弗（Mike Love）也来了，他穿着一件垂至地板的毛线外套，戴着一顶毛皮帽，与人交流时喜欢抑扬顿挫地说"是的"和"哇哦"。

沿着这条路再往前行，可以看到一座更大的建筑物，大部分仍然完好无损，我猜那一定是大师本人的住处。那栋楼有两层，在从小路上折返的位置。在通往房子的泥石路旁有一个小神龛，里面供奉着两个黑色湿婆林伽。披头士乐队一天的固定课程和冥想结束后，他们就到这里上私人课。我俯身穿过低矮的门廊，走进蜂巢一样的屋内。

在一段时间内玛哈瑞诗督促他的弟子持续冥想 4 个小时或更多。约翰最终把它提高到了 14 个小时。我能想象他们静静地坐在潮湿、幽闭、恐怖的空间里，乐曲在头脑中成形：大部分的《白色专辑》，一对《阿比路》（*Abbey Road*）的情侣，一些被后来的独唱专辑所保留。在他们早年逗留期间，约翰写了《我太累了》（*I'm So Tired*），对他紧张、吸毒的状态做出了回应；乔治写了《猪崽》（*Piggies*）；保罗看过两只猴子在路上做，写了《我们为什么不在路上做呢？》（*Why Don't We Do It in the Road?*）。甚至林戈也经过反复打磨推出了处女作，那是一首快乐的摇滚风单曲《不要从我身边走过》（*Don't Pass Me By*）。

有些歌曲，如《亲爱的普律当丝》（*Dear Prudence*）直接借鉴了他们在静修中心的经历。米娅的妹妹普律当丝·法罗患药源性眩晕未愈，需要相关机构的护理和电击疗法。很多时候，她要一直待在房中，昏昏欲睡，流着口水，无法自理。晚上，她尖叫起来就像森林里的野生孔雀。"亲爱的普律当丝，"约翰写道，"你不出来游戏吗？"

我听到外面有脚步声。一个翻墙进来的美国年轻人。他告诉我他是得克萨斯大学奥斯汀分校（University of Texas in Austin）的学生。他身材高大，轮廓鲜明，十分帅气，穿着卡其裤和拉夫·劳伦（Ralph Lauren）牌的 Polo 衫。没人能像嬉皮士那样。他可能在去律师事务所参加暑期实习的路上。他太年轻了，当然不会了解披头士乐队的故事，可他知道他们所有的音乐作品。

我们一起前往演讲厅，它是建筑群中最大的一栋，可以容纳 200 人。玛哈瑞诗的弟子们每天要在这聚三次，聆听他坐在置于高台上的金色布面沙发上传播智慧，沙发周围摆满了盆栽。这也是他为乔治组织和庆祝 25 岁生日聚会的地方。拉普姆写道，这么多花环都套在小伙子的脖子上，看上去就像穿了救生衣。玛哈瑞诗说他感受到天使翅膀的振动，披头士乐队的到来预示着人类在恒河两岸的重生。他送给乔治的生日礼物是上下颠倒的地球仪。这是世界的现状，危局亟待扭转。乔治说他会尽力而为的。

演讲厅的墙上被之前访客的涂鸦覆盖着。

BEATLES 4 EVER

LOVE TRUTH

ONE LOVE

I AM HE, AS YOU ARE HE, AS YOU ARE ME AND

WE ARE ALL TOGETHER

SHE LOVES YOU, YEAH, YEAH, YEAH

LUCY IN THE SKY WITH DIAMONDS. LSD

I SEND THIS WITH PEAS AND LOVE

IMAGINE. IS IT REALLY ?

SO DIFFICLT

CNOW, YOUR SELF BY HAPPY

披头士乐队四人永远

爱真理

一个爱人

我是他，如你是他，如你是我

我们都在一起

她爱你，是的，是的，是的

戴着珠宝的露西在天上。LSD

我以豌豆和爱赠送

想象。真的很难吗？

CNOW，自己要快乐起来

用魔幻七彩笔写下"你只需要爱"，并在圆心处画了一颗心。

· · · · ·

　　当然，这并不是全部的秩序和爱。保罗为人和善，对那段经历持开放的立场，但他的女友珍·爱舍（Jane Asher）毫不掺私，甚至有点愤世嫉俗。拉杆箱里塞满了亨氏茄汁焗豆和鸡蛋作防辣食品的林戈，10天后就离开了。他想念默西（Mersey），想念他的猫，他在思考：为什么当他打算几个小时一直打莲花坐时，却没办法像在家里做得一样好？他和莫琳都讨厌检查浴缸里有没有蝎子。莫琳厌恶苍蝇和蜘蛛。玛哈瑞诗告诉她，如果她成了纯粹意识世界的行者，人们再也不会打扰到她，但她发现这种说辞丝毫不可信。她是理发师，不是神秘主义者。

　　但流言四起，有真实的，也有编造的。他们是摇滚明星，媒体无法靠近他们，因此难免有人制造谣言。德里的报纸刊登头条新闻说，静修中心里花天酒地，披头士成员之妻惨遭玷污。

　　有些指控直指玛哈瑞诗本人。米亚·法罗（Mia Farrow）说他做出了不当举动，虽然其他人安慰她说，抚摸她的头发只是精神启蒙过程的一部分。更严重的指控来自一位自称电子工程师和灯光秀巫师的年轻人，名叫亚历克斯（Alex），此人算是披头士乐队的内部人员。他讲过一个加利福尼亚年轻女护士的经历。这个女孩一头金发，心思敏感，玛哈瑞诗曾多次要求她躺在床上，让他的精神力量通过比握手和抚摸头发更亲密的方式进入她的身体。

　　乔治拒绝相信每一个字，但约翰相信亚历克斯有御用巫师的超能，相信他叙述的真实性。约翰愤怒地装好东西准备离开，在房间的地上丢下了被撕成两半的玛哈瑞诗的大照片。这一情节催生了音乐作品《性感沙蒂》（*Sexy Sadie*），这也是在静修中心创作的所有音乐作品中最臭名昭著的一首。"你做了什么？你愚弄了每一个人。"约翰最初称之为"玛哈瑞诗"，乔治说服他换了标题，但仍然留下一首《大 M》，以免获诽谤罪。

玛哈瑞诗问约翰为什么要离开，约翰回答说："既然你如此万能，你应该知道为什么。"

后来，当约翰尼·卡森（Johnny Carson）问他有关《今夜秀》（*The Tonight Show*）上的细节，他的语气已经变得缓和很多。"我们犯了一个错，"他说，"他就像我们其他人一样，都是凡人。"

13 快乐的逃亡者

　　玻雷吉·梅赫拉（Brij Mehra）即将进入耄耋之年。脊椎炎让他的腰弯成了90度。他住在玛哈瑞诗大师萨旺格静修学院附近山中的一个修隐所中，陪伴他的是一个十几岁的小男孩纳温，还有一条狗。有两个小时的时间，那家伙一直在我腿上拱来拱去。梅赫拉说："它很安全，喜欢亲近别人，是个很欢实的家伙，发情期除外。"

　　在修隐所墙上的19世纪的油画和一些雕刻中，有一些描绘的是欧洲场景，其他的则以加尔各答和加济布尔（Ghazipur）为背景。加济布尔小镇位于瓦拉纳西的下游，是东印度公司时代鸦片贸易的中心。玻雷吉·梅赫拉涉足绘画，也以瑞诗凯诗和萨旺格静修学院为题材撰写小说，尽管他对出版这些作品并没有特别的兴趣。"有人说可以自费出版，但我不喜欢那么做。我根本不需要以此满足自尊心。"

　　我们坐下来一起喝绿茶，他向我保证茶绝对是有机的。接着，他给我读了一篇他的小说《快乐的逃亡者》（*Happy Escapee*）。下面是故事梗概。

　　有一个叫吉姆（Jim）的人，住在弗吉尼亚郊区。生活中他早已拥有想要的一切：爱妻，幸福的家庭，一众好友，一份工程公司的好工作。一天他被派往印度，论证签订恒河上游新坝涡轮机生产合同的可行性。他首先来到了瑞诗凯诗，听说著名的披头士乐队也在这里，他就穿过步行桥来到了萨旺格静修学院。

就在当晚，他收到了老板的电子邮件，他被解雇了。

震惊之余，他一个人在瑞诗凯诗的街头徘徊。这时，他遇到了一个衣衫褴褛、头发凌乱、胡须参差不齐的男子。那人指着吉姆说："谨防3月15日。"一个店主告诉吉姆，那个人来自孟买一个富裕的家庭。名字叫拉杰什（Rajesh），他有预见未来的超能力，因为他开了天眼。

吉姆回到酒店，打开笔记本电脑，收到了第二封电子邮件，是他妻子发来的。她决定离他而去，和邻居远走高飞。

第二天，吉姆来到修隐所寻找那个疯子，这次，他在那遇到了一身洁白无瑕的圣人，此人对莎士比亚有格外深入的研究。"我现在该怎么办？"吉姆问圣人。圣人微笑着说："站起来，掸掸身上的尘土，重新融入世界。难道世上万物都会坐下来思考他们的失败吗？蚂蚁和蜜蜂从不停止尝试，那你为何如此？记住，当你为琐事而心生烦恼、无法平静时，就仰望天空和繁星。那么，你就会意识到我们自己多么微不足道，我们的烦恼多么微不足道。"

吉姆羞愧不已，又感到茅塞顿开，登上下一架回国的飞机。在杜勒斯（Dulles）机场，他惊奇地发现妻儿正在迎候他。尽管之前她犯下了可怕的错误，如今都既往不咎。老板也来电话答应给他提供新职。吉姆的故事结局可谓很圆满。

我们讲的故事在某种程度上是作者的自传。但在素材上唯一不同之处是，玻雷吉·梅赫拉是印度人，不是美国人，他也没有回到妻子和家人身边。他一直守在天堂的圣地——萨旺格静修学院。

14

善之震荡

　　玻雷吉·梅赫拉来自巴基斯坦的白沙瓦（Peshawar），因为出身于一个传统的亲英家庭，所以被送往位于奈尼陶（Nainital）的历史悠久的避暑胜地，进入基督教兄弟会建立的圣约瑟夫学院（St. Joseph's College）接受教育，这所学校的校训是"为正义而战"。他从那里起步，考入德里大学并获得商学学位，后来，谋得一份印度航空公司的工作。由于工作调动的关系，他曾先后到过孟买、加尔各答，以及澳大利亚和美国。

　　"我到纽约后要入住纽约中央火车站近旁的一家旅馆，所以必须先找到公园大道。我向一位举止优雅的绅士问路：'您知道公园大道怎么走吗？'他说知道，然后就走开了。这就是你们纽约。"

　　我试图为纽约辩护，我想说地铁上的人们看起来多么善良，但他一点也不想听。

　　"我一到洛杉矶，邻居就说：'我是鲍伯，欢迎来到加利福尼亚。'这一切改变了我的看法。加利福尼亚之行多姿多彩。我在那儿逗留了数年。我还遇见了玛丽·匹克馥（Mary Pickford）。这名字听起来很响亮吧？"

　　他结交了一位体面的社会名流——慈善家南希·库克·德·赫雷拉（Nancy Cook de Herrera），南希曾和披头士乐队一起在玛哈瑞诗的静修所中修行。"她是我所认识的唯一一个接受尿疗的美国人。喝自己的晨尿，会改变一个人的全部。我初见这位女士时，她看上去要比实际年龄年轻差不多 10 岁。后来我在她八九十岁时再见到她，人看起来大约只有 70 岁，甚至 60 岁。是的，喝自己的尿！不是牛尿！"

我们呷了一口有机绿茶。

"纳温！"他喊道。男孩这时正在厨房里。"纳温！纳温！"他叹了口气放下杯子。"我想教他英语。"

纳温走进来。

"告诉这位先生你从哪个村子来。"

纳温眼睛盯着地板，低声说："高查尔（Gauchar）。"

"在杰莫利（Chamoli）的阿拉克南达河边，"老人说。"高，意思是牛，查尔，意思是放牧。"

他站起身来，拿出一张这个地方的画作给我看。与其说高查尔是一个小村，不如说是一个城镇，圆锥形的群山环绕着绿色山谷中的高查尔。阿拉克南达河是恒河上游的两条主要分支之一。

"可以想象一下，他就是离开了家乡来到这里的。他学习英语和梵语，但他时间不够，所以我分给他一个房间。"

我让他多给我讲讲印度航空的事。

"嗯，我负责货物，为公司改造做了大量工作。你知道，印度是最早得到联合国许可将医用鸦片种植合法化的国家之一。过去，鸦片包装一直采用密封容器，同时采取多重安全措施走海上运输。所以，我去了位于英属印度时期第二重要的城市加济布尔的鸦片厂。"

英国的东印度公司于 1820 年开办鸦片工厂。他们在恒河河岸的工厂占地 40 英亩，到处堆满了产品。建厂于此，是为了便于向下游的加尔各答运输，一次可以运走数百罐之多。

在 20 年里，高查尔是中国鸦片战争的肇事者，也是造成那里数百万人民鸦片成瘾、生存难以维系的罪魁祸首。吉卜林 1888 年来访时说："其实这里就是鸦片造币厂，印度政府通过发行这种昂贵的'蛋糕'补充国库。"

"我会见了高查尔工厂负责人，和他聊得很愉快，我说：'我们可以空运。'"梅赫拉继续说。"印度航空公司立即就拿到了惊人大单。我又转战诺丁汉（Nottingham）的博姿（Boots）医药，格拉斯哥（Glasgow）的麦克法兰（Mc Farlane）公司，他们都非常感激我能帮他们外运产品。这些都发生在 60 年代初期，当时工厂还很陈旧。负责人告诉我说，这里总有一只猴子过来，喝制鸦片排出来的污水。'我们把猴子送到 10 公里以外的地方，可它还是会跑回来，因为他早已经上瘾了。'"

从印度航空公司退休后，梅赫拉去了巴贾杰（Bajaj），一家印度摩托车、踏板车和三轮车生产商。"他们派我去伯利兹（Belize），做中美洲的总代理。你听说过伯利兹吗？"

我说听说过，而且还非常惊讶地看到过巴贾杰机动三轮车在尼加拉瓜（Nicaragua）北部的很多山城里疾驰。"那都是因为我呀！"他大喊道。

他因为令人苦不堪言的脊椎炎，于 2000 年来到瑞诗凯诗。有人告诉他这里有一位医生，即便不能治愈，至少也可以缓解这种疾病带来的疼痛。

"但要我说，就是他妈的想骗钱。但这不是最终的答案。一位到这来的澳大利亚女士说，只要你一踏进瑞诗凯诗，你就得到了宁静，因为几百年来的咒语一直在这里发挥作用，所有咒语就形成了震荡。"

他指着房间的地板，"就在你座位下方的土地，紧靠着大河之处，此刻就在发生着震荡。所有土地都归萨旺格静修学院信托公司所有。公司的建立出于对一位名为卡利·卡姆布利瓦莱（Kali Kambliwale）的先知的爱与纪念，他的名字的含义是'裹着黑毯子的圣人'，我是最早来静修中心永久定居的人之一。大约五六年后，一位欧洲作家携妻子搬到了我的对门。他妻子也是白沙瓦人，就像我的家人一样。他的姐姐是个了不起的女人，嫁给了一个北非穆斯林。丈夫过世当天，她还吃了火腿三明治。"

那条狗又钻到我大腿的后面，那是一种大型犬，我无法把它一脚踢开。

"所有土地都被信托公司买下了，大约有 500 英亩，公司管理着这里的建筑物。但他们对我这只狗无能为力。"

"当然，现在也有很多外国人来这里。因为这里值得。在这儿待一段时间，你才会明白。这些人中有的已经来了两周或三周。我们都彼此熟稔，有点视而不见了。还有一些印度新贵，他们来这是为了度假。但主要还是澳大利亚人、美国人、法国人、加拿大人、荷兰人。这里非常国际化。中国人也开始来了。还有俄罗斯人和许多以色列人。"

这似乎是一个尴尬的话题，他抚摸了那条讨厌的狗有一分钟，直到它平静下来，蜷在他的脚下。

"不幸的是，在全印度以色列人的名声一直都很差。原因是来到这的人几乎都打过仗，在以色列国防军中服过兵役。这种影响很大。他们把世界视为敌人，所以举止非常没有教养。他们依赖毒品，而且不仅仅是大麻，还有海洛因等各种毒品。但普通外国人都很真诚，他们来到这里练瑜伽、听课和感受吉咒的震荡。"

因为我是一个理性主义者，无法亲身感受，想知道他到底如何确定某地发生过震荡。

"好吧，这是一个真实的故事。你看到自动柜员机旁那家咖啡店了吗？那里是不是还有一株大榕树？去看看吧。有一个大约 21 岁的年轻人，他现在人在中国。有一天，他在那儿完全变了一个人，他被附体了。我们原以为这是个大笑话。他整个人安静下来，非常突然，24个小时不出声，他是被另一个人附体了。附上他的人说：'听着，我不想找任何人的麻烦。我只是想见到我的女友。'还有一个故事，一对来自莫拉达巴德（Moradabad）的年轻夫妇也是在这里自杀的，就在这棵大树旁。男性的尸体也埋在这里。故事被我写进了小说，权当是一个情节。"

· · · · ·

他说，不管来多少外国人，他们都不能改变印度。"印度是一个巨大的谜题。"

我只能同意，无力反驳。

"这个国度令人感到不安，甚至觉得它极端，但一旦习惯了，你就会觉得它非常了不起。你会发现，印度人很虚伪，同时也非常真诚。你很难看穿印度人是怎样的人。但最终，关键点在于印度人的内在。你必须认识到，5000多年或者说7000多年的文明早已融入了他们的基因。"

屋外，另一波身披橙黄色衣服的湿婆信徒如潮水般走过，颂歌、口哨、鼓声、音乐、摩托车的轰鸣和雨声，混杂在一起。

"我很难想象你怎么能在这里获得平和。"我说道。有一些外国人声称与咒力发生了共振，但这种震荡也可能被愤怒所消解。想想艾伦·金斯伯格，他就是这种情况。"和平与花之能量的化身，"一位评论家谈及他时如是说，"可是，美国人，原子弹，都见鬼去吧！"

他微笑着。"何为平和是一个相对的问题。你可能身处曼哈顿中部，车声轰鸣，但你远离一切，仍然可以获得宁静平和。它就在这里，心中。"他把手放在胸口。"这就是这个地方能给予你的。如何忽略杂音，你必须拥有忽略杂音的能力。看，进化一直在进行，没有什么是静止的。动物会死亡，植物会死亡，而新绿会生发。地球对于这里的你我而言，只是短暂停留的地方。我不是这个世界的主人。我只能做自己的主人。我必须与善恶、权力和诱惑共存。苍穹之下，万物有序。"

15 从大海到星空

　　如果你是最早征服珠穆朗玛峰的两个人（和首个西方人）之一，作为助兴之举，你还有哪些梦想？新西兰人埃德蒙·希拉里爵士（Sir Edmund Hillary）为此冥思苦想。1958 年，在登顶世界最高峰 5 年之后，他到达了南极。1968 年，他呼朋唤友，分乘两条喷气式推进艇沿尼泊尔的孙科西河（Sun Kosi River）往上游航行了 250 英里。又过了 5 年，他开始计划下一次冒险：在恒河里同样做一次漂流，"逆流而上，全力向远"。这将是一次文化教育之旅，同时也是一次令人肾上腺素激增之旅，正如他们攀登山峰时，"所有行动，令人渴望，又尽在掌控"。事实证明，"掌控"绝非易事。

　　针对这次旅行，他们花四年时间进行了精心的策划和深入的讨论，而出发的时间却迟迟定不下来。印度友人建议在季风即将结束的时候出发，因为那时恒河上下 1500 英里的航程内将会水量充沛，适于航行。希拉里接受了这个建议。

　　在三艘喷气式推进艇上，他共召集了 19 人，其中包括新闻纪录片工作团队，同时，他还带上了吉姆·威尔逊作为他的文化和宗教顾问。吉姆在瓦拉纳西生活过两年，写过一篇有关印度教和印度哲学的博士论文。他的乱髯惊人，很容易被人误认为一个苦修者。1977 年 8 月 24 日，他们离开恒戈撒加岛，那时，胡格利河咆哮奔腾，降雨正开始逐渐减少。

希拉里钻研有关恒河女神的创世神话。在恒戈撒加岛，探险队在一座供奉圣人迦毗罗的小寺庙里的礼拜仪式上得到了祝福。传说中的迦毗罗诅咒了萨加拉王的 6 万个儿子，并把他们都烧成了灰烬。祭司在每个冒险家的额上以拇指摁上了朱砂吉祥痣。希拉里觉得，这看起来就像魔法师梅林（Merlin）。

船在汹涌的波涛中前行略显吃力。在孙德尔本斯（Sundarbans）地区蜿蜒曲折的河道上，他们见到了两只孟加拉虎，一雄一雌，正在河岸的红树林边上徘徊。

希拉里不同意吉卜林对加尔各答的记载，他认为这里不该被描写成"拥挤不堪，瘟疫横行"。他发现，这座城市魅力无穷，尽管文人和记者们总是让人不胜其烦，他们会说"给我们说说老虎吧，埃德蒙爵士"和"给我们讲讲珠穆朗玛峰吧"。当一个记者报道说，和他一起登上珠峰峰顶的夏巴·丹增·诺盖（Sherpa Tenzing Norgay）抱怨"我的朋友早把我忘了""他不登山，现在玩水了"时，他被激怒了。

比哈尔邦（Bihar）的首府巴特那州（Patna），让人沮丧，希拉里在班克孔俱乐部（Bankipore Club）稍做停留，想安安静静地来一杯啤酒，却被索要亲笔签名的人群团团围住。如果不是这样，小船早已穿过阴郁单调的比哈尔了，那里几乎没有游客。如果全速前行，他们可以每小时推进40 多英里。

他们在瓦拉纳西小住了三天，如所有来客一样，大家都心怀深深的敬畏。希拉里引用孟加拉圣人罗摩克里希纳（Ramakrishna）的话："试用言语将瓦拉纳西描述，如同去勾勒一份宇宙的航图。"他放弃了西装革履，团队里的一个登山队员开始称他为"穿拖地裙的希拉里"。另有一个队员被猴子咬伤了。在夜祭码头达萨瓦梅朵（Dasaswamedh）河坛，一个小女孩问他们是不是去过月球。

向更远处前行 40 英里，来到默札珀（Mirzapur）。那里，有"一些建在一排距离地面 60 英尺高的遭受了侵蚀的堤岸上的房子"，还有一处著名的地毯制造中心。他们还遇到了一位瑜伽大师。他穿黄丝绸短裤，上面以星月为饰，功力非凡。他向他们展示了哈他瑜伽（hatha-yoga）的本事。大师可以让心跳随时停下来。他还可以把一根 6 英尺长的铁条的一端抵在眼窝骨上，另一端抵在地上，然后将其断成两截。最令人印象深刻的是，他把绳子的一端绕在胸口，另一端拴在喷气式船上，以一己之力阻止小船开动。他说他已经 68 岁了。

在安拉阿巴德，希拉里受邀与印度石油和扶轮社（India Oil and the Rotary Club）的贵宾共进晚餐。探险队在那里第一次收到了大堆的邮件。迈克·吉尔（Mike Gill），他的副队长，收到了孩子们的来信。"亲爱的爸爸，"信中说，"当妈妈告诉我快去撒尿时，尿意真就来了。为什么她总是那么准呢？"

在坎普尔，他们听完了 1857 年武装起义的历史故事，印度人称之为"第一次独立战争"。

当他们接近哈瑞多瓦时，遭遇了第一场疾雨。他们在狂风骤雨中奋力前行，浑身湿透，寒冷入骨。

到达瑞诗凯诗时，他们欣赏着河水从峡谷中涌出之美，也注意到山上数量繁多的静修所。在游记中，一个登山队员提到了玛哈瑞诗·玛哈士大师，这位大师能把富有的外国人和他们的钱分开。"狡猾的老家伙。"他写道。更为不祥的是，他们收到消息说，两位来自捷克探险队的经验丰富的划艇运动员，在恒河源头溺水身亡。那里正是希拉里和他的伙伴们的下一站。

·　　·　　·　　·　　·

当他们到达德夫普拉亚格，就做出了第一个决定。德夫普拉亚格将是印度所有行程的第一站，一定要从这里下水，开始探索恒河。普拉亚格的意思是两条河的神圣汇流之地。最神圣的地方就在安拉阿巴德。亚穆纳河在这里注入恒河，普拉亚格是这个城市最初的名字。

巴吉拉蒂河和阿拉克南达河在德夫普拉亚格融为一体，成为恒河主干，在一段陡峭的河坛上合二为一。朝圣者可以立身水中，左脚浸在红色的河水里，右脚浸在蓝色的河水里。一个祭司招呼我过去，那手势是在示意我，脱掉鞋子，卷起裤脚。我们一起站在过膝深的河水中。我重复着他背诵的梵文经句，可是到了我的口中，无疑就像胡言乱语。他抹去我额上的吉祥痣，然后示意我弯腰舀水送到唇边。然后，他弯下身子，用还能听得懂的英语说："这个环节，你装装样子就可以。"

希拉里的船队在普拉亚格的湍流中颠簸起伏，但他早已下定决心。问题不在于地形，而在国家安全。他明显偏好巴吉拉蒂河。它比阿拉克南达河的水量小，会一路送他前往甘戈特里，从那里，他就可以向高穆克挺近。但印中冲突至今只过去了十多年，甘戈特里与西藏如此之近，对外国人来说，仍然是无法企及之地，所以，出发地只能是阿拉克南达河。希拉里认为峡谷的形成就是因为这一陡峭的黑色岩墙。"我从没见过一个如此充满敌意的地方。"他在记录远征时写道，将远征称为"从大海到星空"。

季风雨意味着河水会涨高到足以冲入群山，当然，这也意味着阿拉克南达河第二级湍滩现在已经进入第五级状态。喷气式推进艇冲进激流翻滚的斜漕，撞击着暗礁岩石，在漩涡中打转。从德夫普拉亚格，他们又推进了70英里，但距离目的地还有40英里。从河岸上勘察时，希拉里听到飞机轰鸣一般的白浪咆哮声，转过一个拐角，他发现自己面对着一座挂在木桥下的10英尺高的瀑布。那天是9月29日，他们在河上一共待了36天。希拉里有思辨的头脑。"从某种意义上说，"他写道，"恒河已经发话：'你们不能再往前走了！'"

在萨旺格静修学院，我向玻雷吉·梅赫拉提到了希拉里探险队。这位老人说，有谣言称这个伟大探险队有一艘喷气船在瑞诗凯诗附近的某地失事了。后来，我听说被一个富商找到了。这位富商住在通往一个叫"飞跃山峦"（Jumpin Heights）的地方路旁的静修所里，平时喜欢和朋友一起开车兜风。可我从没找到过那个静修所，也没有见过那个商人，或者失事的船只，但我的确曾决定要去飞跃山峦。我发现，埃德蒙爵士并不是唯一被吸引到恒河上游满足冒险欲的新西兰人。

16 极限冒险

从瑞诗凯诗北面的一个岩石岬角上，可以远远地看到一队充气筏在半英里以外的河上向左拐出一道弯，有的是天蓝色，有的呈橘红色，它们轻快地穿过一处岩石堆和几处温和的二级湍滩，微弱的惊叫声在山谷中回荡。

在瑞诗凯诗和萨旺格静修学院，到处都是这类公司名字的标识，如喜马拉雅山勇士、冒险谷，还有海浪探险队。我下榻的旅店为我们提供了 9 公里湍滩漂流之旅，报价 400 卢比，不到 6 美元，或者也可以价格翻一倍，享受三倍的距离。有的牌匾上给悬挂式滑翔翼和别的项目打广告，写着"战区——模拟彩弹枪战"，旁边的卡通形象，看起来像是忍者和海军陆战队的合体。到处都有飞跃山峦的海报，上面写着："印度第一个极限冒险区——83 处山地蹦极——1 公里。亚洲最长飞索——有胆你就来……"

●　　　●　　　●　　　●　　　●

从瑞诗凯诗出发，通往飞跃山峦的 15 英里山路蜿蜒曲折，驾车花去了将近一个小时的时间。飞跃山峦就位于希瓦尔河（Heval River）上的一个陡峭的灌木丛山坡上。希瓦尔是恒河上游的支脉之一，水流平稳。特定的高台从一个明黄色的竖架伸出，有 83 米高，正像广告上描述的一样——270英尺——高高地悬空在岩石河床上。

在等候室内，有一条通往上方的小路，等候时，可以观看人们跳跃时的现场视频。"变成蝴蝶之前。"一个叫洛翰（Rohan）的年轻人说。他穿着曼联的球衣，上面是赞助商耐克和雪佛兰的标志。视频显示一个女人正一步步向平台边缘走去。工作人员检查了她护具上的安全扣。

"真相一刻来到了，"洛翰说，"只要5秒或10秒，你必须保持心境平和。"

那个女子飞过了平台的边缘。

一对年轻夫妇坐在桌旁，端着纸杯，啜饮咖啡。他们已经经历了真相时刻，尽管花掉3000卢比似乎仍然是一个有争议的问题。"这很好啊。"男孩说，他叫高瑞夫（Gaurav）。"还好，"他的女友艾莎（Isha）说，"第一秒我还非常害怕，但接下来，并不像我想象的那么激动人心。但重要的是，等我们回去，就可以告诉人们我们玩过这个。"

他们来自西部的古吉拉特邦（Gujarat），之前在巨型石油公司贾姆讷格尔（Jamnagar）的炼油厂工作。"我们也来自古吉拉特邦，"洛翰说，"是艾哈迈达巴德（Ahmedabad）人。我们古吉拉特人无处不在。无论你去印度任何地方，你都会遇到古吉拉特人。"的确如此，一路到海边都会遇到。

洛翰和他的四个朋友在瑞诗凯诗订了两天三夜的住宿。玻雷吉·梅赫拉提及的新贵们都很有钱。"我们几个都要去读商学院了，所以在开始另一次冒险之前，我们想来一次探险之旅。我在艾哈迈达巴德的一位朋友跟我说起飞跃山峦。这里很有名。在漂流过程中，我们就一起玩过了漂流、飞索和悬崖极限跳跃。也有只有二三十英尺高的地方，只是为了帮助大家练胆量。这里刚刚下过雨，河水已经涨起来了，有几处湍滩，四级的样子，湍滩还有名字：三只盲鼠，双重麻烦。一级甚至叫过山车。"

"很多IT人士也从班加罗尔和加尔各答飞过来。"一位名叫玛蒂娜（Martina）的工作人员说。她有着一头金发，来自瑞士，在新西兰和尼泊尔接受过专业技能培训。"印度人现在都很有钱，但他们能把钱花在什么上面呢？汽车，手机，电脑。如果你想要申请护照，则需要两年时间，出国的费用是很昂贵的。所以他们把它花在冒险运动上。周末时来这里的人简直是疯了。每天有大约 100 人来跳，那是我们工作强度最大的时段。"

飞跃山峦是由三个退伍飞行员一手创建的。在洛翰等待被叫到的空闲，我在手机上和其中的一位马诺·库马尔（Manoj Kumar）上校通过话。他离开军队后，曾在汽车行业打拼过一段时间，但他对极限运动素来痴迷。"我有一个朋友，拉胡尔·尼甘（Rahul Nigam）上尉，"他说，"我们一起做基础性的极限训练。有一天，他让我辞去工作，和他一起去实现我们共同的梦想。我们花了将近两年的时间选址，直到看中了'瑞诗凯诗'，因为此前这里就有大量的徒步旅行和漂流活动，那是一种完全不同的寻找冒险的方式。对于那些因宗教原因来到瑞诗凯诗的人们来说也多了一份吸引力。但我们不确定在印度是否可行。蹦极只曾出现在德里和班加罗尔的体育场上，而且是使用起重机。但是发生了一起安全事故。"

这起事故发生在 2009 年，事故中，一个 25 岁的轮机工程师在班加罗尔一家无牌俱乐部"冒险和环境振兴中心"的彩弹场中因为安全带断裂，从 150 英尺高空跌落身亡。公司的老板潜逃，公司也被关闭了。

"所以我们联系了新西兰人，"库马尔上校说，"新西兰是世界蹦极之都。政府的登山协会检查了我们的设备和程序。通过之后，我们从 2010 年开始运营。"

· · · · ·

轮到洛翰时，我们沿着蜿蜒在林间的陡峭石路向山下的高架走去，林间到处回荡着长尾棕腹树鹊嘹亮而悦耳的颤音。"这里是美丽的天堂，"玛蒂娜说，"鸟儿的生命令人惊叹。豹子和山蜥到处可见。"

高台上的两个工作人员都是印度人。阿伦（Arun）是瑞诗凯诗人，苏雷什（Suresh）来自附近的莫汉·沙提村（Mohan Chatti）。超过 40 人在飞跃山峦工作，其中大多是本地人。上尉和上校做了大部分招募工作，由新西兰人负责培训。

"就是这些岗位，养活了 40 个家庭，"玛蒂娜说，"起初他们认为这绝对是疯了，但我们这儿从来没发生过任何安全问题。所以这些年轻人留下来了，他们不用跑去德里和孟买。他们可以继续在田里劳作，照看动物。如果是收获季节，他们只要打一个电话说：'我不得不迟到两小时，因为我在田里呢。'这是家庭第一。"

洛翰正在准备跳，他的朋友们拿他开玩笑。10% 的游客在最后一刻失去了勇气，阿伦说，空气中透着男性骄傲的荷尔蒙。

"如果没有这个工作的话，我不知道自己会去做什么，"苏雷什说，"我会考虑互联网，也许是做一个硬件工程师。但这是一种完全不同的，独一无二的职业。我每天会跳 60 到 70 次。我学会了在负重 15 千克的情况下，从顶部朝下做单脚后空翻。落下的一刻，你要非常放松，这样你就可以得到一次巨大的反弹。那真的太刺激了。"

洛翰从高台上纵身跳下，伴着反叛的吼叫。当他触底反弹时，变成了拖着长音的"喔——吼！"

接下来是一个年轻人，帅得本可以做个出彩的时装模特。他身高 6 英尺，身穿一件紧身黑色 T 恤和深蓝色裤子，齐肩黑发从高高的前额直接向后梳过去。很显然他不是印度人。拉脱维亚人，他说。他的名字叫雷蒂斯

（Raitis）。他在路上还遇到了两个同伴，都是乌克兰人。

"一个朋友和我一起来的，但他的膝盖受伤了，"他说，"他了解印度，了解恒河，他崇拜印度诸神，还有一个导师。医生说：'你疯了，膝盖受伤了，就一定不能再想着去印度，要卧床休息两个星期。'他第一天刚到恒河时还感到疼，但是洗了澡，游了5分钟，就把拐杖扔了。这就是你要做的，去河边，喝点恒河水。河流拥有能量，就像所有的自然万物，我们内心的信念将会激发这一神奇力量。

"在拉脱维亚，奎师那神和湿婆神广受崇拜，但是没有静修所，没有宗教餐馆和礼拜仪式。当然瑜伽是有的。它有助于人们保持良好的身体状态。30岁以后，我觉得自己身体有点僵硬了。"

在瑞诗凯诗，他终于找到了他要寻找的印度。他去过孟买，环游了南印度，在果阿邦（Goa）的一个地方玩风筝冲浪。"但是所有人去果阿邦就是喝酒，寻找艳遇，如果我也去酒吧和闲逛，我无法不迷失。在瑞诗凯诗逗留的时候，我喜欢像静修所这种真正有意义的地方。"

他走向高台的边缘，苏雷什和阿伦为他锁好设备。他停顿了几秒钟，平静而安详，正如我猜想的那样。然后他冲了过去，完成了一个完美的前跳。他冲下去200英尺，头朝下，然后回弹100英尺，不吭一声。

17 天堂之门

　　与游牧民族友人曼托同行，我在为期 3 天的湿婆之夜开始前及时赶到了哈瑞多瓦，这里位于圣地瑞诗凯诗下游十几英里处。此时，喜马拉雅山式微，终于化身希瓦里克（Shivalik）山丘。恒河开始倦怠缓行，穿流在无边无际的北印度平原上。

　　哈瑞多瓦，印度圣城之一，名字的含义是"天堂之门"，就像一个雕像主题公园。五彩斑斓的恒河女神有四条胳膊，盘坐在河间的莲花上，花下是她的坐骑——鳄鱼，神像被整体置于水泥基座上，看起来就好像生命从重工业设备上诞生。附近的河岸上，湿婆神像高达 50 英尺，尽管这还算不得印度最大的神像。在南方的卡纳塔卡邦（Karnataka），也有一座，他以坐姿示人，高度是这座的两倍以上。哈瑞多瓦湿婆神像呈站姿，身材苗条，有点雌雄同体特征，脸上挂着差不多正是那种佛陀的微笑。他右手扬起，祈福纳祥。他通常的形象是：左手高举着三叉戟，头上有一弯新月，脖子上缠绕着由眼镜蛇乃吉·瓦苏吉（Nag Vasuki）和金刚菩提念珠穿成的项链，沙漏形的印度鼓发出神秘的奥姆或欧姆音节，敲出人类心跳的节奏。我第一次来哈瑞多瓦时，雕像是青铜色的，等我第二次来，是灰蓝色的。

　　有时神像被染成彩虹的七色。沿石梯路而上，无数的小神龛被摆放在树林的根基处，内藏雕像，有戴着花环的湿婆神，有雪山女神帕尔瓦蒂，有象头神迦尼萨，也有主神奎师那和猴神哈奴曼（Hanuman）以及其他一些我不能立即确认的神。朝圣者们把雕像浸入河里。其中一些早已被水流冲歪和损坏。有一个男孩望着一尊真人大小的恒河女神像面露感伤，她的头和一只脚已经不知所踪。男孩衬衫的背面印着一只雄鹰和一行似是随意从字典里用大头针乱指拼出来的文字。

护卫——城市街区的力量——在此处你将感受第四届年度死亡聚会。

条条道路通往主要浴场喀拉文保里（Har Ki Pauri），据说毗湿奴神曾在那里留下足迹。即使在 2 月份，水已经降到了最低点，季风也早已过去，融雪还未开始，但水流依然强劲，足以掀起滔滔白浪，沐浴的人们紧贴在边缘处，抓住金属链子，靠着以神圣的万字为柱头的柱子。即便如此，一些十几岁的男孩子还是在水中走动，放出用叶子和花朵制成的燃灯。无论他们在哪里涉水，水位都保持在齐腰深的水平。我想，河床上石板的淤泥一定是早被水流洗尽了，但第二天早上我才意识到自己错了。

夜幕降临，火焰在祭司点亮恒河夜祭的樟脑灯上跳跃摇曳，曼托花了几卢比从一个男孩手上买了一只燃灯，放在水中，任它随波而去，我也遵例而行。

仪式结束时，湿婆之夜一失刚才虔诚凝重的氛围，变成了一场喧闹忘情的舞会。集市上杂乱而刺耳的大号和小号竞相响起，铜管乐队身穿橙色、银色和金色的制服，有希拉乐队（Heera Band）、拉贾乐队（Raja Band）和希夫乐队（Shiv Band）。

水牛在人群中缓慢前行，车上载着湿婆神和恒河女神的雕像。朝圣者聚集在雀提瓦拉（Chotiwala）饭店门外等候免费餐，人们可以自己从大桶里舀出米饭和木豆菜。其他人正在把硬币投进马阿恒河神庙（Shiv Ganga

Maa Temple）的慈善箱。有一个女人提着一个小篮子朝我跑过来，掀开盖子，一条眼镜蛇向我脸上吐气，它的小兜帽还在噗噗乱动。女人咯咯地笑着。我这个外国人总是露出被戏耍的憨态。

•　　　•　　　•　　　•　　　•

　　第二天早上，我们乘坐缆车——印度人称之为索道——前往湿婆的眼镜蛇乃吉·瓦苏吉的姐姐门萨（Mansa）女神的庙宇。庙宇建在恒河上方600英尺高的光秃秃的石顶上，俨然一座军队的城堡。

　　我递上零钱，买了一盘花作为供品，印地语称"普拉萨德"（Prasad），这是我敬神的礼物。作为回报，我将获得达申（Darshan）的机会——一睹神像的真容，增禄得福。一名工作人员引导人群排成了一条蜿蜒的长队，组织的原则与机场检票队伍相同，但这里用的是金属围栏，到人头部的高度，这样人们就只能一步步向前，单列行走。

　　沿途贴着小心扒手的标志。黏糊糊的身体挤靠在我身上，这很容易让人联想到踩踏事件。我们通过了四道门出去，但其中有三道是锁着的。"哦，这些都是为贵宾而设。"曼托说。

　　最终我们来到了女神庙。我把花盘献给祭司，他敷衍地为我祈福，然后把花盘递给另一个人，那人会把花转交给门口的小贩再出售。

　　在外面的岩石上，猴子比我在任何一个地方见过的都多，甚至比拉贾斯坦邦卡车站还多，从河上和城市上空望去，那种情形令人眩晕。在到达喀拉文保里前，人们能够看出恒河在这里一分为二。

　　大河东侧的水闸将其中一部分河水分流到原来的河道中，另外两道闸则把更大部分水流西引，使之沿着石梯疾奔。此刻我才意识到，男孩子们在阿尔蒂恒河（Ganga Aarti）并没有踏入河中，而是站在一条人工运河的河床上，那是一个灌溉系统的起点，正是这一灌溉系统滋润和哺育了数千万生活在恒河与亚穆纳河之间干旱的河间冲积地上的人们。

普罗比·托马斯·考特利爵士（Sir Proby Thomas Cautley）就是修建运河的人。他是一个善辩的博学家，秃顶，戴着无框眼镜，有着一张儒雅的诗人面孔。他也是一位人道主义者，下定决心解决反复困扰着河间冲积地平原的周期性饥荒问题，最近一次大饥荒发生在 1838 年，夺走了 80 万人的生命，占这里总人口的七分之一。四年后，考特利破土动工。

首先，他去勘察希瓦里克山丘上每一寸地形，"漫游在每一处我们找得到的且能够进入的沟壑、峡谷或河流，以枪支和地质锤为伴。"他发现的化石包括一只剑齿虎和有十英尺长象鼻的大象始祖。

批评他的人说他疯了。在湍急的山间急流中修建大坝太过困难，更不用说有多么昂贵了；大坝应该只建在肥沃的沙质平原上，就像东印度公司在南印度所做的那样。"恶言恶语，实在无聊。"考特利答道。恒河平原上噬人的洪水会把他们冲走。我完全支持他的说法。在哈瑞多瓦，春季融雪带来的激流"永远是人们担心的原因"，但是他以这种方式设计水闸，目的就是要做到只要一名预警操作员及时泄洪就能防止灾难的发生。

对于哈瑞多瓦的祭司来说，一切都是亵渎。这个疯狂的英国人正在亵渎他们的女神。但他听取了祭司的不满并做出让步。他会翻新喀拉文保里和其他浴场，这样朝圣者会更安全；他会举办就职盛典以致敬象头神迦尼萨，因为正是他消除障碍，保佑了新项目的顺利进行。考特利写道，"这名印度人接受了。他们可能把此举看作对限制恒河自由的某种补偿"。当他的这一伟大工程完工时，全长超过 350 英里，一直延伸到坎普尔。

18

湿婆为何变成了青色

回到集市上，一个店主正在斥责两个身着橙色衬衫、橙色短裤和人字拖的男人。

"这些人不是朝圣者，他们只是暴徒！"他对任何愿意听他说的人大喊道，"他们破坏了法律和秩序。这个年轻人走到我面前说：'给我加热一下牛奶！'我说：'给你加热牛奶？不！'他问为什么不。我说：'因为我还有其他顾客在等着呢！'"

曼托摇了摇头。"信徒来这后，当地人的脾气都变得非常暴躁了。"他说。

因为信徒么？

· · · · ·

排成长队的人群站在运河岸上，年轻男子们都穿着橙衣，还随身带着我不认识但很精巧的物件。这是我前一天到达镇上时就注意到的，它的大小和形状就像一副担架或火葬用的木棺，放在竹架上，而顶部是弯曲的。这就是扁担，印地语为"坎瓦尔"（Kanwars），携带坎瓦尔的人就是信徒。

一位名叫比图（Bittu）的男子："我们之前已经参加过 8 次朝圣了。"他和他的好友桑贾伊（Sanjay）以及 4 名同伴从德里以东约 100 英里处的莫拉达巴德附近的一个村庄来到这里。"我们是坐火车来的，但我们要步行回去。我们将把扁担扛在肩上。这需要 5 天的时间。"

最狂热的信徒可能会在 24 小时内完成这趟旅程，曼托说，他们一路奔跑，途中会把坎瓦尔接力传递下去，只做短暂休息。

"这都是为了湿婆神，"桑贾伊说，"但我们不是来自任何特别的寺庙。我们来自不同的种姓。我们是邻居。我是一个上班族，比图是一个司机。有时我们在路上也会交到其他朋友。"

人们来自德里，来自北方邦，来自哈里亚纳邦（Haryana），来自拉贾斯坦邦，来自北阿坎德邦。有些人甚至跑到高穆克，实际上，距离超过了 500 公里。

他们还给我看了一些用来装饰扁担的东西：明信片大小的湿婆画像，小三叉戟，塑料眼镜蛇，微型印度鼓，封面上印着梳着油光锃亮大背头发型的宝莱坞明星的 CD，金银箔条，粉红色的手帕，铝茶匙和装着水罐的两个柳条篮子。水罐和铝茶匙是这项活动的要点，当然，它背后有一个传说。

曼托说："这是经文中的一个故事，讲的是一个孝顺的儿子湿拉万（Shravan）。"这是一个很古老的发生在主神罗摩时代以前的故事，在人们中间流传很广。你可以在电视上或者买一张 DVD 看到。湿拉万的父母又老又瞎，他们想在死前去朝圣。但是他们太虚弱了，不能走路，所以他做了一个可以扛在肩上的轿子，两边各放一个篮子，双亲可以坐在里面。所以这些男孩挑担正是象征着这个故事，他们会用篮子把恒河猴带回家。

"一旦我们装了水，它就再也不能接触地面，直到回到我们自己的村庄，"桑贾伊说，"一定要一直扛在肩上。"

这就是那两个篮子存在的原因，那铝茶匙呢？

"为此，你还必须要了解另一个传说。"曼托说。

众神和魔鬼作战，每个人都想获得永生的甘露。为了找到它，他们不得不搅拌七大洋中的乳海（Ocean of Milk）。

他们用湿婆神的眼镜蛇乃吉·瓦苏吉作绳子来搅拌。众神抓住他的尾巴，魔鬼抓住他的头，他们把蛇在乳海里飞速地旋转，但永生甘露并不是这场斗争唯一的结果。

"这样，就制成了一锅毒药，"曼托说，"毒药药力非常强劲，它甚至可以摧毁整个宇宙。必须有人吃掉它，但谁来吃掉它，却无法达成一致。最后，湿婆说：'好吧，我愿意去做。'"他把毒药藏在喉咙里，这就是湿婆发青的原因。因此，有时他被称为"尼拉坎萨"（Neelakantha），一个喉咙发青的神。

"那么铝茶匙呢？"

"因为毒药在湿婆身上散发大量的热能，他不得不想办法冷却自己。所以信徒们要一天洒两次水在哈瑞多瓦湿婆像上来冷却他体内之火。"

"当我们到家时，我们也必须把水倒在湿婆像上，"桑贾伊说，"然后我们会为村里的姑娘们做一顿盛宴。"

"扁担的其余部分有什么故事呢？"

"我们会收藏好明年用，这个装饰则送给孩子们。"他指了指金银箔条。

"那手帕呢？"

桑贾伊和比图对了一下眼神，咯咯地笑了起来。"这些是我们给女孩子们准备的。"

19 乔蕾太太的眼镜

城市南郊朝着可怕的阎摩的方向，一具老妇的遗体被放在坎哈尔（Kankhal）火葬场里的一堆木柴上。另外两个用于火葬的柴堆正在熊熊燃烧，还有一堆早已化作冷却的灰烬，第四个也已经准备好了，显然，这家的家境更差，因为用的大部分是胶合板条，还有几把稻草。

老妇人的名字是安比卡·乔蕾（Ambika Chaurey），是那天天亮前1个小时过世的，享年82岁。清洗过身体以后，男性亲属们将她抬上了一辆平板卡车，车体被涂得五颜六色，看上去与其说为了送葬之用，不如说为马戏团准备。从他们的家乡——德里北部的密拉特（Meerut）出发前往哈瑞多瓦，需要驱车4个小时，下午3点左右终于抵达。

在一个直通火葬场的小巷边的摊位上，他们买了所需的木柴，以及一些用来助燃的樟脑块，如果打开包装的话就像方糖。葬礼由两名祭司主持，这一家人往他们手里塞了些钱。其中一位祭司头发灰白，是一位缺了几颗牙齿的老者。尽管火葬的柴堆烧起来炙热难耐，他还是穿了一件蓝色条纹毛衣。另一位不到30岁。他自我介绍说他叫哈里·欧姆·沙斯特里（Hari Om Shastri）。在腰布外，他穿了一件黑尼龙拉链夹克，额上点了一颗明亮的朱砂痣。他的头发涂过厚厚的润发油，刚长出的胡茬，堪比年轻时的理查德·尼克松（Richard Nixon）。

在河坛边上临河一线，到处都是河水退却后留下的发黑的万寿菊、塑料袋、食品包装袋、烟盒、大块泡沫塑料、附近站着的几头牛排泄的稀粪，还有几张没吃完的恰巴提烤饼（chapatis）。这里有恒河几条交错的河道，水禽在砾石场上空盘旋，也许更准确地说，应该称之为垃圾场。几码远的地方，一名工人开始往水中铲冷灰。

我告诉年轻的祭司把胶合板作为火葬用柴让我疑惑。如果遗体只烧了一半怎么办？"这些尸骨可以净化河流，减少污染，"他用小学科学老师的口吻回答道，"一个人得到了净化，河流也就得到了净化。他的尸骨会逐渐分解并被稀释。人体将回归空气、水、土、火和苍天。不然的话，这条河流现在早就堆满白骨了。"

乔蕾太太的遗体被打扮得像一个新娘，身体四周围满鲜花。在她的头顶上，用树枝搭成了一个拱顶，上面挂满了一个个形似小气球的黄、红和蓝色塑料饰物。此刻，两个人走了过来拿出饰物，抛入河里，任其在倦怠的水流中漂去。死者的长子跪下来，亲吻母亲的双脚，然后划着了几根火柴，扔在火葬的柴堆上。橙色的火焰轰的一下腾起，当燃烧的枝条落在老妇人的脸上时，我注意到，她的家人还没有为她摘去眼镜。

油腻的黑灰颗粒开始飘散，落在我们的皮肤和衣服上。"离开前，你们最好到河里去洗个澡。"年轻的祭司说。

20　最有效的药

　　湿婆之夜在 2 月举办。我再次来到哈瑞多瓦时，已经是 7 月。雨季刚刚扫荡过这里。城中的街道已被洪水淹没，深及小腿。从城边巨大的停车场步行到市中心需要 15 分钟。我下榻的旅馆有一个可以俯瞰河面的大阳台，一个告示牌上写着："为了避免猴子带来的威胁，请不要在阳台晾晒衣物。"大雨倾盆而下，像拳头一样整夜敲打着屋顶。但到了第二天早上，乌云消散，晴空万里，我出门前去拜访著名的巴巴·拉姆德夫（Baba Ramdev）。

　　几个星期以来，我一直在和巴巴办公室方面进行沟通，希望能有机会和这位印度最受欢迎的电视表演大师见面，是他把瑜伽带给了大众。他的电视节目拥有 8000 万名观众——当他在举办特别活动时，观众数量会远多于此，比如，他曾通过多个语种进行转播，让全印度 1 亿人在电视机前做同样的瑜伽练习。他还和其他知名大师共同举办集会，为印度教民族主义党派总理候选人纳伦德拉·莫迪（Narendra Modi）祈福。我看过一部有关拉姆德夫在哈瑞多瓦举行大规模瑜伽公开课的电影，里面就是吸引了成千上万人参加。有时，大师裹着一件带有成熟橘子颜色的长袍；有时，他腰部以上赤裸，肩上只披一件圣衣，露出一撮与他那惊人的胡须相配的黑色胸毛。他牙齿光洁，足以照亮一间漆黑的房间。他告诉他的信徒，瑜伽有非凡的力量，可以治疗脑瘤、白血病、猪流感和同性恋这一"不科学的、不自然的、不文明的、不道德的、无宗教信仰的和不正常的"的丑行。呼吸练习也可以帮助一个人摆脱这种顽疾。他还把两个同性伴侣放在同一个房间里关上几天，通过这种厌恶疗法使他们获得救赎。

当我到达巴巴·拉姆德夫的瑜伽帝国总部波颠阇利瑜伽佩斯（Patanjali Yogpeeth）时，已是上午晚些时候。这里位于距离哈瑞多瓦几英里外通往德里的路上，园区占地面积 500 英亩。它的名字"波颠阇利瑜伽佩斯"中"波颠阇利"是一位 4 世纪的圣人；"瑜伽佩斯"的意思是"瑜伽之地"。园区像一个从新月形状的行政大楼向外辐射的小城。排列整齐的公寓楼，可以接纳成千上万的信徒，那里有一弯人工湖、观赏用林木，以及规划整齐的波颠阇利生物研究所、一家医院、一处访客招待所、一个设在一栋大厦内的阿育吠陀药物和保健食品高科技制造中心，大厦看起来俨然一处英国都铎时代风格的豪宅。你也可以上网（www. ramdevproducts. com）购买巴巴的皮肤和面部护理产品，洗发水，草药，食品补充剂以及治疗牙龈出血和早泄的药物。

但巴巴·拉姆德夫本人并不在。门卫告诉我他和 500 名弟子被困在甘戈特里。前一天的暴雨之后，进入山区的道路被几十次，甚至可能是数百次的泥石流所堵塞。他什么时候回来？对方耸了耸肩。不知道。可能是几天，也可能是几周。

·　　　·　　　·　　　·　　　·

我下楼去餐厅，吃了一顿清淡的有机木豆饭和印度薄饼，当然不加洋葱或大蒜，我怕血液会因此过敏。接着，我又上楼去确认是否巴巴大师不在的情况下，还能找到人聊上一番。

门卫在紧闭的门后消失，又返回身来，与我低声交谈了一番。最终，巴巴·拉姆德夫的贴身副总裁愿意接见我。他叫韦迪亚杰·阿查里雅·巴奎师那（Vaidyaraj Acharya Balkrishna）。阿查里雅的意思是"老师"。他是波颠阇利瑜伽佩斯的联合创始人，更重要的是，他持有阿育吠陀医药公司97%的股份。阿育吠陀医药公司在全国拥有1万家门店。事实上，他在福布斯印度富豪榜上排第48位，净资产估值为25亿美元。

如果多了一份制作精良的旗鱼标本，外加几张房间主人与唐纳德·特朗普（Donald Trump）和乔治·W. 布什（George W. Bush）握手的签名照的话，你可能会把巴奎师那的办公室误认为一位成功的佛罗里达州商人的办公室。他坐在一把高背椅上，面前是一张巨大的玻璃面办公桌，上面放着三部手机，铃声此起彼伏。他身材矮小，干净利落，身穿洁白的长袍，乌黑的短发看上去就像画上去的，牙齿则像两行墓碑。他40多岁，但似乎比实际年龄年轻了10岁。宁静和活力的平衡使人永葆年轻，这是阿育吠陀的奇迹。他给了我一叠印刷精美的小册子，上面有各种瑜伽的姿势和草药的照片，还有一份列有他个人资历和成就的文字资料，字体很小，总共有8页。

在文字资料中，他被描述为一个"具有远见卓识的伟大之人，高度禁欲，精力充沛，孜孜不倦，为人简朴，具有多方面专长，愿意无私地服务全人类"。说他学识渊博，有据可鉴：他编撰过30部书籍；与人合著了40篇学术论文，主要研究瑜伽和阿育吠陀带给人们的影响，发表在《医学科学监测》（*Medical Science Monitor*）、《儿童和青少年精神病学与心理健康》（*Child and Adolescent Psychiatry and Mental Health*）以及《当前国际制药研究趋势》（*International Journal of Current Trends in Pharmaceutical Reasearch*）等同行评审的学术期刊上。情况说明部分还阐明，他"直接治疗了500多万名患有各种慢性病和复杂疾病的患者"。

我并不怀疑阿育吠陀药物的疗效——一个朋友曾告诉过我它确实有助于他的哮喘治疗。但500万名病患？用瑜伽治疗脑瘤？"哦，是的，是的，是的，"巴奎师那说，"绝对如此。"其他国家也体验过波颠阇利瑜伽佩斯带来的福利，如日本、南非、阿拉伯联合酋长国。阿育吠陀医学事业现在已经扩展到美国。"我们在亚特兰大进行在线销售，不久前在得克萨斯州的休斯敦也开了一家店。"瑜伽大师巴巴·拉姆德夫出席了隆重的开幕活动。那么，大师深涉世俗政治是怎么回事呢？我问。他一直深受激进的印度教民族主义组织——国民志愿服务团（RSS）的尊敬。我曾经读到过相关报道，他曾在集会上号召年轻人群要接受一些武器研发方面的培训，结果等警察来驱散人群时，巴巴男扮女装，像二流电影中演的那样，溜之大吉。

"20年前，我们创办波颠阇利瑜伽佩斯时，它还不是我们的事业，"巴奎师那说，"对我们来说，同样也不怀有政治目的。人们应该对自己的文化和健康体系更有信心。但过了一段时间，我们意识到政治体系也存在问题，比如存在诸多腐败。所以我们渴望改变这种状况。但如果政府致力于改变，我们就可以重新专注在自己原来的事业上。"

当我说到，通过群众集会的方式，引导人们来到神面前的思想同一对一的导师弟子关系，或者去寺庙，或者在工作前在家做私人祈祷非常不同时，他非常赞同。这让我想到了美国那些大教堂和电视布道家们，他对这种观点比较没有异议。

"这是一个很重要的问题！"他大声说道，"这是我的领域。我头脑中会反向思考这个问题：印度教讨论神的统一性。如果你回到《吠陀经》和《奥义书》（Upanishads）的原文本，你会发现印度人只相信一个神。就像我可能是丈夫，可能是父亲，也可能是儿子，但我仍然是同一个人。神是一个存在，但人们会赋予神不同的形式。人们崇拜神的形式也可以是萨克提（Shakti），或者是能量。但如果你追溯历史，最重要的一点是经验。礼拜不只是去寺庙。如果你没有改变自己的行为，这就变成了一种仪式。如果宗教成为一种仪式，它就成了一项任务。这不是自我提高的路径。冥想也不会带来自我提升，因为它不过是一个团体活动。在集体活动中，你学习，你获得信息。崇拜是指向自我进步的。我怎样才能忍受我的悲苦，怎样才能增加我的幸福，怎样才能消除我的焦虑？"

但波颠阇利瑜伽佩斯所倡导的团体崇拜的对象不仅是巴巴·拉姆德夫的角色。他的个人精力主要放在阿育吠陀，近来他大部分时间放在编纂一部关于世界上所有已知草药及其药性的大部头百科全书上。"到目前为止还没有完成，"他说，"我们已经完成了收集工作。100 名科学家与我们展开合作。不仅是本地区的，也是全世界范围内的。4 万种植物！如果你翻阅与草药有关的佛经和史册，只能看到 800 种。所以 4 万种是一个很大的数目！"

当我正要离开时，他又想起了一件事。"牛棚！你必须去那儿走走。只有三四公里远。你会看到我们正在用牛尿开展的有趣研究。那儿的人还会找有机芒果给你尝尝，都是从树上自然落下来的！"他发出一阵大笑。不知何故，芒果突然落地的想法似乎让人觉得好笑，以前这种事从没有发生过。

21 起泡饮料

出售牛尿的想法是巴巴·拉姆德夫先生的灵感,这是对印度教徒精神认同的一种确认。牛尿有奇迹般的疗效,通过装瓶销售替代百事可乐和可口可乐,既能表达爱国情怀,同时更是一种健康的饮品选择。但我想知道,生产过程是不是在牛棚里完成的。

一个男孩接受指派,带我前往小屋参观。牛被分成左右两排,有一个男子正在用一个臭气熏天的大桶收集这种珍贵的液体。棕黄色的牛尿气味刺鼻。等他手中的大桶装满了,就将其倒入一个大金属罐中以备蒸馏和浓缩。尿液是从附近的村庄购买的,农民们用蓝色的大塑料桶装好,置于路边等待公司收购,每升 20 卢比,约合 30 美分。如果每天靠两三美元生活的话,这是一笔不错的补贴。

那个男孩带我上楼去见经理贾恩(Jain)先生。"从最初的 6 头牛到现在的 400 头。"他说。他们来自 4 个印度本土品种。在各类牛中这几种被认为比泽西牛(Jerseys)和荷兰牛更理想。其中一个品种以抗疾病能力强闻名,另一个品种则以个性好斗而闻名。一些人认为待孕牛的尿液有特殊的功效,也有人认为如果母牛从未产过奶会更好。

贾恩说,牛尿有很多有益的用途:制作肥皂、松节油、地板清洁剂、生物肥料、生物农药、沼气、牙膏、眼药水。因此,可以把它添加到食物里,比如加到粥里。其实,也可以加上奶牛的粪便。但主要还是作为药物添加。

同性恋不在尿液可以治愈的疾病清单上——瑜伽对它更有效。但牛尿对其他任何疾病都有效果，从痤疮、便秘到癌症和艾滋病。"它是一种天然抗氧化剂，富含矿物质和维生素。我们生产的药物之一甚至在美国获得了专利。"

"人们也到牛棚这购买我们出产的牛尿，"他说，"带回家后，第二天早上第一时间就把它喝掉，因为它对身体的酸性问题很有疗效。有些人还喜欢把它涂在脸上。"

牛尿可乐生产情况如何？这一块的生产并不是在这里进行，他说，而是在哈瑞多瓦RSS的奶牛保护部。该公司董事会几年前就宣布了这一计划。所有必要的实验室测试都已经完成。净化方法、保存方法都已经解决，最重要的是掩盖气味的工艺也已经解决。这种可乐是由坎普尔的一家公司试销的，两种口味中，一种是酸橙味，一种是柠檬味，混合了各种神圣的草药。但是，向大众推广这种产品会是一个缓慢的过程。这一想法一度遭到了一定程度的怀疑。一家营销公司的总裁曾建议以"泡泡"为名出售。

贾恩先生问我要不要来点饮品提提神。会是冷饮吗？

我警惕地看着他："牛尿可乐？"

他脸上带着一种易变的微笑，同时露出歉意。"不巧的是，我们只有瓶装水。"

原来只是玩笑。他们拿出一篮子有机芒果，几分钟前刚刚自然落地，果香极致超绝，我一下子吃了三个。

PART TWO

平 原
PLAINS

22 绞盘男孩

在哈瑞多瓦以南，德里以东，只有高温、尘土和无边无际的平原。地平线被尖塔、庙宇的尖顶和英式钟塔挑破。街头的女性戴着黑色的面纱，男人的胡须也用海娜花染成了橙色。勒克瑙（Lucknow）华丽的阿西夫清真寺（Asifi Masjid）外，统治波斯奥德（Oudh）〔或阿瓦德（Awadh）〕王朝的阿亚图拉·霍梅尼（Ayatollah Khomeini）的肖像和其他什叶派穆斯林的圣像始终高高飘扬。回望历史，1856 年，东印度公司认为这个王朝已经统治了足够长的时间，英国官僚们再也无法忍受奥德王朝最后一个君主——肥胖的瓦吉德·阿里·沙（Wajid Ali Shah）的懒政，他"沉沦在一个荒淫无度、醉生梦死的无底深渊"，所关心的不是政治，而是"书画、歌舞和鼓乐"。

戈默蒂河（Gomti River）在喜马拉雅山麓里翻滚，向东南方向蜿蜒560 英里，穿过印度北部平原，在瓦拉纳西下游不远处流入恒河。在靠近这段河道的中点，它缓缓地流淌过如今有着 2 亿人口的北方邦首府勒克瑙。我绕行至此的原因就是要让自己重拾 1857 年紧跟阿瓦德王权消解而来的印度反英大起义。

我首先参观了摩西花园（Musa Bagh）遗址。它位于城郊戈默蒂河一个水流迟缓的河湾旁。一条留着车辙的土路从高速公路上一处肮脏的垃圾场处分出。路边，挖沟机车队正在干活，一台手推车上的扬声器里传出高亢刺耳的电影音乐。小路的尽头是一个叫巴里（Bari）的村子，房屋散乱地排列着，还有一些小吃摊和一座绿白两色的小清真寺，寺门上方画着金色的星月标志。一条寻常的黄狗在太阳下的滴水泵旁伸腿拉胯，看上去好像早已经死了。一位瘦骨嶙峋的老人站在附近，留着一撮白色的山羊胡。他告诉我，这里基本上就是一个棚户区。土地所有权不属于这里的村民，为了准备下一波城市扩张，城市当局和房地产投机者早就对这里的土地虎视眈眈了。政府的大卡车会定期来到这里，翻起耕地的表层土，盖住堆积如山的垃圾。他们的所作所为让人感觉晦气。"那个垃圾堆让人恶心，"老人说，"只要风从那边吹过来，苍蝇和蚊子就会要了我们的命。"

后来才知道，老人就是这座清真寺的守护人。这座寺庙供奉的是哈扎德·赛义德（Hazrat Syed）的阿訇阿里·沙·巴巴（Ali Shah Baba）——一位13世纪的传播福音的圣人。旁边的墓地里埋葬了另一位受人尊敬的阿訇，墓地以克尔白天房（Kaaba）的图案为装饰。为了守卫，老人整夜都睡在这里，不过这并不代表他非常担忧这里会发生意外。"如果有人夜间来到这儿，逝者就必定会从坟墓里复活，收拾他们。"

清真寺后面，是砖泥墙的遗迹，墙体在300年的风雨中大部分早已难辨模样。守护人说："过去这里是一条环绕着摩西花园的小路。那时候人们相信泥土是坚固的，就像我们现在觉得水泥坚固一样。"

· · · · ·

"bagh"一词起源于波斯，指正式的花园。关于"musa"，则颇多争议，有人说它暗指被国王杀死的老鼠，也有人相信，尽管不太可能，该词滥觞于摩西。既然花园被认为由少将克劳德·马丁（Claude Martin）——

个法国出生的士兵建筑师设计，那么最有说服力的解释是，这个词是法语"monsieur"（先生）的变体。马丁在勒克瑙还设计了许多令人印象深刻的建筑，其中包括著名的拉马蒂尼（La Martinière）私立学校。

被守护老人称为"宫殿"的地方是一座三层楼高、印欧建筑风格的夏宫，建于马丁去世后的第三年（1803 年），是奥德王朝的第五任王公萨阿达·阿里·汗（Saadat Ali Khan）所建。

遗址嵌在山坡一处低矮的隆起上。花园被人行道和水渠分为 4 个对称的正方形，像泰姬陵的设计一样，它原本是要扩展到远处的河边，这样，王公和他的英国贵宾就可以步行去河边观看在对岸组织的娱乐项目斗鹿。但戈默蒂河自 1803 年改了道，旧河道早已淤塞不通了。现在，这条河差不多在 1 英里以外，藏在高高的河堤后面。花园也不复存在，这里被改作种植芥菜、小麦和动物饲料的用地，而战争、天气和砖头瓦块的堆积与侵袭已把建筑本身的大部分遗存抹去。当然，你还有足够的发挥想象力的空间：这里尚遗留着两个圆顶的亭台，或称瞭望塔，几个独立的柱子，残留着灰泥的装饰华丽的拱门，还有一个下沉式的柱廊庭院。其中一堵墙上有涂鸦的痕迹。

纳西姆

曼萨莎

我爱你

●　　　●　　　●　　　●　　　●

奥德是 1857 年大起义的中心。对于《伦敦新闻画报》（*The Illustrated London News*）和《男孩自己的杂志》（*The Boy's Own Magazine*）的读者来

说，在那一年，没有哪件事能比英国驻勒克瑙的总督府被围困长达6个月更能激发人们的爱国主义冲动。如今，遭受重创的废墟墙占据了修剪完美的公园一角，晚上被泛光灯照得通亮。

大起义的导火索是英方长官的一个愚蠢之举。他们用涂着牛脂和猪油的纸包装子弹，又把这些子弹发给在东印度公司孟加拉军中占80%以上的当地士兵。要知道，牛脂是对印度教徒最邪恶的侮辱，猪油则是对穆斯林的诅咒。但本杰明·迪斯雷利（Benjamin Disraeli）说："帝国的沉沦与衰亡并不是子弹涂油事件的问题。这种结果是有其充分原因的。"新的军事规则令统治军队的婆罗门担心会失去自己的种姓特权。没人喜欢那些四处奔走，试图教化未开化的异教徒的基督教传教士。正如古代任何一个政权倾覆后的情况一样，当时的皇室及其效忠者为此焦头烂额，密谋如何卷土重来。什叶派神职人员发布了教令，呼吁发起圣战。

1858年1月，叛军最终被赶出了勒克瑙。他们的主力逃往摩西花园，那是他们最后一个据点。手下仅存的9000多名武装战士由前王公年轻而懒惰的王后，穆斯林贵妇哈扎拉·马哈尔（Hazrat Mahal）统帅。这位贵妇被奉为当世美人。画像上的她30多岁，容貌姣好，樱桃小嘴，双唇紧闭，嫩鼻修长。她也是一个老谋深算、雄心勃勃的女人，从没有放弃复兴王室、为她乳臭未干的12岁的儿子比尔贾斯·卡迪尔（Birjis Qadr）重夺奥德王位的努力。陪同王后来到摩西花园的还有她的情人之一，很可能是孩子生父的玛穆·汗（Mammu Khan）。

这根本算不得一次恶战。据记载，有400或500名叛军被杀。指挥官被斩首，他的尸体被烧焦，无头的尸体最后被丢进河里。王后的情人则被送上了绞刑架。她和年少的王公最终流亡到了加德满都。

　　　　·　　　·　　　·　　　·　　　·

　　在废墟旁的一处空地上，我找到了一块蓝色的牌子，上面锈迹斑斑，写着：

国家保护纪念碑

摩西花园公墓

　　事实上，这也不像一块墓地，只有一处尽遭风雨侵蚀的白色坟墓被一堵低矮的石墙包围着，一株嶙峋的枯树给了它些许荫凉。然而，尽管朴素，它却不是一座寻常的坟墓。它是一处圣祠，通常用来纪念圣人或值得特别尊敬的人。

　　石板上有两块碑文，大致上是手工刻成。其中一块写着：

纪念

上尉 F. 威尔（F. Wale）之墓

他招募和指挥了

第一支锡克非正规骑兵部队

在勒克瑙战役中殉难

1858 年 3 月 21 日

　　另外一块墓碑已经随着岁月的侵蚀，只有少数几个字可以辨认：

……作为基督战士而生、而死

第一支锡克非正规骑兵部队是詹姆斯·奥特拉姆爵士（Sir James Outram）率领的突击队的一部分。它是由一位名叫弗雷德里克·威尔的步兵上尉仓促组织起来的，因此也被称为"威尔的骑兵"。一位军事历史学家说，"非常规"是一个非常正确的表述。锡克人炫耀说："各种各样的辔头和缰绳，马鞍和图瓦（tulwar）弯刀；马匹也五花八门，有单色马、母马和阉马；马高从15只手的高度到比小马稍大。"但英国人钦佩锡克人。锡克人就像廓尔喀人一样，被看作"战斗的民族"，善于骑马，勇武善战，而且憎恨莫卧儿人。

这里是见证数百位被视为自由斗士的穆斯林战士的殉难地，威尔墓却是这里唯一的墓地或纪念碑，这本身就够奇怪的了。更奇怪的是圣祠周围的碎石。告示牌上装饰着黄色、蓝色和绿色的布条。那一棵枯树也被深绿色的布装饰着，布的四周还镶着金边。有人在树干上钉了一个纸条，上面用印地语手写道："我家里有三个孩子和两个成人生病了，请救治他们，给予孩子们良好的教育，保佑我的家族兴旺、好运不断。"地上，是一些残破的老僧牌（Old Monk）威士忌酒瓶和一些插香用的泥台。每根香签的顶端都有一个烧剩的烟蒂，上面还看得出过滤嘴上的牌子：绞盘（Gapstan）。附近有几个空烟盒，都属于同一牌子，盒上面都用黑体大写字母写着警告语：吸烟有害健康。

我拦下一个身穿紫衫、留着灰胡子的农民，他正带着锄头前往芥末地。"威尔上尉是个什么样的人？"我问他。

"这个大男孩上尉是500多年前的英国仙人，"他回答，"人们给他带来礼物，带来面包、黄油和煮鸡蛋。节日到来的时候，也会带着口琴来演奏音乐。一旦大男孩上尉知道你遇到麻烦了，他会在这为你解困。"

"那么说来，他有超能力？他是怎么获得超能力的呢？"

他耸耸肩，说："人们都是口耳相传的。"

●　　　　●　　　　●　　　　●　　　　●

我走回清真寺，中午祈祷后，一小群人早早就聚在那里。一位老人走过来问我在忙什么。两颗黄色牙齿从他的嘴里一左一右地支出来。他说自己是圣祠所在地的主人。"大男孩上尉吗？每个人都来祭祀他，包括印度教徒和穆斯林，每个种姓，每种宗教的信徒。如果你被魔鬼附体，走近墓地，魔鬼就只能离开你的身体。"

更多的人凑过来和我们聊起来。

"这就是他阵亡的地方。他手下的一部分骑兵逃走了，他是少数战死在这里的战士之一。"

"我们不知道这是什么时候发生的，因为当时这里没有村庄。一些老人猜测大概是 300 年前的事了。但他们也不确定。"

老人们的猜测比刚刚老农的猜测更接近事实，但墓碑上的日期似乎没有引起他们的注意。

"人们如果生病了，也会晚上来，就像看医生一样。"

他们讨论了上尉的各种超能力和性格。他会治病，解忧，改善爱情，帮助年轻女性怀孕。很明显，这都在他的专业知识范围内。

"今天是星期天。你本该星期四来。那个日子更吉祥。"

在北方邦最大的节日瑙昌迪节（Nauchandi）期间，有多达 2000 人前来祭奠他。

"你可以在网上看视频。"有人说。

叫他"大男孩上尉"还是"绞盘男孩",哪个更准确呢?这是一场没有定论的讨论。

"那是他最钟爱的香烟。他喜欢抽烟,喜欢喝威士忌,所以我们也给他带了这个。"

我看到另一个男子对此皱眉,我对他扬了扬眉毛。

"是的,的确如此,"他说,"我给他喝威士忌,然后回家。我想他是在祝福我。但当我回到墓地,酒瓶是空的。所以我问我自己,到底是谁喝了威士忌?"

23 刽子手们

马德拉斯燧发枪营的主将詹姆斯·乔治·史密斯·尼尔（James George Smith Neill）准将是一个苏格兰人。他性格沉郁，留着蓬松浓密的络腮胡须，早于绞盘男孩 6 个月战死。尼尔在历史上被描写成一个宗教狂，彪悍的战士，拥有骑士品质的女性荣誉的捍卫者。在他阵亡之前的那个夏天，他获得了一次展示他这些品质的机会。

在瓦拉纳西镇压了一次小规模的起义之后，尼尔溯游而上，乘势消灭了安拉阿巴德的叛乱。1857 年 6 月 5 日，安拉阿巴德发生动乱，城中的英国人逃到了莫卧儿皇帝阿克巴（Akbar）建在亚穆纳河畔的一处低矮但巨大的堡垒中避难。在地势上，这里刚好高过亚穆纳与恒河和地下河萨拉斯瓦蒂（Saraswati）的交汇点，萨拉斯瓦蒂是掌管学问、智慧、音乐和创造性艺术的妙音天女的名字。尼尔到达这里时，已是敌军围城的第七天。他以一贯的绝薪止火式的作战手段迅速破敌。

12 年后，在《一个印度人的孟加拉和上印度游记》（*The Travels of a Hindoo to Various Parts of Bengal and Upper India*）一书中，印度作家布荷拉纳乌斯·琼德尔（Bholanauth Chunder）在他这部维多利亚时期的作品中反复推敲用词，以表达他对尼尔恶行的深切谴责。

兵法是一头狡诈的恶魔，就算是东方的各路神鬼，也连做梦都想不出它的样子。它猖獗肆虐，无处不在，徘徊在这片大地上。一餐之间，数以百计的受害者就会被它吞噬……"围捕'黑鬼'"已经成为当日战场上的猎手们最喜爱的口头禅。如果孔雀、鹧鸪和印度人站在一起，后者才是最佳的猎物……他们在镇上，去郊外展开大搜捕，所有遭遇之人——挑夫或者小贩，店主或者手艺人——无一能够幸免。仓促进行一番假模假样的审判，就把抓来的人就近吊死在树上。有近6000人就这样被草草处死，尸首零星挂在城镇各处的树枝上和标志杆上。这将有助于在短时间内震慑全国，重获安宁。三个月来，挂在十字路口和集市上的尸体已经成了令人厌恶的负担，腐尸污染着城市的空气，每天都有8辆运尸车从日出到日落不间断地工作，这样才能将尸首全都运出去，丢进恒河。

这是上佳的狩猎活动，一位英国官员写道："我非常享受这次旅行。我们带着枪登上一艘汽轮，与锡克士兵和燧发枪手们同步向城镇进军。我们乘船向前，不断向两侧河岸上放冷枪，直到来到了发生叛乱的地方。上岸时，我们就用枪扫射。我用两把旧枪撂倒了几个'黑鬼'。"

"上帝允许我行使正义，"尼尔说，"我为我们的祖国付出了一切，以重建它的威望和权力。"

·　　·　　·　　·　　·

此时，下一个需要重建威望和权力的地方就是坎普尔，或者就如英国人喜欢的那样，称它"考玻尔"（Cawnpore）。沿恒河而上，坎普尔距安拉阿巴德120英里，距勒克瑙60英里。但尼尔不得不推迟几天前往考玻尔以应对部队中爆发的霍乱，然而他的下属西德纳姆·雷瑙德（Sydenham Renaud）少校成事不足、败事有余，带领士兵沿干道进军，"很可能沿途绞死了全部黑人俘虏"，并且悬挂受害者，其高度足够当地的野猪啃食死者的脚和脚踝。

在坎普尔，起义领袖是原本被视为忠于英王的世袭贵族那那·萨希伯（Nana Sahib），或称那那·拉奥（Nana Rao）。他最喜欢与英国来宾玩桌球游戏，之后再共进晚餐。那时，淡红色的桌布上摆放着精美的瓷器和骨柄银器，宾主一起享受猪肉或牛肉的美味，以及水晶酒杯中的红酒。通过友好的社交活动，当地的军事指挥官休·惠勒爵士（Sir Hugh Wheeler）判断此人应当是他反对叛军的盟友。然而事与愿违，那那·萨希伯翻脸无情，围困了英国驻军。3个星期后，惠勒投降，作为交换条件，英国人可以退往安拉阿巴德。撤退的船只飘在恒河上的色地觉拉（Satī Caurā）河坛附近，"色地"意为殉难，这里曾是妇女们投身火堆为丈夫殉难的地方。这种恶俗最初为东印度公司所深恶痛绝，后来在1829年被明令禁止。

在沿着色地觉拉河坛向下游撤离的过程中，浓重的战争迷雾袭来。没有人能够确定到底是谁开的第一枪。也许是孟加拉人队伍中某个紧张的士兵，也许是某个狡诈的印度兵想要亲手破局，也许是一匹战马受了惊吓，使骑手手中的枪滑落所致。不管原因是什么，结果是当时一片混乱。季风正要开始，水深只有2英尺。船只在河道上"拥挤不堪，令人感到窒息"，船身沉重，陷在烂泥里。船上的人跳下船，朝着安全的方向飞跑，船桨被扔掉了，炉子和油灯被打翻了。船只开始燃烧。部分叛军以炮火袭击，其他人骑马在浅水里挥刀砍杀。

当大屠杀结束时，幸存的妇女儿童被带上了岸，送往当地行政长官院中的一处别墅比比格尔（Bibighar）。"比比格尔"典雅的翻译是"女士之家"，这里的女士，即比比，意思是渴望女伴的英国驻印度官员的印度情妇。

囚犯们在那里被关押了两个星期，一位名叫侯赛尼·汗姆（Hussaini Khanum）的女人负责看管他们。对这个女人，历史上描述不一，有人说她是交际花，有人说她是普通妓女。叛军们接下来该怎么做？疟疾和霍乱已经造成了减员。根据传来的消息，英国的救援部队正在前来这座城市镇压叛乱的路上，那那·萨希伯也一定得到了尼尔将军屠城安拉阿巴德的情报。休·惠勒在河坛大屠杀中丧生，坎普尔已经没有了可以谈判的对象。妇女和儿童不再是讨价还价的筹码，而是一种负担。究竟是谁下令杀死他们的？也许是那那·萨希伯本人，也许是侯赛尼·汗姆。

印度兵受命烧死俘虏，但他们发现那种惨叫声超出了他们的承受力，所以，侯赛尼命她的情人马上成立行刑队。她的情人网罗了两个下得了手的印度人和一对穆斯林屠夫夫妇。四人穿着白色工作围裙，拿着切肉用的大砍刀来到现场。被囚禁在比比格尔的共有73名妇女，124名儿童。四人边走边砍，花了半个小时杀光了所有人。随后，他们剥光了尸体上的衣物，使其身体完全裸露，再扔进一眼枯井。但是因为枯井不够大，于是剩下的被抛进了恒河。

两天后，尼尔和他的马德拉斯燧发枪营到达了这里。那那·萨希伯伪装出投河自杀的迹象以后，不知所踪。尼尔到后，看到比比格尔的地上到处丢弃着破烂的衣物，宽边帽，成团的血淋淋的头发，银版照片，还有一些从妇女日记中散落的血迹斑斑的纸张。

6月17日，莉莉阿姨去世。6月18日，威利叔叔去世。6月22日，

乔治去世。7月9日，爱丽丝去世。7月12日，妈妈去世。

普通的叛乱士兵立即被绞死，但这对这些带头叛乱的婆罗门来说，还远远不够。作为一种能够带入无尽轮回的惩罚，尼尔邪恶地设计了一种种姓污染法，把牛肉塞进叛乱者的喉咙。英国士兵称此为考玻尔晚餐。囚犯们被绑在大炮上，炸成碎片，没人知道炮口沾满的鲜血是印度教徒的还是穆斯林的。比比格尔的地上和墙上沾满了厚厚的基督徒的鲜血。为了增加种姓污染，尼尔命令低种姓印度人把血迹冲刷到地上，他自己则挥动起九尾鞭，强迫那些婆罗门从地板上把血迹舔食干净。

"对于高种姓的本地人来说，接触血腥是最令人憎恶的，他们认为这样做会毁灭他们的灵魂，"尼尔写道，"那就让他们这样反思去吧。"

两个月后，尼尔率领马德拉斯燧发枪营再次投入战斗，以解勒克瑙之围。9月25日，一颗狙击子弹射入了他的头颅。

24 河坛屠场

在接下来的几周到几个月间，维多利亚时代的想象力，因其狂热的野性和性欲的迷梦，变成了一头饥渴难耐的野兽。"像那那·萨希伯犯下的这类暴行在世界历史上是绝无仅有的。"《谢菲尔德每日电讯报》（*The Sheffield Daily Telegraph*）8月31日如此报道。卑鄙的侯赛尼·汗姆无疑就是一个妓女。比比格尔的女性被"公开拍卖"，遭到无法形容的、简直难以对优雅的英国读者启齿的虐待。

《潘奇》（*Punch*）杂志出版过一幅约翰·坦尼尔（John Tenniel）所绘的漫画。画面中，一只不列颠雄狮正扑向一只蹲伏在昏迷的英国妇女身上的孟加拉虎，这是一幅前拉斐尔风格的画作。爱德华·阿米蒂奇（Edward Armitage）在一幅名为《报应》（*Retribution*）的作品中，更愿把大不列颠之剑插进老虎的咽喉。查尔斯·鲍尔（Charles Ball）则勾勒了一个似是而非的形象：已故将军的女儿惠勒小姐敏捷应战，用手枪射杀了一名凶残的叛乱分子，另一名袭击者已倒地身亡，第三个人显然也已经受了伤。鲍尔还在大屠杀发生地的地形上发挥了想象。他在创作《发生在考玻尔船上的大屠杀》（*Massacre in the Boats off Cawnpore*）时，把与河坛相连的河岸描绘成了片片丛林，到处长满了棕榈、攀缘植物和巨大的蕨类植物。T. 帕克（T. Packer）的彩色石印画《考玻尔残酷屠杀妇女和儿童事件》（*The Treacherous Massacre of Women & Children at Cawnpore*），把河坛上的屠杀和比比格尔大屠杀融合在一起，构建了一幅恐怖的场景。坎普尔河滨被渲染成一道东方的幻影，它由低矮的山脉、点缀着棕榈树的岛屿、豪华的游乐场、尖塔高耸的华丽的清真寺以及明显从瓦拉纳西当代油画作品中借鉴而来的尖塔组成。

我亲自前往那里参观。天空阴云密布，坎普尔一如平日，被笼罩在汽车尾气的阴霾之中。在雨季后的"贫瘠期"，恒河潜伏在100码开外的荒凉的遍布垃圾的淤泥中。掠夺成性的恒河猴群在垃圾堆里觅食。未经处理的污水从一条臭气熏天的排水沟泄到河滩上，它与河水是分开的，最后汇集到一潭冒着气泡的死水池里。

我走过河坛，来到水边，脚下发出嘎吱嘎吱的响声。妇女们正围成圈，准备用椰子、水果和万寿菊花环祭祀。大河在这里分成两条河道，被一条低低的沙洲隔开。一群孩子在齐膝深的浅滩上戏水。我想象着，在大屠杀发生当日，超载的船只可能就是这样纷纷深陷在淤泥之中的吧。

我又一路嘎吱嘎吱地走回河坛。没有群山，没有游乐场，没有清真寺，那里只有一座供奉着湿婆神像的寺庙，但它与维多利亚时代那种引人遐想的塔尖毫无相似之处。这是一幢普普通通的现代建筑，由洪水警戒线上方的水泥立柱鼎力撑起，难看的洋葱头式的圆顶被漆成乳白色，并以橘红色饰边。台阶顶上是一个小市场。我在一个货摊前停下来，和一个蓄着胡子正在放牛的人攀谈起来。

色地觉拉河坛这个名字早已被人遗忘，他说。为了纪念坎普尔起义的领导人，现在官方地名是那那拉奥河坛。但这个名字也不长久。人们称之为河坛屠场（Massacre Ghat）。他说，这里曾经有一个很大的基督教十字架，但毁于独立庆典期间。

115

在大屠杀发生的三年后，英国人确实为此建过一座纪念碑，那是一面哥特式的大理石墙，它前面是一个十字架和一个天使像——"悲恸的六翼天使"。不过这个并没有被摧毁。独立后，这座教堂被小心地拆除，从比比格尔砖砌的水井旁搬到了万灵大教堂（All Soul's Cathedral）的花园区，现在称坎普尔纪念教堂。在教堂里，有一块刻有死者名字的大理石碑。

伯瑞尔夫人、博思威克夫人、布雷特夫人、伯恩小姐……

格林威小姐、Y.格林威、玛莎·格林威、简·格林威、约翰·格林威、玛丽·格林威……

里德夫人、詹姆斯·里德、朱莉娅·里德、C.里德、查尔斯·里德、婴儿里德……

无法尽述。读到最后时，差不多有 200 个名字。另有 3 个女仆，姓名不得而知。碑文还引用了《罗马书》第 12 章 19 节："耶和华说，申冤在我。"

25 东方曼彻斯特

　　这次叛乱被镇压下去之后，英国东印度公司马上就出局了，继而迎来了英属印度——伦敦直接统治印度的时代。此时，军队正式服务于年轻的女王和印度未来的女皇本人。1857 年 6 月 20 日，英王庆祝登基 20 周年，这个时间正是坎普尔的妇女和儿童被拖到比比格尔前的一个星期。

　　如要避免类似的不快重演，新军需要很多装备，需要枪支弹药，需要大炮、马匹，也需要枪套、腰带、靴子、马鞍和骑兵专用的平头钉。所有这些都需要大量的皮革，军队需要一个便利的厂址来建造生产皮革的工厂。很明显，考玻尔是一个备选。

　　1860 年，铁路延伸到了这里，在哈希尔之王弗雷德里克·威尔逊的帮助下，成千上万根枕木沿着恒河河道顺流而下，这座城市也被选为政府马具厂的厂址。西北制革公司、考玻尔制革公司、库柏（Cooper）公司、艾伦（Allen）公司也随之加入进来。联合省也就是今天的北方邦的棉花被运到了这里。棉制品可以更轻松地运达加尔各答，部分直接出口内战后的美国市场。埃尔金（Elgin）纺织厂、缪尔（Muir）纺织厂、考玻尔（Cawnpore）羊毛纺织厂都一一进驻。19 世纪最后三分之一的时间是坎普尔的黄金时代，英国人把这座城市称为东方曼彻斯特。

经过多年的变迁，库珀·艾伦已经更名为艾伦·库珀，坎普尔的高档消费者如果挨过这座城市主要街道——商城路灾难式的交通堵塞，仍然可以买到艾伦·库珀牌的鞋子。走出帝国巷，东面几百码是巨大的 Z 广场购物中心，它归 ZAZ 制革厂所有，也是新印度最大的购物中心之一。这里灯光璀璨，令人目眩神迷，有舒适的空调、琳琅满目的各式品牌和公司的徽标，就像一座多级迷宫。这些内容，你很可能只有在新泽西州或者明尼苏达州，或者新德里机场的免税区才领略过，不仅有印度本土的可可贝妮（Cocoberry）酸奶冰激凌，也有汤米·希尔费格（Tommy Hilfiger）和卡尔文·克莱恩（Calvin Klein），美体小铺以及英国时尚品牌 FCUK。不过，我还是很快找到了自己要约见生物学家 A．C．舒克拉（A．C．Shukla）的那家咖啡店。现在要做的就是，点击一下大堂里的数字触摸屏确定一下方位。

　　相当多到了一定年龄、有了一定专业地位的印度人——比如工程师、科学家、政府官员——会有一个奇怪的习惯，就是用两个首字母而不是用全名。我已经采访过一位 R．K．，一位 A．K．，一位 B．D．，一位 R．P．，一位 S．N．，还有一位 B．G．，现在是一位 A．C．先生。我总是觉得这就像独立前的时代一个不大不小的遗存，令人不适。过去在英国的大型公立学校里，男孩们的称呼就会这样按格式处理，兄弟分"大""小"。

　　舒克拉外形瘦削，面容憔悴，70 多岁，曾在坎普尔基督教会学院从教 40 多年。那是一家创建于 1866 年的精英学校，以"我是世界之光"为校训。在政府定期清理恒河的徒劳行动中，他曾率团队深入研究该河从坎普尔至上游 50 英里的根瑙杰（Kannauj）河段所承受的严重的工业化扩张情况。

他是一个土生土长的坎普尔人。他为自己的城市骄傲，同时对它已经成为一个拥有三四百万人口的城市地狱——暂且不去管人口普查数据，没有人确切知道这里到底有多少人口——以及对那几家著名的始终依傍在这里的制革厂，心存厌恶。我们一边喝着浓咖啡，一边听他讲述过往。在他身上，透着一种学者才有的学究气，但也弥漫着那种故人双目龙钟的怀旧之情。"在我上学的时候，商城路有 10 英尺宽，10 分钟都不会有什么汽车通过。这里还有一条灌溉渠。那时，夜色非常美丽，有一汪小湖和几座花园。所以，我还深切地记得坎普尔那个美好快乐的时代。人们可以毫无顾忌地喝下恒河水。"

对于一名生物学家来说，有一个问题不能回避。他如何看待从最早的欧洲旅行家到英属印度的医务团始终感到困扰的谜团——恒河之水永远不会被污染。

"有人这么说，有人那么说，"舒克拉回答，"有人谈及硫磺泉，有人谈及放射性物质，有人谈及噬菌体，有人谈及臭氧。我们在恒河中发现了 560 种不同的藻类，它们都有助于增加河水中的氧气，还有 43 种不同的河流真菌，它们将致力于分解浮尸、植物和其他垃圾碎片。我的立场很明确，所有这些东西在很久很久以前相融共生，互相作用。但是今天，由于污染严重，它早已丧失了这种能力。这是一条濒临绝境的河流。"

他说，如今没有人会想着去哈瑞多瓦南边的河水中进行圣浴，或者到喜马拉雅山间朝圣之旅上的巴德里纳特（Badrinath）城南，掬起一捧纯净的河水喝下去。这让我想起自己在德夫普拉亚格与祭司的对话，我也很幸运，那天祭司没让我把河水喝掉。舒克拉摇了摇头，像是花去了生命中的大部分时间才终于明白他过往的真实生活状态早已被眼下更为强大的现实摧垮了。"从科学的视角，我再补充一点，"他说，"人可以超越信仰，但绝不能挑战信仰。"

26 食腐动物

"所有的水牛。"哈夫祖拉曼（Hafizurrahman）指着他制革厂的院子说。如果里面有牛皮，很可能来自被汽车撞死的牛。

有边缘学者认为，历史上印度教徒曾经常常屠宰奶牛并食用牛肉，之所以存在这种习俗，是因为当时印度这个国家还从未被外敌征服过。其他人提出，牛的神性实际上源于《圣经》，如同经血的复杂禁忌一样，或者从实用经济学的角度看，与牛相关的禁忌反映了牛奶、牛尿和牛粪在炊饭中的价值。但这也适用于水牛。水牛作为奶牛的近亲，不知疲倦地劳作是它的另一优点。有人说，水牛这种动物非常懒惰，总是躺在池塘里，头上栖着一只白鹭。可是如果反过来看，我们也从不会见到哪头奶牛充满活力，连蹦带跳。也有人说，水牛就是死神阎摩的坐骑。无论怎样，一个人杀牛的话，将会良心难安。

恒河大平原就是人们有时所说的印度"奶牛带"的中心，尽管其在表述上不够准确。在印度，除了五个邦之外，在北方邦及其他所有各邦，杀牛都被视为违法行为。但在北方邦，强制执行的力度可能更大，即使是杀牛的谣言，或者有人指控你在皮箱里携带牛骨，都有可能招致护牛治安员的突击检查。在我来到坎普尔的几个星期前，一名穆斯林男子被人从比萨拉村（Bisara）的家中拖出毒打致死，理由就是有人无端怀疑他在自己家里储存并食用牛肉。

坎普尔大多数皮革厂——这里有 400 多家，大小不一——集中在沿恒河向下游方向、距河坛屠场只有几百码远的贾杰茂区（Jajmau）。贾杰茂是一个穆斯林社区。尽管杀牛并非正式的禁忌，但印度人普遍蔑视这个被鲜血、死亡和有毒化学物质定义了的行业。因此，在一个穆斯林普遍遭到厌恶，常在大规模暴力活动中遭到迫害的国家，坎普尔的穆斯林通过制革厂取得了非同寻常的经济实力。

在前往采访哈夫祖拉曼的路上，我在一处排水渠边停下，制革厂的废水从那里直接排到恒河里。六七头肥猪正在深蓝色、深及下颌的池水里打滚。其中一只猪的头部完全浸入，鼻子在水下寻找着什么。我在想，品酒师此刻会怎样评价这种气味：鼻子上沾满了分解中的动物尸体残留物和电池酸，饱含挥之不去的氨、粪便和烧焦的头发，回"香"绵长。

 ·   ·   ·   ·   ·

我们在拉赫曼皮革工业公司（H. Raham Tanning Industries）门口停下车。大门上根据法律规定手工画着粗糙的危险化学品和废物警示，下面本该按类别详细写明内容——成吨的酸类（硫酸、甲酸等）、成吨的硫酸铬、按升或按公斤计的稀释剂和染料，等等——但只是一片空白。

哈夫祖拉曼是一个温文尔雅，白胡子的穆斯林老人。他穿着淡粉色的长袖衫、黑色裤子和黑色便鞋，头上戴着小山羊皮卷边帽，一尘不染。他说，他在 1968 年从父亲手中继承了这个生意，1987 年被选为"小制革厂协会"主席。所谓"小"，意思是日均制皮少于 50 张。从那以后，他就一直在这个行业里摸爬滚打。

"我们用的是大企业弃而不用的下脚料。"他边说边带我参观他的制革厂。院子里散落着一片片黄褐色的生牛皮，这些奇形怪状的东西注定会被做成狗狗的咀嚼玩具。在主要加工区，四个大型旋转木模里面的皮毛要经过石灰和硫化钠混合物的软化，剥去最后的肉和毛，还要在铬盐溶液中鞣洗皮革，使其呈现独特的灰蓝色。一个十几岁瘦得皮包骨的小男孩正满头大汗地在砖砌的坑里来回走动——发出咯吱咯吱的声响——分拣鞣出来的"蓝色的湿漉漉的"的皮子。处理这些东西时，一般安全生产的建议包括佩戴防护手套、护目镜和面罩。可是那男孩除了短裤外，全身是赤裸着的。我的靴底上已经沾满了一层灰白色黏液。此刻，我不免想起了狄更斯和恩格斯的作品。

路过哈夫祖拉曼办公室的时候，有一间没有窗子的工棚，粗糙的水泥墙裸露在外。耷拉着耳朵的山羊和聒噪的鹅群在地上一桶桶鲜蓝色的化学品中间翻来滚去。

"政府！"他说，"就是麻烦！恒河被污染了，总是让我们来承担责任。但他们才是罪魁祸首！"政府开办工厂处理制革厂的废液时，制革厂必须自己承担部分成本。后来建设预算增加了两倍，制革厂的税款也增加了两倍；那么多承包商、中间商和官员都不得不削减开支。"当时只有175家制革厂，"他说，"后来又建起了227家，政府又要他们交税，可政府从未升级过废液处理厂！钱都流进了他们的口袋！"

然后是过节的时候。每年，在占星师算好的日子，数百万印度人会聚集在下游更远处的安拉阿巴德参加佛浴节。佛浴节是恒河、亚穆纳河和萨拉斯瓦蒂暗河神圣汇合处举行的一个沐浴节。大壶节（Kumbh Mela）则每12年举办一次，每次都会成为所有节日中最盛大的一个，也是地球上规模最大的人类集会。安拉阿巴德最近的一次大壶节是在2013年，持续了 7 个多星期，其中一天就有 3000 万人聚集在恒河上。政府深感让人们在冲淡了的鞣革废液中沐浴是不合适的。

哈夫祖拉曼一直没有提高自己说话的声音，苦楚何必高声。"'你们自己关闭制革厂，要不然，我们也会统统把你们关了。'他们说。所以我们达成了协议。他们指定我们关门的日期，那时工厂统一停工。但这没有什么区别。在晚上一点钟、两点钟，他们会和媒体一起翻墙进来，拍照，诋毁我们！即使我们已经关了制革厂！"

我们回到院子里，工人们正在往一辆木轮马车上装载一摞摞的生皮。一只黑顶的白山羊走过来，哈夫祖拉曼停下来，捉着山羊耳朵给它抓痒，也好让自己定一定神。

·　　　·　　　·　　　·　　　·

离坎普尔大约十几英里，乌瑙镇（Unnao）有一个小得多的制革厂群落，大约有 12 家。制革厂很难做到无可挑剔，但高端鞍具和少量针对出口市场的奢侈品箱包和皮带的制造商金氏国际（Kings International）却几乎实现了这一追求。叶子花散落在粉刷一新的外墙上。一名园丁正在修剪花木，旁边一个牌子写着：

出水水质实时监测站
我们与污染做斗争保护环境

宽敞的接待区有一组黑色的皮沙发，水族箱中亮丽的热带鱼穿梭游弋。一个真皮手提包展示柜似乎专为古驰、爱马仕和纪梵希等品牌而备。等待皮革厂的老板塔吉·阿拉姆（Taj Alam）的空隙，可以阅读一下装裱工整的公司使命陈述和愿景宣言、禁止吸烟警告以及行业杂志。阿拉姆是北方邦皮革工业协会的主席。

几分钟后，他出现了，并对让我久等表达歉意。他大概有40多岁，一头乌黑的头发，雪白的胡须。他的笑容灿烂，一口英语十分流利。他把我带入他有空调的办公室，然后坐进玻璃面办公桌后那把价值500多美元的老板椅中。在一个角落处，立着一台华丽的落地式大摆钟，置物架上摆满了奖章证书、行业奖和以马术为主题的小摆件。尽管在风格上装饰物互不搭界，但毫无疑问，这些物品价值不菲。而他讲起话来，就像从哈夫祖拉曼的立体声音乐电台中传来一样。

"是的，我们是宗教少数派，"他说，"我们不能说人死了要埋葬，遗弃，在火葬场火化，或者在恒河的河岸上火葬哪个才正确。关于这一点，我们不谈。我们可以聊聊节日。那时，政府要求制革行业停工一个月。不能加工皮革，也不能制鞋，我们损失了数10亿卢比，一个人能存多少钱以备不时之需呢？但是，1000万人在河里拉屎撒尿，在岸边河坛丢弃垃圾，这本身就是一个巨大的污染问题！"

一个下等仆人端进来一个托盘，上面是印度茶、小饼干和小瓶装水。

"你知道坎普尔还有多少家其他的工厂？"阿拉姆问道。

我承认自己不知道。

"3万家，"他说，"那么请你告诉我，他们有没有向其他行业下达建立处理厂的通知单呢？"

"那你认为为什么会把你们挑出来呢？"我问，尽管答案似乎很明显：制革是世界上污染最严重的产业之一。

他顿了一下，小心翼翼地措辞。"逻辑很简单，"他说，"因为制革行业里 99.99% 的人都是穆斯林。"

·　　　·　　　·　　　·　　　·

阿拉姆陪我下楼，来到一间宽敞通风的车间，那里的工人正在组装马鞍，为皮带上的金属索环打孔。出了门，我们走到废水监控站。"坚持走下去，你才知道自己在做什么，"他说，"我在这里进行初级处理，然后水会进入中央处理厂。但是后来怎样？这些水会同未经处理的污水一起流入同一条明渠，因为乌瑙没有污水处理厂！这就是政府的责任。污水最后都进入了恒河。我们在这里所做的一切都是徒劳的。那我们为什么还要这么做呢？"

"只让人们看到我们的阴暗面。人们穿皮鞋，系皮带，女士们提皮手提包，戴皮手套。但是，如果我们不鞣制生皮，他们会做何感想？如果路上有一具死尸，处理尸体的应是老鹰或者秃鹫，而不该指望尸体自己腐烂。数亿印度人吃肉，怎么可能去阻止别人选择主食呢？如果他们关闭了制革厂，牲畜屠宰还在继续，动物皮毛就会被扔到地上或丢进沟里。你看，我们就是那些承担预防疾病和瘟疫责任的人啊！所以，我们就像秃鹫一样，我们就是食腐动物。"

27 母与子

　　拉凯什·贾伊斯瓦尔（Rakesh Jaiswal）出生于默札珀，一个位于安拉阿巴德和瓦拉纳西之间以生产地毯闻名的恒河上的小城。贾伊斯瓦尔成年后，大部分时间致力于守护恒河坎普尔河段水质健康这一费力却不讨好的工作。如今，他年近60，举止文雅，浓密而灰白的头发下，眼神之中透着疲倦。"我见过印度教徒走近污水渠往额头上洒水，"他说，"我看到他们把尸体浸入未经处理的污水和制革厂的废水中，我也见过他们对恒河祭祀仪式表现出极大兴趣，但我还从未见过有谁对净化恒河表现出浓厚的志趣。"

　　1993年，他决定通过建一个被他称为生态朋友圈（Eco Friends）的小型组织来改变这一现状。他要做的第一件事就是从河里打捞尸体。通常，这些浮尸要么是那些家庭负担不起火化木材的穷人，要么是被警方丢弃的身份不明、无人认领的尸体。"我们从清理10公里长的河段开始，"他说，"我们共发现了180具尸体，并将之妥善掩埋。从那以后，我们每年出去2次或3次。每次我们至少会发现100具处于不同腐烂阶段的尸体。"

　　报纸对此很感兴趣，但政府不会。

　　当时，东方曼彻斯特快速衰落，对河流造成了更大的破坏。政府接管了这座城市中大多数著名的纺织厂，这些纺织厂深受腐败、管理不善、劳资冲突和维修敷衍等问题的困扰。1992年，这一行业被勒令停产，同时出现了大规模工人失业。随着纺织厂的衰变，制革厂逐渐发展成为坎普尔经济的原动力，吸纳了许多过剩劳动力。至于哈夫祖拉曼极度轻蔑的中央处理厂，是政府于 1994 年作为所谓旨在清理最严重污染源的恒河行动计划的一部分开设的。名义上，这种工厂可以处理 175 种工厂的鞣质废水——但实际上还不到一半。"名义上"这个表述命中要害。他们的初衷是用经处理的废液和经稀释处理的污水的混合物灌溉附近村庄的农作物。制革厂的废液不仅比以前多，而且情况更糟糕。因为老式植物鞣法正在失宠；铬盐取而代之，成为更理想的选择。

贾伊斯瓦尔此时获得了博士学位，转向求助于法律和科学工具。1998年，他在安拉阿巴德高等法院发起诉讼，结果 127 家制革厂被勒令关闭。这些工厂只有建立起自己的初级污水处理厂才能获准重新开张。那么，他们实际建厂了吗？完全没有。因为需要投入。

在接下来的三年里，他带领团队进入了用附近处理厂排出的污水灌溉的村庄，把牛奶样品和其他农产品样品送到位于坎普尔的印度理工学院（Indian Institute of Technology）进行化学分析，结果发现铬的浓度比政府设定的安全标准高出 100 倍。贾伊斯瓦尔名声远播，福特基金会（Ford Foundation）和亚洲基金会（Asia Foundation）愿意出资支持他，世界银行和世界卫生组织也有一些项目交给了他。他办公室的墙上写着："兹证明拉凯什·贾伊斯瓦尔博士已经入选 50 位无名爱心英雄。"

·　　　·　　　·　　　·　　　·

我们在杰克茅（Jajmau）度过了一个炎热而单调的午后。在去污水处理厂的路上，我们在一处缓坡空地上停了下来，那里距离恒河不到四分之一英里。"看它的水多浅啊，"他说，"徒步就可以走过去。有的地方只到膝盖那么深。如今，哈瑞多瓦河段河水干涸，所有的河水都流入上恒河运河，继而流入中恒河运河和下恒河运河。当来到坎普尔河段时，水中是否还有喜马拉雅之水，哪怕只是一滴，都有待讨论。"

在一座被涂成黄色的变电站旁，成堆地存放着工业废料。有些是蓝色的湿碎屑垃圾，散发出淡淡的化学气味，还有一些是夹杂着毛发，连着肉和泛着腐臭的脂肪丁的碎皮料，引来几条狗在上面嗅来嗅去。嗡嗡作响的苍蝇，就像黑云一样在上方盘旋。有一个工人正在用四齿叉清理一些棕色渣滓。如果磨碎，可以用来做鸡饲料和胶水。"这个家伙一天应该能赚 150 卢比。"贾伊斯瓦尔说。算起来的话，不到 2.5 美元。

在处理厂里，一位面色和蔼的工程师带我们参观了几个泛着恶臭、占地几英亩的混凝土建筑物。这里有筛网式沉沙渠，平衡槽，混合槽，曝气槽。白色的鹭鸟栖息在周围的护栏上和冒着泡沫的垃圾堆上，看起来像一个巨大的棕色奶昔。这里还有收集井、泵站、UASB 反应器，那位工程师向我们解释，这是上流式厌氧污泥床（Upflow Anaerobic Sludge Blanket）的缩写。

他列举了一些事实和数字。这家工厂每天将 2700 万升处理过的污水和 900 万升处理过的制革厂废料混合，比例为 3：1。

"但这并不是制革厂排出的全部污水，对吧？"我问。

"是的，实际上每天排出超过 3000 万升污水。"他说。

"很可能多达 5000 万升，"贾伊斯瓦尔突然插嘴说，"但事实是，没人知道实际情况。"

换句话说，有五分之四的废液将会流入那些蓝黑色的排水沟里，然后进入圣河。这种情况同样适用于坎普尔的污水，其中只有 20% 得到了处理。

"可是这座污水处理厂在这儿已经存在了 20 多年了，"我说，"为什么从不升级呢？"

工程师看上去有些无助。"这需要很长一段时间。"

"还有钱。"贾伊斯瓦尔说。

●　　　●　　　●　　　●　　　●

"有多少钱进入私囊，没人知道，也没人能证明。"我们驱车离开时，他说道。沿途我们路过一群工人，他们正在垃圾填埋场用碎石掩埋和覆盖处理厂排出的污泥。"腐败无处不在。这一点众所周知，但没有人谈论这个。在每一个公共服务部门，比如水、电或下水管道，大部分工作是由承包商代理的，他们必须向当局缴费，这差不多是合法的。如果只收取 30% 或 40%，那就不算是腐败。这更像是一种特权。有时，所有款项都进了个人腰包，100%，工程就成了纸上谈兵。"

我们驱车两三英里前往市郊去查看灌溉渠。灌溉渠沿着一条升起的护堤而行。堤下尘土飞扬的田野上，工人们铺好了一块块的生皮，准备在烈日下晒干。我爬过腐蚀剥落的石料护堤，来到一条只有几英寸宽、无人看守的危险便道上。污水和制革厂污水的混合物从两个生了锈的大排水管中喷出，以惊人的速度顺渠而下。那水是褐绿色的，水面荡漾着一层夹杂着黑色污点的 2 英尺左右深的泡沫。气味令人作呕。

贾伊斯瓦尔提出铬污染研究报告后，政府建造了另一个小型工厂，一部分铬被回收再利用。我问他这是否有助于改善水质。他努努嘴说："不，还是一样的。"

回到办公室，一位眼神忧郁的中年男子给我们端来了茶。我们静静地坐在那里，陷入令人尴尬的沉默。最后，我问贾伊斯瓦尔下一步做何打算。

他叹了口气。"我不知道。前景一片黯淡。我曾经有 10 个员工，现在只剩吉填德拉（Jitendra）和我两个人了。我也几乎要干不下去，失去了希望。"

承诺治河的新政府会怎样呢？之前所有政府可是都以失败告终的。

"政府一直在说啊说啊说，"最后他说，"奶牛是我们的母亲，恒河也是我们的母亲。我们要拯救母亲，但那就无法照顾我们的孩子——制革厂。我们只好任其被扼杀。"

28 芒果请按1

在广袤的尘土飞扬的内陆地区，许多地方仍闪现着乐观的迹象，尤其是当手机嗡嗡震动时。如果让大多数印度人举例描述昔日政府严格控制经济、行事官僚主义、效率低下的可怕状态，他们可能马上想到自己安装座机的经历。安装座机可能需要等上数年，加快进度的唯一方法就是认识某某人，并在普通牛皮纸信封里备好打算塞给对方的钱。现在，农村里使用手机的人比城市里的多，服务供应商早已覆盖了没有网络的农村地区，并愿意提供世界上最便宜的资费。印度的北方邦共有 2 亿人口，在数量上相当于一个巴西，但是这 2 亿人集中生活在全邦 3% 的土地上，因而成了运营商的主要目标。在越来越多的村庄里，此起彼伏的音乐正是诺基亚手机的铃声。

村里人承担不起宝莱坞名人代言的苹果或三星的彩铃费用。"我们想成为移动手机行业里的西南航空公司。"我遇到的一位高管如是说。他所在的公司如今正与其他 6 家公司针对农村市场进行着激烈的竞争。"我们有 3500 万个用户，但这并不算多。在印度，每种业务数据必须达到至少 7 个'0'才说得过去。"（后来我听说，他的公司业务缩水，最后被大公司挤出了这片市场。）

流动意味着一种新的生活方式，对女性来说尤其如此，尽管这种自由伴随着来自周围的强烈抵制。在北方邦的一个村子里，当地村委会最近严禁未婚女性使用电话。10 多岁的男孩只有在成年人的监督下才可以使用手机。

显然，长辈们对调情、浪漫、违反族规、拒绝包办婚姻等种种威胁深感不安。这绝非小事。我以前从未想过把荣誉谋杀（honor killing）与印度教联系在一起，但事实证明，在印度，每周有 3 到 4 人因此被杀害，其中的三分之二就发生在北方邦。在村委会颁布村规前的一个月里，在其周边地区就有 8 个年轻人因私奔被处死，其中 3 个女孩遭其男性亲属斩首。

移动电话的致命弱点是充电问题，目标市场上大多数潜在的买家缺乏可靠的电力供应。通常情况下，最有希望做到的就是连接拖拉机的蓄电池充电，不过，前提是要先有足够的钱买拖拉机。田地里输电线路和输电塔的确纵横交错，但问题是，每天适当的时间段里不见得有几个小时在输电。情况往往是只有当你熟睡的时候才有电。有一天，我漫步穿过一个小村，街道两旁的电线杆依次排列，电表高高地挂在墙上。但后来我注意到，杆上根本没有拉好电线，电表上蜘蛛网笼罩。尽管如此，某些勒克瑙或德里的官员们无疑已把这里列入了他们波特金（Potemkin）式"新电气化村庄"的业绩。

这也正是光伏电池板开始在各处最不可能的屋顶上冒出来的原因，到了晚上，孩子们可以借助太阳能灯详熟课本，一些年轻的妇女会把灯具两两绑在一起，然后做手工赚点零钱补贴家用。一天早上，我遇到了甜美的 24 岁姑娘维达瓦蒂（Vidyawati）。她正坐在家门口等着有顾客来买她身后架子上亮黄色的太阳能灯。在近旁的店里，食用油油桶和动物饲料袋子间，夹着一块载重车大小的蓄电池，它可以从屋顶的光伏面板上汲取电能。维达瓦蒂觉得自己就是一个企业家——这个词在印度已经成了一句神奇的咒语。"租我的太阳能灯一晚上只要 2 卢比，"她说，"昨天我租出了 32 个。"给邻居的手机充电，她又赚了 5 卢比。收入好的一周，她差不多可以赚 500 卢比，约 8 美元，这些钱买一些珠宝和衣服之类的小东西足够了。我猜她身上那件黑银相间的拉贾斯坦式镜面刺绣纱丽就是这么赚来的。

维达瓦蒂——我后来才知道,这个名字的意思是"博学"——就读于附近的一所学校,她也是家中第一个上学的人。每天她会骑一辆电动车上学,现在正在攻读英国文学专业。"如今在印度,你必须懂英语才能出人头地。"她说。她的志向是成为一名北方邦的警察。

我问她最喜欢什么样的文学作品。她用手捂住嘴咯咯地笑起来。"爱情故事。"她说。

·　　　·　　　·　　　·　　　·

就在距离安拉阿巴德不远处,我在贾瓦哈拉尔·尼赫鲁的第一个议会选区菲尔普尔镇(Phulpur)的一个荒凉的小村庄停下。大街上一个男子向我跑来,边跑边喊:"海湾!海湾!"他在我面前挥动着名片。那是一份去阿布扎比一家干洗店的活儿。把名片放好后,"我有工作了!"他咧嘴笑了笑说,"我有工作了!"他签了短工合同,5月或6月回来,赶得上季风前的收获季。

我走到村里的大厅,和一些从另一家手机公司购买特殊的"绿色手机卡"的农民攀谈起来。夏天越来越炎热,季风越来越不可预测,种植、收获和销售让他们心中没底,不知怎样做决定。新手机卡每天早上7点会给他们发5类短信:天气预报、新闻提醒、有益提示、小麦和大米现货价格。如果在农作物上发现了不熟悉的虫害或真菌,他们还可以通过向专家发送照片求助,或给求助热线打电话,一分钟一个卢比。

其中一个人告诉我,他的芒果树枯萎了,求助热线提示他该用什么杀虫剂以及相关使用建议(戴上手套,用棍子搅拌,不要把杀虫剂溅到皮肤上)。一个10岁的小孩也自豪地说,一天早上,他查看了7点钟短信,就跑去田

里提醒他父亲当地市场上假肥料泛滥，不起作用。还有一些人，他们的奶牛对人工授精没反应，热线专家提供的帮助说，给奶牛喂上半公斤槟榔兴奋剂，然后想办法让牛躺下，躺的时候一定要让牛背高过牛头。

　　"我们正在努力完善这个系统，"手机公司的本地销售经理说，"如果他们住在安拉阿巴德，提供坎普尔的天气预报根本是没有用的。我有一个好主意：按1，回复芒果相关信息；按2，回复葡萄相关信息；按3，回复番石榴相关信息。"

29 爱书一族

在大叛乱中，有 8 个地区被夷为平地，但在幸存的居民中，似乎无人怀念曾经的安拉阿巴德。1824 年，加尔各答圣公会主教雷金纳德·希伯（Reginald Heber）路过这里，短暂停留过 10 天。除了阿克巴皇帝的巨堡以及一两座莫卧儿时代的纪念碑和断壁残垣，这里只有"荒芜与毁灭"，他写道，当地人称之为"乞丐之地"。

德里的米尔扎·穆罕默德·阿萨杜拉·汗（Mirza Muhammad Asad-ullah Khan），即人们熟知的迦利布（Ghalib），一个史书上有载的贵族、诗人和书信作家，3 年之后也来到此地探访。床虫叮咬，一夜难眠，他起身写下了《一封流浪路中的申诉信》（*A Letter of Grievance from My Wanderings*）。

噢，安拉阿巴德！愿真主诅咒此等荒凉……把这恐怖之地称作城市是多么不公，令人栖居在这降魔的陷阱又是多么可耻。如果有人把这片土地比作地狱里的平原，恐怕地狱也会在愤怒中燃烧。

·　　·　　·　　·　　·

清理队伍处理完了被焚村庄的废墟，大兴土木在所难免，这座城市的风貌随之发生了巨大变化。两座大教堂和许多村镇教堂竞相建立，既有圣公会教堂，也有天主教教堂，豪宅、公园、乐队看台、法院和学院、私立学校、图书馆，样样齐全。当然，也一定少不了维多利亚时代的钟楼，而它的圆顶如果加在清真寺上，一定会更加完美。前途无量的少年学子被送到像西姆拉的毕肖普·科顿学校（Bishop Cotton School）那样的寄宿学校，那是喜马拉雅地区最受欢迎的公学（始建于1859年，校训是"以善胜恶"）。之后，会到德拉敦的杜恩学校（Doon School）继续深造，伊顿和哈罗（校训为"知识，我们的光"）的毕业生将在那里任教。

1895年，马克·吐温乘火车到过此地。经过一座长桥，他跨过了亚穆纳河，他称它为贾穆纳（Jumna）。水色浅蓝，澄澈宜人。与此不同，恒河泥沙俱下，呈现黄色，难言洁净。这座城市的译名"哥德维尔"（Godville），意为"神之山谷"，这令他恼火。他这样形容英国人修建的居住点公民路（Civil Lines）："环境美丽，令人向往。目之所及，都暗示了它的闲适和宁静。所有这一切，只有存款充裕的人乐善好施、慷慨解囊才可以得到。"他并没有追忆当时看到的"原住民的城镇"，至于原因，已经无从记起。他认为，应该与叛乱有关。但他确实遇到了一些当地人——那些夜里躺在你门前，整日里一动不动，就像雕像一样守在那里的男仆，唯恐你有不时之需，比如靴子需要擦拭，比如饮料需要续杯。他觉得那种恭顺令人沮丧。他试图记住那句当地话，"过来，随我走"，却事后无论如何也想不起来。

• • • • •

尽管安拉阿巴德成为全印度最英国化、英语使用者最多和最亲英的典范，但让安拉阿巴德成为一座图书之城的，却是一个名叫埃米尔·莫罗（Émile Moreau）的法国人，对于这一点，他比任何人做得都要多。莫罗于 1857 年"印兵叛乱的动荡期"来到这座城市。莫罗本人爱书如命，到这里后，他注意到新火车站里来往的英国旅客似乎总是埋头读着某本好书或好杂志。

在 19 世纪 70 年代的某个时候，莫罗打算整理手中的数千卷藏书。于是，他在站台上摊开一大张纸，出售其中的一部分。但是，用一个法国名字并非最好的营销策略，所以他说服了亚瑟·亨利·惠勒（Arthur Henry Wheeler），一家伦敦连锁书店的老板，借用他的名字办起了自己的新企业。

后来，一个名叫 T. K. 班纳吉（T. K. Banerjee）或称 TKB 的孟加拉年轻藏书家加入进来。两人一起创立了英属印度最伟大的机构之———A. H. 惠勒连锁铁路书亭。在加尔各答的豪拉（Howrah）车站，惠勒书亭造型精美，所使用的缅甸柚木都是在英国先期造好，拆装运输而来。在小城镇，惠勒书亭通常是读者唯一可以购得心仪读物的去处。作为"印度铁路图书馆丛书"（Indian Railway Library Series）的一部分，它是第一家出版吉卜林小说的公司。最终，由于某些英国人的抱怨，班纳吉家族获得了独家所有权。时至今日，你可以在 250 多个车站的惠勒书亭上购买书籍、杂志、报纸和漫画。

安拉阿巴德仍是 A. H. 惠勒有限公司的总部所在地。一天，我顺道去买了一本关于这座城市的文集。亲英派和爱书一族在殖民统治者中占比较大，在受过良好教育的印度人中，同样如此。在大都会俱乐部里，他们抽着威尔斯黄锡包香烟，喝着威士忌和苏打水，读着萧伯纳、高尔斯华绥（Galsworthy）和萨默塞特·毛姆（Somerset Maugham）的作品，偶尔用法语甩出几句托尔斯泰笔下人物的台词。他们用皇家打字机打稿，在牛津大学接受教育，撰写关于《奥特兰托城堡》（*The Castle of Otranto*）和哥特小说方面的论文。独立后，他们的下一代会阅读伊妮德·布莱顿（Enid Blyton）著名的《世界第一少年侦探团》（*The Famous Five*）和《神秘的七人》（*The Secret Seven*）系列冒险故事，会和比格斯（Biggles）一起遨游，完成打败野蛮的匈奴王的神勇作战任务。男孩们会骑着兰令牌（Raleigh）的自行车，用传奇英国人莱恩·赫顿爵士（Sir Len Hutton）签过名的球拍打板球。

我买的这本文集是由一位名叫阿尔温德·奎师那·梅罗特拉（Arvind Krishna Mehrotra）的本土诗人编纂的。他是 60 年代生人，从拉宾德拉纳特·泰戈尔到现代企鹅诗人，他的文学口味不断进化。他读过金斯伯格的《美国》（*America*）、科索（Corso）的《婚姻》（*Marriage*）和费林盖蒂（Ferlinghetti）的《内衣》（*Underwear*）（"女人的内衣为了撑起，男人的内衣为了按下"）。他和友人们学习如何像霍尔顿·考尔菲德（Holden Caulfield）一样讲话。他们曾经搞到一本进口书，题为《乡村之声》（*Village Voice*），里面提到一本叫《去你的 / 艺术品杂志》（*Fuck You/A Magazine of the Arts*）的出版物。于是，在以印度第一任总督命名的黑斯廷斯路 18 号一处房子的阳台上，他们拉出尘封已久的基士得耶（Gestetner）油印机，仿制了粗糙的本地版，定价处写上"配得上你尊严的价钱——也对得起我们的尊严"。出于对当地礼仪的尊重，他们取名《该死的 / 艺术品杂志》（*Damn You/A Magazine of the Arts*）。

30 在巴尼特酒店

乔治·巴尼特（George Barnett）和太太罗斯有非凡的糖霜蛋糕制作天赋，大家都认为他家的店即便不是全印度最好的，至少也是安拉阿巴德城里最好的。作为一家新鲜糖果点心屋，这里也出售奶油太妃糖、杏仁糖果和奶油糖。20 世纪 30 年代，巴尼特夫妇把他们位于坎宁路（Canning Road）14 号有着宽敞的草坪、白柱廊和优雅门厅的豪宅改造成了一座配有 8 间卧室的酒店，为乘坐新帝国航空公司伦敦飞往加尔各答航班的旅客提供了便利。安拉阿巴德是旅途的倒数第二站。到达终点的时候，汉德利·佩奇（Handley Paige）航空的飞机途经巴黎、布林迪西（Brindisi）、雅典、亚历山大、开罗、加沙（Gaza）、巴格达、巴士拉（Basra）、科威特、巴林（Bahrein）、沙迦（Sharjah）、瓜达尔（Gwadar）、卡拉奇、焦特布尔、德里和坎普尔，整个旅行花费为 122 英磅，在安拉阿巴德下飞机的话，费用会削减 8 英磅。对于来此过夜的旅行者来说，巴尼特酒店将提供五道菜的晚餐，餐桌上荤素搭配，一应俱全。对于那些只想打尖歇脚的人来说，巴尼特酒店可以提供开车送餐的服务，员工会开着一辆改装的 1928 雪佛兰，把餐点送到安拉阿巴德的机场。

1947 年 5 月，距印度独立日已经过去了 3 个月。巴尼特一家觉得自己赚的已经够多了，于是，他们离开安拉阿巴德，前往孟买，在那里买了两张冠达邮轮内燃机船田园诗号（Georgic）的船票回国。酒店也易手他人。销售契约上标明包括床、蛋糕模子、可调式糖果切刀等在内的所有物品总价为44000卢比，而它的商誉价值售价为26000卢比。但是，巴内特酒店从此一蹶不振，在经历了年久失修和重新开放之后，最终关门和更名。我第二次访问安拉阿巴德时，酒店已重焕生机，易名为哈西·阿南达酒店（Hotel Harsh Ananda），在它的网站上，对外宣传语写着："独特和现代的化身，开启您全新的旅程。"如今，酒店特色已不再是奶油太妃糖，而是举办定制婚礼（村落主题，佛教主题，拉贾斯坦主题，孔雀主题），它可以同时容纳多达2000位宾客。对于穆斯林的庆祝活动，它提供了按性别区分的餐桌。我决定在那里住上几天。

· · · · ·

坎宁路一直是昔日英国人的居住区公民路的中心。如今，这里叫圣雄甘地路，即便有些褪色也难掩曾经的辉煌，就像一位优雅的老妇未施粉黛。我从一端漫步走去它的另一端。哥特式万圣大教堂（Gothic Revival All Saints' Cathedral）是我的起点。大教堂于1887年祝圣，是仿照坎特伯雷大教堂东端而建，配以彩色玻璃窗和精致的扶壁。一个男人正在灌木丛中撒尿，几个少年从草坪上起身，一边整理衣服，一边发出响亮的笑声。

附近的人行道上，在一栋漂亮但已废弃的红色拱形建筑前，是一片低矮的寮屋聚集区。一些小孩跑到我跟前，伸着手掌，喊"大伯，大伯"行乞。长夜漫漫，夜饮欢歌的时刻即将来临，衣冠楚楚的男子们挤来挤去，把一沓沓汗津津的10卢比面额的钞票塞进一家模特店——有时也称英国葡萄酒店——的金属格栅买走一瓶瓶的廉价酒。沿街望去，排列着街头小摊和人行道护栏、推杆式柴油发电机和煤油灯，敞开的排水沟里堆满了灰绿色的淤泥。更远处是迷你商场，装饰华丽但造型丑陋的商业大厦，令人反感的蓝色建筑外墙玻璃上打着"形塑个性——男女会所"和"美体水疗"的广告牌。

这是一个温暖而闷热的夜晚，我在萨达尔帕特尔路（Sardar Patel Road）上的大洲酒店（Grand Continental Hotel）停下，要了一杯啤酒。我是唯一的顾客。两个穿条纹马甲的侍者站在墙边，就像两根雕像柱。一个身着黑西装的矮胖的调酒师给我倒了一杯冰镇翠鸟，在 CD 机上为我点播了一支劲爆的流行歌。电视里正直播一场板球比赛。在印度，6 个不同频道上总会有一个在播放板球赛。一个带着笔记本的年轻人正在清点架子上摆放着的印度威士忌。风笛手、皇家之鹿、麦克道威尔，大部分酒品由发酵糖浆制成，任何与威士忌相似的东西都纯属巧合。

房间的尽头有一个高高的礼台，上覆红布。一些人正向礼台四周搬垫子，也有人在为风琴和手鼓摆放麦克风架。一则通知上写着，当晚有一场关于加扎尔（ghazals）的朗诵会，那是一场关于爱情与迷失的诗歌朗诵会。

"可这里只有我一个人啊，"在侍者再次递给我酒水时，我说，"怎么会在空房间里表演诗歌朗诵呢？"

他摇了摇头。"先生，他们只是计划在 7 点半开始罢了。"

我看了看手表，现在是 7 点 50 分。

31 安拉阿巴德的羽毛球

　　爱德蒙娜·希尔（Edmonia Hill），朋友们叫她特德（Ted），时年29岁，一头乌发。她是宾夕法尼亚比福学院（Beaver College）卫理公会女校校长 R．T．泰勒（R．T．Taylor）牧师之女。100多年后，学校深觉有必要更名为阿卡迪亚学院（Arcadia College），因为新校名既可以反映其办学愿景，也能够反映学院不希望外界因为一知半解而嘲讽它的初衷。1877年12月，在安拉阿巴德的一个晚宴上，特德邂逅了拉迪亚德·吉卜林。

　　吉卜林从拉合尔（Lahore）来到安拉阿巴德不久，就出任了印度主要纸媒《拓荒者》（The Pioneer）周刊的助理编辑。她这样描述他："一个无法确定年龄的黑发男人，身材不高，留着浓密的胡须，戴着一副厚厚的眼镜。因为开始秃顶，吉卜林看上去在40岁左右。"但实际上，他只有22岁。她为之痴迷，也早就想好了她要称他拉迪（Ruddy）。

　　在安拉阿巴德俱乐部，吉卜林有自己的临时住所，但在印度的这一地区，冬夜寒冷。特德和她身为安拉阿巴德学院理学教授，同时也是一位热心的业余摄影师的丈夫塞缪尔·亚历山大·希尔（Samuel Alexander Hill）认为，如果吉卜林搬到他们家——雪树公寓（Belvedere House）会更舒服一些。那是一处优雅安静的茅草屋，与《拓荒者》出版社为邻。这是在1857年尼尔将军暴乱后仅存的几座当地建筑之一。

　　吉卜林乘着被他称为"猪与哨"的两轮轻便马车搬进了雪树公寓。主人把"蓝室"分给他，在房间独立的红砂岩阳台上，他可以欣赏朝阳。他还拥有自己独立的浴缸，仆人肩上的山羊皮袋专门用来为他打水。他觉得，这房子非常理想，满足了他所有的需要。公寓避开了四分之一英里之外主干道的喧嚣，并为几英亩花园和绿植所环绕。用过早餐，希尔教授会穿着"神秘而精美的锦袍"，安坐在阳台上浏览《拓荒者》。看完报纸，他会提起他那根"装腔作势的粗笨的手杖"，漫步在北印度蔷薇树绿叶荫蔽的长街，他也会"告诫游手好闲的青年人，生活是多么现实，又是多么苛刻，铺路石不是玻璃做的，敲打路面乞讨，更讨不来生活"。

特德和拉迪打情骂俏，毫无顾忌，尽管似乎并没有理由认为两个人是动真格的。"吉卜林生气勃勃，他的个人经历令人叹服。和他在一起总是充满了笑声，"她写道，"他谈吐洒脱。"雪树公寓有2个网球场和6个羽毛球场。吉卜林不擅长网球，但在羽毛球上不输他人。特德说："如果这里的生活和安拉阿巴德的羽毛球规则一样，他会感觉更开心的。"

·　　　·　　　·　　　·　　　·

对爱德蒙娜·希尔来说，为印度最重要的报纸撰稿似乎是一件美差。炎热的夜晚，当防风油灯的灯火摇曳着照亮了整个出版社，这里倍显神奇莫测，尤其多了一份异国的气息。"忽明忽暗的光线下，半裸的男人们慵懒地背靠着黑色的墙壁，出版物被制作得看起来别致而生动。"那些文字本身则"显得神秘而可怕。仿佛从遥远的尽头，传来白床单上打哈欠的人钟表的滴答声"。有时，工友们会故意滴下烛泪搞砸排版。然后，小伙子们就歪在桌上睡去。

然而，吉卜林讨厌这份新工作。他抱怨说："我在周刊从事的并不是真正的新闻工作。"他对自主空间受限感到不快。报纸的内容杂七杂八，有时为了版面被要求删减修改。"先生，您的诗写得很美，只是需要您今天就交稿。"有一次主管就曾这样要求他。

吉卜林仰面躺在雪树公寓壁炉前的垫子上，手足伸开，全情地沉浸在他心中真正的写作里。有一年，灵感汹涌，他一口气创作了 6 部短篇小说，后来由惠勒公司以"印度铁路图书馆丛书"的形式付梓出版。希尔教授所拍摄的印度中部丛林的照片，激发了吉卜林《丛林之书》一书中毛克利（Mowgli）和众伙伴与老虎希瑞·坎（Shere Khan）缠斗场景的灵感。安拉阿巴德的短暂生活经历为吉卜林提供了《瑞奇·提奇·嗒喂》（*Rikki Tiki Tavi*）的创作背景。在故事中，瑞奇是一只忠诚的猫鼬，他保护了英国主人免受蛇害。大蛇住在一个"只开垦了一半的大花园里，那里灌木丛生，就像是尼尔将军那座长满蔷薇、椴树、橙树、竹丛和高高的野草丛的夏宫"。希尔教授家平房旁的花园就是它的原型。

· · · · ·

我听闻雪树公寓至今矗立不倒，只是处于半荒废的状态，成了流浪汉的领地。从各种描述中，我抽丝剥茧，判断出它大致位于安拉阿巴德大学和圣三一教堂（Holy Trinity Church）附近纵横交错的小路和旷野之间的某处。

吉卜林？《拓荒者》出版社？报纸？雪树公寓？对于我的这些问题，人们只是耸耸肩，一脸茫然的神情。

"出版社吗？"有一个路人说，"这里的确有一家。"他指向一条尘土飞扬的窄巷。我注意到，巷子深处，一个穆斯林长者正在自家作坊外的院里瞌睡。他旁边一架古董机器的四周堆满一摞摞看似印好的签名图片，虽已折好，还未装裱。这是一个死胡同。

我原路折回，转了一个弯继续前行，发现自己又走进了另一条死胡同，已是无路可走。最后，我拦下了两个人，他们对我的问题也觉为难，二人经过讨论，可能是"雪树"这个名字发挥了作用吧，他们指示我说要顺着一条马路向前走，在路的尽头处会发现对开的铁门。我找到时，上面挂着一块在我看来应是北印度特有的蔷薇木牌，大门左右各有一根石柱，石柱早已褪去了大部分红漆。它的后面矗立着一栋三层砖房，阳台上晾晒着衣物。其中一扇门上，生锈的黄色徽标上有一个符号，可能是一只蝴蝶或是迦梨女神斜视的眼神，符号下是几个移动电话号码和字母，因为是用印地语写的，对我来说，并无意义。

因为是星期天，我原以为这里无人照料，但不想有个看门人正在门口打盹儿，他机敏地跑去找主人，几分钟后他的雇主走了出来，笑脸相迎。我为在星期日打扰他而道歉。"不，先生，星期天我们也在这里工作，一点也不打扰。"他说。

他介绍自己是阿努帕姆·阿加瓦尔（Anupam Agarwal），他是出版社的老板。我问他对伟大的英国作家吉卜林了解多少。

"啊，是的，我知道吉卜林。我是从一个澳大利亚人那儿知道吉卜林的。他印地语说得很好。他告诉我们吉卜林曾经住在这，就是在这里写成了《黑羊咩咩》（*Baa Baa Black Sheep*）。这位澳大利亚人正在为 3 位作家写传——阿玛蒂亚·森（Amartya Sen），拉宾德拉纳特·泰戈尔和我的曾祖父。他说他会寄给我一本书，但一直没有兑现。他给过我名片，但我给弄丢了。"

这似乎是一个奇怪的三重奏，一个当代孟加拉经济学家，一位印度最伟大的诗人和一个默默无闻的 19 世纪作家学者，后来我才发现，此人非常知名，曾把《奥赛罗》、《罗密欧与朱丽叶》和《威尼斯商人》译成乌尔都语。

"这就是他，我的曾祖父。"阿加瓦尔先生说。他指着墙上一幅真人大小的肖像画，画中人是一位穿着黑夹克正装，佩戴着金表链的白须长者。他站在红色窗帘和一株插在铜壶里的装饰性植物之间，这让整张画作就像艺术家模仿维多利亚时期工作室拍摄作品之作。这不是一幅质量上乘的油画作品，下半部似乎还未完成。

"他的名字是巴布·巴莱什瓦尔·普拉萨德（Babu Baleshwar Prasad），"阿加瓦尔先生说，"他建起了出版社，但当时被称为雪树蒸汽机印刷厂。这里有一个蒸汽机印刷机，靠烧煤驱动，所有机器都在这里，后面还有一个文具商店。住宅楼到这里只有扔一块石头就能到的距离。《拓荒者》周刊办公楼就在附近，但已经拆了很长一段时间了。"

"我非常热切地想知道我们的祖先从哪里来，我也收集了很多资料。有一本 1937 年出版的书中记载了所有有关印度阿加沃尔家族（Agarwals）的历史。全部历史都在其中！我祖父的弟弟是贝拿勒斯大王的司库。"

我问他"住宅楼"是什么意思。

"亚历山大·希尔先生的房子。我的先祖正是从他那里购得了整栋房子。"

"我想看看房子，"我说，"我听说棚户区现在就在那里。"

"你从哪儿听说的？"

"我想，是从报纸里读到的。"

"啊，报纸。不，不，这不是真的，它也被拆除了。棚户区人口从没住过那里。分治以后，我的祖父一直是那栋房子的主人。事实上，他和 4 个儿子以及他们的家人住在那。房子有十四五个房间。但后来只剩他一人留在那。他的 3 个女儿，全都结婚搬走了，只剩下他和他太太。房子很陈旧，灰泥不断地脱落。所以，他选择卖给一个房地产开发商，后者把它给拆了。现在，开发商已经在那建了些庭院式建筑和复式住宅，里面住着十四五个家庭。来吧，我们走，然后你就会看到的。"

雪树公寓的花园和林荫大道早已为现代的安拉阿巴德所淹没。开发商建造的房子有一些是丑陋的混凝土立方体，另一些明显是炫耀他们手中从新兴产业挣到的钱。有些人家已在大门上挂起了刻好的黄铜铭牌，昭示了主人的职业和身份。

"这里住着医生、工程师和政府官员，"阿加瓦尔先生说，"甚至还有一些来自商界的人士。"

我想象了一下，这些绅士在圣雄甘地路上的蓝色玻璃大楼里工作的情形，以及他们的太太由人驾车送往写着"形塑个性，美体水疗"的会所里参加普拉提课程的情形。

32 胡须舞蹈家

　　尽管深受英治历史的影响，安拉阿巴德仍是一个令非印地语人群难以忍受之地。哈西·阿南达酒店经理承诺翌日上午帮我找一位英国人做司机向导，可当我来到前台，他法式地耸耸肩，好像是在用法语说："非常抱歉，先生。"可年轻的乌特卡什·德维迪（Utkarsh Dwivedi）真能帮上我的忙吗？

　　乌特卡什·德维迪说自己20岁，的确，他看上去还没到能刮胡子的年龄。他刚到前台工作不久，被迫接下这个差事看起来很是不悦，尤其是当我告诉他我想去米尔根杰（Mirganj）街区。

　　"那么，坐出租车要多长时间呢？"

　　"只要5分钟左右，"他说，"但我们不能去那里。"

　　"为什么不呢？"

　　"那是很差劲的地方。我了解这一点。我就出生在那儿。"

　　"在哪方面差劲？"

　　他低头盯着自己的鞋。"那里是红灯区。"

　　这的确令人尴尬。我不想让他误解我的初衷。我去米尔根杰意在探访印度独立后第一位总理——贾瓦哈拉尔·尼赫鲁出生时住过的房子。乌特卡什最终同意了，尽管仍有些不情愿。但他坚持要像以往那样，先带我领略一番安拉阿巴德的旅游景点，尽管前一天我早就游览过其中大半。

　　我们找了一辆破旧不堪、一路上咔嗒作响的大使牌（Ambassador）

出租车。在车辆疾速地拐来拐去时，我问乌特卡什在酒店工作多久了。

"三五年了吧。"

沿着圣雄甘地路行进，他指给我看几处路上的景观——大教堂、大集市购物中心，由印度撒拉逊式（Indo-Saracenic）和奢华的苏格兰式两种建筑张扬地组合在一起的19世纪公共图书馆，以及麦当劳快餐店。

"现在我们去钱德拉·谢哈尔·阿扎德公园（Chandra Shekhar Azad Park），"他说，"今天那里会有一个特别的庆祝活动。"

•　　　　•　　　　•　　　　•

公园是一个枝叶扶疏、道路规整的宜人小岛，原称阿尔弗雷德公园，是为了纪念1869年维多利亚女王的次子——萨克森 - 科堡 - 哥达王朝（Saxe-Coburg and Gotha）的阿尔弗雷德王子来访，这里是全印度草地网球锦标赛和一年一度的"鲜花与萌犬秀"的举办地。独立后，更名为钱德拉·谢哈尔·阿扎德公园，以纪念这位反英革命家和印度斯坦社会主义共和党社团领袖。（阿扎德指"自由"，这是他有一次出庭时自己取的名字。）

1931年，警察将他逼进了阿尔弗雷德公园，双方发生了枪战。电影《巴哈特·辛格传奇》（*The Legend of Bhagat Singh*）高度浓缩和再现了钱德拉·谢哈尔传奇的一生。当时他只能藏身树后，鲜血从中弹处流到肩上、腿上，流到手中最后一颗子弹上。他掬起一捧印度大地上的泥土，神情无比悲痛，任凭泥土从他拢起的手掌滑落。他以手指天，喃喃低语，"这是多么大的牺牲啊"，然后将枪抵在自己的头上。他是绝不会做俘虏的。如今，那棵大树还在，紧邻纪念碑的基石。当我们穿过公园的大门，由喇叭、大鼓和小鼓组成的乐队的表演声渐起，只是呕哑嘲哳，不在调上。乐队中共有 8 名乐手，附近另有 8 名士兵组成的仪仗队，队员头戴猩红的军帽，系黑红腰带，穿卡其布裤，缠白色绑腿，携带着那种殖民时代的李 - 恩菲尔德（Lee-Enfield）步枪。这时，一辆闪着蓝灯的白色大使牌轿车在队伍旁停了下来，一个中年男子从车里爬了出来。"安拉阿巴德警察局局长。"乌特卡什低声说。

有一个裹着腰布的老人，轻盈地戴一顶尼赫鲁帽，始终挺身致敬，或者说，保持着尽量后仰的站姿。当铜管乐队的演奏停下，他把一杆破旧的古董铜号举到嘴边，浅浅地但很专注地吸了几口气，吹出几个音符。他给我看别在胸前的塑封照片以及印着印度国会三色旗的锈迹斑斑的勋章。照片上，青春年少的他正在吹号，底部有一行字告诉我他叫巴格瓦特·普拉萨德（Bhagwat Prasad），是一名 1942 年参加过反英斗争的自由战士。那一年，甘地发出最后的独立号召，也就是在那一年，苏巴斯·钱德拉·鲍斯（Subhash Chandra Bose）组成了印度国民军。由此推算，老人至少有 90 岁了。

一个外表奇特的人正忙着招呼一群学童，队伍之中女孩儿更多一些，在钱德拉·谢哈尔·阿扎德雕像下的台阶上整齐地站成一排。雕像上挂着金盏花，雕像的主人公正凝神沉思，赤着胸膛，单手托着下巴。那人带领着孩子们齐声诵经。"他的灵已与神相遇，愿神保佑他的灵魂。"

仪式结束后，那个男人轻快地走到我身边。他赤着脚，黑裤外缠着鲜红的腰布，紫色的花格背心上镶着令人惊艳的粉银亮片，戴着一顶带有天蓝色和金色相间条纹的袍帽。黑发有着钢丝球一样的质地，最终结成了一个丸子髻。他的胡须能容纳几只小鸟舒服地筑巢。不知怎么，在他的眼神中，善良、凶猛、缥缈遥远的距离感得到了完美的结合。

他递给我一张名片，上面的表述几乎和他的外表一样古怪。上面写道：

R. K. 蒂瓦里（Tiwari）〔杜卡基（Dukanji）〕
国际胡须舞蹈家·金牌得主
印度世界纪录·林姆卡书
吉尼斯世界纪录大全
印度沙巴什（Shabash）—吉电视（Zee T.V.）—安拉阿巴德民防部

我想让他多给我讲讲这些头衔的由来，但很遗憾，没有时间。孩子们叫他去工作。为了能够更多地了解有关国际胡须舞蹈家的情况，我只好亲自动手查阅这类记录的书籍，并需要开展一点点研究。

·　　　·　　　·　　　·　　　·

印度"冰饮"林姆卡（Limca）是可口可乐公司生产的柠檬酸橙汽水。这家公司赞助了一份当地杂志，其内容相当于《吉尼斯世界纪录大全》。该刊编辑说，截至目前，他们收到的呈件来自印度本土的最多，而每一次独立核实都要经过数周时间。林姆卡的杂志"致敬追求卓越的人"，并声明它们的目标读者是"永不满足于当前记录的数据爱好者和测试者"。如果测验者被问及有史以来戴最大的蜜蜂罩的人姓甚名谁，正确答案应该是来自喀拉拉（Kerala）的 K. P. 维诺丹（K. P. Vinodan）。曾有 35000 只蜜蜂上了他的当，当他站在路边啜饮玻璃瓶中的东西时，飞到他身上停留了超过 24 个小时。其他精彩的案例有，不间断吹出最多唾沫泡泡的记录〔中央邦的阿索肯·奇利卡丹（Asokan Chillikadan）在 7 小时内吹出的 16722 个〕；

从单个黄瓜上切下最多切片的记录〔班加罗尔的 S. 拉梅什·巴布（S. Ramesh Babu）创造的 120060 片〕；头顶满瓶牛奶保持平衡走最远距离的记录〔由普纳的米尔因德·德什穆赫（Milind Deshmukh）创造的 104 公里，近 65 英里〕。同样来自普纳的一个名叫叶兹迪·F.坎丁瓦拉（Yezdi F. Canteenwalla）的人，三十年如一日，始终致力于挑战编制有史以来最大的橡皮筋球。他共用去了 42 万根橡皮筋制作了一个直径达 21 英寸的弹力球。

记载中与胡子相关的纪录颇多，甚至占据了单独一个章节。有史以来，最长胡子的纪录是拉贾斯坦邦 70 岁的卡尔扬·拉姆吉·萨尼（Kalyan Ramji Saini）创造的，他简直就是面部毛发的史诗级奇人。胡须长达 10 英尺，走起路来，有一段要在地上拖着。

根据林姆卡杂志的记载，他的胡子迅速生长是相当偶然的。一次眼科手术后，医生建议萨尼先生三个星期内面部不能碰水。等到这个干燥咒语解禁，他的大胡子已经惊人地达到了 30 英寸长，换句话说，已经长过腰部。海得拉巴（Hyderabad）的平民司机奈克·T. 苏达萨那·雷迪（Naik T. Sudarsana Reddy）的胡须更温和，还不到 20 英寸，但是他的特殊技能在于可以用它提起两个重达 35.4 公斤或 78 磅的液化气罐。

最后我找到了 R. K. 蒂瓦里的词条。奇怪的是，林姆卡认定他是"安拉阿巴德的拉金德拉·库马尔（Rajendra Kumar）"，但显然他们是同一个人。因为此前没有因胡须成为类似的名人或被收入更大的公共项目的情况。蒂瓦里的胡子舞涉及蜡烛，其中 4 根蜡烛对称地插在他的大黑胡子中，还要插上同样数量的像筷子似的不可燃物。他可以随着音乐的节奏，舞动蜡烛〔用任何乐器演奏的雷格泰姆（rag）和笛子舞曲〕，每次，他可以舞动一根、左右两根或者同步舞动四根蜡烛。

后来，我读到了一则博客网文，语焉不详，或许就是他本人写的。在帖子中，这种舞蹈被形容为"一种通过瑜伽术控制面部肌肉跳动的非凡神技，舞蹈中所蕴含的艺术成分微妙而协调"。国际胡子舞者脚踏七彩条纹的滑板车在板球世界杯上舞动，用实际行动为印度队助力加油，在瑞诗凯诗的恒河度假村酒店为国际瑜伽节以及在安拉阿巴德的佛浴节上为无数来访者祈福。

回到公园，人群正在渐渐散去，巴格瓦特·普拉萨德又吹出几个音符，大使牌轿车载着警察局局长匆匆离开。

"去米尔根杰的时间到了。"我告诉乌特卡什。

他的眼神迅速左右游弋扫视，寻找一些能给他解围的由头，这样，他就可以免去跑红灯区之苦。

"可是，你想去探访尼赫鲁住过的地方，那应该是阿南德·巴万（Anand Bhavan）。"

出租车司机正为我们打开车门。

"阿南德·巴万。"乌特卡什告诉他。他转向我，笑了笑。"你会看到的，很漂亮。只是几步路而已。"

33 幸福之家

　　乌特卡什说得没错——当我这样告诉他时，他脸上现出得意的神情。阿南德·巴万，"幸福之家"，美丽宜人。这是一栋两层建筑，坐落在一座纤尘不染的花园里，奶白色的墙壁，灰蓝的通风阳台环绕着二楼，色调对比颇为鲜明。尽管有一对带有莫卧儿遗风的炮塔，但从整体的效果来看，仍属英国人的乡村庄园，并且为了适应印度北部平原的炎热气候稍做了调整。

　　莫逖拉尔·尼赫鲁（Motilal Nehru）是尼赫鲁家族的族长。1900 年，他从坎普尔搬到安拉阿巴德，在高等法院从事法律工作。几年后，他购买并改造了这处房产。他是一个顽固的亲英派，曾在伦敦的国王陛下最尊贵的枢密院中崭露头角。他把儿子贾瓦哈拉尔送到英国接受教育，雇用英国人做家庭教师，并坚持在正餐时使用刀叉。但与许多印度上层阶级一样，他对把亲英作为进入殖民地精英阶层的全部代价感到恼火。1911 年，他受邀参加在国王行宫举行的帝国接见会（Im-perial Durbar）。他这样写道："我已接到印度皇帝、国王乔治五世陛下的命令，前往德里参加活动……以这种方式邀请绅士真是可笑。"这张字条被陈列在位于阿南德·巴万二楼的博物馆中一个污渍斑斑的展示柜里。不远处有莫逖拉尔的玻璃杯和他衣服的备用扣，以及他用过的暖脚陶盆和一个微型旅行熨斗。

　　1919 年，即印度历史进程发生巨变的前一年，莫逖拉尔已经放弃了他所从事的法律工作，全身心投入政治活动中。同年 2 月，他在安拉阿巴德创办了以"向独裁政府开战"为目的的报纸《独立报》（*The Independent*），但报纸只发行了两年，便遭英国当局关闭。4月，由雷金纳德·戴尔（Rejinald Dyer）准将指挥的部队在没有任何警告的情况下，在阿姆利则（Amritsar）锡克城中的贾利安瓦拉·巴格（Jallianwalla Bagh）公园向一群和平示威者开火，造成379人死亡，1200多人受伤。戴尔却因此得到了英国上议院的感谢投票以及刻有"旁遮普救星"字样的宝剑。1920年，甘地发起了"不合作运动"以反抗"撒旦式"的英国人。此时已是印度国民大会主席的莫逊拉尔·尼赫鲁加入甘地的运动，从此他不再穿西式服装。

他29岁的儿子贾瓦哈拉尔去了阿姆利则，收集了一些戴尔大屠杀中遗留的弹壳。在博物馆中一个大箱子里我发现了这些东西，同时展出的还有他的小纺车，一些鞋子和马甲，一台烤面包机，一把电动剃须刀，用来印制反英宣传小册子的复印机，一张他在德拉敦监狱时随身保存的三摩地佛图（Samadhi Buddha），他的第一个驾照（伦敦发行）和一个装在帆布箱中的网球拍。阳台更远处有一块牌子，上面的内容显示甘地访问阿南德·巴万时曾在那里工作过，附近是贾瓦哈拉尔的女儿英迪拉·甘地（Indira Gandhi）简朴的卧室。它有着一种修道院小室的气氛，只有看起来就不舒服的狭窄的单人床。

●　　　●　　　●　　　●　　　●

刚刚修剪过的草坪的对面是第二幢大厦，它又长又低，建了柱廊，名为斯瓦拉杰·巴万（Swaraj Bhavan），意思是自治的地方。国会曾经用作当地的总部，如今已部分改造成一个书店，出售的各种书籍被认为在内容上可能政治色彩偏少。

这里有儿童卡通版的印度史和广受欢迎的浓缩版《罗摩衍那》，有贾瓦哈拉尔·尼赫鲁、圣雄甘地和英迪拉·甘地的言行录。还有一份《我的奋斗》(*Mein Kamph*)（原文如此），封面上是一张希特勒的照片。

和其他任何印度书店一样，这里也有大量的书籍致力于促进读者某种形式的自我提升。你可以买到《心灵力量的秘密》(*Secrets of Mind Power*)、《考试中脱颖而出的七个咒语》(*Seven Mantas to Excel in Exams*)、《科学记忆技巧》(*Memory Techniques Science*)、《如何保持快乐》(*How to Remain Ever Happy*)。比索沃普·罗伊·乔杜里(Biswaroop Roy Chowdhury)是一家名为动态记忆的公司的老板，尤其具有代表性。他的传记中写道，乔杜里也进入了《吉尼斯世界纪录大全》，但不是因为用胡子跳舞，而是因为他拥有惊人的记忆力，他展示了在两分钟内以同样顺序回忆 14 个随机选择的名字及其出生日期的能力，这还不是全部。尽管乔杜里的心脏天生就有一个洞，但他仍然保持着一分钟内做俯卧撑数量最多的世界纪录：198 个。这使他成为历史上唯一一个身心两方面都有世界纪录的人。

我拿起一本关于尼赫鲁的书，读了那篇最著名的章节，那是从他的遗愿和遗嘱选取的，写于他去世 10 年前的 1954 年。在遗嘱中，他大致表述了如何处理自己骨灰的想法，他希望大部分骨灰从飞机上播撒到"印度农民辛苦劳作的田野上，这样，他就可以和印度的尘土结合在一起"。留下一小部分，浸入恒河。他明确表示，这并非出于宗教原因。这是因为：

> 恒河……印度之河，她的人民深爱着她。这条大河交织着她的种族记忆，她的希望和恐惧，她的凯旋之歌，她的胜利，她的失败。她一直是印度古老悠久的文化和文明的象征，她流动不居，永远在变化之中，

永远是同一条恒河。她让我想起了白雪覆盖的群峰和喜马拉雅山间的深谷，那是我深爱的地方，也让我想起了丰腴辽阔的平原，那是我生活和工作的地方。在晨光下微笑着跳舞；夜幕低垂时，黑暗无边，奇玄神秘。冬天是狭窄、缓滞而优雅的溪流，在季风雨季则发出震天动地咆哮的恒河，与大海并无二致，她胸怀万物，也有与大海同样的摧毁万物的力量。恒河之于我，是一段连接印度从前的记忆。她奔流在当下，最后注入未来的大洋。

当时，有 50 万人前来瞻仰尼赫鲁的骨灰在森格姆（Sangam）浸入恒河，那里是亚穆纳河的汇流之地。当时因为一个平台不稳，观众里有数人落入河中溺亡。

34 米尔甘杰的交通

穿过卡玛拉·尼赫鲁路（Kamala Nehru Road）凌乱拥挤的集市摊，我们走进了米尔甘杰（Mirganj）。这条路最终通往一个广场。历史上，英国人曾赠给印度许多形态奇怪的维多利亚时代的钟塔，并将之视为国家尊严以及公民尊严的象征，其中有一座留在这里，独占了整个广场。钟塔的底座被漆成了安妮女王钟爱的红色，它有一对涂成浅灰蓝和柠檬黄的婚礼蛋糕式的多层阳台，与之配套的黄色洋葱圆拱顶及其上面突出的尖顶整个看起来就像一顶普鲁士战盔。

卡玛拉·尼赫鲁路是以尼赫鲁妻子之名命名的，但并无任何纪念碑之类的东西，事实上也没有任何迹象表明尼赫鲁本人与这个社区有任何联系。我翻看了阿南德·巴万书店里的几本传记，寻找尼赫鲁出生在米尔甘杰 77 号的线索，但也只是找到了几个相当隐讳的表述。其中一本书说，他生在"城中印度人古老社区的一条小巷里，据说那里还曾经闹过鬼"。另一部作品中提到"一栋坐落在安拉阿巴德某个较为密集拥挤的居民区的房子"。

虽然乌特卡什就在米尔甘杰长大，但他并不知道这条小巷可能的原址如今何在，也不知道 1889 年尼赫鲁出生时，这一带是否就已经是红灯区。房子建在小巷这个说法令人费解，因为博物馆里的桌上模型显示，那是一栋两层楼高的建筑，设计朴素而坚固，但谈不上宏伟。房子环绕着大的庭院而建，院落有的部分有连顶露台的荫蔽。一张褪色的老照片显示，建筑物的周边是开阔的土地。据推算，1931年该建筑以旧城改造的名义部分被拆；到了20世纪70年代，其余的部分也未能幸免。

还有一个传闻疑为杜撰，据说尼赫鲁曾把部分房屋租给了一个妓女。在阴谋论泛滥的情况下，激进的印度教民族主义文人们痛斥贾瓦哈拉尔·尼赫鲁出卖自己的种族，因为他想要建立的，是一个教义信仰多元化的国家。在这种情况下，有关他在米尔甘杰77号生活经历的各种耸人听闻的谣言便随之滋生蔓延。这些传闻里说，莫逖拉尔来到安拉阿巴德时，他的身份不是律师，而是妓院的老板。他从克什米尔引进婆罗门女孩，而且还和妓女们生了几个孩子。更糟糕的是，他本人还是一个秘密的穆斯林，他的父亲是德里的一名警察，一直用印度教名隐瞒真实身份。莫逖拉尔的客户之一是一位名叫穆巴拉克·阿里（Mubarak Ali）的什叶派律师，此人是阿南德·巴万的最初所有者。阿里并没有像通常报道的那样把房子卖给莫逖拉尔，而是因他所提供的服务将房子赠予了后者，当然也是为了巩固他受人尊敬的形象。不是莫逖拉尔诞下了印度未来的总理，而是穆巴拉克·阿里秘密地给他的私生子完成了割礼，并请求某个妓女哺育他。因此，按这些疯狂的说法来看，这位印度第一任总理实际上是一个秘密的穆斯林，并在谎言和肮脏的环境中长大成人。

·　　　·　　　·　　　·　　　·

既然我们的"红灯区"之旅已无法避免，乌特卡什稍微放松了一些。"这条街以糖果闻名，"他语气平和地说，"安拉阿巴德是婆罗门之城，婆罗门都爱吃甜食。"在印度北部任何一座城市的任何一条街道上，情况常常有可能大同小异，满眼都是人力车，摩托车，果蔬小贩，油炸小吃摊档，腐朽欲坠的石膏板，以及头顶上方缠成一团的电线。人行道上，人们摩肩接踵，而且只有男人。我在心里暗暗数了一下面前走过的前100个人，竟有99名男性，唯一的例外是一个七八岁的小女孩，行色匆匆，手中的塑料袋里装着些日用杂货品。大多数男性在十几岁到二十几岁，他们似乎没什么事可做，只是在小吃摊上闲逛，呆呆地盯着女孩看，但实际上并没有什么女孩可供欣赏。

据2011年的人口普查，北方邦有2亿人口，男女比例为100：91.2。换句话说，该邦有将近1000万以上剩男。在这样一个扼杀女婴的历史悠久的国家，超声波测定性别和流产比嫁妆要便宜得多。

北方邦因被印度人称为"挑逗女性"之地而臭名昭著。在最近两起案件中，有两名十几岁的女孩因抵制戏弄，一个被泼上煤油点燃，另一个被开枪打死。几天前，我在报纸上看到，一家公司正在推销一种小到可以装进女孩手包里的手枪——一种女性专用德林杰（Derringer）手枪。

在德里和勒克瑙之间的巴丹区（Badaun）的一个村庄里，一对十几岁的表姐妹被发现吊死在芒果树上。女孩的尸体被仓促地埋在恒河岸边，下葬地插上系着红布的竹竿以作标记。当警察来提取DNA时，季风势头正猛，河水漫过堤岸，坟墓早就被淹没在7英尺深的大水中了。

村里5名男子被控轮奸，他们的种姓比女孩高，女孩们是贱民。公众要求政府官员发表评论。"强奸是微不足道的小事，媒体不应小题大做。"北方邦的秘书长表示。他是该邦级别最高的政府官员。"男孩子就是男孩子，"这位前邦首席议员这样说道，"有时候他们会犯错误。""强奸么？"相邻的中央邦主管说，"有时是对的；有时是不对的。"

    我和乌特卡什从街道的一头走到另一头，在一个货摊前停了下来，摊主正从一个装着滚油的黑色大桶向外掏萨摩萨饼（samosas）。下午的温度太高了，甚至人行道就能直接烤熟食物。我们询问前往米尔甘杰 77 号的路，那人示意我们左手边的第一条小巷。我们发现房子就在几码远处，巷子向右转了一个弯。

    无论如何也不可能把这个地方和博物馆里的照片联系起来，也无法想象拆毁尼赫鲁的出生地与城市改造有关。小巷幽闭恐怖，宽度刚好够两辆摩托车通过，路面堆满了垃圾，到处挂着金色和银色的装饰箔片。皮条客从楼上的窗口紧盯着我们。一条露天的排污水管沿着建筑向正前方延伸，一楼被涂成了那种劣等的知更鸟鸟蛋的蓝色。5 条通道都能通往狭窄逼仄的内室，每一条的铁丝网大门上都挂着一个裸露的白炽灯泡。六七个年轻妇女蹲在矮木凳旁的台阶上。我们转过拐角时，她们像小鸟一样四散，回到了屋内。

    几乎可以肯定，米尔甘杰 77 号的女孩子都是尼泊尔人，后来我在瓦拉纳西遇到的阿吉特·辛格（Ajeet Singh）说。辛格领导了一个名为"古利亚"（Guria）的组织，"古利亚"的意思是"玩偶"。该组织的目标是打击北方邦的性贩卖恶行。组织直接采取行动，包括秘密处置，监视火车站，挫败皮条客和警察，突袭妓院等。他的第一个成就是打掉了瓦拉纳西臭名昭著的红灯区——斯希沃达斯普尔（Shivdaspur），这里曾容留了 1000 多个妓女。辛格 40 岁，精力过人，一脸的灰色碎胡茬。

    他看起来就像那种喜欢在孩子们的聚会上扮成小丑的大叔。人们都叫他马斯特基（Masterji）。他说，当他去参加一个堂兄的婚礼时，他第一次意识到自己的人生使命。当时，他看到一名性工作者整晚跳舞，以取悦一群不断发出嘘声和提出下流主意的男性看客。后来，他找到这位女士，提出他想收养她的孩子，让他们完成学业。当他带这些孩子回家时，他父母认为他已经失去了理智，这并不奇怪，因为他当时只有 17 岁。

辛格把我介绍给他的太太美君（Manju）。二人结婚时，他拒绝在婚礼上邀请牧师或进行任何宗教仪式。他只想让当地妓女的孩子们用歌舞招待客人。

他非常熟悉这个街区。在伪装成街头小贩的内线提供的秘密拍摄的视频的帮助下，他营救了 70 名女孩，这些女孩是在安拉阿巴德警方的纵容下被迫卖淫的。其中大多数人是在尼泊尔的家中被绑架而来，有些只有 10 到 12 岁。尼泊尔有很多村庄如今已完全没有女孩。通常，人贩子，印地语称"蒂蒂斯"（didis），会以 4 人或 4 人以上的规模围捕女孩。在尼泊尔，3 被认为是不吉利的数字。过境后，第一站通常或是勒克瑙或是坎普尔，在那里她们被卖给"调教人"。女孩子们被丢在小房间，遭到强奸，调教人会用香烟烫她们，直到她们完全屈服。然后，她们随时会被运往加尔各答的索纳加奇（Sonagachi）、孟买的福克兰路（Falkland Road）、德里的 MG 路，以及米尔甘杰。在女孩接客前，可能会被出卖或转手 6 次甚至更多。

辛格花了 9 个月的时间对米尔甘杰的人贩子发起诉讼，最后他说服了地方法官签署命令，要求警察突击搜查妓院。命令一大早就下达了。"真希望我们能帮上忙啊，"警察说，"唉，我们的人力有限，车又不够用。也许我们今晚能处理这件事？或者是明天早上吧？"最后，在下午 6 点他们出警了，嘟嘟囔囔地抱怨着，拘捕了几个女孩，又把其中几个直接交还给了妓院的老板。1 小时后，他们看了看手表，说很不走运啊，是时候收工了。没有特别许可，7 点以后他们就不能继续工作了。然而，他们确实抽出时间把阿吉特·辛格关在距离钟楼很近的巴德夏希·曼迪（Badshahi Mandi）警察局。在那里，警察用暴力威胁他，并罗织了多项刑事罪名。

女孩不是唯一的受害者，辛格告诉我。事实上，当天早上早些时候，古利亚的志愿者从瓦拉纳西火车站的人贩子手中抢回了一个男孩。他等待着与正从北方 70 英里外的阿赞格尔区（Azamgarh）的村庄赶来的父亲和祖父团聚。辛格走进隔壁房间去接他，男孩穿得很整齐，一身白衣，戴一顶穆斯林针织祈祷帽，从下巴到颧骨那里是一道新月形的深深疤痕，额头正中也有一点小伤——正如后来一个朋友在看到照片时所说的——他看到的东西太多了。亲人们拥抱着他，哭出了声。

"这就是阿卜杜勒，"辛格笑着说，"他说他 9 岁。"

35 隐形的河流

我在安拉阿巴德花去的时间越长，神话和真正科学之间的界限就越模糊。就像 1824 年访问过这片"残缺而荒芜，真理与欺诈，信仰与科学"并行之地的希伯主教，像 1895 年也来过这里亲证了大壶节的马克·吐温一样，我也需要一份袖珍词汇表。如恒河，"Ganga"这个词，作为名字具有多层含义，既有物理学所指，也有形而上学意义。

普拉亚格（Prayag）：献祭之地，在阿克巴大帝易名之前，该城最初的印度教名字。

提尔塔（Tirtha）：渡口，十字路口，朝圣之地。

提尔塔拉贾（Tirtharaja），朝圣地之首——安拉阿巴德。

森格姆：两河交汇处，信徒可以洗脱罪恶之地。恒河和亚穆纳河的交汇处正是最为神圣的森格姆。

三河汇流之地（Triveni Sangam）：这不是两条河的交汇处，而是三条河的交汇处，第三条是萨拉斯瓦蒂河，以被世人所深爱的知识和智慧女神的名字命名，在《梨俱吠陀》（*Rig Veda*）中，她被描述为"最慈爱的母亲，最伟大的河流，最高贵的女神"。

集会（Mela）：集会、节日或聚会，世俗的或宗教的。

壶（Kumbh）：水壶或大的水杯。据史诗记载，在诸神与恶魔为了争夺装有长生不老的蜜药的大壶的斗争中，有四滴花蜜滴落，每一个花蜜溅落的地方都成为神圣的朝圣之地，其中一个正是安拉阿巴德。

大壶节：印度教所有节日中最盛大的一个，这个星球上最大的人类集会，每 12 年在三河汇流处举行一次。

我记牢了这些特殊词汇，于是，搭了一辆三轮出租车赶往三河交汇的地方。司机在仪表盘上摆放着一台 DVD 播放机，穿行于拥挤的街道的同时，眼睛老是盯着电影看。镜头里，一名戴着镣铐的警察正用机关枪向一群顽敌扫射，这时，一名白发女性的头部显现在云中向他发话。她是谁？是战争的仲裁者吗？是战术的顾问吗？或者是某个身份不详的女神？是他的母亲吗？或者只是一个好奇的看客？我们到达了宏伟的阿克巴堡垒，城墙和炮塔沿着亚穆纳河北岸延伸了几百码远。我付了司机 50 卢比，从出租车里爬了出来。我始终搞不明白那部电影是怎样结束的，尽管我有一种感觉，警察可能是神降人间。

恒河拐了个直角弯从北方而来，比亚穆纳河更窄更浅。但是萨拉斯瓦蒂河在哪里？这是条看不见的河，也许它只存在于印度宗教典籍之中。苦修者和科学家各有各的理论。这就是印度，你很难将两者截然区分开来，而政府测试某个基于信念的假设，还是会采用考古学、地貌学和卫星遥感等学科理论或技术。

安拉阿巴德有个浴场名叫萨拉斯瓦蒂河坛，但这对解开谜团并无帮助。这片河坛从合流处向上游延伸了整整 1 英里，介于要塞和亚穆纳河上俊逸的新悬索桥之间。它状如一个倾斜的阶梯式圆形大剧场，以 12 根粉中透紫的装饰性立柱支撑，那些柱子看起来就像混凝土的茎上倒置的花瓣。现代主义的设计是致敬巴西利亚昆巴斯（Cumbus）车站的一个露天剧场。

一条长长的通道斜通要塞大门。吉卜林曾在此目睹了水位上涨时英国士兵用长杆撑开撞到墙上的浮尸，并撰文表达了厌恶之情。堡垒内部有一口深井，名为萨拉斯瓦蒂·库普（Saraswati Koop），据传它是神秘之河的源头。军队仍然控制着堡垒，并将其用作军火库。军方刚刚宣布计划安装摄像机、倾斜镜、卤素灯和液晶屏，以便信徒们能亲见并膜拜井底的水。负责河流事务的乌玛·巴蒂（Uma Bharti）部长身穿藏红长袍，是一名印度教民族主义激进分子。他宣称"萨拉斯瓦蒂并非神话"，并下令对井里的水进行检测并测定碳年代，以期待进一步揭开真相。

事实上，来自6个政府机构的科学家们曾对萨拉斯瓦蒂河之谜深入研究超过30年时间，甚至还得出过一些初步的结论。的确，很可能曾经存在过这样一条河流，而且就在喜马拉雅山中的某地横空出世，也许就在湿婆的住所凯拉什山附近。可能是位于甘戈特里以西约20英里亚穆纳河源头附近的一座冰川。但是在5000到6000年前，在低地的某个地方，它最后消失了。也许是因为气候的变化，也许是地质构造变化的结果。剩余的水流可能被苏特莱杰河（Sutlej）所接纳，继续西去，邂逅印度河。

印度空间研究组织在寻找萨拉斯瓦蒂河最可能的古河道时，已经确定就是现在的克格尔河（Ghaggar River）。这条河流仅在季风期有河水流动，在拉贾斯坦邦靠近巴基斯坦边境的塔尔沙漠干涸。这些细节与史诗《摩诃婆罗多》中的一处描述相符。卫星图像显示，克格尔河/萨拉斯瓦蒂河可能通过名为卡奇（Kutch）的盐碱沼泽地最终到达阿拉伯海。所有这些都令人心驰神往，但更大的问题仍不得其解：这些与600多英里以外安拉阿巴德的三河汇合处又如何能扯上关系呢？

可是，如果你是一个政治家，也许地点并不重要，科学和经书恰好一致就足够了。即使萨拉斯瓦蒂河在印度的另一边，甚至在巴基斯坦，信徒们仍会如潮水般涌向安拉阿巴德。在我离开这座城市几个月后，我查看了关于寻找这条看不见的河流的最新消息。这是一条大新闻。在靠近穆斯塔法巴德（Mustafabad）小镇克格尔河的分水岭，有一个女人看到岩石上有水喷涌出来。哈里亚纳邦首席部长说："真正的萨拉斯瓦蒂河终于找到了，它就在这里。"工人们正在开掘他们想象中的河道，然后将水从管井泵入河道中去；朝圣者已经云集于此。普拉亚格最初的名字已经随着莫卧儿入侵者的到来消失，但现在穆斯塔法巴德被重新命名，以迎合印度教。从今以后，它将成为萨拉斯瓦蒂·纳加尔（Saraswati Nagar）。我看了一个对这位声称发现了该河的女性的电视访谈，她为自己名声大噪感到高兴不已。然而，令印度人感到尤为讽刺的是，她是一个穆斯林。

36 荒芜与毁灭

　　近日身体一直不适，浑身乏力。外面烈日炎炎，而我正发着高烧，滚烫的体温正好配得上外面超过 100 华氏度的高温。午后，晦暗的空气里弥漫着浓重的烟雾，我对印度教宇宙论的参悟也越发迷惘。在森格姆逗留的时间越长，我就越发觉得这次出行哪里不对，就像是吃了劣质迷幻药。

　　在堡垒的一处庭院中，顺着一段楼梯走下去，可以直通帕塔普里（Patalpuli）神庙。帕塔普里，印地语的意思为"冥界小城"。这里像防空洞，像巨大的酒窖，或者说，像巴黎地下的墓穴群，像暗调的杜莎夫人蜡像馆。其实，它是一条两旁排列着小神龛的长廊，马克·吐温称之为"密布着神殿和神像的树状的地下迷宫"。真人大小的神像委身在无数的壁龛中。每一处龛前，总会有一个法师或寺庙的接待蹲守，在来人面前摇动着金属盘子，盘中则盛满了小额的硬币和 10 卢比的纸币。也许因昨夜未眠，或者只是出于内心的厌恶，无论如何，我觉得，这里供奉的神灵似乎皆非善类。

　　娑尼神（Shani Dev），众神之中最令人生畏的神，他是死神和冥王阎摩的兄长。娑尼一瞥，就是一个诅咒，一个充满悖论的承诺：让来人一生中逃不开无尽的罪恶，然后在死亡中重新得到救赎。

　　派拉瓦（Bhairava），意为"恐怖"，也是"毁灭"的同义词。他双眼如炬，是湿婆愤怒形象的化身。还有眼镜蛇乃吉·瓦苏吉，湿婆神绕颈佩戴之物。

　　这里有那罗希摩（Narasimha），毗湿奴的第四个化身，半人半狮，他以有力的利爪掏空了杀人恶魔金床（Hiranyakashipu）的脏腑。尽管这般功绩令他位列上神，但他样貌可憎，令人望而却步。

在庙宇上方，佛陀树荫护，那是一株"坚不可摧的榕树"。对于毗湿奴来说，此树无上神圣，恶魔或妖精栖身在它的根与枝间。罗摩神和妻子悉多（Sita）曾在它的绿荫里休憩。任何人，无论在生活中犯下多少罪恶，一旦从这树上跳下摔死，"在将至的天国，都会得到丰厚的奖赏，而不以畏罪自杀定案"。

范妮·帕克斯（Fanny Parkes）在其所著的《一个朝圣者寻找风景的漫游》（*Wanderings of a Pilgrim in Search of the Picturesque*）一书中便是如此讲述的。帕克斯生于威尔士，后来嫁给了一个东印度公司的小吏，她也是当时最受追捧的游记作家之一。1832 年，她从加尔各答来到安拉阿巴德，前后在印度生活了 24 年。她对印度教怀有某种真正的迷恋，同时，她也敏锐地观察到教中祭司擅长的欺骗术。如她所言，所谓"圣贤"的神话被她一眼看穿。她写道，谁也不可能看到树，因为路早被驻守堡垒的英军长官用砖头给封死了。当祭司把她带到房间，指着天花板问她："你看不见屋顶被树枝戳了三个洞吗？""我的确看到了三处裂缝，但那是树还是爬藤造成的，可说不准，因为连一片叶子都看不着。"帕克斯以讥讽的口吻写道。

她从"圣屋"走到帕塔普里庙，在那儿看到了我也见过的那棵树，根基处"为油脂、酥油、米饭和鲜花所覆盖"。"都是骗人的，"她下结论说，"了解婆罗门把戏的普拉亚格本地信众可不会朝拜什么假圣人。"

· · · · ·

在堡垒北面不远处，矗立着一座古老的哈奴曼神庙。在印度史诗《罗摩衍那》中，头戴王冠、手执圆头杖的哈奴曼猴神率领猴军对抗魔王拉瓦那（Ravan），他代表着信念、忠诚、英雄主义和力量。这座哈奴曼神庙更是有着独特的传说。曾经有一个富商，来自坎普尔北部恒河左岸的根瑙杰市（Kannauj），他用巨石雕了一尊神像，祈求大神赐他子嗣，这是印度教崇拜的永恒主题。我还从来没听说有人通过在神前祈祷生了一个女儿。他把雕像带到森格姆，在那里把神像埋入沙中。后来，有一位游方的圣人试着把手中的三叉戟——类似湿婆神的三叉戟——插在地上时，击中了沙里的硬物。他想看看到底是什么，于是挖开沙子，发现了雕像。众人试图把神像立起来，可它太重了，人们就围绕神像建起了一座圣殿，也就是今天的哈奴曼神庙。

我走进去，膜拜神像。那神像体积庞大，甚至比两个人加在一起还要大，卧在一口装饰着小块蓝色瓷砖的深凹下去的沙井中。献祭的鲜花和水果堆放环绕，人们只能看到两只似乎游离于身体以外的双眼正在凝视前方，黝黑深邃，就好像画上了眼影。在森格姆，即使令人敬仰的邪恶征服者哈奴曼，似乎也是一个诡异和邪恶的化身。一年一度的季风来袭，河水上涨之时，全印度唯一的哈奴曼神卧像就半浸在几英尺深的水中。

幽闭带给我阵阵恐慌，我赶紧走出神庙。门外，一个十几岁大的街头小贩正在兜售哈奴曼和蜘蛛侠塑料面具。

·　　　·　　　·　　　·　　　·

可是，我只是逃出了幽闭恐惧，随后又落入了广场恐惧。我并不是恐惧人群，或者换个角度说，我只是恐惧旷寂的空间。二者似乎都令我感到恐惧，为何如此，我自己也感到不解。森格姆是围绕人群构建起来的，人群之巨大让人难以想象，但是今天，这里几乎是一座空城，可能再无它处，会像这里般空寂。当众声不再喧哗，正如希伯主教所写，它俨然一块"荒芜与毁灭"之地，此时此刻，我感同身受。

每年的 1 月和 2 月，即印度历的第 11 个月——佛浴月，朝圣者汇聚在平坦的沙地上。佛浴节将会持续 6 个星期，这里于是成为城中之城。夜晚降临，月亮隐没，人们迎来了最吉祥的节日，内心最虔诚的人总是恪守沉默之誓。那时候，在森格姆沐浴的人多达千万，是安拉阿巴德人口的 8 倍。12 年一次的大壶节上，人数可能是这一节日的 3 倍，一日之内就有 3000 万个沐浴者，分属裸身的和武装的龙之圣徒派（Naga Sadhus），他们相互间争强斗狠。每当拥挤推搡逐渐升级，场面变得混乱，就会发生踩踏事件。最严重的一次发生在 1954 年，800 人在那场大灾难中殒命。

大壶节同时也成了一个巨大的商机。《国际管理杂志》（*International Journal of Management*）对最近的 2013 年大壶节进行过研究。结果发现，其总收入超过 20 亿美元；创造了 63.5 万个临时岗位；铺设了 355 英里输水管道，500 英里电线专门为覆盖 20 多平方英里的大帐篷城供电；35000 间公厕；18 座横跨恒河和亚穆纳河的浮桥；30000 名警察值班，120 辆救护车 24 小时待命。Wi-Fi 服务由可口可乐印度公司提供。内置祈祷音乐的耳机来自沃达丰（Vodafone）。定位应用程序可以帮助朝圣者找到临时修隐所、休息场所和精神领袖。豪华帐篷专供贵宾和外宾使用，每晚 200 美元，配有瓷砖浴室和自助早餐。

但这些只是现代改装。在人们的想象中，这一节日要追溯到有记载的历史之前，当时有 4 滴花蜜从天而降。不过，根据研究殖民时期行政记录的西方学者的说法，或许并非如此。澳大利亚历史学家卡马·麦克林（Kama

Maclean）得出的结论是，虽然朝拜者可能总是会在佛浴月聚集于安拉阿巴德，但第一次以目前的形式举行的大壶节，并有组织地进行苦修者游行，发生在 1870 年。对于该城的英国管理者来说，这是一个公共秩序问题。他们当然不希望哈瑞多瓦大壶节上的混乱在这里重演。当时，苦修者组织为了争夺精神上的统治地位和对每年利润丰厚的大象、骆驼、马匹和奢侈品市场的控制权而战。麦克林引用了孟买管辖区的副行政长官蒙斯图尔特·埃尔菲斯通（Mountstuart Elphinstone）有关哈瑞瓦尔 1760 年那一次声名狼藉的大壶节的记载。那是"一场骚乱，或者更准确地说，那是一场湿婆圣徒和毗湿奴圣徒之间的战斗，最后有 18000 人命丧当场。在安拉阿巴德，将苦修者的地位规范化，是一种更为合理地划分其影响力和利润的方式"。

此刻，人群和混乱似乎就像萨拉斯瓦蒂河一般虚幻。世界上再没有任何地方会比这里更显空旷，更显阴郁。数以百计的空船泊在淤泥里，上面悬挂着祈祷旗。几个沐浴的人正在往塑料瓶子里装恒河河水，几艘载着朝圣者的船只沿着一根绳子依次等候。绳子是从河对岸拉过来的，被看作恒河和亚穆纳河的分界线。

沿一条凹进沙里的崎岖小路步行 1 英里，我原路返回出租车停靠点。夕阳西下，落进吊桥后面。晚风中，有两个男孩正在放风筝。尽管热情不高，但经过一次次失败，他们还在坚持。除此之外，他们能做什么呢？

当我到达停车场时，天已经完全黑了。嘈杂声又起，司机们忙着招揽生意，附近一座小庙里不断重复着钟声、鼓声和诵经声，仿佛一个没人去关掉的闹钟在鸣响。

我们 6 个人挤进了一辆三轮车，大家都已汗流浃背。车灯周围，昆虫嗡嗡嘤嘤，令人眼花缭乱。在司机旁边，另一个男人也坐在车厢前部，一条腿压在我腿上。车辆熄火了，大家就跳下来推车。引擎发出咳咳声，重新打着火。我们再次挤进车里。一个龙之圣徒派裸体修行者朝我们走来，他是我一整天唯一见到的苦修者。他瘦得跟竹竿一样，就像人体解剖学课上的骨架。他身高不足 5 英尺，头发乱蓬蓬的，一直垂到腰际，胡子长及胸骨，脖子上挂着一串骨头项链。他用手杖先是敲打电动三轮车侧面，然后敲击我的迎面骨，最后还朝地上啐了一口唾沫，仿佛我在森格姆出现是对宇宙自然秩序的一种冒犯。

37 罪恶之城

没人理解我为何固执己见，一定要去戈拉克普尔（Gorakhpur）。我有可能遭遇抢劫或者枪击，即使那样的情况没有发生，仍有可能因为蚊虫叮咬，死于日本脑炎。也许会对那里厌倦、厌恶，甚至愤怒，最后也只能质疑自己当初的选择了。但我还是不顾他人规劝，辗转于恒河平原上的村镇之间，时而乘火车，时而坐汽车，一路前往戈拉克普尔。

这是一座有着 70 万人的边境城市，位于瓦拉纳西通往尼泊尔的主要道路上。戈拉克普尔素以帮派争斗和贩卖人口闻名。当然，它的闻名之处还在于当地第一个进入议会的政客入选时还身在囹圄；这里的铁路站台长达 8.1 英里，是世界之最；这里的政治腐败透顶。在卡兰·马哈詹（Karan Mahajan）的小说《小炸弹联盟》（*The Association of Small Bombs*）中，戈拉克普尔被描述为"罪恶之城"。尽管我去那儿时，还未曾拜读过他的作品，但直觉告诉我，这部作品一定可圈可点。

晚上，我会同一个友人前往拉克普尔。4 个小时的时间里，汽车一直穿行于平原的黑寂中。每次司机按过喇叭，我们就打赌，到他下次鸣喇叭，我们能不能数到 10。结果我们往往只能数到 7 或 8，即使这种分车道的国家高速公路上一片漆黑，车辆稀少。但也有一个几英里长的路段，有几辆大卡车不知为何逆向越过路中央的混凝土隔离带，打着大灯疾速奔我们而来，这理由不敢细想。

在戈拉克普尔，根本找不到合意的下榻之处。克拉克大酒店（The Clarks Grand）（拥有现代设施的当代大酒店）完全就是一座每晚要价140美元的贫民窟，浴室里蟑螂肆虐，地毯上污迹斑斑，家具上烟头的烧痕点点，员工们邋遢不堪，"全天用餐处"并无食物。当我向经理投诉时，他态度很是亲切，对我示以微笑，摇摇头说道："只要顾客您满意。"我说："我不满意。"

房间里的无线网络信号忽强忽弱，但这个强度足以允许我挖掘一点有关这里臭名昭著的原因。我了解到，这里是北方邦最东部的中心，这一地区被人们称为北方邦的罪恶之地，有时也称东方的芝加哥，或者更为隐晦地叫它西西里的部分切片。之所以如此，在很大程度上要归功于一个名叫普拉卡什·舒克拉（Prakash Shukla）的职业杀手，他化名阿肖克·辛格（Ashok Singh），受雇于政客，暗中协助他们在利润丰厚但竞争激烈的公共工程承包中胜出，比如公路建设和铁路升级改造。对于此人，警察们总是打着哈欠，挠着肚皮，无可奈何。政客们则亲自坐进带有深色玻璃的轿车，令装备着 AK-47 冲锋枪的保镖成群结队地跟在后面，四处摸排舒克拉/辛格藏身之所。他们还召集人手，开展大搜捕，最后终于在德里附近一场印度人所谓的"遭遇式枪战"中把舒克拉干掉了。尽管这一切已经过去了很久，但这座城市因此名声大噪。这种恶名更像一条狗追逐自己尾巴上的异物，终难摆脱。

· · · ·

第二天上午，在城中心一个交通岛上，我看到有 10 多个人正盘坐在白色的床单上，旁边矗立着撑伞的甘地雕像。一面巨大的红旗悬挂在他们身后。静坐旨在谴责市政电力部门的贪腐，他们还将这次抗争与甘地呼吁自治的行动相提并论。但是，似乎并没有人对他们的做法表现出多少关注，大家更专注地在人力车、摩托车和水牛之中穿插绕行。

海报上那个龅牙突兀，4 天没刮脸，胡茬泛黑的眼镜男，显然正是坐在人群中央的那个人。我走上前去，询问他的情况。他告诉我，他叫雅塔·山克·特里帕西（Jata Shanker Tripathi）。长期以来，他花了很多时间抗议这样那样的不公，绝不仅仅是腐败和电力行业中存在的问题。他还开通了一条免费热线，专门报道尼泊尔女孩被拐事件，那些女孩子就像米尔甘杰小巷里的鸟儿一样拍翅飞去，无人在意。特里帕西说，他还为此在一次美国之旅中获得了"阿肯色嘉宾"（Arkansas Visitor）的殊荣。今天，他正在领导一场为期一周的静坐活动，以抗议政府未能有效应对最新的流行性日本脑炎。

在戈拉克普尔，这种与西尼罗河病毒密切相关的疾病首次发现于 20 世纪 70 年代，他说，这儿的人称之为脑炎。该病会引起剧烈的头痛和呕吐，导致心智混乱、身体痉挛和出现幻觉，局部瘫痪，心脏和肾脏发炎。即便一个人能在该病的袭击中幸存，仍有可能造成永久性脑损伤。每当季风异常严重时，该病就会流行起来，就像今年这样。周边乡村地势平坦，沼泽众多，雨停一个多月后，田里积满了水。在这种情况下，三带喙库蚊（Culex tritaeniorhynchus）非常猖獗。当然，你也可以说，这种疾病流行的亚洲大部分地区都是如此。但对于戈拉克普尔来说，既有地形的原因，似乎也有因果报应。

特里帕西说，今年，到目前为止，至少有 500 人因该病死亡。和以往一样，大多数患病者是儿童。但这些只是来自戈拉克普尔中心医院的数据，政府的数据又怎么能信呢？为什么都发生在农村，谁知道为什么？"这种情况不会发生在家境更加富足，环境更为清洁的家庭，"他说，"主要发生在采用露天排水和积满死水的村庄，贱民居住的村子里。"

他从白色外套的口袋里掏出一部苹果手机，快速地浏览一些照片，照片上4名儿童仰面躺在中心医院脏兮兮的有金属护栏的单人床上，房间里裸露的电线在墙上延伸，窗子上安装着铁栅栏。

"我们向政府提出了三项要求，"他说，"第一，承认这是一场国家级的灾难。第二，建立一所能容纳400张床位的新医院，以便应对未来的疫情。第三，资助一家科学研究中心，整理更多关于这一疫病的数据。"这是他全部的要求，但他的表情好像在说，这只是一个梦想。"戈拉克普尔的医生是一群尸位素餐之人。他们只会说，我们没有权势，我们也不能提出任何建议。"像其他人一样，医生也是靠山吃山，贪腐成风。就在这次交谈的两天前，当地媒体对最近发生的勒克瑙卫生部门3名高官谋杀案的调查进展进行了报道。医生个人是否深涉腐败？是他们会错了政客的意图吗？还是正打算举报谁？特里帕西耸了耸肩，露出了龅牙。算了吧，杰克，这里是唐人街[1]。

1　出自1974年罗曼·波兰斯基执导的影片《唐人街》，意指"这是一个混乱的、是非不分的世界"。

38 窗外的风景

    我回到勒克瑙站，等待前往瓦拉纳西的火车。沿着铁轨，成群的老鼠和猴子玩着捉迷藏。即便如此，车站混乱中仍保持着效率，车次闪现在明亮的 LED 显示屏上。广播中传出一个清晰的女声，宣布火车晚点的消息："乘客请注意，原定于 8:30 发车的沙拉吉耶维快车（The Shramjeevi Express）将于 10:15 出发。不便之处，我们深表遗憾。"她的标准英音放在 20 世纪 50 年代，英国广播公司也不应觉得丢了他们的面子。我坐的火车"迦尸—维希瓦纳快车"是以瓦拉纳西最重要的寺庙命名的，当然，这并不能保证它会准时到达。

    在一条点阵打印机打出来的长长的清单上，我找到了自己的名字。预订确认单就垂挂在布告栏里，仿佛一份旧时的毛条校样。印度的火车一共分成 12 个等级，从 1AC 到 UR/GEN（无预订座位的通票），后者只有一个裸名，并无其他信息，而且很多人总是选择坐到火车车厢上面。我和往常一样，订了 2AC 票，每个隔间里有 4 个铺位，两上两下。沿走廊另设一些额外的铺位，都是成对摆放，悬挂窗帘以保护乘客的隐私。AC 档肯定不能通过"广告真实性"测试，因为只有一个小风扇呼呼作响，来给隔间内降温，铺位的旁边是一个小小的绳袋，乘客可以在那儿放置水瓶。车厢里有一名乘务员走来走去，分发破旧的灰色床单和粗糙的棕色毯子。

    我一觉睡到了天明。火车晚点了，到达瓦拉纳西还要两个小时。我时而读一读马克·吐温游记中的描述，时而凝望窗外泥炉和粪火造成的黑色雾霾笼罩下的北方邦无尽的单调景象。沿途的小站边，人们睡在站台上，以床单蒙头，炊具散落在周围。铁轨边上，一幢砖砌的建筑上刷着"废弃"的字样。

马克·吐温写道，印度北部是"一个巨大的农场——一片延伸得几乎无边无际的田野，泥巴垒起的栅栏兀立其上"。他对平原上蜿蜒漫流的河流感到惊奇不已。"那是多么奇妙的河流呵；低平的河岸遥遥相对，令人目眩，中间只有广阔的沙洲，慵懒的细流丝丝缕缕，涓涓不息；仿佛撒哈拉沙漠一般，然而，上面却又印满了人类的足迹。"

在路口的隔栅处，自行车和摩托车正在等候，学生们紧跟其后，身着齐整的蓝白相间的校服，背着小书包；妇女们在褐色的池水里浣洗纱丽，然后放在铁轨上晾干；男人们对着墙根撒尿，墙上除了贴着些破烂了的印着过往大选几位候选人的海报，还涂写着一句警示语"别在此处撒尿"；山羊、猪、狗和奶牛在成堆的垃圾里翻找，里面应该藏着无限的可能。

沿途的风景被随处可见的榕树、印楝和菩提树树丛破坏得支离破碎。我并没有单独的隔间。在我上车时，一对男女和一个五六岁的男孩正在外面走廊上的一个下层铺上聊天。聊天结束后，男子在我对面的铺位上安顿下来，连看都没看我一眼，扯起床单蒙头睡下了。我猜他大概有30多岁，他的下颌和嘴唇宽厚，蓄着浓密的黑须。整个隔间里弥漫着浓重的发油、姜黄、剃须水、汗液和玫瑰油的气味。

太阳越升越高，火车以每小时20英里匀速前进，男子的睡姿则随着它颠簸的节奏前后摇动。我再次往窗外望去，祈祷旗在粉红色的小型寺庙的金字塔上方飘扬，精致的水泥柱莫名其妙地兀立在田野中央，或许是建筑的残骸，或许是什么工程尚未开始，即遭放弃。

我的旅伴的动作似乎突然与轨道上车轮的节奏不再同步。他在毯子下的一只手快速而有规律地前后移动，呼吸也急促起来。他开始大口地喘着，然后发出了一声长长的呻吟，在床单下的肚子上抓挠了几秒，翻了个身，几分钟后，响鼾再起。

火车即将到达瓦拉纳西站时开始减速，男子再次醒来。他从铺位上爬下，仍然没有朝我这边看一眼。他拉开铺位的挡帘，正当早餐时间，他的妻子和孩子正在里面守着一个塑料袋吃快餐。他开始和孩子玩游戏，嘴里反复哼着一句似乎是威胁着要呵痒对方的话。过了几分钟，孩子觉得无趣，局促不安地走开了。那人抓着他的肩膀，扳转他的身体，狠狠地打了一耳光，那力度简直像挥动板球拍一样凶狠，男孩号哭着，他的母亲果决地向窗外的褐霾望去。

39 耳朵上的宝石

戈拉克普尔是肮脏之地。根据经书记载，印度是宇宙的中心，而迦尸，或巴纳拉斯，或贝拿勒斯，或瓦拉纳西，是印度的中心。

在印度教神话的教义中，我们无法以某个具体版本来解释这种说法从何而来。在我准备好第三次去瓦拉纳西时，我已经为此收藏了满满一书架的专业资料——我在惠勒铁路书店选购了大量西方学者的著作以及当下热销的对印度教神话的解读之作——虽然这些学说带给我某些启示，至少在知识上如此，但同时，也带给我同样多的困惑和不解。

哈佛大学比较宗教和印度研究领域著名教授戴安娜·埃克（Diana Eck）写道，对于早期基督教地图的绘制者来说，耶路撒冷是已知世界的物理中心，周围的大陆像莲花花瓣一样呈扇形展开。对穆斯林来说，麦加（Mecca）位于真主安拉宝座的正下方。但对印度人来说，湿婆之城、光之城——迦尸，是宇宙初创时最早被造出来的地方。

伦敦经济学院的英国学者乔纳森·帕里（Jonathan Parry）提出，迦尸不属于地球，它悬浮在天空之中，独立在时空之外，是时间开始的地方，也是时间静止的地方。既然如此，瓦拉纳西不会受到时间的摧残。在魔鬼时代，即便世上其他地方万物衰退，它也不会受到丝毫影响，没有人需要忍饥挨饿。无论是污水横流、街巷坍塌、成群憔悴而残疾的乞丐、垂死的寡妇、火葬造成永久的灰色烟雾和日常的污秽肮脏，还是其他我们能想得到的灾难景象，都不会在这里出现。

• 　　　• 　　　• 　　　• 　　　•

　　在所有这些学术著作中，芝加哥大学的温迪·多尼格（Wendy Doniger）所著的《印度教徒》（*The Hindus*）受到了最严厉的抵制。令印度知识界愤怒的是，在一个印度教民族主义团体以"充满恶意地、蓄意激怒印度教信众的宗教情感"之名，对作者提出刑事指控后，印度企鹅出版社（Penguin Books India）销毁了所有作品。幸运的是，我早已在纽约购买了这本书。

　　一天下午，我正在一家我最钟爱的餐馆里阅读《印度教徒》。多尼格的主要过错之一，似乎是她收集的大量学术证据表明，在神圣文本的书写过程中，婆罗门精英并非绝对的权威，女性以及低种姓的作者在文本创造中同样发挥了重要的作用。根据多尼格的描述，在《罗摩衍那》中，罗摩神之妻悉多被楞伽魔王拉瓦那绑架后，哈奴曼和他的猴军解救了她，除了善良温顺的妻子这一形象外，悉多还是一位刚强独立的、有强烈性意识的女性。

　　服务员端来了我的食物，当我把书放在一边时，我注意到，邻桌的一个年轻人正盯着我看。最后他走过来，问能否坐在我身边。

　　"你为什么要读这本书呢？"他问道。

　　"因为它很吸引人。我从中学到了很多印度教的东西。"

　　他仍然皱着眉头。"我是一个警察。"

　　"那一定是一份有趣的工作。"我说。

　　他停顿了一下。"那么，书中关于我们的宗教信仰都写了些什么呢？"

　　"哦，态度是非常宽容的，对很多观点都持开放的态度。一个人可以阅读很多神圣的经文，而不仅仅是一本像《圣经》或《古兰经》那样的圣书。

恒河（在这里称巴吉拉蒂河）在甘戈特里
冰川的河源附近凿开岩床，继续前行

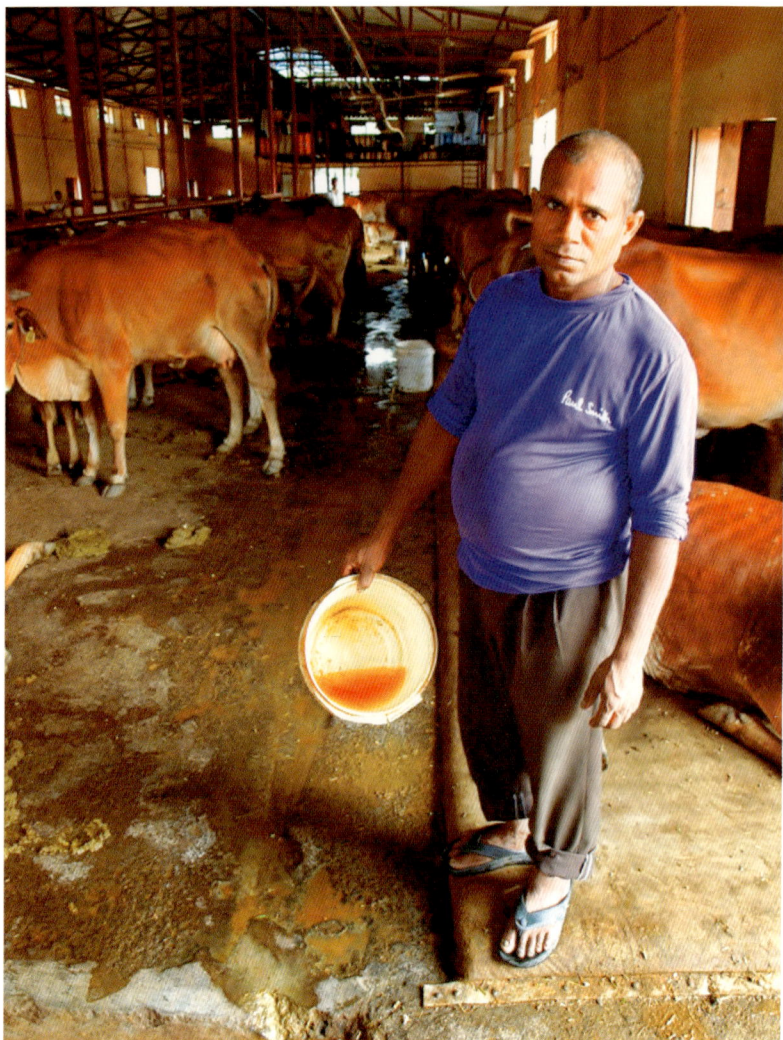

在哈瑞多瓦由巴巴·拉姆德夫大师创立的波颠阇利瑜伽佩斯公司里，
为制备阿育吠陀药品和提取食物添加成分收集牛尿

一个朝圣者和一个建筑工人在萨旺格静修学院街区玻雷吉·梅赫拉的家门外休息

在安拉阿巴德附近的小村里，妇女们
在粪便和柴火散发的黑碳烟尘中给水
稻脱粒

瓦拉纳西河坛上众多云游苦修者之一，
早年曾是一位成功人士

每天黎明，数以千计的朝圣者沿着河坛来到恒河完成"圣浸"

在瓦拉纳西紧邻恒河的街巷里，高高地堆满了为火葬仪式备好的木材（图片由阿格内斯·德尔贝斯提供）

在重要的火葬河坛之一曼尼卡尼卡，每天要火化100多具遗体

旃陀罗——负责打理火葬场的贱民种姓
成员之一——在火化的遗体残烬中筛找
和收集贵重物品

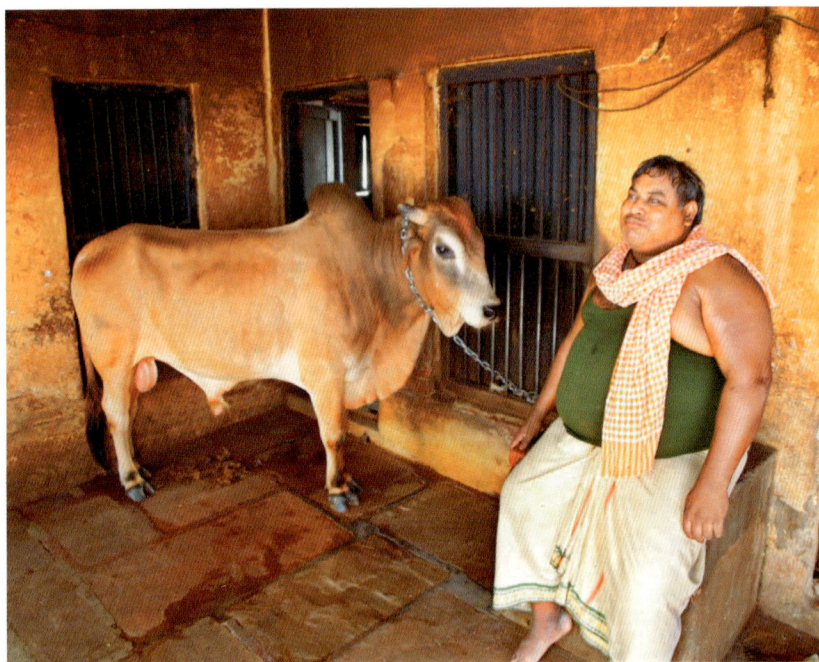

旃陀罗之王贾格迪什·乔杜里在猛虎之家，
旁边是他的南帝牛

在孟加拉国首都达卡的萨德加特渡口，
船夫载客过河

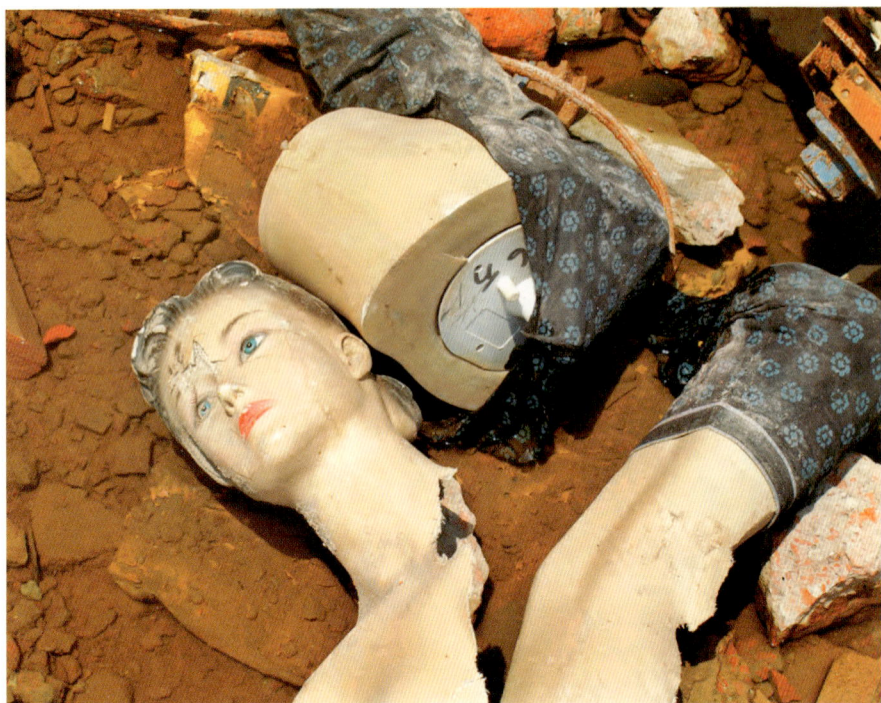

在拉纳大厦的废墟中，2013年坍塌的厂房。
事故中有1100多名孟加拉服装厂工人遇难

孟加拉国孙德尔本斯国家公园旁边，
黎明降临在库尔纳区水田上

豪拉大桥下，加尔各答花市中
来自奥里萨邦的摊贩

塔潘·查特吉，加尔各答迦梨戈特神庙数以百计的
祭司之一，在他哥哥的糖果店里

一群古吉拉特邦妇女在前往恒戈撒加途中。
此次六周之行的目的地是一处印度最重要的
朝圣地

不是教皇或主教。即使牧师也不能告诉你该怎么想。一个人可以相信任何自己喜欢的事物。"

"但这本书是非法的,在我们国家是禁书。"

"嗯,也不是完全禁止吧。"我说,同时尽量让口吻听起来不像是在袒护外国人,以免沟通失败。"取消销售,是因为出版商不想冒犯那些可能会施暴的人。"他若有所思地点点头。有一分钟,他沉默不语。然后,他害羞地笑了笑,把苹果手机放在了桌上。

"我想问你这些问题,原因是我了解了书中提到的问题后很好奇,所以把它下载到了手机上。刚才我们聊过以后,我想我会重新读一遍它。"

"好,"我说,"那你会觉得在这么小的屏幕上读起来有点吃力,这本书差不多有 800 页。"

我们都笑了。

"我们能在脸书上加个好友吗?"他问道,"我的用户名是 Smokin' Hot。"

那天晚上晚些时候,我上网搜索他的用户名,但一直没能找到他的主页。

·　　·　　·　　·　　·

戴安娜·埃克提出了一个神创迦尸神话的版本。在喜马拉雅山举办婚礼后,湿婆在新娘帕尔瓦蒂和他挑剔的岳母的催促下,要找到一个更安定长久的地方安家。他从凯拉什山俯视人间,发现了迦尸。恒河在那里向北转去,一片祥瑞笼罩,他觉得,这是唯一适合他们居住之地。但首先要做的是,他必须推翻这里的统治者迪沃达萨(Divodasa)国王。数千年来他一直公然对抗神明。因此，宇宙学上的悬疑此时立刻摆在我们面前：如果喜马拉雅山脉已然存在，迦尸也存在，那么，宇宙怎么可能不存在呢？

乔纳森·帕里提出了另一种说法。有一天，湿婆和帕尔瓦蒂在极乐的原始森林中漫步。迦尸似乎同样早已存在，因为，他们认为此时他们主要的任务是解脱众生。所谓解脱，即摆脱轮回，不管种姓或业力怎样，人们再也没有无休无止的生死循环，没有 840000 种转世的可能。在迦尸，也没必要害怕自己会遇到可怕的死神的手下——"铁石心肠的索命鬼"，他们"形象可憎，泛着恶臭，手持铁锤和狼牙棒"。

为了能够完成这一艰巨的任务，湿婆和帕尔瓦蒂需要参与共创宇宙。所以他们创造了美丽惊人的毗湿奴。毗湿奴 4 只手中的一只拿着一把锯齿铁饼，这是一种可怕的武器，他会用它来战胜邪恶，捍卫正义。然而，它的第一个用途是挖掘一个用来举行仪式的沐浴池。根据印度教神话的记述，这个工程进展得极其缓慢。毗湿奴一共花了 5 万年的时间。在完成这一伟业时，他燃起苦行之火以示庆祝，池里装满了他劳作时流下的汗水。看到眼前的景象，帕尔瓦蒂深深感动，高兴得浑身颤抖，一只耳环不小心掉落下来。于是，湿婆神宣布，从此以后，这个地方就叫曼尼卡尼卡（Manikarnika），意为耳朵上的宝石。印度是宇宙的中心，迦尸是印度的中心，曼尼卡尼卡是迦尸的中心。招徕顾客的导游也称这里为"燃烧的地方"。

40 神圣之火

这座城市有无数座湿婆神庙。在曼尼卡尼卡一处地势较高处，也有这样一座神庙。从它狭窄的阳台俯瞰，越过一个个木堆，就可以看到一处又一处葬仪的圣火。一天清早，我走了上去，拿出手机拍了几张照片。没用上几秒钟，一个凶神恶煞的家伙出现在我身旁。他的牙看起来很不美观。

"拍照违法。如果想拍，就必须付钱给我。"

"要多少钱？"我问。

"15000美元。"

我笑了。他直勾勾地盯着我看。

"钱也不是给我的，捐给孤儿院。"他随手指了指上游。

孤儿院，好。我转身正要离开，却发现去路已经被另一个肩宽背厚的十几岁大男孩挡住。

"对不起，请让我过去。"我说。

那人摇摇头。"如果你不捐，就必须得和我们走一趟了。"

男孩靠得更近了，拳头紧握着，就像在复习本应在做肌肉训练时才有的威胁性怒容。阳台太窄，从两人中间肯定挤不过去。我向阳台边上瞥了一眼，还是觉得跳下去逃走实在不雅，而且很可能造成脚踝骨折。

我故意挺直身体，把自己调整到个子最高的状态，比两人要高出6英寸。

"好吧，我现在就去曼尼卡尼卡。那边有人正等着我呢。我计划和两个朋友在那里待上一整天。其中一个可是贝拿勒斯很有影响力的人。"

这句话震慑了他。"你是什么意思？谁在等你？"

"一些旃陀罗（Dom）。一切都安排好了。"

"不可能。如果真是那样，我应该知情。"

事实上，在印度，只要出价合适，从兜里掏出一把大额钞票，塞进管事的腰包，不可能就变成了可能。这种情况下，我只需要找一下我的熟人阿贾（Ajay），朋友们都叫他品库（Pinku）。品库来自贝拿勒斯一个古老的婆罗门家族，城里人似乎没有他不认识的，只要他出面，和这个给进出火葬场定规矩的他所谓的"城里的恶棍"好好谈谈就应该没有问题。最终如果对方接受 5000 卢比，约合 80 美元，我就可以接受下来。这样的话，我的请求就能得到满足，我也随时可以进入曼尼卡尼卡，并不受其他限制。我的法国摄影师朋友艾格尼丝（Agnès），也可以自由进出拍摄任何想拍的事物。只要我愿意，可以随处走走，和印度贱民种姓的旃陀罗在一起，他们是唯一有特权点燃圣火，完成火葬，确保尸体得以充分焚化，并将之铲到恒河的人。而所有这些工作，统一向送葬家属收费。我掏的那 5000 卢比，很大一部分会被定居在这儿的人拿走，只有一小部分会捐给几座香火旺盛的寺庙，另外 50% 进入当地警方的私囊。在这里，殡葬和其他行业一样，也是生意。

我能看得出那人的心思。我算是虚张声势吗？即便如此，但人数上我是以一敌二，是逃不掉的。

我说："如果你们不相信我，就亲自和我走一趟。我可以把你们介绍给帮我做安排的人。"

最终，那人咕哝了一声什么，向肌肉男点头示意，于是三人一起往下走，我被夹在中间，像囚犯在游街示众。走下台阶，路过曼尼卡尼卡的柴堆。沿着河坛周围的小巷，鳞次栉比排列着出售火葬品的小店：金丝裹尸布、抬棺用的竹竿、葬礼结束时丧主扛在肩上的陶壶、泛着香味的古巴树脂、昂贵的小块檀香木（尽管有时不过是些由普通木材做成的洒过香水的赝品）。

我的婆罗门朋友正在烟雾缭绕的拱廊阳台上等着我，旃陀罗家族把这个阳台用作他们的管理大本营。品库对我身边的两个"侍从"露齿一笑，竖起手指行合十礼，说道："你们好！"然后转向我，低声说："这就是我跟你说过的那个恶霸。看来，你们已经见过面了！"

·　　　·　　　·　　　·　　　·

我们到达河坛时，几处圣火正在燃烧，其中一堆刚刚生好，另外几处火已然萎了，化为灰烬。人们往一个火堆上添着柴，横着摆放上一条又一条林肯原木（Lincoln Logs）一样的木柴。一些游客从船上呆呆看着。曼尼卡尼卡有自己的居民区动物乐园。柴堆里一只猫鼬窜进窜出，奶牛安卧着，身上满布灰尘，热气和烟雾对它们毫无影响。一只瘦骨嶙峋的山羊，啃着一个废弃的金盏花花环。附近的屋顶上蹲踞着一些猴子，欣赏着人间的悲喜。两只大黄狗突然之间发生了激烈的撕咬，一只血流不止，不断地发出哀号。

我在阳台上的旃陀罗中间坐下来。几分钟后，第一具遗体送过来了，就摆放在一架造得类似梯子的竹棺上，4名男子随着圣歌"真理——以罗摩主神之名"的节奏，半跑下台阶。罗摩，乃是毗湿奴的 10 个化身之一。所有的哀悼者都是男性，女性则被认为太过懦弱，被禁止进入火葬场。她们唯一能做的，是留在家中徒自哭泣悲伤，在遗体被带走焚烧的一刻，试图伸手留住亲人。乍一看去，下面的场面一片混乱，但实际上，每个人都有指定的角色，就像餐馆里的侍者一样穿梭忙碌，各司其职。

卖木材的人用他们古老的铁秤给原木称重，收入可观。理发师给多为死者长子的丧主现场打理头发。祭司等着迎接新来者，服务费不断落入囊中。乔纳森·帕里在书中称这些人是"梵语印度教的殡仪师"，不管怎么说，这并不意味着他们有什么特殊的技能。他还写道："祭司们狡诈的恶名至少和他们学术上的盛名不相上下。"就像150年前范妮·帕克斯描述安拉阿巴德的祭司那样："他们吟唱的咒语都是死记硬背下来的，对其真正的含义几乎一无所知，他们常常叨叨咕咕，或者胡言乱语，而且深信哀悼的人们绝不会比他们懂得更多。"

至那天结束时，共有100多具尸体被送到这里焚化。在严寒的冬季，或者是在酷热令人虚弱的初夏时节，送殓的人数可能是目前的两倍。创生之火要在开始的地方焚烧两次，曼尼卡尼卡是所有遗体最后焚化的地方。

我置身于一个阴凉的角落，从背包里拿出帕里的作品。此时，我了解到，并不是每个死者都有机会接受火葬，事有例外。婴儿还没长出第一颗牙齿，不会咀嚼的情况下，就不能火化。麻风病人也不能火化。死于毒蛇咬伤的人有时会被放在铺满香蕉叶的木筏上顺流而下。这样做遵循的道理是，他们身体中的毒热将由此冷却，人就有可能死而复生，而木筏渡人，也不会发生溺毙。

最棘手的是那些被判"死于非命"的人。这个表述似乎并无准确的定义。帕里说，焚烧这些人会释放出以粪便或呕吐物形式存在的恶鬼，于是需要采用"假人之法"，这对殡葬祭司来说尤其有利可图。尸体实际上会被投入河中。由 56 种不同材料制成的替身随后将按惯例焚烧。蜂蜜为血，草为血管，羊毛为发，红色珠子做乳头，椰子纤维做阴毛，阴茎则是一个茄子。我数次到访曼尼卡尼卡，见到的所有遗体似乎都是善始善终。

第二批哀悼者慢跑着下了河坛。他们把尸体送到河边，头部朝下，浸在黑暗中，然后放在一处新火上。当他们取下裹尸布，有一个秃顶的中年男子的灰色小胡子露了出来。在湿婆三叉戟旁，一个旃陀罗，穿着宽松的白色长袍，他幽灵般的身影晃动着，用一束圣草碰了碰阳台上昼夜不熄的火焰，然后把火种交给了丧主。过了几分钟，烈焰飞溅，大火熊熊燃起。

一切都进行得有条不紊。悼念者们聊着天，用手机拍下了死者面部的近照。艾格尼丝也拍了照片。火堆里有一条腿，几次顽强地弯成 90 度角，不断地从火中伸出，尽管被烧得焦黑，但富有弹性的肌腱显然仍完好无损。一个身穿田纳西州立大学 T 恤衫的男子吐着口水，看起来很是生气，然后把那条腿按了下去，但很快它又支了起来。

最后，他用一块防护布把自己的手包起来，费了好大劲，才从膝盖处把那条腿折断，后半截被他丢下时，一下就滚开了，但好在他的同伴抓起两根竹棍，像用筷子一样用力夹回了火里，一条黄狗一直垂涎欲滴地盯着这里看。

虽然此时尸体经历着烈焰，但它还没有死去。死亡并不发生在心脏停止跳动或者主要器官衰竭时，而是当灵魂——至关重要的呼吸——从颅骨中释放的一刻。为了达到这个目的，颅骨必须沿着婴儿期闭合的线路被打开，仪式里的这一部分对丧主来说最为困难。我发现，很难看到脑浆从破碎的颅骨中沸腾和冒泡的情形。那是唯一允许哀悼者哭泣的时刻，否则鬼魂会喝干他的眼泪。在火葬场度过的这段时间，我看到了很多不同的仪式。一些人敷衍了事，用棍子戳了一下脑袋，不过是象征性的一个手势。另一些人则更加主动认真，就像在敲打一条积满灰尘的地毯，发出一声响亮的重击，让人想起上游不远处的德比河坛的洗衣工，在平坦的石板上敲洗衣物的声音。

41 木之奇观

品库说，有时候，当哀悼者等待圣火点燃，讨论生命的目的和意义时，你可能会听到 16 世纪诗圣卡比尔（Kabir）的一首诗歌。

> Dekh tamasha lakri ka
>
> Jite lakri
>
> Marte lakri

卡比尔的诗意境玄妙高深，译起来很难，它的大意是：

> Behold the spectacle of wood（看那木之奇观）
>
> Wood when you are alive（生时之木）
>
> Wood when you die（死后之木）

曼尼卡尼卡的下午渐渐消失在黄昏里，一群男子堆起了我在这一整天里所见过的最大的、堆放最复杂的火葬柴堆。柴堆格状结构，临水而成，用直径几乎都为 1 英尺的整根原木叠放而成，上面铺满了绿植和檀香。这既是虔诚的表现，也是对家族财富的炫耀。出于精神上、世俗上和纯粹贪腐的原因，每一个在火葬场从事殡仪的人都觉得木头烧得越多越好。

但我想知道这些木材从何而来，因为印度最高法院早已通过了一项法律，除特殊情况外，禁止伐树，以保护该国日益消失的森林——至少理论上是这样。

· · · · ·

我们沿着南瓦拉纳西 S-5 号州际高速公路前行。在一个小村的入口处，有人在马路上拉起了一根绳子。一些人坐在已然干涸的灌溉渠旁看男孩子们打板球，其中一个走了过来，把手伸进车窗。司机给了他 10 卢比。那人把金盏花花环挂在了方向盘上。

"这是怎么回事？"我问品库。

"哦，他是这个村子里像神一样被崇拜的人物。这个人应该非常变态……这个词用英语怎么说？脾气暴躁吗？所以你只能向他捐钱修庙。"

"否则会怎样？"

"要不然，他可能会把你的车撞坏。"

车辆又继续行进了 30 英里，路过一个那种在印度司空见惯的小镇阿赫劳腊（Ahraura），我们在一个货摊前停了下来。路的西边，一条美丽的小河蜿蜒流过灌木林地，树丛中闪耀着爪哇决明（Java Cassia）怒放的红花。路东则是一个野生动物保护区，林木更厚更密，据说蟒蛇、食鱼鳄以及各种稀有的鹿和羚羊在里面栖息繁衍。

我们徒步溯游而上。酷热之下，河水低平而细弱，我们很容易就能从裸露的岩床一边跳到另一边。后来，灌木丛逐渐被茂密的森林所取代。大约又走了半小时，小路在一个马蹄形的深水池前消失。岩壁陡峭而层叠，绕塘而起，树木生长，六七条面纱似的飞瀑落在六七十英尺深的浅碧的水里。我站在这片水雾飞云下一处没了屋顶的隐士屋的残垣断壁里乘凉。这里宁静悠然，让人顿时明白，为何一个并无宗教信仰的人也会来此遁世避俗。

前往瀑布的途中，不见一人，但是，沿着狭窄的林中小道返回时，3个砍樵者与我们擦肩而过，一男两女，都携带着斧子。另有一个男子吃力地爬上附近的山坡，天幕上印出他的剪影。他头上顶着一堆树枝，看上去就像一个小型的火葬柴堆。

我们又在货摊旁驻足，摊主正把水壶放在泥炉上烧。一些人忙着筑起一堵高及膝盖的泥巴墙。摊主名叫乔特·拉尔（Chote Lal），戴着眼镜，一副将错就错、听天由命的做派。他的小店曾被抢劫过7回，尽管除了一个装冷饮的塑料冷藏柜，几包咸味零食，一个便宜的挂钟和一些印有湿婆、毗湿奴和哈奴曼神像的旧日历之外，似乎并没什么值得一偷的。我甚至怀疑，他的现金箱里能不能有几百个卢比。

烈日炎炎，加之火炉散发着热气，乔特·拉尔还是身着长袖衬衫、汗衫，围着一条粉围巾。他说，他的导师曾住在瀑布下荒废的隐士屋中。他给我看了一张照片，照片里的男人就像竹节虫，只剩下膝盖和肘部，唯一一件白色长袍勉强盖住下体。

"我在这里住了45年了，"他说，"这些过去都是很茂密的丛林。有老虎、熊和豹出没。现在，人类是这里唯一的动物，森林几乎消失了。是的，伐木工人固然违法，可是你又能做什么呢？"

"护林员不巡逻吗？"我问。

对于外国人的天真，他报以宽容的微笑。"当然有巡逻。你会看到他们每天都在巡逻，五六个人一组。但并不是为了警告伐木工，他们意在索贿。这样的话，他们一天就可以赚上五六百卢比。然后，他们会同意伐木工人把木材装上自行车和小皮卡，运到阿赫劳腊、罗伯茨根杰（Robertsganj）和纳拉扬布尔（Narayanpur）的集市上出售，1千克木材能赚4到5卢比。在瓦拉纳西，能赚到8卢比，也许一天能砍伐50到60千克木材。内情我很清楚，但我从来不说。人为什么要自找麻烦呢？"

42 经纪人

"你从哪里搞到的木材？"我问曼尼卡尼卡一个木材经销商。河坛附近的巷子里有 8 到 10 个经销商，其中多数就像这一家，由白人种姓的亚达夫人（Yadavs）经营着，他们也是北方邦一支重要的政治力量。

"你打算写一写这个吗？"他问道，"如果要写的话，顺便告诉美国人和英国人我正在找老婆。"他顽皮地笑了。他早已有了妻室，而且还有 3 个孩子。

"你想写我们的国家？这是世界上最腐败的国家，到处都是经纪人。如果你不缴纳佣金，你就得不到生意。一看到有尸体出现，掮客们就开始琢磨发财之道。"

"在巴纳尔西（Banarsi）文化中，你出生，要交中介费，"另一个男人插话说，"去寺庙，要付佣金。就算你死去了，也需要付佣金。"

"但是说真的，"我说，"你的木头是从哪儿来的？"

"大部分来自政府的木材仓库。有些是枯树或在暴风雨中刮倒的林木。但即使那样，你也不能带走，必须通知林业部门，他们会派人运走。还有一些，官方砍伐有其特别的用途，比如修矿或维护高速公路。部落原住民可以申请到特别许可证。我明天就要去一个部落区待上 3 天。那里的人仍然使用弓箭！你能想象吗？"

他停了下来，微微笑着。"当然，也存在非法采伐的情况。"

当天晚上，我在拉贾（Raj）河坛附近一条漆黑的街上一处黑洞洞的房间里约见了一个经纪人。正是在那座河坛，一辆辆装满木材的大卡车在夜里卸货，转而装船，逆流而上，在次日清晨送达各处火葬场。熄灭灯火的状况无法满足这个经纪人，他坚持在身后的壁龛里安装了一盏让人炫目的 LED 灯，光线打过来，我根本看不清他的面庞。

他说："木材是从政府木材仓库拍来的，我的工作就是给拍卖人和买家牵线搭桥，从中赚取佣金。"在距离瓦拉纳西几英里处，佛陀首次布道的小镇鹿野苑，就有一个小型的木材仓库。沿河而上 30 英里，在默札珀还有一座更大的仓库。他告诉我，默札珀非法采伐猖獗，但是他不喜欢冒险去那边，因为毛派（Maoist）武装游击队员活动频繁，50 年来，那里一直打仗，却毫无成果。最大的木材仓库位于临近的中央邦境内，距离这里长达 8 到 9 个小时的车程，路况也非常糟糕。中央邦以木材黑帮势力恶名远播，是大部分火葬场用木的实际来源地。也有一些非法木材来自乔特·拉尔摊位所在的林区，夜里从纳拉扬布尔船运到拉贾河坛。

"如此大规模非法运输怎么能藏得严严实实呢？"我问道。

"这个问题，那你要去问问政府部门了。"在黑暗中，我能听到他的轻笑声。"火葬，是一个非常敏感的话题，人们总归离不开木材，这种需求，你根本就无法视而不见。"

巡林员，政府检查官，木材仓库拍卖师，掮客和中间商，卡车司机，船工，曼尼卡尼卡的木材经销商，旃陀罗，殡葬祭司——所有这些人都是砍伐、销售、焚烧尽可能多木材的推动者。每一个人都会向链条中下一个环节抽取佣金。警察也会拿走他们的那一份。对于最后造成的高价，送葬家属能做的不多。尤其是那些从边远村庄过来的孤陋寡闻之人更是如此。木材一般以蒙特（maund）为单位出售，1蒙特等于80磅。奇数是吉祥数。富有的家庭可能会焚烧15蒙特，合半吨多。如果你希望遗体焚化得彻底，至少要烧掉5蒙特。即便如此昂贵，某些中间人还要抽走2蒙特作为佣金。7是一个吉利数字，当然，9更好一些。如果再烧上一些檀香木，或者芒果、湿婆果，也是一个不错的想法，因为这些都是神圣之物。一个人怎么能不尊重祖先的传统呢？如果葬礼上野狗撕扯着自己父母未能充分火化的遗体，你又做何感想？曾有一段时间，遗体焚化不充分的问题非常突出，政府甚至决定引进一种食肉龟，但是因为河水污染严重，不适合它们存活，至今也没有人在河里见过这种龟。

"大约在凌晨3点钟，一辆运送木材的卡车会从默札珀开过来，"经纪人告诉我，"工人们在7点前卸货装船，所以你如果想见识一下，最好早点到那儿。"

·　　　·　　　·　　　·　　　·

一卡车货就是一船货，8吨多一点。太阳初升时，10人的搬运队伍早已把第一批木材装上了船。这里没有拉贾河坛那种供教徒或者沐浴者停留的河坛，卡车可以把木材倾倒在陡峭粗粝的坡顶。搬运工们扛起木材，沿着山坡向河道处慢跑，一路穿过垃圾污物，以及从曼尼卡尼卡漂来的废弃的裹尸布，然后摇摇晃晃地踏上不甚稳固的跳板，把木材摆上越摆越高的木堆。

"你看，这是一个技术活，"其中一个人对我说，"你必须经过特殊的训练才能扛得起那么多木头。"更重的情况会有200多磅沉。要8个人才能把原木和树枝摆放妥当。我猜，搬运工的体重也就 120 多磅。因为是夏季，户外的温度飙升至可怕的高度，很多人因此毙命。商人们必须在季风到来前囤足了货，付给搬运工的报酬也相应提高，一天约 2.5 美元。

1 点钟刚刚过，所有的活儿就被干完了。人们返身上山，坐在一处砖砌的哈奴曼神庙的阴凉处休息，个个嘴里塞满了爽口槟榔包。他们开始自我介绍。拉梅什·萨尼（Ramesh Sahni）、拉伊库马尔·萨尼（Rajkumar Sahni）、查鲁·萨尼（Chamru Sahni）。结果我发现，10 个人都是萨尼人，属于专门从事船夫工作的种姓马拉人（Mallah）的分支。其中好几个人 50 多岁，胡子已经花白，看上去年纪比实际更大。"我 1978 年就在这里干活，"其中一个人说道，随口吐出一口鲜红的槟榔汁，"但是因为我的脚被钉子扎穿了，有一段时间只好在家休养。"

"最年长的搬运工现在是 70 岁，"其中一个萨尼人说，"他能干多少都随他，每个人都对他很好，因为我们会想自己也有老去的一天，那时日子也就是这样。"

"你多大了？"我问坐在队尾的男子。他比其他人要高大，浓密的胡须、打结的头巾让他看起来像个海盗。"12 岁，"他回应我说，"也许是 13 岁，我不记得了。"人们都笑出了声。

他们耐心地坐着，咀嚼着槟榔，等着领工钱。

"那你们会回家陪妻子吗？"我说。

"不，""海盗"说，"我们得找个地方喝个痛快！"

---

43 终归尘土

在曼尼卡尼卡，我发现了一块藏于木堆后的朱红色石头，上面一对夫妇的刻像已经残破。这说明这里曾有一个贞洁烈妇自焚，在丈夫的火葬柴堆里殉葬。这种藏石的习俗是为了纪念萨蒂（Sati）。萨蒂可能是湿婆的第一任神妃，也可能是第二任，也可能就是帕尔瓦蒂神妃本尊，或者是她的转世。对我来说，这是另一个不解之谜。后来，我在加尔各答还听到一个加长版的故事，萨蒂／帕尔瓦蒂的身份更加扑朔迷离。

威廉·本廷克（William Bentinck）勋爵，孟加拉总督，也是后来的印度总督，他观察到，印度人中间流传着很多野蛮的风俗。这让身为贵族的他难以忍受，没有什么比英国人所指责的殉夫自焚更令他震惊。1829年，他宣布在孟加拉境内这一风俗为非法之举，他还谴责这种做法"违背了人伦情感"。湿婆之城，是英国人首次发现存在残害女婴现象的地方，因此是一个最为臭名昭著的罪犯之城。殉夫现象"在贝拿勒斯比在东印度公司任何其他属地都更为常见"。《亚洲日志与月刊》（*Asiatic Journal and Monthly Register*）在 1833 年这样写道。即便如此，仍有人为此诡辩。如果领主规定殉夫是非法的，那是否会激怒臣民，使他们更加难以控制呢？如果禁止这种形式的火葬，岂非暗示其他形式的火葬也会被禁？毕竟，每一个虔诚的基督徒都厌恶焚化尸体的理念，因为这种做法恰恰代表了黑暗的异教组织。

但反感情绪总归只是一个文化问题，印度人的态度会随着时间的流逝发生改变。1873年，意大利学者曾在维也纳博览会"以公共卫生和文明的名义"展示布鲁内蒂（Brunetti）教授的神奇设备。它能彻底降解尸体，使之最后化作一堆白色灰烬，这样，人们甚至可以把装饰性骨灰盒设计得就像居家壁炉一样。亨利·汤普森爵士（Sir Henry Thompson）是泌尿生殖系统疾病专家，也是印度女皇、维多利亚女王的私人医生。他曾力邀名人们来到他位于温普尔街（Wimpole Street）35号的宅邸，其中包括小说家安东尼·特罗洛普（Anthony Trollope）和画家约翰·埃弗雷特·米勒斯（John Everett Millais）。他们共同拟定了一份宣言："全体签名人不赞成目前的丧葬习俗。我们希望，能够以某种快速处理遗体的方式取而代之，其过程生者可以接受，并对遗骸不加破坏。"在伦敦墓地公司的帮助下，汤普森爵士在萨里郡（Surrey）乡下一个偏远的角落置了一块地，罗迪（Lodi）的保罗·戈里尼（Paolo Gorini）教授受邀前来演示。经过在马匹身上试验，亨利爵士认为，效果非常理想。尽管如此，又过了6年时间，火葬的合法化地位才得到国会的通过。

但是生者，或者说至少在英国如此，对贝拿勒斯的丧葬习俗耿耿于怀：丧葬的仪式是公开进行的，大量遗体只是做到了局部焚化，便被投进了恒河，火葬场位于城市的中心。为什么不能像大多数地方尤其是城镇那样，在城镇南郊朝向死神领地的方向设置呢？又过了半个世纪，英国政府终于向现实低头，那就是，宝石坠落之地迦尸关于纯洁的理念永远不会与伦敦的卫生观念完全吻合。1925年度市政报告的最后以一种叹息的口吻结尾："永远都不可能把火葬场从它们现在的位置搬走，因为先有曼尼卡尼卡和哈里许昌德拉（Harishchandra）河坛，之后才有这座城市。"

•　　　　•　　　　•　　　　•　　　　•

　　哈里许昌德拉是瓦拉纳西第二个火葬场，规模较小。它的名字源自一位阿约提亚（Ayodhya）国君的故事，他是罗摩主神的一位先祖。就像旃陀罗在曼尼卡尼卡负责管理火葬场一样，哈里许昌德拉的故事也是他们获封的神话，对火葬场拥有特权的最终原因。

　　有一天，雷霆和战争之神因陀罗苦苦思考，世上究竟有没有真正诚实之人？于是他想起了哈里许昌德拉这个名字。尽管只有此人听起来配得上这个荣誉，但众神还是决定要考验他是否正直。他们把任务委托给了报复心极强的众友仙人（Vishwamitra）。首先，他命令哈里许昌德拉放弃所有世俗财产，接着又在他治下的国家释放豺狼虎豹和疾病瘟疫。随着越来越多此类测试的进行，国王已经无力付出之时，众友仙人剥夺了他身上的衣物，还有他的妻子塔拉玛蒂（Taramati）和儿子罗斯塔什瓦（Rohitashwa）的衣物。

　　但这还不够，既然哈里许昌德拉现在已经穷困潦倒，只有卖妻卖儿，才能抵账给众友仙人，他本人则在这片土地上四处流浪，以卑微低下的劳作为生。最后，他在迦尸火葬场的贱民昌达拉（Chandala）那里找到了一份工作。昌达拉是一个满口脏话的酒徒，真正的名字叫卡卢·旃陀罗（Kallu Dom），是迦尸火葬场的看门人。哈里许昌德拉同意做他的奴隶，负责收取火葬费，那是旃陀罗的特权。

　　与此同时，塔拉玛蒂也被她丈夫卖到邪恶的婆罗门手中经受着苦难。一天，年轻的罗斯塔什瓦在森林里游玩时被蛇毒死了。母亲悲痛欲绝，把儿子的遗体送到了曼尼卡尼卡。但哈里许昌德拉并没有认出他们，而且还要收取常规的火葬费。可是，她身无分文，根本无力支付，他却不依不饶。"去典当你的项链吧。"他建议道，项链表明她是已婚妇女。

进一步的考验和灾难仍在继续，故事的具体细节取决于你喜欢哪一版《吠陀经》和宇宙古史。其中，有一个版本里面甚至命令哈里许昌德拉砍去妻子的头处决她，而且他还竟然同意了。直到最后，他才认出了这个女人到底是谁。但由于这是一个励志故事，所有不同版本的结局当然都是皆大欢喜。哈里许昌德拉通过了众神的考验，光从天上洒落，投射在这一家人的身上。年轻的罗斯塔什瓦重获新生。因为强迫国王服从命令，旃陀罗仍然位于最低的社会等级，但在火葬场，他们可以拥有属于自己的贵族身份。从那时起，在他们中间，拥有最高权威者被称为旃陀罗之王。

甘地曾经说过，哈里许昌德拉国王的故事总是让他哭泣。直到今天，学校里仍然会把它当作诚实和正直的寓言教导学生。然而，有时也会听到印度人用这个名字来嘲笑那些把国王的这些品质发挥到极致的人。

44 慢慢来

　　除了一座偶尔用来火化城中要人的高台，哈里许昌德拉河坛只有一两处圣火点，并无别处值得一游。一天清晨，我漫步走过一处圣火点，一个男子正准备敲碎逝者的头骨。"是我母亲！"他对我大声说，一副武士的姿态把棍子高高举过头顶，"拍照要收 100 美元！ 100 元 1 张照片！"

　　在他的身后，一幢丑陋的建在依河坛斜坡筑起的交错的水泥柱上的建筑摇摇欲坠。瓦达夫（Vadav）茶摊隐藏在两柱之间的空地上，一块牌子上面写着："矿泉水、厕纸、可口可乐、百事可乐、巧克力和巧克力棒。"建筑本身以砖为墙，看起来也没什么装饰，尽管其中有一面墙被涂成了唇膏粉，这让人感觉莫名其妙。阳台和圆孔显得有些另类，炮塔窗深入墙中。两座细长的烟囱从屋顶升起，一个是金属铸造，另一个则包裹在混凝土的基座中。它们威严高耸，皆以绳索牵拉。这座建筑就像某种疯狂的乐高作品，混合了中世纪城堡、莫卧儿王朝时期的宫殿和发电厂等多种元素。

　　科技和宇宙学角力，多年以来，英国人一直试图筹建一座电力火葬场，但直到 20 世纪 80 年代末才得以建成。当时凯拉什·乔杜里（Kailash Chowdhury）刚刚过世，这位强大的旃陀罗之王生前竭力反对每一次可能威胁到火葬场岗位、收入和传统的努力。顺着斜坡向下，有一个小型神庙，外面画着万字记号，那里就是火葬场的入口。伸缩铁门半开着，于是，我走进去参观。看门人和两个伙伴正盘腿坐在垫子上打牌。在他们头上方，贴着圣灵瑜伽广告海报和印度维希瓦纳联合体（Vishwanath Associates）（北方邦政府认证的一级电力及土木工程公司）出版的湿婆挂历。那个看守能说上几句英语。今天生意清淡，所以我可以随便逛。他自己又返身去玩纸牌。

火葬场里蛛网遍布，唯有摔纸牌声和电机低沉的嗡嗡声。两台混凝土高温火化炉，分别套印着编号 1 和 2。一条简陋的金属滑道用来往炉子里送尸体。想到外面的万字符，我难免内心悸动，发出疑问：印度教的吉祥符为何会发生了突变，成了纳粹党徽？

我问管理员平均每天有多少尸体送到这里。他说，可能有 10 个。和下面的河坛相比，火化的人数大约只有它的三分之一。他认为这太糟糕了，因为这种电火化的方式对穷人来说是一个划算的选择——当然，停电的时候除外，因为进行到一半如果发生停电，可能会带来不吉利的后果。

· · · · ·

"电力火葬场？"在新德里一间简朴的办公室里，我遇到的一个人说，"我们认为这不是一个成功之举。过去的那个年代，作为恒河行动计划的一部分，政府沿河规划了 28 个电力火葬场，分布在所有的主要城市中，包括瑞诗凯诗、哈瑞多瓦、安拉阿巴德、坎普尔、加尔各答等。但是，除了加尔各答的中产阶级，从未真正有人使用过，其他地方也只用于警察送来些无人认领的弃尸。而电力火葬场经常一天 12 小时没电，怎么可能运转起来呢？"

他叫安舒尔·加格（Anshul Garg），生在一个虔诚的印度教家庭，接受过计算机工程师培训，早年曾在印度 IT 之都班加罗尔求学，并在微软工作过一段时间，在过去的 13 年里，一直致力于推广另一种环保清洁型火葬。他的项目方案如果成功，很可能拯救大片正在消失的森林。他的公司名为默克师达（Mokshda）。"Moksha"意为"救赎"，加了一个字母后，意思变成了"施恩救赎之人"。

他粗略地为我做了一番计算。印度15亿人口，每年有1000万人死亡，其中80%是印度教徒，几乎都是火化的。人均消耗5到7蒙特木头。按加格的计算，意味着仅仅是为了焚烧尸体，每年就有750平方英里的森林遭到砍伐。再想想那些倒进恒河母亲体内的灰烬，恒河已经是一个露天的下水道了。

他说："我们开发了一种使用三分之一木材的系统。"他带我去参观第一套工作机组中的一台。火化工作在那里已经运转起来了。我甚至可以身在纽约观看它工作。通过一台内置摄像机，未能亲临的亲属和身在海外的印度人可以观看现场直播。

这个装置四壁为金属网，上面是一个可调节高度的凸罩，具有超高温火葬和消耗几乎所有上升的粒子的效果。从高大而逐渐变细的烟囱里冒出的只是一缕淡淡的灰白色烟雾。尸体下面的架子收集了骨灰，然后取出冷却，平台将在3小时内为处理下一具尸体做好准备。加格说，默克师达并没有申请设计专利，因为这是一项"造福人类的事业"。

然而，他对我们到达时所发生的事不甚满意。尸体得到了近乎彻底的火化，但几根烧焦的木头散落在地上。他怒视着站在一旁的法师。"他们不用烧那么多木材，"加格抱怨道，"这些印度葬仪师才是问题所在。他们在这里兼做木材销售商，他们感兴趣的就是赚钱。"

他说，经过数年对设计的微调，"在第一个阶段，我们安装了大约50台机组，但是存在技术、操作和社会层面的问题，还遇到了一些宗教和仪式上的麻烦。一座城镇的宗教信仰越坚定，我们面临的阻力就越大。这是一项艰巨的任务，这是在改变自古就有的惯例。人们会说：'我的先祖们这样行事，升入极乐世界。那么我呢？'我知道这非常敏感，改变只能慢慢来。但是，这个社会中每一种仪式都已经随着时间流逝而演变。我们结婚的礼仪、我们饮食的方式，没有哪一个仪式是永恒的，因为没人知道他们死后会发生什么"。

与宗教当局的对话仍在继续。他说，他们会逐渐地看到默克师达设计的优点。这种设计仍然保持以木柴火化的方式。与电力火葬不同，它考虑到了所有的仪式需要。人们可以按照要求，绕行遗体5圈，也可以在遗体的口腔里点火，并打开头骨。

毫无疑问，想在瓦拉纳西出售它最困难。"这对那里的木材销售商是一个巨大的威胁，而他们的势力非常强大，"加格说，"为了保住他们的饭碗，他们会不遗余力的。当然，只有旃陀罗人才拥有真正的权力。我们与古老的旃陀罗之王凯拉什·乔杜里的遗孀及两个儿子进行过谈判。他们是旃陀罗中最强大的，也是最积极的。我们花了七八年的时间说服他们，现在他们也会说服别人。我们将在曼尼卡尼卡安装这个装置。"

遗憾的是，旃陀罗之王的遗孀及家人似乎对此并不知情。

45 永恒之火的守护者

你有三种方式称呼这位老妇人：萨兰加·黛维（Saranga Devi），萨兰加是她的本名，黛维原指地母神，用作对女性的尊称；旃陀罗女王，旃陀罗之王的遗孀；巴里·马尔金（Bari Malkin），错综复杂的旃陀罗等级制度中拥有火葬场管理权的两姐妹中的姐姐。在印度版《荒凉山庄》中，萨兰加和妹妹贾穆那（Jamuna）已经为此打了近 40 年的官司。

根据轮值制，今天由萨兰加管理火葬场，这是以某种古奥难懂的公式编入册书的。在不同的时间段，会有指定的旃陀罗坐上带有拱廊的阳台上的主位，而他的旁边便是永恒之火。他还要负责监督工人，确保有充足的木材、火化得足够彻底，以及整理一天的账目。萨兰加每月值守 3 天半时间，这一次，她要在这里一直待到第二天日出，才能回家沐浴安歇。

我注意到，在天蓝色的墙下，她正靠在一堆枕头上打盹儿。在她的身旁，工人们把酿好的酒倒进陶杯，为当天上午纪念卡路·旃陀罗（Kallu Dom）的仪式做着准备。萨兰加穿了一件淡紫色的纱丽，上面的花卉图案略显褪色，她佩戴着几只沉甸甸的铜手镯和一枚大鼻钉。在她的杜帕塔（Dupatta）头巾上，几只苍蝇爬来爬去，但她并不理会。她黑框眼镜后面的眼神里，透射着强硬和冷漠，脸上的皱纹尤显深刻，那表情似在告诉人们：善待我，或者远离我。

萨兰加在十几岁的时候嫁给了旃陀罗之王凯拉什·乔杜里。1986 年，旃陀罗之王撒手人寰，从此她成了一个寡妇，当时她只有 30 多岁。不知她是否会介意我问她现在多大年龄。她告诉我说，自己差不多 65 岁了。她的儿子桑吉特（Sanjit）此刻也坐在附近。我也问了他同样的问题，他说大约 55 岁。看来这个问题毫无意义。当然我对此并不十分惊讶，因为印度的穷人常把近似值当作自己的年龄。桑吉特有一头令人吃惊的泛白的橙发，白须浓密而刚硬，上半身露出块块粉色和白色的疤痕。他微摇着身子，脸上的微笑奇怪而恍惚。很明显，他早已醉享那些自酿的美酒了。

旃陀罗女王是怎么看默克师达公司的呢？她回过头用询问的目光望着坐在她身旁听我们谈话的侄子，对方同样一脸茫然地回望她。默克师达，两人对此一无所知。我给他们讲了我在新德里的访谈，她很放松地挥了挥手。"也许有人来聊过，"她说，"有可能，但我早不记得了，来这里和我们交流过的人太多了。即使我们真的聊过这个，我也不会当真。"

我描述了自己目睹的安舒尔·加格的做法，萨兰加皱起了眉头。

"我们这个传统已经传承了数百年。为什么我们能为火葬掌管火？政府让普通百姓参与进来，否则的话，工人就会失业，还有出售木柴的人也一样。火葬场周边方圆半公里有许多家庭以此为生。"

另外，哪还会有这么合适的场所呢？她指向围着河坛绕行的哀悼者，下面已是人满为患。她这样说来，似乎很有道理。尤其当季风来时，河水会涨到 40 英尺甚至更高的地方，拍打着我们现在所处的阳台。

萨兰加直言不讳地表示，对此她不想多谈。于是，她又打起了瞌睡。我坐在那儿，双眼被浓烟熏得刺痛，有几粒灰尘飘落在我的头发上。最后，她睁开了一只眼睛，看到我这个讨厌的外国人并没有离开，还有问题要问。

我问她女性什么时候获得了火葬场管理者马尔金的地位。

"在过去，只有男人才拥有这种权力。但那时存在一些问题。"这种话题才是她愿意分享的东西。

"很多旃陀罗社区的人都会经历这种情况，"老妇人的侄子最后说，"如果一个儿子不能尽责，他的母亲就会接手。"这听起来像是一项总声明，但阳台上只有一个儿子和一位母亲，她的妹妹贾穆纳没有生养。我试图让自己不去看桑吉特，此时此刻，他正沉浸在自己醉生梦死的虚幻世界里。

•   •   •   •   •

严格来说，并不存在一个唯一的旃陀罗之王。任何人在掌管火葬场的那一天里都可以是旃陀罗的王，但总有一个人因为魅力和声望脱颖而出，被视为唯一有权住进"猛虎之家"的人。猛虎之家紧邻矗立着真虎大小的雌雄虎像的曼曼迪尔（Man Mandir）河坛，那是一栋色彩斑斓的小楼。

巴里·马尔金的丈夫凯拉什·乔杜里是所有旃陀罗之王中最有权势的人，他以保镖阵容庞大、公文包塞满现金以及以鳄鱼为宠物闻名于世。据说，他依靠火葬场的收益变得富甲一方，在瓦拉纳西、北方邦的其他地区以及临近的比哈尔邦（Bihar）都有大量房产。

凯拉什和萨兰加共育有 4 子 3 女，一共 7 个孩子。按正常的继承顺位，长子兰吉特（Ranjits）应该继承头衔和猛虎之家，但据说他因酗酒英年早逝，这使得桑吉特获得了继承的机会。可是，尽管人们有时也会以旃陀罗之王称呼他，也只是出于礼貌。"他很快就会死于癌症了，"一个卖木头的对我说，"他用不了多久就要去极乐世界了。"

关于桑吉特胸部和手臂上的伤疤，我听到了两个版本的故事。一名男子说，是在婚礼上一缸汽油爆炸造成的；另一名男子说，他的家人因为他喝酒把他赶出了猛虎之家，他把煤油倒在身上自焚。说话的人自己其实也无从分辨自己的叙述是否真实。

萨兰加又坠入了梦乡，桑吉特也不知去向。我只好穿过浓烟来到了河边。一些旃陀罗人正在收集哀悼者离开后丢弃的杂七杂八的东西，这是他们工作上的便利。没烧完的木头可以带回家生火做饭，裹尸布和棺材架子则会被再次出售和使用。船工用竹柄的桨沿河撑船，那些桨就是用从火葬场回收的棺材框做成的。

水上漂浮着一层厚厚的黑灰浆，有六七个旃陀罗——都是十几岁的男孩和年轻人——在齐腰深的水里，像 19 世纪淘金者在干活一样，用扁平的篮子筛着泥浆。一艘小船向他们滑行而来。一个穿着一身白衣的大块头的胖子，坐在船里的一堆垫子上。在他的头上，四根竹竿支起了一张床单遮挡着太阳，他本人就像一张四柱床具的测试员。他像慈悲的佛陀一样朝工人们微笑着，工人们不时把平底锅伸过去，交上一枚硬币、一颗镶着宝石的鼻钉，或者一只金耳环——凡从烧焦的尸体上能找到的任何一件小饰品。那胖子把每一件都放进座位旁的一个袋子里。他和我对视了一下，笑意盈盈，双手合十，微微点头说道："愿我身上的神圣荣耀你身上的神圣。"

显而易见，这才是真正的权威，不是桑吉特·乔杜里那种悲惨堕落的形象，而是他的弟弟贾格迪什（Jagdish）。在这里，每个人都认为贾格迪什才是真正配得上旃陀罗之王称号的那个人。

· · · · ·

我前往旃陀罗聚集处附近的一个普通住宅去看望萨兰加的妹妹贾穆那·黛维，也称乔特·马尔金（Chote Malkin）。她的侄子巴阿杜（Bahadur）为我带路。今天他在哈里许昌德拉河坛主持了葬礼仪式。我们坐在五彩缤纷的房间里的一张垫子上。书架上一幅常见的湿婆和奎师那的画像旁挂着装饰华丽的凯拉什画像，那便是老旃陀罗之王。他的一双黑目，锐利凶狠；双眉浓密，像向下俯冲的蝙蝠的双翼，直逼高耸的鼻梁；非洲人般的浓发从中间整齐分开；头上戴着一顶尼赫鲁帽，看上去有点不怎么协调。

贾穆那性格豁达开朗，和萨兰加形成了鲜明的对比。她年轻的时候一定美若天仙，看着墙上的凯拉什画像，人们不免猜想，除了财产和火葬场管理权，姐妹二人之间还有其他原因导致你来我往、纷争不断。确实有传言如此。

"我生在贝拿勒斯附近的一个小村里，并在那里长大，"她说，"我父亲是一个农民，他在那里掌管每四五天一次的火葬仪式。我9岁时结婚，和我父亲在一起继续生活了7年之后，搬到了丈夫家。他就是凯拉什的哥哥，他的父亲和凯拉什一起住在猛虎之家。但来到贝拿勒斯4年后，我成了寡妇。萨兰加是一个冷酷无情的人。她说我应该回到村里父母的身边。她说我无权拥有猛虎之家的任何东西。"

"我丈夫过世后，我们每天都去猛虎之家参加祭祀仪式。第十三日的仪式结束后，凯拉什让我兄长把我带回家。我哥哥当即表示抗议。他说：'你们家境富足，仆人众多，请让她留在这里。'但凯拉什拒绝了。所以我的哥哥将他们告上了法庭。那是35年前的事了。他说：'至少应该给她同样管理永恒之火的权力。'但凯拉什仍然表示拒绝。最后，法院裁定管理权应该在我和萨兰加之间平分。在凯拉什于1986年去世后，我和姐姐一样，一个月内各有3天半的值守权。届时会有一名警察过来强制执行法庭的判决。"

但萨兰加拒绝接受判决，多年后，此案仍在安拉阿巴德高等法院备案未结。"我这一生，都在为此斗争，而且我将继续为此斗争下去，直到案子得到了结，"贾穆纳说，"尽管我不知道我是否能活到那一天。"

她知道，就算40多个人都住在那里，她也永远不会受到猛虎之家的厚爱——不仅是萨兰加、贾格迪什和他的家人、萨兰加的女儿及其家人，甚至也包括服侍她的各类下人。与他们不同，贾穆纳的兄长为她找到这几个逼仄的有黄色的墙壁和蓝色的金属门的房间安顿下来。我问她为什么凯拉什的肖像还挂在书架上，她抬头望去，好像第一次注意到它。"以前的租户把它放在那儿，我也一直没碰过它。"她说。

这是一个关系错综复杂的家族。

46 再访猛虎之家

第二次瓦拉纳西之行，我不请自来，冒昧地进入猛虎之家拜访了旃陀罗之王。作为一栋建筑，猛虎之家与之前这里不曾建电力火葬场时一样，令人觉得诡异。厚实的砖墙起于河坛，约有 30 英尺高或者更高一点，下部涂着赭色和棕色的横纹，上面则是水泥原色，再上面，阳台以围栏围起，被漆成黄、栗、蓝三色，显得花里胡哨。建筑的中间，有一个探入半空的三拱桥，很像一座微缩的佛罗伦萨廊，堪称奇景。院子南北两角，各立一只猛虎雕像，怒瞰大河。

在曼曼迪尔河坛，紧邻着猛虎之家另有一座气势恢宏的宫殿，系 1600 年一位拉贾斯坦王公所建。继续往后探看，王公的一个数学家和天文学家后裔为研究天堂遗留了一座 18 世纪的观测台。一条小巷从这里蜿蜒导引，通向一座金色的寺庙——迦尸·维希瓦纳·曼迪尔（Kashi Vishwanath Mandir）——这座城市最神圣的地方，但因为种姓制度，旃陀罗是不受欢迎的。

距上次到访还不到一年，但贾格迪什的变化令我震惊。他似乎比以前肥硕了许多。洁白的外衣和安详的威仪消失殆尽。只见他围着一条橙白相间的围巾，脏兮兮的绿 T 恤艰难地绷在下垂的胸腹部。可是这样一个大块头，声音却出奇的尖细。他的嘴里塞满了爽口槟榔包，说起话来就像含着一口鹅卵石。

猛虎之家本身并不能彰显旃陀罗之王家族的世袭财富和权力。油漆剥落，墙皮松动开裂，石板路破碎不整，一些内墙似乎也快成了断壁残垣，成堆的碎石子随处堆放。女人们从火葬场搞回来一些残木，正在生火做饭。看到我们来访，快跑了几步，纷纷躲进屋里。一只婆罗门公牛拴在墙根。在城市的住宅里见到这种南帝牛（Nandi）是件稀罕事，它是湿婆的坐骑，我视它为虔诚和威望的象征。那头牛刚在门槛上拉了一大堆粪，我们只好高抬腿跨过去进入屋中。

穿过一间黑洞洞杂乱地堆满神像的房间，我们走上阳台，沐浴在阳光里。"一只是雄虎，另一只是雌虎。"贾格迪什说。这两只老虎和贝拿勒斯王公有关。当时旃陀罗与之针锋相对。在英国统治时期，虽然英国人直接控制着这座城市，但他们赋予这位王公很大的自治权，并允许其保留河对岸的拉姆纳格尔（Ramnagar）首府。头衔仍然保留，但王权纯粹是象征性的。然而，王公的先祖们非常重视自己的权位。多年前——贾格迪什并不知道确切的时间，但是是在独立之前的某个时候——专横的旃陀罗之王拉克斯曼·乔杜里（Laxman Chowdhury）统治时期，曾提议在阳台上竖立两只老虎雕像，遥望拉姆纳格尔。"不可能。"王公宣称。于是旃陀罗之王用哈里许昌德拉和卡卢·旃陀罗的故事反驳王公。"那时你在哪儿？"他问王公，"你可以做迦尸的王，而我是旃陀罗的王。所以我们平起平坐，如果我想把老虎放在自家的阳台上，任凭你呼风唤雨，都无法阻止我的决定。"

· · · · ·

贾格迪什笨重地踱回房间，在一张堆满脏毯子的床上坐下。我上一次见他时，他让我想起了笑面佛陀；现在，我能想到的只有《绝地归来》

（*Return of the Jedi*）中的赫特人（Hutt）贾巴（Jabba）。

他给我讲起他父亲凯拉什的故事。

"他为人慷慨大度，"他说，"他竭尽所能帮助他人。如果有哪个穷人送来请柬邀请他参加女儿的婚礼，父亲总是会送上米饭、木豆，甚至金钱。每个星期他还会为穷人举办一两次大型会餐。"

我决定只字不提从贾穆纳那听来的故事。

瓦拉纳西最盛大的节日是一年一度的罗摩里拉节（Ramlila），节日中要重现一部长达一个月的民间史诗戏剧，由王公主持，讲述了罗摩主神的故事。"在罗摩的婚礼队伍来到哈里许昌德拉时，我父亲会给每个人分发甜米布丁，"贾格迪什继续说道，"兴之所至，他还会组织各种体育活动，如河坛赛马和划船比赛。组织这些活动，没有人能比得上他的水平。他会在曼曼迪尔组织最强壮的公羊相斗。他总是很难接受失败，所以，一旦他的战羊输了，就立即杀掉。"

"你今天也会这样做吗？"我问。

贾格迪什吃吃地笑了，整个身体都在颤抖。"通货膨胀是问题所在。一公斤酥油过去是 40 卢比。现在是 400 了！我试着坚持一两件来保持传统，比如在罗摩里拉的婚礼上给每个人发布丁。但时代变了。"

贾格迪什的一个侄子也坐在床上，一直一言不发，此刻他说："凯拉什活着是为了荣誉，不是为了赚钱。为自己赢得声誉，这是他的想法。"

我决定对那个塞满现金的公文包和宠物鳄鱼只字不提。

"他表现得像个国王，"贾格迪什说，"他过去常常乘一辆像战车似的马车威风凛凛地进城，旁边坐着一个随从。但其他时候，他会坐着人力车或步行。这完全取决于他的心情。"

"一天，英迪拉·甘地来到瓦拉纳西。她在前往迦尸·维希瓦纳·曼迪尔的旅途中路经此地，像以往一样，带着一大批安保人员。任何人都不允许靠近。但我父亲走到街上，躺在她的车前，强迫它停下来。他说：'你必须先和我说话，不然你不能上殿去。'因为他是王，旃陀罗的王。英迪拉·甘地下了车，跟他聊了一会儿，才得以把车开走。你看，他的骄傲和威望对他来说是那么重要。"

侄子也模仿着凯拉什的语气说："我是国王，所以要表现得像国王一样。"

* * * * *

我问桑吉特可好。"谁告诉你他得了癌症？"贾格迪什问道，"他非常健康。他肺部有些问题，但都治愈了。现在唯一的问题是酒喝得太多了。"

令我吃惊的是，谈话转向了这个复杂家族另一个更深层次的问题。他们谈及已经过世的哥哥，而且似乎并非酗酒毁掉了桑吉特的前途。

一个同来的人，这个旃陀罗家族的世交，加入了交谈。他说，这位兄长和他的幼子，也就是贾格迪什的侄子，10年前或12年前是被人谋杀的。贾格迪什听着，缄默不言，似乎是在默许这一段历史可以以这样一种方式讲述。是抢劫吗？我问。那人摇摇头。"我们怀疑这是一场族权之争。长子是唯一有子嗣的人，他是曼尼卡尼卡河坛掌火权的继承人。男孩被绑架并杀害后，一度没有男性继承人。这时，贾格迪什向众神祈祷并许诺，如果他们能满足他的愿望，他将向他们献上更多的祭品。最终，他有了自己的儿子。如今9岁。"

我说我之前见过那个男孩。他的卷发又黑又长，面庞甜美可爱，手中一直在将一根沉甸甸的举重杆举起放下，自娱自乐。

"来吧，"贾格迪什说，"我带你到摔跤和举重馆，就是阿卡拉（akhara），去转转。"

•　　　•　　　•　　　•　　　•

阿卡拉，即家族摔跤和举重馆，位于猛虎之家两部分之间的一条短短的通道下方。阿卡拉的墙被漆成了蓝色，蓝黄相间的举重杆，就像那天小男孩不断举起的那根一样，堆在一个角落里，有一些上面还镶满了钉子。架子上有一张橙色的钉床，还有一座供奉哈奴曼的朱红色神龛，上面撒满了五颜六色的花瓣。不管各处的环境多脏多差，在我看来，这座城市总是像一块孩子的画板。

贾格迪什说："摔跤运动员崇拜哈奴曼，因为他是大力神。在任何一个摔跤和举重馆，你总会找到一座哈奴曼神庙。"

旃陀罗是世人皆知的摔跤好手，这项运动已经成为这个家族的传统，至少在这4代人如此。"我8岁时，父亲开始带我去摔跤举重馆，"贾格迪什说，"他使我得到了来自叔父的良好训练，叔父是一位优秀的摔跤运动员。叔父过去常让我和大一点的孩子比赛，所以我变得更加强壮。我总能打败我的兄弟。我们过去经常打架。"他的身体因笑声而抖动。

18岁时，贾格迪什从摔跤转向举重和健美。在房间的一个角落里，举重杆旁边有几组杠铃和巨大的石环，举重运动员把它们叫作"纳尔"（nals），直径2英尺，重达数百磅。墙上挂着一张老照片，上面挂着一个金盏花花环，照片上有一个人用一只手举着一个石环。来到贝拿勒斯的外国游客总是惊叹于他们在那里目睹的神力壮举。一天，在德里的一家古玩店里，我无意中发现了一套立体画画册，是那种维多利亚时代的家庭晚间消遣之物。其中有一张照片，背面有一张摄影师打印的便条。上面写道：

我在这里向你们展示达比·乔德瑞·帕尔万（Dabee Chowdray Palwan）先生的照片，他是一位天才运动员。帕尔万身材并不高——大约5英尺7.5英寸——如果我没记错的话，体重还不到170磅。他是个素食主义者；他从来没有读过一本关于体育的书；他也从不待在体育馆或任何体育锻炼的地方。他发现自己擅长举重，而且拥有一种超乎常人的力量。你可以看到，他仰面躺着，肌肉虽不健硕，却像钢铁一样坚硬，举起的胳膊上扛着960磅重的东西。于是，这块大石头一直就这样被高举着，直到照相机为你定格这一时刻。

贾格迪什说，他年轻的时候，能举起将近300磅的杠铃。他可以仰面躺下，胸前放一个800磅重的石环，然后让三四个人坐在上面。他在举重杆比赛中表现出色。比赛的办法是把它们举过脑后，然后过肩，获胜者为举杆次数最多的人。举杆赛是夏季节庆纳格·潘查米（Nag Panchami）的一个特色。这是一个蛇节，是对蛇族的崇拜。贾格迪什说，那时举重摔跤馆被粉刷和装饰一新，成百上千的人聚集而来，观看人们躺在钉床上拿着举重杆炫技。

"我以前会试着在蛇节上表演举杆，"贾格迪什说，"举10到15下。但今年不会了。"

他坐在一堵矮墙上，拉起他的裤腿给我看他肿得厉害的小腿。"我去年病得很重。我吃的药把我变得很胖。"

类固醇？我问。但是这个词对他来说非常陌生。

"保持身体的健康，才能带来心灵的平静，"他说，"心怀神祇，锻炼身体，必蒙他的赐福。"他开始按摩肿胀的双腿。"如果你不锻炼，身体就会变得非常糟糕，就像今天你看到的我这副样子。"

47 身临其境

　　我的酒店遭遇还在继续。经历了戈拉克普尔 140 美元一晚蟑螂横行、家具上布满烟烧痕迹的痛苦，以及之前瓦拉纳西之行几次高价旅游陷阱之后，我希望寻一个舒服点的去处，最好在火葬场附近。最后找到了曼尼卡尼卡北邻的辛迪亚（Scindhia）河坛。

　　辛迪亚是最著名的浴场之一，名字源自其建造者强大的玛拉萨（Maratha）家族。这一家族最初于马哈拉施特拉邦（Maharashtra）崛起，长期统治着英治时期的瓜廖尔（Gwalior）。我了解到，河坛始建于 1850 年左右，当时，正处于阿里·贾（Ali Jah）王子执政期间。阿里·贾被奉为贵胄的中流砥柱，王国的利剑和摄政王，拥有最高权威的君主，具有最高威望和尊严的伟大的辛迪亚诸王之王，财富之王，时代的翘楚。

　　传说，建造者的财富和抱负才是辛迪亚河坛最引人注目的特点。因其建筑重量异常巨大，这里的湿婆庙，即拉特尼什瓦尔·马哈德夫神庙（Ratneshwar Mahadev）滑入河中，只留下了一座子弹形的尖塔像比萨斜塔一样惊人地斜立于水中。每当季风期间，这座"山峰"就几乎被完全淹没。

　　19 世纪，英国艺术家云集贝拿勒斯。欣赏着他们的作品，其中一些内容却令我迷惑。查尔斯·拉莫斯·福雷斯特（Charles Ramus Forrest）上校收藏的知名画作《印度恒河和贾穆纳河的风景如画的旅行》（*A Picturesque Tour Along the Rivers Ganges and Jumna, in India*）展示的似乎是同一座神庙，倾斜角度也几乎相同,但方向相反。另一个神秘之处在于,1824 年他也绘制过这一场景,早于传说中辛迪亚建造河坛的时间。后来,我又看到了一幅罗伯特·蒙哥马利·马丁(Robert Montgomery Martin)1860 年绘成的画作。在这幅作品中,塔尖并非一个而是两个,以几乎不可能的 40 度角斜竖在恒河水中,俨然一个等待发射代码的弹道导弹。

和往常一样,我觉得自己好像生活在一个没有可靠事实的环境中。"你得明白,"一个朋友曾经半开玩笑地对我说,"印度没有事实可言。"只有故事和经验以它自己的方式运行,就是这样。

·   ·   ·   ·   ·

宾馆位于河坛上方一段狭长逼仄的堆满垃圾的楼梯尽头。当我们到达入口,两个猴子从一处低矮的屋顶龇着牙冲我们扑过来。进入里面后,我们继续爬上更加陡峭的石阶,最终到达顶层,预订了带阳台可以观看河景的"超豪华"房间。当我们告诉经理我们饿了的时候,他摊开双手表示抱歉。唉,没有餐厅。我给他看了我从酒店网站上下载打印的宣传页,上面写着:"本店卫生条件优良,监督严格,提供各色烹制餐点。"他拖着脚走开了。确实没有餐厅。

没关系。有房间住就足够了,即使不是超豪华的。一方普通的阳台,可以鸟瞰大河全景,那样的话,我们稍后找一家餐馆就是了。当我们饭后回来时,猴子再次发动袭击,这一次它们直接撕扯我们的头发。酒店大厅里挤满了穿制服、带着枪的士兵。我们爬上楼梯,楼上传来砰的一声巨响。我们来到外面的阳台,只看到一群人正沿着阳台抡着大锤蛮干,墙上已经被砸出了一个大窟窿,足以通过一人直接进入隔壁艾格尼丝的房间,下一个会砸艾格尼丝的墙，然后就处理我的。我下楼去找经理投诉。"先生，请别担心，这不是问题。"他说。我告诉他我绝不同意，要求取消剩下的入住安排。

当我们在猛虎之家附近找到一个更优雅、更昂贵的酒店以后，我把这个小插曲告诉了品库。他笑了。"这里有52栋建筑遭到起诉，"他说，"许多都是这种酒店，为了游客可以欣赏河上的美景，非法私建顶楼。"其他一些遭起诉是因为他们在指定史迹方圆100码内非法建造酒店。他还告诉我，他有一个朋友在这类案件中充当原告，有一天有个人拿着刀威胁他。"别管这事，"那人说，"否则就让你领教我这把刀的厉害。"

品库说，有时候法院要花好几年的时间才会做出裁决。"你可以贿赂警察，可以贿赂法官，也可以贿赂检方律师轻判案件。"在辛迪亚河坛酒店案中，无论出于什么原因，执法者们最终似乎已经决定采取行动。大锤工们已经拆除了非法楼层，使之无法再对外经营。一年后，当我坐船再次经过那里时，我注意到下面的两层也被拆除了。但它的网站仍在运行，上面的种种迹象让人以为那里仍然在营业，而且有餐厅提供美味的家常菜。

·　　　·　　　·　　　·　　　·

就在19世纪英国当局对贝拿勒斯野蛮的殉夫、火葬和杀害女婴等行为深恶痛绝之时，诸如福雷斯特和马丁这样的艺术家也来到贝拿勒斯，寻找浪漫、美好和崇高的事物。他们发现老城的窄巷古雅而富有魅力，但他们真正的灵感来自沿河泛舟，当然，最好是在黎明时分，就如今天的游客。

"漫步一条条长街……我无以尽述其美。"瓦伦西亚（Valentia）子爵乔治写道，他的《印度之旅》（*Travel to India*）于1809年和埃及古物学家亨利·萨尔特（Henry Salt）的画作一同出版。

"走不完的一段段石阶，就是贝拿勒斯的河坛，它们构成了对城市河面的宏大装饰，尤其是在一天刚刚开始时，这里呈现一派异常美丽又令人震惊的景象。"查尔斯·埃利奥特（Charles Elliot）船长在 1833 年的《东方景色》（*Views in the East*）一书中这样写道。在这里，"令人震惊"一词指"鼓舞人心的奇迹"，是一个古旧的用法。

对于这些艺术家来说，这座城市赋予了印度梦幻般的品质。《贝拿勒斯画报》（*Benares Illustrated*）这一作品集由詹姆斯·普林塞普（James Prinsep）精心绘制而成，画作入木三分。詹姆斯是加尔各答《孟加拉亚洲学会杂志》（*The Journal of the Asiatic Society of Bengal*）的创始编辑，也是英国皇家学会研究员，他制作了大量的石版画，赢得了读者广泛的认可。托马斯·丹尼尔（Thomas Daniell）的油画和他侄子威廉（William）的水彩画，都被收入 6 卷本《东方景色》之中。叔侄二人描绘了蒙什（Munshi）河坛、希瓦拉（Shivala）河坛、拉贾河坛和达萨瓦米德（Dasaswamedh）河坛在清晨的阳光下熠熠生辉的景象，混乱嘈杂渐成和谐，令人愉悦。在这些画笔的渲染下，这座城市似乎确实对卡利魔鬼时代的破坏具有免疫力。这座建筑的每一个细节都经过锐利的雕琢，丹尼尔笔下的贝拿勒斯没有破碎的石头，朝圣者和祭司们散发着异国的情调，秩序井然，而且人数不多，分散在河坛各处。船夫们整齐划一，奋力划桨，就如希腊三桅帆船上的桨手，同时，在恒河上也看不到浮尸。

·　　　·　　　·　　　·　　　·

有一天，我沿着河坛向北远行，一直来到了由莫卧儿皇帝奥朗则布（Aurangzeb）建造于 17 世纪的清真寺。它高耸入云的双子尖塔曾是埃利奥特船长等许多艺术家最喜欢的主题，如今早已难寻踪影，一座在地震中湮没，另一座则因安全问题被拆除。一个警卫为我打开了大门，但里面平淡无奇，只有不值一文的卡巴钟（Kaaba）图片和日常指示每日祈祷时间的钟表。我又往南走了3英里，来到沿河岸一线84座河坛的最南端。经过罗摩（Ram）河坛、梅塔（Mehta）河坛、迦尼什（Ganesh）河坛、邦赛（Bhonsale）河坛、桑卡萨（Sankatha）河坛、辛迪亚河坛一直来到曼尼卡尼卡，在那里，我停下来参观毗湿奴挥汗如雨、用铁饼挖出的深坑，大理石底座上镌刻着他的脚印，这就是宇宙诞生的地方。

拉丽塔（Lalita）河坛、米尔（Mir）河坛、曼曼迪尔河坛和达萨瓦米德河坛是河滨活动的中心区，也是恒河夜祭的场所。祭司们按惯例盘腿坐在巨大的水泥伞下的讲坛上，向朝圣者提供合适的祭拜建议。

诗塔拉（Shitala）河坛、圣湖（Mansarovar）河坛、基达（Kedar）河坛、哈里许昌德拉河坛、希瓦拉河坛、普拉布（Prabhu）河坛、图尔西（Tulsi）河坛都是以16世纪在这里定居的诗圣命名。当地的一群水牛正在耆那（Jain）河坛的浅滩上降温，附近有一位老人正拾着飞盘大小的粪饼回家做柴火。在图尔西河坛，酷热中一只黄狗四肢摊开躺在台阶上，马上就要死掉了，灰色血腥的内脏都淌了出来。最后是阿西（Assi）河坛。那里有一棵大菩提树和著名的湿婆林伽，以及一家上等的和谐书店，我可以尽情看上几小时的书，还有最后一批旅游酒店和宾馆。

河边临水的地方，垃圾、粪便和灰烬汤凝结成团。来到瓦拉纳西时，印度最神圣的河也变成了最肮脏的河。每隔一段时间就有一对粗矮的水塔，那是20世纪70年代建造的抽水站，用来防止未经处理的污水流入最敏感的圣浴水域。其中有一对被漆成了粉红色，并装饰着画有湿婆和雪山女神帕尔瓦蒂在喜马拉雅山的住所的彩图。

在阿西河坛旁边，只有一大片沼泽地，但阿西本身，曾经的河流现在只剩下一条沟渠，未经处理的污水经过它被泄到恒河。后来，我遇到了城市污水处理厂的总工程师 R. K. 迪维迪（P. K. Dwivedi），一个 60 多岁的胖男人，他神秘地浅笑着，为他的抽水站感到自豪。"从阿西河坛到拉贾河坛，你会发现几乎没有污水流入恒河！"他叫道，"这是我们期待的水平！"

"但是阿西水道呢？"我问他，"就在沐浴河坛的正上方。"

他神情不自在地笑笑，盯着鞋子。"这个问题很难回答。"他说。

·　　　·　　　·　　　·

我向北绕道，穿过这座老城中拥挤的人群。成百上干的朝圣者列队进入金殿。一些身穿卡其布军装、手持古董步枪的士兵负责看守。他们一个个怒目而视，竹棍在他们的手中挥得飒飒直响。那些竹棍，名义上是用来防范伊斯兰恐怖分子的。有一个老妇人在嚎叫，原来是一个士兵打疼了她的头和肩膀。从士兵的喊叫声"移动！手机！"能听出来，在入殿之前她没交出手机。

墙上到处都是手绘的标志。标出了用餐地点，鼓舞人的话，服务点和纪念品出售处。

仁爱碗咖啡馆

拉格（Raga）咖啡馆，最舒适的家

毗湿奴沙龙

福尔瓦里（Phulwari）饭店 & 萨米（Sami）咖啡（南美料理齐全）

地中海风味餐饮

迪维亚（Divya）酒店／上佳美食之选

透明厨房

与人和解

恒河是生命之源，谢谢你的爱和尊重

爱众人

纯净的心

旅行顾问／瓦拉纳西纪念馆一号店

水晶、精油、按摩、玛萨拉（Masala）茶点

玛拉（Mala）宝石，装饰

瑜伽训练中心，曾登上《孤独星球》2003 年 7 月号

·　　·　　·　　·　　·

　　回到河坛时，男孩子们正在放风筝，兜售东西的小贩嘟哝着说自己手上有大麻，男人们往墙上撒尿，船夫从河面上吆喝着自己可以接纳大批游客。游客们相互之间刻意避免目光接触，仿佛都在对一个显而易见的事实感到愤慨，那就是自己竟然不是唯一发现这个地方如此陌生而神奇的人。游船上的游客举起手中的智能手机为在脸书上晒照片而拍摄着异域风情。我想起了坎宁（Canning）子爵夫人、总督夫人夏洛特，她同时也是一位业余水彩画家。1860 年，当她来到这里，她写道："我现在觉得自己已经见到了印度。"也许这就是所有游客的感受，不得不承认，这也正是我此刻内心的感受。

48 贝城诗人

　　在嬉皮士、水上飞机爱好者、以色列应征入伍者、蹦极运动员和日本包办旅行团之前，艾伦·金斯伯格和情人彼得·奥尔洛夫斯基（Peter Orlovsky）来过这里。1962 年 12 月，他们抵达瓦拉纳西，在印度兵站——那种过去的军营——逗留了几天，然后在达萨瓦米德河坛附近租了个公寓，一住就是 5 个月。

　　两人登上火车来瓦拉纳西前，已经在加尔各答住了几个月。他们不知在尼姆塔拉（Nimtala）河坛数不清的火葬场中花去了多少时间。但唯有三种事物令金斯伯格几近痴迷：裸修的苦修者，各种把人变成"熏肉"的催眠术和流淌不息的恒河。他们一到瓦拉纳西，就直奔曼尼卡尼卡。夜复一夜，他们扎进苦修者堆里，吸食大麻，脚步绵软地呼吸着柴堆散发出的烟雾，看着水上火光的倒影闪耀，在日记里写下那些苦修者的名字和故事。

　　白天里，他会像其他游客一样，在各个河坛一逛就是几个小时。这里的宫殿使他联想到了威尼斯。抬眼北望，宏阔的大河向着拉贾河坛铁路桥的方向流去，于是他想到了大运河。在其他时候，他写道，他觉得自己就像 1920 年旅居巴黎的美利坚人。

　　　●　　　　●　　　　●　　　　●　　　　●

　　他们从婆罗门祭司高利沙卡·蒂瓦里（Gaurishankar Tiwari）手里租下了公寓。房间位于三楼，四壁刷成白色，非常宽敞，铺着黑石地面，有一个简陋的卫生间。房间里有很多架子，都是金斯伯格用来放书的，一个壁龛里，奥尔洛夫斯基供了一尊红肚皮象鼻神像。金斯伯格在房间里悬挂起一幅威廉·布莱克（William Blake）的画像。几扇大门直通一座猴群来去自由的阳台。从这里，向各个方向都能俯瞰河坛，但只有一个方向可以纵览大河。朝另一个方向，可以看到一个菜市场，我不止一次独自一人穿过那里。我想，即使多年以后，它也并不会发生多少改变。一排排的小贩把布块摊在地上，展示着黄瓜、茄子、西红柿、胡萝卜、白萝卜、辣椒、红球甘蓝、红洋葱、刺瓜、苦瓜、土豆、甜菜、菜花、大蒜、生姜、芫荽和姜黄。金斯伯格喜欢做蔬菜汤，他的煤油炉就在阳台上。

奥洛夫斯基花去大量时间照顾聚在附近巷子里饥饿的乞丐和麻风病人——就像他在加尔各答特蕾莎修女的修道院里为临终者所做的那样——分给他们金斯伯格亲手熬的汤，给麻风病人饮水。因为不洁净，这些人不能下河洗浴。金斯伯格还让他们摆好姿势给他们拍照。

金斯伯格有一段时间卧病在床，反复发作的腹泻令他虚脱。冬雾里，他的咳声传得很远，肾部感染让他苦不堪言。人力车响亮的铃声，贩冰人和磨刀人的吆喝声，苦修者手指上的铜钹发出的叮当声不时传进他的耳朵里。好起来的时候，晚上他都会去旁观火葬，或者吸毒、做爱，在床上与奥尔洛夫斯基享受吗啡带来的无比快感，然后一同坠入狂野的春梦。梦里会出现女人，甚至有婴孩，当然也会有他日常喜欢的那种男人。

圣诞节时，他们还顺便参观了泰姬陵和奎师那的出生地温达文（Vrindavan）。金斯伯格还曾独自前往菩提伽耶（Bodh Gaya），悉达多正是在那里悟道。但到了 5 月，情况变得糟糕起来。金斯伯格来到印度寻找答案，但这个国度以其惯常的方式，令他生出了同样多的新疑问。而奥尔洛夫斯基已经厌倦了毫无生机的苦修者。他剃光了头发，搬出去独居。金斯伯格陷入了恐慌，收拾好行李，一个人躺在地板上，裹着毯子，抱着充气枕头，再次沉入吗啡梦。祭司的儿子维杰山卡（Vijayshankar）过来叫他，金斯伯格却翻了个身，再次沉沉睡去。

　　　　　　　●　　　　　　　　　　●　　　　　●

　　一天傍晚，在达萨瓦米德，恒河夜祭结束后不久，我遇到了这位维杰山卡·蒂瓦里。他现在已经 60 多岁了，是一个安静平和的人。很久以前他子承父业，成了一名族中世袭的朝圣祭司。和平时一样，此刻他正坐在水泥伞下的讲台上，早上 8 点开始，先祭拜恒河，然后主持葬礼，照顾他家族 4 代人一直资助的朝圣者，满足他们的各种其他需要。他的两子之中，会有一个最终继承他的职位，但还不清楚是在当地医院工作的长子，还是在手机公司工作的次子。像所有专家一样，他有自己特定的领域。他用手指勾画着，尽管生意上的竞争比过去少了，但界限还是很分明的。他说："在 20 世纪二三十年代，祭司之间没少发生血腥的争斗。"

　　他从塑料袋里取出一小杯印度茶递给我。我问他对那些为参加恒河暮祭聚在达萨瓦米德的外国人怎么看。他瞥了一眼一个正坐在台阶上的年轻女人。那可能是个德国人或者荷兰人，正一边抽着比迪（Bidi）烟，一边随着别人收音机里播放的音乐舞动。"这就是我们的命运，"他说，仿佛哲人一般，"恒河母亲，所有印度人都信仰她，来到这里的外国人也同样如此。12月 25 日，会有许多外国人来这里分发毯子和食物给穷人。我没研究过他们信奉的基督教，但是我知道，那是他们的圣人耶稣诞生的日子，当天他们会装饰教堂。"

"跟我说说艾伦·金斯伯格吧。"我说。

他笑了。"金斯伯格留着胡子，长发几乎跟脏辫没什么两样。他是父亲唯一的房客。我想，他和艾伦心有灵犀吧。我父亲笃信宗教。他过去常用恒河黏土做些小神像，然后浸在河里。我知道艾伦是个伟大的诗人。他甚至还写过一本书。他常常把他的诗作带到巴纳拉斯印度教大学。有时他会读给坐在阿西河坛货摊旁的人听。对我来说，他是一位宗教圣人，就像我们的诗人图尔西·达斯（Tulsi Das）和卡比尔·达斯（Kabir Das）一样，他们也住在这座城市里。"

我告诉他，在美国有另一位诗人，他的名字叫沃尔特·惠特曼（Walt Whitman），他倾吐自己的情感时，仿佛在与上帝直接对话。

"艾伦是一个非常安静平和的人，一个非常有灵性的人，"蒂瓦里继续说道，"他经常忙于写作。彼得则会花更多的时间在河坛里，与乞丐和麻风病人在一起。他们也会在阳台上做饭。"

"出了名的蔬菜汤。"我说。

他咯咯地笑了。"是的，我记得艾伦的汤。没有什么味道。但他们总是为此很开心，因为这就是西餐。在印度，我们甚至不喝汤！但有一次我注意到他们也在给达萨瓦米德的麻风病人喂食。所以我觉得如果他也给乞丐吃的话，这顿饭就没有那么特别了。"

两个穿着 T 恤衫的腼腆的年轻人侧过身来，坐在讲台边上，听着我们的谈话。"我也是诗人。"其中一个对我说道。他背诵了一首自己的诗。诗歌是关于人力车的，他那简陋的车子三个轮子不停转动，隐喻了他一生的轮回。我觉得那种转动非常不同。

"你知道吗，彼得回来过一次，"蒂瓦里说，"那是在 1978 年左右，那时，正值贝拿勒斯史上最严重的一次洪灾。房子的一层都泡在水里，连大象都轻易地就被淹死了。"

当时，彼得早已从哥道利亚（Godaulia）路口划船穿过了街道。那个路口是一个繁忙的商业点，离河只有一英里多远。

"他走到昔日和艾伦住过的那个房间，一切还是老样子。什么也没变，只有阳台上的新网把猴子挡在外面。他给我父亲带了一件礼物。"

"他带来了什么？"我问。

他又笑了。"闹钟。"

"你知道他们离开贝拿勒斯前，二人的友谊出了什么问题吗？"

"是的，我知道彼得对艾伦很生气，所以艾伦去见了一位著名的宗教人士——德弗拉哈（Devraha）大师。大师有一个理论，大师告诉他：'时间会治愈一切。'"

我想象着，金斯伯格和奥尔洛夫斯基摊手摊脚地躺在楼上的床上，注射过吗啡以后，对性事已感厌倦。我意识到，这位祭司肯定从来没有想到他们是同性恋，当然也没有想到他在诗人的情色幻想中扮演了某种重要角色，当然，我也不会告诉他这个。

49 迷途青年

瓦拉纳西是一个充斥着海报、传单、手绘标语和墙上涂鸦的城市。一天，在达萨瓦米德附近一处河坛上，四处张贴着一则告示，上面写着：

母亲寻爱子，失踪于1986年。

另有两张图片。第一张上面是一个年轻人，大概二十五六岁，表情率真。第二张上他的头发更长，穿着一件外套，打着领带。旁边站着他的母亲，一位中产阶级中年女性，正对着镜头微笑。她穿了一件有黑色绲边的白夹克，还佩戴了两排珍珠项链。照片下面写着："这名男子的母亲仍然相信他还活着，无论如何，希望见他一面。"末尾有一个手机号码和一个法国后缀的电子邮箱地址。

这种通知在印度并不少见，你会发现，它们被放在最有可能产生结果的位置。如果失踪的是印度人，最好贴到公共汽车站和火车站附近。在瓦拉纳西和瑞诗凯诗等地，最好张贴到外国人练瑜伽、嗑药、开悟或遁世的地方。

在喜马拉雅山区，我的一个游牧民族朋友曼托给我讲过失踪者的故事。"这些人大多是把出游费用定得很低的游客。他们来到这里，在甘戈特里、瑞诗凯诗或北阿坎德邦的某地与一些圣人一起遁世，皈依宗教，取印度名字。有时，他们会毁了护照，有的也会扔掉身上的钱。他们声称，现在要靠自己了，老天会保佑他们。有时亲朋来寻找他们，在报纸上登广告，但仍无法找到他们。其中一些是在失踪一年多后找到的，或在森林里，或在寺庙里，或在茅屋里，或在山洞里。有一个德国女性被一个圣人吸引，怀孕后诞下一子。她试图说服这位圣人和她一起移居德国，但他认为，如果越过大洋，他的神圣力量就会被摧毁。"

那个法国男孩现在应该50多岁了。也许他和某个大师藏身在高山上，披着红袍，光头上围着锡克头巾。也许在他年轻还满脸稚气的时候，遭遇了抢劫、谋杀，后来被扔进了沟里。要知道，那样的话他的母亲永远也找不到他了。

　　　　•　　　　　•　　　　　•　　　　　•　　　　•

在曼尼卡尼卡附近，有人把一张薄薄的黄色传单塞到了我手里，上面粗糙地画了一个做着各种瑜伽姿势的男人，还配有一段文字：

波颠阇利瑜伽佩斯

教学设施完备

阿斯坦加（Astang）瑜伽、哈思（Hath）瑜伽、拉贾（Raj）瑜伽、蟠龙（Kundlini）瑜伽、密宗（Tantra）瑜伽和按摩

欢迎共创共识，获得健康

同时提供瑜伽师培训

学校主办人阿伦·辛格（Arun Singh）坐在门内带有蓝色图案的垫子上，门直接开向小巷。在房间的另一端，另一扇门也敞开着，直通河边的台阶，阶上有一堆10英尺高正准备用作火葬柴堆的木头，携带着一股火葬柴

火特有的烟味。

阿伦的举止既羞怯又调皮，说话有点口吃。他是那种你马上就能喜欢上的人。他也是一个多才多艺的人，有多重身份：瑜伽老师，古典音乐家，木材经销商。他递给我一个库哈尔（Kulhar）茶杯，本地陶工会成百万只地量产这种未上釉的容器。他给我倒上印度茶，尝得出杯子的边缘还有泥土的气息。

他说他15岁开始练习瑜伽，当时参加了与北方邦接壤的贾坎德邦（Jharkhand）首府兰契（Ranchi）的一个修行所。"由一位深居在小茅舍里的大师经营。有许多信徒前来拜见他，承诺给他盖一幢大楼，但他总是——回绝。他一生都在那间小屋里或火葬场里。之后，我来到了瓦拉纳西，那是我父母的家乡。在这里，我先是投身木材生意，可后来瑜伽走进了我的内心，逐渐地我开始在这里教人瑜伽。许多外国人来这儿学习印度人的本领。"

他的下一批学生到了，有一个半小时的课，这是两个日本女孩，看起来至多20岁，她们正在受训成为老年病临床护士。我们走过狭窄的楼梯，来到阿伦的瑜伽室。房间的四壁被漆成了深绿色，粉红色的百叶窗被拉了上来以遮挡午后的强光。一堆手鼓堆在一侧墙边，一支西塔琴支在墙角里。

"瑜伽要求的第一件事，就是我们要始终讲真话，要一直追求真理，"当女孩们用舒服的姿势在垫子上坐定，阿伦对她们说，"第一种真理我们称为外在真理。如果我们相信某事，就不要改变，这就叫作外在真理。许多人信仰神。如果有人对我说：'神在哪里，你指给我看。'你做不到。但你仍然相信，这就是外在真理。你们明白了吗？"

女孩们礼貌地点了点头。他的口音很重，不清楚她们的英语能否应付这种交流上的挑战。

"第二个真理叫作行为真理。即我们在生活中如何自律，我们说什么，我们口中吃什么，我们鼻子闻什么。第三个真理我们称为想象真理。我们相信一些事情，但也许随着时间的推移会发生改变。例如，你们二人在这里是好朋友。但是 5 年之后，你们还是朋友吗？这是假想的事实，明白吗？关于真理你们有什么疑问吗？"

二人没有问题，阿伦示意她们站直、呼吸。"首先有一座山。"其中一个女孩举止优雅。另一个相貌平平，举止笨拙。"现在有一棵树。专注在一条腿上，然后是脚、膝盖，双手合十，再竖起，然后举过头顶。"笨拙的女孩摔倒了，二人都咯咯地笑了。

"好了，现在我们要休息了，"阿伦在向她们展示了一些基本的姿势后说，"第二部分，瑜伽哲学。只是一个小小的道理。如果我全部解释的话，需要六七个小时。非暴力是瑜伽的核心。因为在这世上需要更多和平，更多的爱。但如何做到这一点呢，怎么得到更多和平和爱呢？因为暴力如此轻易地就浮现在我们的脑海中。有时我们需要保护自己，在那个时候我们就需要能量。如果我们运用了这种能量，它就不是暴力。但是如果我们故意伤害任何生灵，那就是暴力。鸟兽昆虫等每一种生物都有权在地球上生存。"

她们又站起来做了一些简单练习，包括姿势和呼吸。那个笨手笨脚的女孩看上去似乎想要放弃，躲到别处去。

"在西方的生活方式中，身体是僵硬的，因为人们总是坐在那里，"阿伦说，"所以我将向你们解释不同的练习是什么样子的，目的分别是什么。所以当你们在工作中遇到老年人时，可能会用到这些练习。明白吗？有什么问题吗？"

●　　　●　　　●　　　●　　　●

在楼下，三个 20 多岁的年轻人坐在地上弹吉他，一个男人和两个女人。

阿伦问候了他们。那人恶狠狠地看了我一眼。

我问阿伦他是否觉得这两个日本女孩能成为优秀学员。他做了一个手势，表示可能会，也可能不会。

"很多学生在我的纪念册上写道：'我觉得你就像我的父母一样。'读他们的留言真是一种很棒的感觉。"阿伦说，"有时一两个学生写我的不好，有些人认为瑜伽只是一种体操，但这并没有让我不开心，也不会让我觉得生气。我只想说：'你最好忘掉瑜伽，多学学体操。'"

"你的纪念册呢？"

他在一个堆满旧账本和学生练习本的柜子里翻来翻去，胡乱抽出一本。上面写满了用荷兰语、意大利语、捷克语、英语、法语、德语写的感谢信，他们都说了类似的话："谢谢你，阿伦。""你是个神奇的人，阿伦。""阿伦，你改变了我的生活。"

他俯身向年轻的吉他手说："你会说希伯来语吗？"那人咕哝着说："当然可以。"

"我来给你讲个故事，"阿伦说，无视那人的粗鲁，"大约 12 年前，我有一个以色列学生。他带着三四个朋友来找我。他们都说他应该学学瑜伽，但他有一个问题。他是以色列军队的一名士兵，骨头和膝盖里有钢钉，他看过很多医生，他们都说：'不，不可能，你的腿永远是这样的，永远不能活动。'他对我说：'如果你能让我的腿像你的腿一样动起来，我就答应待久一点，甚至一个月。'这是一个挑战，我接受这个挑战。这是一种创造，我可以赋予别人一种全新的东西，只是试着传递能量。一周后，发生了什么呢？他能做到半个莲花坐了。"

50 餐厅天音

　　在恒河富士（Ganga Fuji）餐厅的表演平台上，一位老人正在弹奏西塔琴。他的长发像玉米丝一样雪白，在头顶上盘成一个发髻。餐厅坐落在旧城的一条窄巷里，是瓦拉纳西为数不多几个可以点啤酒的地方。如果你肯付一定价钱，老板就会从桌子底下偷偷卖给你啤酒。餐厅里一如既往坐着一群通晓多国语言的食客。一个手鼓鼓手盘腿坐在西塔琴师旁边，拉格（raga）节奏越打越快，这是客人用餐的背景乐。这些乐师让我想起了在五星级酒店大堂里看到的莫扎特弦乐四重奏。音乐错综复杂，优美动听，但人们都在窃窃私语，没人用心欣赏。

　　小房间摆了 8 张桌子，安了两盏吊扇，花砖墙上贴满了顾客的评价留言条，上面还留了一些西塔琴师、袋鼠和泰姬陵的漫画速写。

　　　　"我们 ❤ 你家的茶！"

　　　　"澳洲，澳洲，澳洲——爱，光明，祝福你"

　　有些留言使用的语言甚至超出了我在阿伦·辛格的纪念册上见过的语种：英语、波兰语、西班牙语、俄语、希伯来语、汉语、拉脱维亚语和爱沙尼亚语，甚至有一位来自菲律宾南三宝颜省（Zamboanga del Sur）的游客的塔加洛语（Tagalog）。

恒河富士餐厅的老板是个矮胖的男人，戴着一副黑框眼镜，留着浓密的胡子。他的名字叫凯拉什，意为湿婆神在喜马拉雅的居所。餐厅外的招牌上写着"中国菜、印度大陆菜、日本菜和西班牙菜"，但他在我们点餐时，只说有蔬菜咖喱和鸡肉咖喱，并详细描述了他们的特殊食材和烹饪方法。我们点了鸡肉，他走进了厨房。

半个多小时过去了，我们已经喝到了第二瓶喜力。拉格已经结束了，西塔琴老琴师正在收拾行装准备离开，凯拉什终于回来了，在桌上放了两个热气腾腾的盘子，上面撒了一堆蒜蓉。

"咖喱鸡。"他微笑着说。

我看着盘子。那是一种粗糙的蔬菜泥。"这不是鸡肉。"我说。

"是的，先生，这是鸡肉。你会看到的，是些肉片。"

我又翻动了几下，盛起一勺给他看。里面完全没有鸡肉。

"这是鸡肉，先生。"

我吃了一大口蔬菜，吃起来倒是美味。那么，我为什么还要小题大做呢？

过了一会儿，凯拉什回来收拾盘子："先生，很开心您用餐愉快。咖喱鸡是我们的招牌菜。"

几天后，我又去见阿伦·辛格。我想问一下关于瑜伽学校的宣传单背面的内容，上面写着：

听一场非常棒的音乐会

苏尔萨日娜（Sur Sarita）音乐学校

地点：曼尼卡尼卡河坛

．　　　．　　　．　　　．　　　．

他说："在我来到瓦拉纳西后，就开始学习音乐。我学手鼓，也接触了一点西塔琴。我又教了几年瑜伽，然后开始组织手鼓和西塔琴的老师教学。后来，我近距离接触到了贾吉尔（Jugal）大师，邀请他加入我的团队，他也成为我们的西塔琴老师。我们至今已经教过成千上万的人。来吧，你一定要见见吉里吉（Giriji）（即贾吉尔大师），他在楼上。"

阿伦的老师竟然是恒河富士餐厅的那个西塔琴师。可是我为什么要惊讶呢？虽然瓦拉纳西有 150 万人口，从很多方面来说，它也是一个小镇。

那老人慵懒地躺在石灰绿墙边的一张席子上，像是睡着了，此时发髻是解开的，白发散落在肩上。听到我们走进房间，他睁开了一只眼睛。要判断他的年纪似乎是不可能的，可能 60 多岁，也可能已经 80 多岁了。他的面庞由于数十载严苛的音乐训练和以米饭、木豆为主要食物而变得憔悴不堪。

"吉里吉只会一点英语，但他很擅长一对一的精神交流，"阿伦说，"他不需要翻译，也从来没有一个学生抱怨过。"

老人醒过来，甩了甩头发，笑了。"我学西塔琴有 40 年了，"他用印地语说，"我还在学。"

他的右眼仍然闭着，也许是瞎的。

他说自己出生在喜马拉雅山脉喜马偕尔邦（Himachal Pradesh）的一个小镇上。"我从小就笃信宗教，从不涉足世俗之物，没结过婚或者经历过类似的仪式。我离开家，从一个寺庙到另一个寺庙。"

后来，他流浪到安拉阿巴德。他记得那是尼赫鲁去世的那一年，也就是 1964 年。在大壶节，他以一个断念者的身份开始了修道生涯。"我见到三位大师，"他说，"一位是身缠腰布的导师，另一位给了我项链，第三位在我耳边低声念着咒语。我戴着双股念珠项链〔念珠也称'圣罗勒'（holy basil）〕，以示我对奎师那神的虔诚。"

"如果你也戴上金刚菩提的珠子，当你死的时候，就会进入湿婆之界，"阿伦补充道，"你就不会被阎摩也就是死神所控制。就像在地球上有不同的国家，如印度、英国和美国，我们也会有不同的神界，比如湿婆之界、毗湿奴之界和婆罗门之界。"

"吉里吉走遍了整个印度，走完了所有主要的朝圣路线，如甘戈特里、凯达尔纳特（Kedarnath）、伯德里纳特（Badrinath）。他不再理发，而且只穿了一件羊毛的衫子，别的什么也没穿。他会走 10 公里，然后停下来，会有信徒为他送来带着祝福的面包。"

吉里吉抬头看着我，笑了。"在贝拿勒斯这个地方，人们也会提供免费食物。也许在你们西方国家是不可能这样旅行的。"

我问他是否一直是个音乐家。"是从我搬到孟买开始的。有一天，我去了吉祥天女神庙（Mahalakshmi），那里有一位信徒，他是萨克雷（Thackeray）的秘书。"萨克雷是印度教民族主义运动政党——湿婆神军党的煽动性领袖。"他有一张拉维·香卡演奏会的票。他邀请我去看，然后我就被音乐感染了，从此开始梦想着学习西塔琴。在那之前，我对音乐一无所知。我只知道如何在寺庙里吟诵礼赞印度教奎师那神的颂歌和罗摩神的颂歌。但拉维·香卡是神的化身，就像圣雄甘地一样。甘地过去只穿一件很小的缠腰布，手里拿着一根手杖。但他赶走了英国人。"

"在孟买，他们总是要钱，每节课 40 卢比。为了免费学习，你只能来到贝拿勒斯。"

只有一个问题，那就是他的头发。

"弹琴时这是一个很大的障碍，因为太长了。我一站起来它就会碰到地面。所以我过去常把它绑在头上，但后来我的脖子开始疼，因为太重了。于是有一天，我决定把头发剪下来，用一块布扎起来，然后乘船到河中央，把头发放入了水中。"

•   •   •   •   •

在瓦拉纳西，他找到了一位新的宗教导师——潘迪特·希瓦吉·拉奥·凯夫利（Pandit Shivaji Rao Kevaley），他是桑图尔琴（santoor）大师。桑图尔琴是一种源自波斯的锤击扬琴，一度受到苏菲神秘主义者的青睐。潘迪特的静修所位于旧城的中心，在一个叫作哈利斯普拉（Khalispura）的街区，离著名的布巴内斯瓦尔神庙（Brahmeshwar）不远。吉里吉在那个静修所的一个小房间里住了35年多。

他不断提升自己的艺术造诣，每天凌晨3点起床，一直练到下午5点。终于，他觉得自己可以教别人了。

"过去15年，我们在这里一起工作，"阿伦说，"大多数时候，教学生很容易，因为他们有其他乐器的功底，如吉他。吉里吉只需要发给他们一把西塔琴，他拿着另一把，他演奏，他们模仿。他不知道怎么写乐谱，于是学生就把它写下来。"

"我们97%的学生是外国人，3%是印度人。有些学生很认真，有些只是为了好玩，大概各占一半吧。有时候吸引学生的注意力是一种挑战，而有时就好像我们自带光环一样容易。在这条道路上，我们确实体验到了各种不同的感受。来自德国和法国的学生一般都非常认真，有些人在这儿待了很长时间，可能有5个月。而来自俄罗斯和美国的学生一般就不会花时间坐下来真的去学。在印度，老师更像是精神导师，学生们都会毕恭毕敬。在其他一些国家就不同了——他教我音乐，我付钱给他，学完就再见了。"

我告诉吉里吉，我非常喜欢他在恒河富士餐厅的表演，尽管有时在嘈杂声中很难听到他的声音。

他笑了。世事往往如此。你必须接受现实。"虽然这只是餐厅的用餐音乐，但对我而言，它是庄严的。有时他们会专心欣赏，有时他们会大声说笑，或者搞他们的文化创作。为了活着我只能这样。仅靠私教课程我是无法生存的，因为许多音像店和音乐学校相继出现，竞争非常激烈。在这里演奏，之前能赚到 100 卢比，现在是 150 卢比。"

我没说，这比凯拉什的一瓶喜力啤酒的价格还低。

"不仅如此，在特别热的五六月份和季风开始的 7 月，外国人一般不来，所以吉里吉完全没有工作，"阿伦说，"在这段时间，他只能靠自己的积蓄过活。他一个人住，自己做饭。他一天的生活费是六七十卢比。"约合 1 美元。

· · · · · ·

"一个人一出生，他的一切就都写在一本书里了，"吉里吉说，"你将如何生活，你将做什么，你的生活是已经预设好的。搞音乐，过宗教生活，做一个修道者——这就是写在我命册上的。"

我问他晚上是否还会在恒河富士餐厅演奏。

"不，今天晚上是德国面包房，明天是恒河富士餐厅。我在这两个地方演奏，一晚上在这儿，一晚上在那儿。我会演奏一个小时，有观众也好，没有观众也好，我不担心缺乏尊重这码事。我不是拉维·香卡。"

那天晚上晚些时候，我看到他拖着沉重的脚步穿过哈利斯普拉昏暗的小巷，向德国面包房走去。他的西塔琴斜挂在背上。琴与人一样高。

51 母亲的膝头

城中的大选喧嚣吵嚷，召唤圣河早已成了宣传战的一件利器。我穿过人群拥挤的街道，来到了哥道利亚路口以北几百码处的贝尼娅·巴格（Beniya Bagh），那里聚集着失利者的拥趸，胜者的后援会向他们扔鸡蛋、泼墨水，一旦落选者本人现身，则会被丢石头。

贝尼娅·巴格是瓦拉纳西为数不多的几个可以理直气壮地称作公园的地方，尽管现在正值长达数月的无雨期，满眼都是被践踏得裸露着褐色尘土的草坪，公园的外围被棕榈树所占领，树干被涂上了印度国旗的橙、绿、白三色。这座公园位于人口稠密的穆斯林聚居区，有数千人口之多。此时，大多数穆斯林坐在台前，所有男性都戴着代表信仰的针织头巾和圆布帽，穿全白的长衫裤。

在令人眩晕的午后炎热中，人们忍受了几个小时，天黑后候选人阿文德·柯内瓦尔（Arvind Kejriwal）终于到达。他的竞选口号是"河流、织布机和下水道"，充分表达和显示了他对恒河的忠诚、誓将致力于清理恒河的决心以及他对穆斯林社区的号召力。穆斯林社区为该市驰名已久的丝绸纺织和纱丽制造业提供了大部分劳动力。柯内瓦尔反腐的高谈阔论助他当选德里的首席部长之职，尽管他的第一职责只是管理夜晚烟花表演。但短短7周后，他就卸了任。不过他后来在仕途上卷土重来，干得游刃有余。

在印度，各公职候选人可在任一自己中意的选区参选，浑水摸鱼的做法并不会引起太多关注。印度人民党的印度教民族主义者纳伦德拉·莫迪（Narendra Modi）选择在瓦拉纳西竞争总理一职，是最受选民欢迎的人。"既不是人民党派我来参选，当然我也不是依靠一己之力参选，"莫迪在对外宣布这一消息时如是说，"我之所以来到这里，是因为恒河母亲在召唤我。我是一个孩子，今天终于回到了母亲的膝头。"

当晚在贝尼娅·巴格，柯内瓦尔攻击莫迪实行"仇恨和分裂的政治"。大选往往有其特定的相互攻讦和贬损的属性，这不足为奇。竞选海报展示着莫迪的面庞，微笑之下，意志坚定，后面的背景是高塔与庙宇。一些支持者唱起了礼赞湿婆神的圣歌。这是一首对湿婆神的传统礼赞之歌，如今主题被改成了礼赞莫迪。直到他们的候选人在推特上表示，尽管他尊重众人的热情，但最好不要以这种方式高声咏唱出来。

就在柯内瓦尔在贝尼娅·巴格谴责他时，莫迪身在数百英里之外的位于尚存争议的查谟（Jammu）和克什米尔边境地区的平纳加尔镇（Hiranagar）。伊斯兰激进主义者不久前刚刚袭击了一个警局，造成 6 人死亡。莫迪指出，激进分子使用的武器是 AK-47。因此，这让他的对手——巴基斯坦的代理人和全印度的敌人——无处遁形。因为对方名字的首字母和他在德里可怜的任期缩写起来正是 AK-49。很快在瓦拉纳西街头的海报上柯内瓦尔的脸就被修成了奥萨马·本·拉登的肖像。

这种对话在印度尤其是在北方邦可能是致命的，而且常常如此。该邦 2 亿人口中穆斯林约占 20%——在瓦拉纳西，这一比例甚至更高。在其历史上，该邦以极其丑陋的社区暴力闻名，而穆斯林总是占据停尸房的大部分空间。最臭名昭著的一次大规模屠杀发生于 1992 年。当时，印度教暴徒拆毁了位于勒克瑙东 80 英里阿约提亚的一座巴布里清真寺（Babri Masjid），要知道这座寺院建于（推定的）毗湿奴第七化身主神罗摩的诞生地遗址上，这引发了印度各地的暴乱，2000人因此丧生。10年后，印度教武装分子从莫迪时任首席部长的古吉拉特邦来到阿约提亚，试图在被拆清真寺的遗址上修筑新庙，未果。当他们返回古吉拉特邦时，乘坐的火车被穆斯林暴徒引爆，59名印度教徒被活活烧死。而在报复行动中，1000多名穆斯林惨遭屠杀。

莫迪从未成功洗脱同谋杀人的指控，也未对遇难者表现出多么深刻的忏悔。他声称，就像一名乘客坐在车里，汽车轧死了一只小狗一样，他有什么道歉的必要吗？

•   •   •   •   •

在瓦拉纳西穆斯林社区的一条小巷里，我遇到了一位神情严肃的白胡子顺势疗法医生，名叫阿卜杜拉·安萨里（Abdullah Ansari）。此人被认为是柯内瓦尔声称代言的织布工中一位值得信赖的长者。经过一扇厚重的铁门，他把我引到一间无窗的办公室，自己坐在一张堆满文件的桌子后。随着隔壁传来织布机有节奏的呜呜声和砰砰声，整个房间在剧烈震动，这使得他乌尔都语中夹杂口音浓重的英语的轻柔混合腔更难听辨。令我惊讶的是，他对莫迪的升迁并未表现出任何焦虑。

他说："穆斯林占本地人口的25%，大多是巴纳尔西丝绸的纺织工。早在12世纪，就曾有过一些穆斯林，尽管大多数是在400到600年后才来到这里的。历史上记载说，一些苏菲派穆斯林来过这里，也有来自中亚的士兵。他们就是这样扎下根，生存至今的。"

总的来说，两大社区相处很融洽。从劳动的粗略分工看，穆斯林从事纺织业，印度人提供纱线、进行缝纫、经营零售业。医生说："所以他们存在经济上的共生关系。"维持和平是一个共同的私利问题。

瓦拉纳西基本上摆脱了印巴分治带来的恐慌，他解释说。在接下来的25 年间，"没有任何能够引发印度教和穆斯林暴乱的条件，直到1972 年。起因是阿里格尔穆斯林大学（Aligarh Muslim University）事件。当时政府计划将穆斯林字样从校名中去掉，因此发生了一些暴力事件。但同样的情况也发生在巴纳拉斯印度教大学易名过程中。"他耸耸肩，笑着说道。最后，两所大学都保留了原名，接下来的五年里一切风平浪静。

"由于黄金体育俱乐部（Golden Sporting Club）对杜尔迦（Durga）女神的崇拜，这一地区发生了更多的暴力事件，"他说，"礼拜仪式结束后，要带神像前往恒河浸浴。一些印度教徒希望走的路线遭到当地穆斯林的反对。他们提出'你们应该走过去的老路'，这就成了冲突的导火索。这事关荣誉，于是人群共唱宗教口号，然后互扔石头。此后，又发生过多起类似事件，1991 年和1992 年都有发生，但没有造成大规模伤亡。"

"情况如何？"我问。

"在1991 年，约16 人死亡，也许是30 人。"他说。按照北方邦的标准，这显然不符合大规模伤亡的标准。

"那是在迦梨女神的礼拜仪式上，暴乱的发生出于同样的原因，但这一次事态极为严重。又有一些人在游行中兴奋过了头，在经过穆斯林社区时，伤害了对方的感情。许多人在电影院丧命，当时，他们正在看电影，根本不知道外面发生了什么。还有的在理发店理发时遇害。但目前还没有像1991 年那样的暴力事件和过激反应。游行队伍如今都会沿着主要道路行进。穆斯林的穆哈拉姆（Muharram）月自我净化大游行同样如此。"

对于过去发生的一些悲剧，我仍心存犹豫，不想提及。2006 年至 2010 年，该市发生了 3 起伊斯兰激进分子爆炸案。第一次是在一个著名的寺庙和旧英军驻兵站（Cantonment）火车站，造成 28 人死亡。第二次在瓦拉纳西民事法院大楼外，共有 11 人遇袭，其中包括 4 名律师。第三次恐怖袭击发生在阿约提亚清真寺被拆一周年纪念日后的一天，一枚炸弹在举行恒河夜祭的达萨瓦米德河坛附近爆炸，一名两岁的女孩当场惨死。

"你所在的社区没遭报复吗？"我问。

"没有，没人为此责怪或者攻击我们，"他平静地说，"没发生什么骚乱。"

在集会上，鸡蛋和石头并没有太多干扰到柯内瓦尔。他说："莫迪所在政党的某个部门致力于制定挑衅性的政策，但他们并不了解分治时的局势。穆斯林几乎全都受到压迫，他们出身贫穷的农民和织工，然而从来没有支持过巴基斯坦，也没有一个瓦拉纳西穆斯林移民巴基斯坦。但这些人不知道这个事实。他们不了解他们的历史，或者说在他们心里是那么认为的。愚昧无知就是最大的错误。"

他叹了口气说，并不是只有印度教徒无知。"巴基斯坦人输掉板球赛时，他们会庆祝。但是同样，印度输掉比赛时，有些穆斯林会集体燃放鞭炮庆祝。这种做法没有什么好处，但在清真寺里的人就要格外当心。"

•　　　•　　　•　　　•　　　•

几周后选举结果出来时，我不得不钦佩安萨里医生的预测能力。莫迪以压倒性优势当选。他在瓦拉纳西击败了柯内瓦尔，他所率领的政党在北方邦横扫议会，全邦 55 名穆斯林参加竞选，竟无一人当选。

新总理在瓦拉纳西的胜利庆典简直是一场舞台艺术和媒体智慧的巡演。"此人是一位摄影大师。"一位心有不满的国大党（Congress Party）前内阁部长说。后来我在新德里见过他。

在摄制组的陪同下，莫迪开始参观金殿，在那里，他取恒河水向神像上泼洒。从那里，他穿过老城的小巷，一直走到河边，坐下来参加在达萨瓦米德河坛举办的河神祭。恒河女神是净化一切罪恶的神。莫迪当晚承诺，他将致敬女神，代行其职责，铲除世间的罪恶，开展一场全国性的行动，代号为"清理恒河行动：致敬恒河女神"。

52 宇宙领导者

　　瓦拉纳西市长拉姆戈帕尔·莫利（Ramgopal Mohley）是莫迪执政党的党鞭，也是一个真正的信徒。我想同他探讨一下对女神尊崇是不是就足够了，因为印度政府在过去 30 年里已投入了数十亿美元清理坎普尔的制革厂和瓦拉纳西的下水道，却并没有明显的效果。我第一次去他办公室的时候，他让我在前厅等候，我在那里转了半个小时的拇指。6 名工作人员站在一张办公桌旁，相互之间大喊大叫，我甚至觉得可能只有救护车被叫来，他们才肯作罢。最后市长出现了，对我不理不睬，大步流星走到了街上，周围站满了助手、请愿者和贴身保镖，最后爬上一辆 SUV，乘车离开了。

　　第二天，当我再次尝试时，他满脸笑容，做着夸张的手势，手指上戴着金戒指。"自从我们独立以来，这个国家的引擎就已经停止运转了，"他说话的时候挥舞着双臂，"但莫迪加入了润滑剂。现在我们在二挡。明年将升级到三挡！"

　　是的，以前的政府曾经一败涂地，但在莫迪的领导下不会如此不堪下去。"他是一个甘于奉献的人，他有决心。这就是原因！当莫迪赢了，他说：'恒河女神在呼唤我！'他说的第二件事是，当贝拿勒斯、迦尸成为这个国家的古鲁（guru），那么印度就将成为世界的古鲁（guru）。"

　　这有点像是在听一位朝鲜官员歌颂他们亲爱的领袖。

　　我想知道他对负责清理工作的部长、资深的人民党激进分子乌玛·巴蒂（Uma Bharti）有什么看法。她是个应该被抓起来的人物。还是一个孩子时，巴蒂就一直被视为一个宗教神童，六年级后离开学校，志在成为一个"精神传教士"。她经常被称为萨德维（Saddhvi），是一位受人尊敬的女性苦修者，就像莫迪本人一样。少女时期，她加入了激进的民族志工组织，投身于印度教民族主义的外围工作。1992年她在阿约提亚对暴徒的煽动性演说使她声名狼藉。当调查委员会后来指控她煽动暴力时，巴蒂毫不退缩。"我绝不道歉，"她说，"我愿为我的角色而被绞死。"的确，她后来还说："可以说，摧毁巴布里清真寺是印度社会的胜利。"

2014年巴蒂当选议会议员时，她仍面临北方邦法院的五项严重刑事指控，包括暴乱、非法集会和"意图造成公众伤害的声明"。在最高法院审理的另一个案件中，她被指控犯有刑事阴谋罪。

市长用拳头猛击桌子。"每个人都喜欢乌玛！"

甚至穆斯林也是吗？我问。考虑到她的历史，他们不觉得有点担心还是有道理的吗？

"不，不，不！"他挥手说，把谈话又再次转到恒河上来，"莫迪已经任命她专门负责一个部门的工作。每个人都要听从这个人的命令，这样工作才会完成。如果10个不同的人发表意见，工作就开展不了。让我们拭目观瞧莫迪的决心！"

也许今天会发生，也许明天，也许早就发生了。那些进步的承诺在激烈的冲突中纷纷落空。"到明年，你将看到清理工作完成20%！"他大声说，"再过一年，你就会看到彻底的清理。我现在告诉你，明年恒河清理工作将完成50%。再过三年，这条大河的清理工作会完成70%。"

河坛会得到彻底的清扫。你不可能阻止虔诚的人们把花扔进河里，但是现在这些花会被像清油格栅那样的现代化机器收集起来，然后做成燃香；像加拿大人和德国人一样，用大卡车把垃圾运到一个新建的垃圾焚烧发电厂去。从国外的做法中学习非常重要。

"我们去了日本，我和莫迪都去了，"市长说，"京都和迦尸有相似之处。京都也是一个拥有窄巷和寺庙的城市。在他们的车道下面，有三条地铁线路。在车道上设有立交桥。"

当然，他承认，印度不是日本。"京都有 330 座寺庙，我们这里有 33000 座。"33 个，或 3300 万个神灵，数字似乎具有神奇的意义。

"但是说回来，两年后你会看到一些结果，"他看着手表说，"行动已经开始，就像一场革命。乌玛曾说过，如果恒河在三年内没有得到彻底清理，她可能去做禅定修行。"韦氏词典将"禅定修行"这个词定义为"一种精神高度集中的状态，带来与终极现实的结合或吸收"。品库后来补充说，有时它要求一个人爬进沟里，活埋了自己。

53 职责范围

　　看过 3 次以后，恒河夜祭对我来说早已不再新鲜。天色已晚，7 位年轻的祭司在各自的讲坛上准备就位。这种仪式经过精心的编排，就像排演巴斯比·伯克利（Busby Berkeley）的年终大作一般。整个过程之中会唱起赞美诗，吹响海螺号，燃香，鸣钟，祈祷，并会按顺时针方向同步转起沉重的铜灯。7 个祭司各司其职，他们个个相貌俊朗，而且整齐划一地缠米色腰布，着无袖长衫。一队游船拥挤地泊在河边，船上游客的闪光灯频频亮起。人群之中，有自以色列而来的年轻新兵，有戴着白口罩就像正待去手术室的医生队伍一般的日本旅游团，有漫长春假里的背包客，也有呆板的美国人——他们或是属于某个特定的年龄段，总是一脸严肃地擎着长焦镜头相机，或是午后刚从"仁爱碗咖啡馆"或"毗湿奴沙龙"走出来的梳脏辫的过气嬉皮士，那种放肆劲，恐怕连湿婆神本尊也会心生羡慕。寺庙的揽客者在石阶上的人群中穿梭游荡，一个六七岁的小女孩忙着兜售燃灯。仪式结束后，河面上就会汇满一行行的浮灯。一位面色粉嫩的欧洲女郎，穿着一件透明的黄色连衣裙，吮着手指，忘情地凝视着其中一个苦修者，风情妖冶。

　　品库不屑地挥了挥手。"这是宝莱坞版夜祭，"他说，"如果你想看到实实在在的东西，应该到什里·阿特玛·维雷什瓦（Shree Atma Veereshwar）神庙去。你就告诉祭司是我让你去的。"

。　　　　。　　　　。　　　　。　　　　　。

　　几经周折，我们找到了神庙，心情却尤其不快。神庙跻身于西达哈·克什特拉（Siddha Kshetra）——"宁静旷野"之间。这里是一个由密密匝匝的深巷构成的迷宫，这就意味着我们需要穿过辛迪亚河坛陡峭的石阶。这里实际上是一处人、犬和牛共用的露天厕所。此时的瓦拉纳西正遭遇那种经常性断电，沿河坛一路走去，唯一的光亮来自曼尼卡尼卡的葬仪圣火。在找到通往神庙狭窄的门口之前，我也只好绕开许多卧在地上的牛和一堆堆粪便。

　　1669 年，瓦拉纳西的主要寺庙被奥朗则布皇帝下令拆毁后，什里·阿特玛·维雷什瓦神庙作为该市最重要的神殿被供奉多年。据说，在这里供奉的湿婆神相当于在其他地方对 3000 万个林伽的崇拜。人们相信，在这里可以得到特别赐福。对于虔诚求子的人来说，这当然是一份厚礼。

　　庙内的密室是一个方形的小房间，墙壁和柱子一概被涂成蓝莓酸奶的颜色。地板像黑白相间的国际象棋棋盘，天花板则是亮黄色的，装着几盏荧光灯。一个电扇小得几乎搅不起潮湿的空气。林伽安放在一个镀银的忧尼（yoni）托盘里，托盘藏于凹进去的井中，最外面则环绕着华丽的黄铜栏杆。

　　大祭司蒙蒙大师（Munmun Maharaj）早就到了，是一位 30 多岁高大魁梧的男子，额上涂着湿婆信徒的三条白色横纹。他的头发又长又油腻，绾成了一个发髻，黄白的长袍上不见缝隙也不露针脚，象征着纯洁如一。他早早就开始全力以赴为仪式装饰林伽。他先用圣殿的井水和凝乳，然后用水冲洗，最后把液体混合物冲成一层薄薄的灰色浆水，虔诚的人将其视为神明脚上的甘露。擦拭过后，他开始在林伽上反复涂抹檀香膏和玫瑰油，直到在二者的混合物上塑出了波浪和波纹，就像西点师装饰蛋糕一样。然后，他用鲜花将其包起来，并在上面用虎纹和箔丝交织装饰一番。最后，他在整个圣物上覆了一朵深红的玫瑰和一束树叶。

其他三位祭司每隔一段时间就和他会合一次，用蜡烛、手铃、香蕉、苹果、橘子、葡萄、糖果盒、香棒和 10 卢比的钞票逐渐将林伽周围的空地铺满。过程中气氛融洽，有条不紊。他们一边工作一边聊天，为对方的笑话高声欢笑。全部准备就绪要花整整一小时。这时，大约有 20 个男性礼拜者现身，每人经过门口时都要敲响吊钟。有一个披着藏红长袍、胡须散乱的苦修者，一个身穿白色长袍、左肩垂着圣线的朝圣者，一群身着普通工作服的人，还有一个十一二岁的男孩，身穿一件 T 恤，上面写着："乖点，要不然我送你上学。"

约有半数人似乎对所有的梵文诗句了如指掌，随着节奏的加强，庙堂的钟声越来越响，人们都加入了有节奏的吟诵。房间越来越热，让人倍觉幽闭恐怖。我开始出汗，能感觉到艾格尼丝在我旁边的石凳上不安地移动。突然，她低声说她需要呼吸一下新鲜空气，然后悄悄溜出了房间。

后来，一位身材魁伟留着浓密的黑胡子的中年男祭司向我冲过来。

"你过来，我们谈谈。"他说。与其说是邀请，不如说是命令。他把我领进隔壁房间，示意我蹲在石头地板上。其他三位祭司加入进来，围成一圈，大口咀嚼着剩下的糖果。我不清楚他们是否在讲英语。

"你为什么带女人来这里？"矮壮的祭司问道。

我告诉他有个朋友建议我去寺庙。他说过会没事的。

祭司点点头，表示知道品库的名字。但他仍然怀疑："但是今天是她的厄运日吗？如果恰好在她三天的厄运日里，那么女人会污染寺庙的。"

我告诉他，我真的不知道今天她是不是处在三天的厄运日里，她只是一个朋友。但他似乎对这个问题失去了兴趣。相反，他开始抱怨像我这样的外国人对印度教徒怀有偏见。他说："美国总统可以在伊拉克杀死数千名的伊斯兰教徒，没有人对他竖一个指头表示不满。"但是，每当一个印度教徒面对穆斯林还手自卫时，全世界都会发出强烈的抗议。

其他祭司都带着极大的好奇心观察着我们。其中一个给了我一个手指大小的香蕉吃。寺庙似乎不是谈论这个话题的场所。也许我们可以以后再见面时讨论呢？他认为这是个好主意。他告诉我他叫拉文德拉·桑德（Ravindra Sand），我可以去他在旧城的家中拜访他。

54 兄弟同心

　　我在去祭司家的路上停下来，取道城里最著名的拉斯万蒂（Rasvanti）糖果店买了一份小小的伴手礼。印度有很多出了名的甜食。奶豆腐汤圆（rasgulla）是一种白色水牛乳酪糖球。油炸霓虹糖耳朵（jalebi），要经大桶滚油，舀出后滴入糖浆制成。甜奶豆腐（creamy rasmalai），需以开心果提香。拉斯万蒂，是一种多汁甜食，在20世纪30年代，因其橙、白和绿三色的产品创意而驰名远近，因为这是印度国旗的颜色，更是一种对英国人统治的隐秘抗议。男人们盘腿坐在哈奴曼猴神海报下面的草席上，把椰子切开，放进面前的大金属盘上。老板给我装好了一盒菱形的绿色糕点，里面还备满了腰果和酥油，装饰了一些银叶。

　　拉文德拉不在，但他的弟弟阿尔文德（Arvind）邀请我入室等候。"请坐，"他说，"我们先喝茶，然后再聊吧。"

　　阿尔文德在膝上颠着他6个月大的女儿。他告诉我，她生在一个吉时，恰好是罗摩神的生日。吠陀研究者们把神的诞生追溯至公元前5114年1月10日的阿约提亚镇，尽管由于阴历纪年变幻莫测，公历的日期每年都有所不同，比如今年就是3月28日。

　　"桑德是瓦拉纳西最古老的家族之一，你知道吗，"他说，"我们是萨拉斯瓦特（Saraswat）婆罗门，被认为是所有分支中最高贵的婆罗门。"

　　他的妻子斟好了茶，摆上了家常饼干盘，然后就默默退下去了。

"现在，我已经 39 岁了，"他接着说，"我一直生活在这种宗教习俗中。在美国，人们不是生来血液里就流淌着罗摩主神那样的基因。当然，除了基督教激进主义者是在《圣经》的熏陶中长大的。"

我告诉他我是如何遇见拉文德拉的。他说，20 年来什里·阿特玛·维雷什瓦神庙一直是他哥哥精神生活的中心。而他本人，在精神追求上则与之相去甚远。他是一家美国制药公司——雅培印度当地办事处的副总经理。雅培印度公司因其工作人员卖力工作，有时甚至达到拼命的程度而享有信誉。拉文德拉的经历是一个虔诚加失望的故事。他曾渴望得到一份政府的差事，以获得薪水、声望、养老金和医疗保险。然而，他不得不从事一个卑微的学校管理者的辛苦工作。"他在任何领域都有超过 80 分，甚至 90 分的潜力，"阿尔文德说，"但他现在发挥了不到 40% 的个人潜力，他在宗教事务上至少可以得 60 分，甚至 70 分。在这方面，我差不多只能得三四十分。现在他结婚了，也有一个孩子。但他不想为家庭生活所羁绊。他只想成为一个精神上有自省能力的人。即使过了 55 岁，女儿结婚后，他也会选择从这种生活状态中走出来遁世修行（即走上一条克己修行的道路）。"

无论两兄弟之间有什么不同，在穆斯林问题上，二人似乎如出一辙。我把拉文德拉在圣殿里对我说的话告诉了阿尔文德，他反应非常强烈，把他怀里的小女儿吓了一跳。"非常正确。我对此也有非常强烈的意见。所有的穆斯林，尽管生在印度，但他们并没有真正与我们同在。他们为什么扎根别处？他们为什么不融入我的国家印度？为什么恐怖分子只是穆斯林？这就是我的感受，也是所有印度人的想法。"

很明显，根据阿尔文德的标准，穆斯林并不具备良好的印度人资格。

"我们只有一个或者两个孩子。他们有 6 个、7 个、10 个，或者更多。

30 年后，他们将占多数，我们占少数。"他指着女儿说，这就是证据。

有一两分钟，我们陷入了沉默。我们喝着茶。他用下巴抚爱着小女孩，发出了一阵亲吻声。然后他向前倾身，好像感到自己的话可能冒犯了我。他的态度开放而巧妙，这也缓和了他抱持的偏见。

"并非 100% 的穆斯林都是坏人，"他说，然后再次停下来微调自己的论断，"我觉得有那么 1% 的穆斯林非常优秀。"

"一个出色的穆斯林是什么样子？"我问。

他思考着我的问题。

"比如阿米尔·汗（Aamir Khan），"他最后说，"他是个演员。每周日都会在电视上播出《真相访谈》(*Satyamev Jayate*) 节目。他会提供人生建议。他说过：'不要在你死我活的竞争中逃避。'他拍过一部电影，你必须看看。作为一个印度教徒，我认为他是一个最优秀的人。"

●   ●   ●   ●   ●

拉文德拉回来了，微笑着加入我们的交谈。他向阿尔文德打了个手势。"我弟弟是一个出类拔萃的人，"他说，"我脾气暴躁，一点也没有合作精神。穆斯林？我应该实话实说吗？我一点也不喜欢穆斯林，莫迪也是。我不会对你的信仰说三道四，但你们也不是这个世界的唯一！我问过一个穆斯林一个非常简单的问题。你相信有神吗？他说'是的'。第二个问题是'你心中的神有任何的形式、形状或大小吗？'他说'没有'。'那你为什么去清真寺向神祈祷呢？因为我们敬奉神像，所以你们称我们为异教徒？'他说'是的'。所以我问他：'你为什么要去克尔白转圈？我们用左手做事，你用右手做事。你称我们为崇拜神像的人。世界上有 58 个伊斯兰国家不能吃猪肉。但你们有屠宰场，在那里屠宰牲牛，吃牛肉，对我们来说，牛就跟女神一样。'"

我实在不解他是怎么想到 58 这个数字的。我看到的最长的伊斯兰国家名单也只有 51 个，其中包括法国的海外飞地马约特岛（Mayotte），之前我甚至都没有听说过这个地名。

拉文德拉有查维基百科成瘾的所有症状，同时具备强盗逻辑和自由联想的天赋。叙利亚战争。阿道夫·希特勒和德国纳粹党的神圣万字。印楝树的药用价值被外国制药公司偷走了。中国的崛起。美国的衰落。肯尼迪暗杀案。海湾石油国家的荒谬财富。帖木儿（Tamerlane）和蒙古部落。比尔和希拉里·克林顿。他停了一会儿喘口气。"我不是说所有的印度教徒都是好人。虽然我们热爱神、敬畏神，但我们也渴望金钱、名誉、性，这就是我们的历史，我们从未试图征服任何人。"

当然，我得明白，这种感觉在恒河沿岸地区难道不是特别合理的吗？他承认，有人可能会说，伊斯兰教是沿着横跨阿拉伯海的贸易路线和平传入印度南部或西海岸的。各地也有苏菲派穆斯林，加上奇怪的旋转舞蹈仪式，都没有什么问题，但是伊斯兰教被莫卧儿的入侵者用刀剑带到了大恒河平原上，如瘟疫般从中亚大草原上席卷而下，只留下了印度教寺庙的残垣断壁。

"印度教有三处圣地，"拉文德拉说，"阿约提亚代表罗摩神圣地，马图拉（Mathura）代表奎师那神的圣地，瓦拉纳西代表了湿婆神圣地。这三个城市都在北方邦。这三个神在印度各地都受到崇拜。"

阿尔文德很难打断他哥哥滔滔不绝的讲话，但他希望有说话的机会。"印度教徒有没有参与过任何犯罪、爆炸、暴乱？"他反问道。

我最不想讨论政治，但是摧毁阿约提亚的巴布里清真寺呢？或者是在纳伦德拉·莫迪担任首席部长期间，对古吉拉特邦 1000 多名穆斯林的报复性杀害?

两兄弟把我看作一个特别迟钝、有动物一般好奇心的外国人。

"好吧，一座清真寺被印度教徒拆毁了，"阿尔文德说，"那样做不对。我想，神无处不在。你是神，我也是神，每个人都是神。拆除本身不是问题，但很糟糕，伊斯兰教徒已经拆毁了印度的每一座寺庙。在我们这儿古庙已经被毁了十五六座。他们的血液里有这样一种感觉，认为印度教徒都是敌人，当然你也是。"

"欧洲人和美国人戴着自己的有色眼镜看世界，"拉文德拉说，"他们生活在虚构的世界里。在美国看来，莫迪是个乞丐，无权挑三拣四。古吉拉特邦发生了什么？ 59 位罗摩神的朝圣者在返回故乡的途中死掉了。现在人们才知道，事发前几天有人买了 200 升汽油。这是一场冷血的谋杀，预先策划好的。后来，你看，如果一个人能扇你一耳光，而我回敬他四耳光，你会怪我打架吗？那就不公正。很抱歉，我亲爱的朋友，这些穆斯林无论在哪儿都过不舒服。"

55 文化遗产

　　有一天，品库驾着他的破摩托车带我去城西马穆尔甘吉区（Mahmoorganj）见他的好友巴纳拉斯文化基金会主席纳夫尼特·拉曼（Navneet Raman）。纳夫尼特和品库召集了一些友人，其中有阿西河坛"优秀书店"的老板，共同发起了古城"文化遗产游"活动，去的都是些游客很少参观的城区。

　　我们在一堵高墙下驻足。数扇大门里面，广阔的草坪纤尘不染，再往里走，有一座建筑，白壁无瑕，护墙、柱廊、阳台和栏杆惊艳绝美。这里便是拉曼·尼瓦斯宫（Raman Niwas Palace），拉曼家族八大支之一的府邸，纳夫尼特和他的德裔太太佩特拉就属于这一支，二人移居印度前在惠普从事营销工作。

　　纳夫尼特坐在办公室里，身上的白色无领长袖衫能与这座宫殿媲美。

　　有时，出于专业原因，他称这座城市瓦拉纳西。比如，谈及瓦拉纳西市政或印度国家艺术和文化遗产信托基金（INTACH）的地方分会时就是这样，他曾在这一组织担任召集人。不然的话，他更钟爱城市的旧名贝拿勒斯。

　　拉曼是贝拿勒斯的权贵和大地主，一度在北方邦和邻近的比哈尔邦拥有超过 1500 个村庄。这一家族的先祖本是阿富汗国王谢尔·沙·苏里（Sher Shah Suri）的财政大臣。1540 年左右的某一时候，他奉君主之命，铺设了从开伯尔山口（Khyber Pass）到加尔各答的萨拉克－阿扎姆（Sarak-e-Azam）大干道。1545 年，国王死后，他在贝拿勒斯以东 80 英里的瑟瑟拉姆（Sasaram）为君主建造了一座高规格的陵墓。

拉曼王朝的座右铭是"为人类服务"。根据一部家族史上的记载，他们"视领地上的族人和臣下如同己出，因此深受大众的尊重和爱戴"。对于当世的世袭贵族来说，必须承认，这种情况完全不具有代表性。但是，无论是基于其与佃农的关系的实际情况，还是仅仅出于家族史神话，拉曼家族对艺术的资助确实是众所周知。

最为世人称道的是，在拉曼·尼瓦斯宫同一片星空下，印度教徒和穆斯林音乐家的地位没有高下之分，这些艺术家里有西塔琴演奏师拉维·香卡，也有类似简易双簧管的印度唢呐表演大师，如乌斯塔德·比斯米拉·汗（Ustd Bismillah Khan）。

虽从血脉上论是孟加拉人，但香卡出生在贝拿勒斯，10 岁时前往巴黎，追随哥哥乌代（Uday）的舞乐团在各地巡演。在他回到贝拿勒斯时，亲自拜访了纳夫尼特的祖父，表达了自己想要学习西塔琴的愿望。一年后，他精通了这门乐器，于是回到了贝拿勒斯，宣布自己想举办第一场音乐会，致敬纳夫尼特的祖父。

纳夫尼特说："我的祖父告诉他，音乐会一定要在我们的家庙里举办。因为无论何时所有伟大的音乐家来到贝拿勒斯总是在那里或这栋房子里表演。拉维·香卡把乔治·哈里森带到这里，告诉他：'这就是我学习西塔琴的房间。'"

也许正是他的孟加拉血统，当地的音乐精英与香卡格格不入。或者，他们对他的天赋远超过自己嫉妒不平。纳夫尼特继续说："他们驱逐他。他们不喜欢他，因为他不属于他们的圈子。他备感羞辱，发誓再也不会在贝拿勒斯表演西塔琴。但是后来，他从法国乘飞机来参加我祖父逝世一周年纪念时还是演奏过一次，他说：'正是因为这个人，我学会了演奏西塔琴。'这是他最后一次在这里表演。"

接着，纳夫尼特谈到了比斯米拉·汗。"这些贝拿勒斯的音乐家们，都有极度膨胀的虚荣心，唯独这位伟人除外。"这是这座城市众多悖论中最突出的一个：在印度教的精神中心，最能体现其内核的人却是一个穆斯林，此人甚至并不是出生在这个城市，而是生于邻近的比哈尔邦。

"他就像贝拿勒斯王冠上的宝石，"纳夫尼特说，"他信仰《古兰经》，但他超越了宗教的界限。他是那么单纯，那么深沉，那么饱含哲理。为什么不搬到美国去呢？拉维·香卡说：'如果你能把我的恒河带到美国，我就移民。否则，请把我留在我的贝拿勒斯。'所以让他靠恒河而眠。这就是在他的墓地里竖起巨大的纪念碑的原因。但这片土地应该免受俗尘的烦扰，拒绝大理石建筑。也许，如果有谁想奉上祭品，可以带一些恒河水，倒在墓前，这样他就离恒河母亲更近了一些。"

· · · · ·

我们走到纳夫尼特和佩特拉 10 年前开起来的小画廊。和这里的其他事物一样，小画廊皎白洁净，熠熠生辉。一个控温的小档案室里收藏了贝拿勒斯史上一些绘画和摄影作品。画廊的墙上均匀地排列着装进相框的图片：建筑详图、门道、城市文化遗产的片段。他说，小说家盖夫·代尔（Geoff Dyer）在威尼斯创作《杰夫在威尼斯，死于瓦拉纳西》（*Jeff in Venice, Death in Varanasi*）时曾来过这里，他说过这座画廊即使与伦敦或纽约的任何画廊相比，也不失特有的风格。但今天房里空空荡荡。纳夫尼特耸耸肩。"也许，一个月中的展览，我自己看了都会有 10 英尺的心理落差。"但这并不重要。他和品库在文化遗产游中的感受大同小异。"我们可能一个月要巡游一番。即使每年只有 10 人参加，我可以很有把握地说，同行的 10 个人都会回味无穷，感受到在贝拿勒斯绝不仅仅是在船上欣赏日出、参观恒河夜祭。"

他说，每年有 10 万外国游客来到瓦拉纳西。"我们有一个所谓印度导游的奇怪群体，实际上，这群人对这座城市一无所知。他们觉得游客都是傻子，可以随便愚弄。他们选择带着游客乘船旅行，哈哈哈，然后向他们收费，然后他们就回酒店吃早餐。"

"其中，有一家旅行社提供为期 7 天的瓦拉纳西至勒克瑙旅游套餐，报价为 1200 美元，"佩特拉说，"专为那些来自欧美、中东和中国的游客定制。"

"这类定制游非常愚蠢。"纳夫尼特说。

每当他谈到多年来为保护城市遗产而提出的各种建议时，就频频用到"愚蠢"这个词。他到一个个机构核实它们的愚蠢之举，换来的是对方的白眼、抱怨或者困惑不解。

"一家日本银行提议沿贝拿勒斯众多的河坛修一条公路，同时，建造 7 座桥把两岸连接起来。

"世界银行建议说，所有河坛都应该涂成同一种颜色！但贝拿勒斯之美在于，置身在这 7 公里的距离里，如同浏览一部印度建筑的百科全书。不同的时代，不同的风格，不同的建造理由，不同的颜色。如果世界银行的审美已经降低到这个水平，最好还是不要对印度指手画脚！

"政府试图在河坛上建造混凝土码头，这样，船只就可以集中组织停靠。我告诉他们每个月水位都不一样。防波堤太高的话，人们就上不了船，太低的话防波堤就会没入水中。他们还想在河坛上开展大型声光秀。以遗产之名，攫取巨额钱财！声光秀？我说：'这真是太愚蠢了！'"

在他担任印度国家艺术和文化遗产信托基金瓦拉纳西分会主席期间，他对这种无稽之谈尤其感到沮丧，于是开始给总理写信。为此，他未经听证会就被撤职了。"作为世界公民，我也可以写信给美国总统！"他大声说，"你不能对我说：'纳夫尼特·拉曼，你不能多说一个字，你不再是自由身了！'"

这就是纳夫尼特·拉曼官场生涯的终结。

56 纪念森林

　　一天晚上，纳夫尼特给我发短信，问我次日清晨 6 点是否愿意同他一起坐船前往恒河东岸的玛迦（Maghar）去种树。玛迦是一个有名的不祥之地，任何不幸死在那里的人都会转世为驴。

　　我们在阿西河坛雇了一个船夫。乘船离开台阶时，旭日冉冉升起，黎明之光如红宝石，洒向河坛蜿蜒的河滨，以及寺庙和宫殿。5 月中旬，你当然知道，又一个 100 华氏度的热天即将开始。季风还需两个月才至，河水低伏幽暗，水面结了薄薄的一层膜，模糊难辨的东西沉浮其中。

　　我提到了市长关于把丢在河里的花回收制香的主意，纳夫尼特嗤之以鼻。放在粪便和灰烬堆四周的东西，再把它们制成香？更是愚蠢。

　　几年前，他说，市长曾有意征询迦尸·维什瓦纳特金庙（Kashi Vishwanath Mandir）金殿祭司的意见，询问他和与他一起参观文化遗产的游客朋友们是否能够循环利用送去那里的鲜花祭品，制成堆肥，用来重新为瓦拉纳西尘土飞扬的地块和矮小的树木提供能量。但是，作为城中最重要的神殿，这座庙宇是由政府管理的，因此必须提出书面申请，并要求召集有关官员在会上讨论。"花？"官僚主义者们说，满脸不解的样子，"如果你主动提出用水泥在公园铺路，那可能就是另一回事。"因为那意味着要在承包商中招标，从而有机会获得回扣。于是纳夫尼特来到了规模较小的私人寺庙。那里的祭司也同样摇摇头。众神会对这样的计划持否定的立场，把花扔到玛迦才是正确之选。

　　纳夫尼特解释说，我们今天上午的任务就是一个典型的为什么为数不多的关心河流健康的人必须要来这里工作的例子，这也算是对既得利益者和官僚们的蠢行来一次小小的回击。在贝拿勒斯只有一人可以称得上恒河的职业守护者。他学识出众，能够综合运用物理学和形而上学的理论解释"纯净"这一理念，这个人就是工程师祭司维尔·巴赫达·米什拉（Veer Bhadra Mishra），他也是贝拿勒斯印度教大学教授，以及供奉哈奴曼的桑卡特·莫昌（Sankat Mochan）神庙的世袭宗主。这座神庙是献给哈奴曼的。米什拉每日清晨浸在恒河里的神圣祈祷，都会像他面向新德里本地人群进行TED 演讲一样滔滔不绝。他创立的基金会虽然有点名不副实，事实上，更接近于一家只有一个人的企业，主要收集河流中粪大肠菌群的数据。在枯水期，就像现在这样河流处于最低水位时，在我们周围，应该到处都是入水、出水、摆动身体的朝圣者，菌群值可能高出安全水平几千倍。

　　"他是个伟大的有远见卓识的人，"拉曼说，"任何一个去图尔西河坛拜会他的人，总是带着甜品小吃莱杜（laddoo）、鲤鱼和一杯水，我曾坐在他那里，和他度过一段轻松愉快的时光。从这个意义上说，他为人是实在的。但是，不是有一句俗语说'错误，你的名字叫人类'，他担心如果恒河被污染了，人们会失去与这条河的联系。我告诉他，如果你说恒河是你的母亲，母亲病了，你当然就有这个权力。比如，你在河坛面对 10 万人演讲时，你就说，只有每一个印度教的教徒都不再向贝拿勒斯的恒河扔垃圾，你才不会绝食至死。"

　　但米什拉是个固执的人，现在他已经去世了。在哈里许昌德拉河坛特别为名人保留的基座上，面对着这样一群人，火化升天了。他的骨灰被撒到了河里，和其余的黑色泥浆混合在一起。他的儿子维什瓦姆巴赫·纳特·米什拉（Vishwambhar Nath Mishra）继承了神职。有一晚，我和他在圣殿里待了足足一两个小时。我觉得他热情、认真、能言善辩、风趣而低调。他会重新思考这条大河的痛苦，重温熟悉的连祷。他说，在竞选活动中，莫迪曾要求与他进行 15 分钟的会面，但最终交流了更长一段时间。不过，年轻的米什拉很可能是第一个承认父亲留给他的任务过于艰巨的人，他一人承受不起。

·   ·   ·   ·   ·

到达恒河的对岸，我们离舟登岸，来到一大片干涸的泥沼上。拉曼把手伸进随身携带的袋子，掏出一把有开心果大小的亮紫色种子，那是一种橄榄树的种子，当地人称之为污水树，即有能力过滤污染物的树。接着，他还取出了芳香紫檀以及夜间开花的茉莉树种，后者是湿婆神眼中的圣树。

我们沿着洪水线上方狭长的灌木丛来回走动，把种子撒向左右。拉曼最初向政府林业部门提出了这个想法，但官方没有兴趣。

"大多数人来贝拿勒斯是为了纪念逝去的挚爱亲人，"他说，"所以我想，在这河岸上，我们可以做一个纪念森林。这是我一个人的'游击战'。我并非为了莫迪先生才这么做的。"

"这么多人来这里火化亲人，"他继续说，"之后，可以把一些骨灰撒进河里，也可以在漂亮的树下埋一些。许多年以后，就可以在这里放置一些长椅，可以在夜里乘船过河，还可以开辟一条小路，供人们锻炼身体，老人可以安详地坐在自己的孙子孙女身旁，谈论他们眼前的城市。传统会由此延续下去。坐在这里时他们会说：'你看，这是我为我的爱妻或老父亲种下的树。'这样，我们就可以增加贝拿勒斯的宇宙能量。"

他承认，这一愿景远在未来。这让我不由想起了乌塔卡西的商人祭司阿杰·普里。我问过他，罪恶和堕落的卡利魔鬼时代何时才会结束？"4302000 年。"他回答说。

我问拉曼，他是否曾因变化缓慢而感到沮丧，他耸了耸肩。"我对我们这片热土的大主神湿婆有信心。当他生气的时候，即使所有其他神合力，也不能阻止他跳起毁灭之舞。我相信他自有判断。"

我们撒下了最后一粒种子，然后朝船走去。

他说："印度是一个让人沮丧的国家。即便灼热的夏天没有让你感到沮丧，当奶牛吃掉你种下的植物，摩托车、拖拉机或汽车碾过你种下的植物，或者邻居为了好玩扯去叶子时，你也会感到沮丧。可是，如果你不能面对这种令人沮丧的局面，在印度你就找不到容身之地。那么，你还是离开为妙。"

PART THREE

三角洲
DELTA

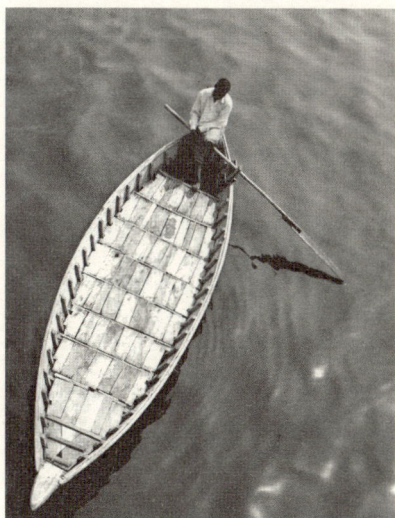

57 寂寞比哈尔

一份供词：我从未踏入比哈尔。比哈尔邦自瓦拉纳西以东算起，绵延大约 300 英里，一直延伸到西孟加拉邦（West Bengal）的边界。很少有人踏入该地，可能是出于对其犯罪和暴力昭彰恶名的恐惧，也可能是对单调无聊的忌惮。如果你见识过北方邦的贫穷、种姓偏见和腐败，那么在形容比哈尔邦恒河平原上的城镇与村庄时，就没有更多可以补充的了，当然，这可能是因为多年来负面宣传造成的偏见。但是，绕开比哈尔邦并不算什么怪事，即使 19 世纪英国伟大的游记作家们也没有为之留下多少笔墨。其实，他们彼此心照不宣，提及的两三次奇事，也不过是时事热点，不会使《米其林指南》（*Michelin Guide*）把它的旅游评级升为优秀。人们前往该地，仅仅是因为别无选择，因为恒河流经此地。

范妮·帕克斯，28 岁的威尔士女性，军官之女，于 1822 年 11 月追随丈夫——东印度公司一名小职员查尔斯·克劳福德·帕克斯（Charles Crawford Parkes）抵达加尔各答。在她初识印度的美好印象里，这里气候宜人。加尔各答短暂的冬天一派凉爽，仆人们在她的新家铺上默札珀地毯取暖。在这一年中的其他时间里，当高温迎面扑来，就好像打开了烤箱门，所有的地板都不必再铺任何东西。

她爱上了这家公司的总部所在地，于是开始写日记。

加尔各答被誉为"宫殿之城"，名副其实……

宴会和花式舞会名目繁多……

无上漂亮的法式家具是在巴斯特（Bast）加尔各答店购得，这里大理石桌子、精美的镜子和豪华的沙发应有尽有，货源充足……

早上 6 点在赛马场上，或者晚上在政府大楼前经过悉心洒水的车道上，驾着我漂亮的纯种阿拉伯马儿一路前行，感到无比惬意……

我们饮了恒河的水，它被看作全印度最健康的水。

1823 年 6 月，她的一些朋友决定到勒克瑙上游旅行，一个三口之家租下了 6 艘船。"绝对的舰队！"范妮写道。

第 1 艘：16 桨中型船非常棒，内设两间高档驾驶舱，装备了威尼斯式玻璃窗、摇扇，还有两个淋浴间。我们的朋友及其夫人和婴孩乘坐这一艘。

第 2 艘：装满为厨师准备的火鸡和其他食材。

第 3 艘：一艘巨大的行李船，满载他们全部的家具。

第 4 艘：洗衣工及其妻子和狗乘坐的船只。

第 5 艘：运马匹的大船。

第 6 艘：同上

· · · · · ·

四年后，当她的丈夫接受任命转往安拉阿巴德担任新职时，范妮·帕克斯第一次感受了恒河之旅。这是一次长达 800 英里的水上之旅，两个半月里，历经了划船的艰苦和逆水航行。但实际上，按陆路算来，不过 500 英里，前提是能像今天的铁路那样远离蜿蜒的河道，横穿全国。范妮和查尔斯卖掉了家里的马匹和家具，其余的财产用船先行运走。她不喜欢这次搬家。她写道："加尔各答人侵占了太多上游省份人民的利益，我们一点也不想离开这座城市。"他们一路历经艰难，穿过炎热而单调的比哈尔邦。她的作品中对这次旅行只字不提，她只想早日到达目的地。

　　1826 年圣诞节，他们终于抵达贝拿勒斯，在一处被称作"迷信高地"的地方逗留了很长一段时间，最后她得出结论，认为："在印度，人的器官里一定是易受骗的更发达。"1 月 1 日，他们落脚安拉阿巴德，这座城市让她觉得很舒适，她并不关心查尔斯后来的工作地点坎普尔，那里是一片"荒凉沉闷、风沙漫漫而且不见树木"的腹地。但无论两个地方有何不同，先生太太们的生活总是一如既往地拥有许多和加尔各答相似的乐趣：球赛、宴会、骑马、遛狗、绅士们的台球桌和淑女们的读书会。范妮在日记里列举了一个典型的私人家庭可能希望雇用的所有仆人，共 57 人，每月花销 290 卢比，其中包括一个给水降温的、一个摇扇子的、一个拿火把的、一个清扫的、一个掸家具的、一个照顾鸽子和兔子的等。在一次新年聚会上，她和朋友们享受着加冰的罗马潘趣酒（Punch àla Romaine），通宵达旦，一直玩到凌晨 4 点。她在文中写道："这里的人都疯了。我敢自夸在印度我比任何人都更了解制冰的奥秘。"

　　但对制冰的迷恋并不意味着范妮游手好闲，耽于猎奇，正是这种经历使她不断带着学习的精神深入思考。"短嘴鳄、鳄鱼、土狼和老虎等动物的头骨处理得非常漂亮。"她带着好奇心整整收藏了一柜子，她还收集了波斯和印度的谚语，并把它们刻在印章上。不管她最初对易受骗器官的判断为何，她埋头于《吠陀经》和《往世书》的研究中。她花了1卢比购买了32幅印度教神灵的图画，并构建组织图以解释他们之间的等级关系。她探索印度妇女私密隐居的生活状态，这也为她1850年出版的作品提供了完整标题：一个朝圣者24年间在东方寻找如画风景的漫游及深闺探秘。

人们开始取笑她。

1831年7月6日——我如此急切地研究印度的风俗和迷信，以至于我的朋友们笑着说："我们期待有一天能在河边的礼拜上见到你！"

•　　•　　•　　•　　•

最后范妮和查尔斯搬回了宫殿之城，她越来越沉浸在这与恒河紧紧相连的生活中。她对胡格利河有深入的了解，河流的名字正如她所拼写的。她了解胡格利河同其穿过加尔各答的支流以及恒河之间的区别，恒河一直向东延伸，然后向南汇入大海。但她接受普遍的说法：对印度教徒和东印度公司的官员来说，胡格利河就是恒河。

置身拥挤的港口，她仿佛中了百船的魔咒，"各种型号的船只尽皆来自真正的东方，造型美轮美奂"。中国船在船头两侧点上眼睛，祈望顺风顺水。大商船有着光滑的线条和齐整的风帆。节日期间，"蛇船"成群结队，在河面上游弋。孔雀羽是一种游船，"高昂着孔雀般的长颈和船头，镀金和上色尤为华美"。鹰嘴鹦鹉船有些低矮，船屋几乎覆盖了整个甲板。她坐上其中一只，逆流而上，航行到塞兰坡（Serampore）颇有些年头的丹麦人定居点，好奇的当地人涉水而至，透过百叶窗偷看她的模样。

1837年3月，她第一次去安拉阿巴德是在一次桨手队成立仪式上，这是一次"代价昂贵的，……但令人愉快的旅程"。与其说是海盗，不如说是恒河豚更危险。保险公司对这次旅行收取的保费和在英国旅行9000英里的相同，还承诺会缩短近两个月的时间，但她沮丧地发现，因为枯水期，船长不得不绕行300英里，向东穿过孙德尔本斯山脉、广阔的红树林迷宫、临时岛屿、众多支流和分流以及现在印度和孟加拉国两国的界沟。

范妮和同行的旅伴们乘坐的并不是蒸汽船，而是一艘拖在后面的小"平板船"。她对"丑陋的孙德尔本斯不感兴趣"，她说："我从未见过比这里更孤寂、更荒芜的土地。"几个可怜的小棚舍散落各处，居民似乎都是男人。"茂密的丛林里到处都生活着老虎，人们在高杆上设置瞭望塔。船上的印度人是不可以上岸做饭的。"平板船的船长指了指一根插在沙子里的船桨，认为这是有人刚刚被老虎叼走吃掉的地方。让范妮甚感欣慰的是，他们最终到达了库马尔卡利（Kumarkhali），距现孟加拉国150英里，船只在这里就可以左转进入大河，继续前往比哈尔邦。

她似乎对在《加尔各答地名录》（*Calcutta Directory*）里看到的这几处值得注意的景点并不感兴趣。据说有一个奇怪的村庄，人们以鳄鱼肉为生。在河北岸的小山上悬着一条莫蒂·贾纳（Moti Jharna）瀑布，但她"既没有亲见也无缘参观"。在苏丹甘吉（Sultanganj），一大堆乱石垂直从河中冒出，被割开的激流像磨坊比赛一样从它旁边冲过。"人们说，这座石岛上没有生命，从前曾经有一个苦修者住在那里，但被一条食人巨蟒给吃了，于是人心惶惶，从此再没一个修行的人或者普通人在此居住过。"

当他们到达比哈尔邦首府巴特纳（Patna）时，她又查阅了名录上的介绍，这里以生产鸦片、鹰嘴豆和蜡烛闻名。唯一吸引人的地方是1786年约翰·贾斯汀（Jhon Garstin）上尉建造了一座拱顶大谷仓，现在用作警卫室。她觉得巴特纳还算过得去。这是"在浅滩和沙洲中最无聊的一天"。她在令人窒息的闷热中画素描、阅读，忍受着疲倦。"如果我能回到自己安静而凉爽的家中，我会无比高兴。"她说。

最后，经过23天水上之旅，她回到了安拉阿巴德，回到了冷水工和摇扇工身边，继续创造她的造冰奇迹。

58 印度的珊瑚海岸

范妮·帕克斯左转时，加尔各答圣公会主教雷金纳德·希伯向右，深入孟加拉的边远地区和恒河百口。我第一次听说希伯这个名字时还是个孩子。那时，我正在一所维多利亚式小学的红砖墙下忍受着一年郁闷的时光。这所学校叫伊巴（Eebah），名字是我那些南伦敦的同窗们喊出来的。我们的音乐老师哈顿（Hatton）先生是一个秃了顶的男高音，一听到他刺耳的歌唱，我们就用袖子掩着嘴偷笑。他总是教我们一些虔诚教士劝导异教徒信主时创作的赞美诗。

> 从格陵兰的冰山
>
> 从印度的珊瑚海岸
>
> 从非洲的阳光喷泉
>
> 金沙落下，不绝断
>
> 从古老的汤汤大河
>
> 从无数棕榈平原
>
> 他们向我们发出吁求
>
> 拯救他们的家园
>
> 摆脱那罪之锁链

有一段时期，遗物处理市场和旧物商店中热销印度帝国的历史遗物。当时，英属印度最后一代官阶不大不小的忠仆早已退隐简陋的郊区别墅，开始颐养天年。在我家附近的街区，出现了达卡街、孟买街、克什米尔路和贝拿勒斯路。距我家不远处有一间仓库，里面摆满了象脚雨伞架、柚木咖啡桌、黄铜镂空托盘、花架、充满异国情调的印度版画和孟加拉虎青铜雕塑，甚至还有可能在巴斯特加尔各答店里才能入手的路易十四时期的奇珍异宝。

希伯主教于 1823 年 11 月抵达加尔各答，比 40 岁的范妮·帕克斯年轻了不到一岁，还是一张娃娃脸。"从格陵兰的冰山"早被译成了孟加拉语，在孟加拉，没人见过冰山或珊瑚礁。范妮认为主教"不懂当地人的性格，他的心智也过于简单"。翌年 6 月，他前往达卡，此次出行旨在访问北方各邦，第一步要求取道东线，这至关重要。像当年早些时候范妮的友人们一样，他乘坐 16 桨中型船完成了旅程。船员们"都是穆斯林……野性，面相陌生，四肢单薄，外形消瘦，皮肤黝黑，但体格强壮并且肌肉发达……与加尔各答的印度人相比，他们的眼睛显得更凶悍，举止显得更加没有教养"。

当时，他随身带了詹姆斯·伦内尔绘制的孟加拉地图。如今，我试图亲自破解他走过的路线，但几乎是不可能的。大部分地名早已更改，主教本人也经常感到迷惑，因为即使在伦内尔完成调查的半个世纪里，三角洲里的众多河流也在不断地改道和变形。由此说来，在现代地图上追踪希伯的路线更加吃力，图中三角洲里的水路看起来就像中枢神经系统的计算机层析成像扫描。

· · · · ·

印度的一些英国人较其他人更坚持他们的英伦思维，"我们亲爱的英国"

是希伯永远的参照点。胡格利河两岸的乡村与泰晤士河沿岸的牛津郡和白金汉郡的部分地区没有什么不同，尽管前者更为宽阔，而且泰晤士河地区也不以稻田和棕榈闻名。在金德讷格尔（Chandernagore），倒塌的镇长官邸让他想起了莫顿·科贝特（Moreton Corbet），那是一座位于什罗普郡（Shropshire）的荒废的伊丽莎白时代庄园。

在加尔各答以北大约 40 英里处，船工们沿着马达班加河（Mathabhanga）一条蜿蜒的小支流向东进发。马达班加河是恒河支脉。他们此时正位于"据说没多少欧洲人横穿的地区"，他们的船只所在的河流"大约和切斯特（Chester）以南的迪伊河（Dee）那样宽"。

继续北行，到达希布尼巴斯镇（Shibnibash），他停船仔细观察自己感兴趣的东西。在码头上，他看到人们从贝拿勒斯载回装满了恒河水的煮鸡蛋葱豆饭用的大壶，前往当地的寺庙群落。来到寺院，他仔细观察黑亮的湿婆像以及罗摩和悉多神像。祭司谢绝了他的祭品，声言他只接受婆罗门同胞所捐款项。附近，一座莫卧儿宫殿的废墟长满了荒草。为此，他们提醒了一番康威城堡（Conway Castle）或者是博尔顿修道院（Bolton Abbey）的主教，也或者是离该地更近些的卡那文城堡（Carnarvon Castle）主教。

离开希布尼巴斯后，船只似乎正在向西蜿蜒前行。达卡位于相反的方向，主教感到"对我们的下一段旅程有些茫然"。一天早上，他醒来时发现河流被"臭气熏天的大雾"封锁。天空突然下起了暴雨。他的情绪低落极了。他吃起了爽口槟榔包，惊讶地发现自己的舌头和嘴唇变成了亮橙色（尽管他"认为这并不令人不快"）。"伦内尔地图……在这里真的几乎没用。"他咕哝着说，低头看着地图。我不得不同意他的抱怨。

"天啊，我亲爱的英格兰！"主教写道，"如今，我再也不必担心自己会忘了她，因为在事实上，我第一次深刻感受到被放逐的痛苦。"

最后，他们发现了一条向东通向恒河主干的可用航道，走完了这一段，便进入了达卡。尽管希伯很沮丧，但他从来没有对他的穆斯林桨手失去信任。"尽管他们有时过于谨慎，但总比我们更了解自己的河流和天气。欧洲人在恒河上遭遇事故，即使不是全部，也大多数是由于违背了船员的意愿和判断而引发的。"

他们经过一条很美的支流，这使他想起了牛津的切尔韦尔河（Cherwell）。之后，他突然发现自己正穿越一片布满沙洲的广阔水域。在他们面前铺展开的风景"与从默西（Mersey）河口看过去的兰开夏海岸并无不同"。事实上，这是"恒河最大的骄傲和荣耀"。5天之后，他已经在达卡，那时的他精疲力竭，皮肤被太阳灼伤，但他迫不及待地想要开始首次布道。

●　　　●　　　●　　　●　　　●

那是一个具有毁灭性的地方。它的荣光在于生产优质的平纹细布，当地的手工织布机却难同大量涌入的曼彻斯特工厂量产的廉价棉织品相提并论。大多数人住在肮脏的小屋里，许多质量好一点的房子都被洪水给破坏了。这座城市被密不透风的丛林所包围。"许多地方是大象的栖息地。"主教手下已经信奉基督教的仆人阿卜杜拉说。

当地的治安官带着希伯四处查看，还交给他一份人口统计表。亚美尼亚人不多，其中一些相当富有；葡萄牙人占少数，"非常贫穷和堕落"；希腊人相当多，是"勤劳和聪明的人民"。英国平民，是几处槐蓝种植园的主人。当然还有10个步兵连也驻扎在达卡，保卫着这座城市，使其免受缅甸人的袭击。

印度人口和穆斯林人口约为 30 万。当我到达那里时，大约是希伯主教到那之后的 200 年，东孟加拉邦现为孟加拉国，城市的名字改为使用另一个拼写法的达卡（Dhaka），人口超过 1500 万。不变的是，绝大多数人仍然住在肮脏的小屋里。

59 像流水一样简单

　　在达卡的米尔布尔（Mirpur）附近，莫斯塔菲尔·拉赫曼·朱厄尔（Mostafizur Rahman Jewel），一个富有个性的睿智年轻人，总是急切地想向游客展示孟加拉国所有算得上的景点。此刻，他希望带我去参观一下人力车坟场。

　　"能有多少辆呢？"我问，想要了解那个地方的规模。

　　朱厄尔说粗略估计有 15000 辆。

　　它们被塞到了一块占地数英亩的场地里，两旁是棕榈和一些实用的五层楼公寓，楼体泛着潮湿的斑痕。人力车的车架和车把上锈迹斑斑，竹篷已然残破，车锁或者丢失或者已被卸掉了。还有几辆被杂草围绕的废弃的卡车和大巴。

　　人力车排成一排排，堆成金字塔，随意倒立的车轮的剪影就像一场概念艺术展。废弃的塑料坐垫堆得高高的，色彩纷呈。后挡板仿佛一条生动的场景画廊，汇集了艺术家们钟爱的图案合集：来自宝莱坞的小兄弟——孟加拉达莱坞的少女偶像，蓄着惊世骇俗的胡子，佩枪的姿态令人难忘，勇救眼神呆滞的少女于危难；泰姬陵的彩色渲染图；公鸡、梅花鹿、鳄鱼和孟加拉虎被锁在笼中，将要进行生死决斗。更奇怪的是，这里竟然有人画了犀牛（100 多年前就从孟加拉国消失了）和斑马（从不曾在这里存在过）。许多人力车的装饰画里映现了拉车人内心对乡村家园的美好憧憬：那是一个分布着清澈的湖泊、色彩鲜艳的农舍、热带花卉、天鹅和孔雀的世界。更有大胆之人突破当地的贞洁之风，描绘了一个男人在一个半裸女子的两腿之间摩挲，纱丽被拉起到翘臀的场景。

但是，人力车坟场里 15000 辆车的残骸只是这一舰队中退役的一小部分。达卡是世界人力车之都。估计至少有 60 万辆，可能多达 80 万辆，这其中只包括脚踏板人力车，电动三轮车并不在内。后来有人告诉我，谷歌地图曾经带着街景摄像机来这里绘制达卡地图，但他们发现这一僵局难以突破，要想完成任何的工作只能在黎明前或者深夜里。开车一英里可能要花一个小时，可是人力车却不知怎么的就能像鱼群一样在阵阵的车铃声和汽车喇叭声里，摇摆着穿越混乱而行，每每在毫厘之距避开迎面而来的公共汽车。达卡的交通要求乘客学会应对即将坠毁的飞机般的技能。即将迫降，小心冲击。

在返回市中心的路上，我也差点儿发生撞车。我松开汽车仪表盘上的死亡之握，长吁一口气，朱厄尔开心地扬了扬眉毛。

"没问题，"我说，尽量装出毫不在乎的样子，"小事一桩（piece of cake）。"

"一块蛋糕？"朱厄尔的英语不错，但也没那么好。

"一个俚语。意思是非常容易应付的事，不需要做什么努力。就像这次轻松救下那个人力车夫一样。用孟加拉语怎么说？"

"Panir moto shohoj。"他回答。意思是"像流水一样简单"。

像流水一样简单。这听起来是一个很奇怪的词语，因为水是孟加拉人生存下去的咒语。

·　　·　　·　　·　　·

恒河在孟加拉国边境亮出了她的护照，更改了名字和身份，变身博多河，除了印度少数民族之外，其他人不再奉其为女神。在达卡以南不远处，博多河邂逅梅格纳河。这是一条较小的河流，但从两河交汇处直到大海，名字延续不变，它所流经的国家平坦得像一张台球桌，有将近1.6亿人挤在艾奥瓦州（Iowa）大小的区域里，或者如果你更愿意，可以说它比英格兰大一点。

博多河和梅格纳河水流极为缓慢。从喜马拉雅山和北印度平原运送的大量泥沙形成了岛屿。岛屿来来去去，形成，分散，又在其他地方重新形成。其中一些岛屿足够坚固，人们在那里定居下来，种植稻米，并希望他们的新家比以前的家坚持更久的时间。从6月到11月，孟加拉国很快就在季风的淫威之下陷入混乱。河水灌入农田，河岸遭到侵蚀，农田——有时甚至整个村庄——都被激流吞没。河流可以冲过低地，彻底改变它的流向。在幸运的年份，孟加拉国三分之一的国土被洪水淹没；糟糕年份是一半；最糟糕的年份可能达到三分之二。

然而，试问生活在恒河三角洲的数百万人，他们是否有足够的水呢，至少是对他们有些用处的水。在过去的几个世纪里，这条大河的自然流向已经向东移动，淡水涌流方向的改变导致过去稀释孟加拉湾流入的海水的一个重要方式消失。而曾经助力恒河流入印度洋的主要河流已经干涸或被淤泥阻塞。马达班加河，巴伊拉布河（Bhairab），锡亚玛利河（Sialmari）现在只不过是历史书上的名字而已。

孟加拉国也是人为灾难的代名词。1970年，也就是在以300万人的生命为代价与巴基斯坦进行独立战争的前一年，印度工程师在离边境几英里远的恒河上修建了一座拦河坝——法拉卡（Farakka）闸堰，将水流引向干旱的加尔各答城，并冲走可能堵塞其港口的淤泥。因此，在一年的大部分时间里，孟加拉国部分地区的水太少了，严重不足。

那些生活在三角洲的人们更是深受来自孟加拉湾的飓风和潮涌之苦。1970年的一次飓风造成30万人死亡，1991年又造成13.8万人死亡。如今，早期预警系统更加有效，大大降低了死亡人数，但灾难总是助长灾难。孟加拉国建造了巨大的堤坝网，以保护国民不受未来洪水灾害的侵害。荷兰专家也前来帮助，他们对这类灾害有丰富的经验。但是坚固的土墙产生了反常的效果。他们挡住了水患，同时也堵塞了陆地一侧的排水系统。田地被水淹了好几个月。三角洲已经被地形所诅咒，现在必须应对气候变暖和海平面上升，因为正是海洋使得风暴潮来得更加猛烈、土地盐碱化程度更高、季风更加难以预测。

到底会有多糟？在人力车坟场里，朱厄尔带我拜访了达卡的一个专家团，他们正试图回答这个问题。莫哈扎鲁·阿拉姆（Mohazarul Alam），友人眼中受人尊敬的先生，是孟加拉国一位杰出的气候科学家。他衣冠楚楚，性情善良，胡子也修得整整齐齐，讲起话来十分谨慎。

他说："我们将永远失去12%到15%的陆地面积。"

他注意到我震惊的表情，笑了。

"哦，你得明白，这已经是最佳局面了。"

60 无妄之城

即使在古尔山（Gulshan）和巴纳尼（Banani）这样的外交官、服装采购商和热忱的外国慈善家聚居的高档社区，在黑暗里如果你一步踏空，也可能从坑洼处一下滑到敞开的下水道里。第二天早上，我来到古尔山的一家酒店，叫了一杯速溶咖啡——尝起来味道很差——等几位在达卡算得上坦诚的专家。

哈龙·乌尔·拉希德（Haroon ur Rashid）教授任职于达卡南北大学（Dhaka's North South University），是一名城市规划专家。他个子不高，不苟言笑，尤其喜欢黑色幽默，他的英语说得无可挑剔。

"阿玛蒂亚·森（Amartya Sen）在达卡长大，"他说，"你应该知道，那个获诺贝尔奖的经济学家。他曾告诉英国广播公司的一个记者，他的孩子认为他是一个没有品位的人，因为他说他喜欢去过的每一个地方，可以在任何地方幸福地生活。只有一个例外：达卡。因为那里不宜居住。"

拉希德笑了。这座城市是他的家。他过着不可能的生活。

他说，在 1953 年，达卡只有 50 万人口，比希伯主教时期还要少。重大飞跃发生在 1971 年，当时解放战争结束后，人们可以选择生活在巴基斯坦（现在已局限在巴基斯坦西部）或新独立的孟加拉国。东部讲孟加拉语，而不是乌尔都语。孟加拉穆斯林奉行克制调和的伊斯兰教。参加巴基斯坦陆军和空军已经让他们损失了 300 万公民，所以他们大多数选择留在孟加拉国。

"现在达卡的人口以每年6%的速度增长，"拉希德说，"大多数新移民来自农村，没有技能。他们从事着低工资的边缘职业。这座城市的发展靠的是积累，而不是规划。在基础设施、供水、服务、卫生设施方面，达卡完全是一场灾难。只有真主知道未来会是什么样子。"

现在是1500万，也许是1600万。没人确切知道这个数字。我粗算了一下是6%。每年40万农村移民，到2020年人口将达到2000万。到2030年，可能有2500万。阿拉姆先生口中的最佳局面则意味着另外700万甚至更多的人会被大海驱离家园。

"政府对此做过什么努力呢？"我问。

拉希德只是扬起眉毛看着我，好像我问了一个特别愚蠢的问题。

•　　　•　　　•　　　•　　　•

每天都有移民进入达卡，其中有1000多人来自像巴里萨尔（Barisal）和库尔纳（khulna）这样的被洪水淹没的沿海地区，或者来自受旱灾影响的西北边境地区。这些地区之所以失守，是因为法拉卡闸堰和加尔各答不能提供保护。他们的挣扎对这座城市产生了强烈的影响。一旦他们到达这里，他们即将面临的新的生活方式正是他们试图逃离的东西，离开一种水患换来另一种紧急水患。他们在这里生活，实际上，生存环境变得更加恶劣。

一般来说，总是家中顶梁柱第一个出来。他很可能一开始是住在人行道上的。然后，通过口耳相传的方式寻找工作机会，可能干日工或捡垃圾，在和坎普尔一样压抑的哈扎里巴（Hazaribagh）的制革厂卖废料，或者做泥瓦匠、保安，整晚摸着黑坐在停车场或自动取款机亭子旁边的塑料椅子上。许多人会加入人力车夫的队伍，每天挣200塔卡，相当于2美元50美分。

移民最终会在贫民窟找到一个地方安顿下来，在达卡这种地方贫民窟多达上百个。其中一些不过是沿着被污染的河道搭建的零零散散的高脚房屋。其他的则是多达 10 万或更多个类城镇的群落，每个镇子都有自己复杂的内部经济和社会等级。他会睡在一个 6 英尺 8 英寸大小的房间里，也许和其他倒班干活的人共用一张床，每个月要向当地贫民窟的房东支付 700 塔卡。"这就像教父或阿尔·卡彭（Al Capone）。"巴巴尔·迦比尔（Babar Kabir）说。迦比尔是该市的另一位专家，在孟加拉农村发展委员会（BRAC）任职，因此责任特别重大。这是一个庞大的非政府组织，占据了一幢 21 层的大楼，预算为 50 亿美元，工作内容涉及灾难、环境和气候变化。"有一个由中尉、副中尉和收租人组成的无形金字塔。如果你拖欠款项，帮派的人就会光顾，他们个个都是壮汉。"至于饮用水，除非有好心的非政府组织为他们安装了水龙头，否则移民们可能只能求助于控制贫民窟内销售用水的"灰色组织"。他们 1 升水要多付 50 倍的水费，而像迦比尔这样的中产阶段，只要打开水龙头就行了。

当新移民扎下了根，他的家人会加入他的行列。有时一次一个，有时一次性全都迁过来。儿子们会跟随他谋求一份卑微的活计；妻子、女儿将盯着家庭服务、体力劳动或缝纫机类的岗位。如今，妇女们也越来越多地离开家庭，到服装行业找工作。有时她们单独过来，或者和一个同村的朋友一起过来。迦比尔说："这些人往往是富有冒险精神的年轻女性，她们需要找到一个诚实的中间人，因为那里有很多其他人会带她们出去兜风，然后把她们卖到妓院，或者把她们带出边境，卖到印度从事类似的职业。"有时她们甚至会被引诱到蓬勃发展的人体器官黑市，被骗卖肾，换取相当于一年最低工资的报酬。一旦一个年轻女子找到了工作，亲属关系的引擎就启动了：她做得很好，她推荐她的妹妹，她的妹妹叫上表妹，等等，等等，一直到有六七个家庭成员都可能在服装厂里找到工作。

我名单上的下一位专家是伊夫特哈·马赫穆德（Iftekhar Mahmud），孟加拉语重要纸媒《曙光日报》（*The Daily Prothom Alo*）的记者。大部分时间，他都忙于撰写文章，并为气候变化将给一个已经不宜于居住的城市带来的灾难性破坏而烦恼。我们在一家时尚的茶馆兼艺术画廊会面，这是一家即使在纽约、伦敦或柏林都不会落伍的画廊。他说："现在雨水集中在季风季的月份。在过去的 20 年里，仅在 8 月份，降雨量就翻了一番多。城市的排水系统可以处理 10 毫米的雨水，但通常一天就会迎来 10 到 20 倍的雨量。"城市的大部分地方只高出海平面几米，当我得知最贫穷的地方往往就是城市的最低处——最容易被淹没的城区时，我并不感到惊讶。那里经常被污水浸泡，并由此引发疾病。更糟糕的是，那些为洪水提供缓冲的自然排水区不断被土地抢夺者侵占。他们把洪水抽干，建造新房，其中大部分是非法的。我在靠近布里甘加河（Buriganga）的排水区看到一个新开发项目，占地近400 英亩，超过 0.5 平方英里。孟加拉人，曾经的诗意的民族，称之为桑德尔（Sandfill），意思是"沙屋"。

61 你从哪里来

　　有时候开车或散步于达卡，会发现仿佛这座城市正在分解成某种它自身的构成元素。如果它是钢铁，它正在生锈；如果它是蔬菜，它正在腐烂；如果它是砖瓦，它正在变成泥浆，终将沉积河底。

　　我和朱厄尔穿过拥挤的人力车阵来到老城区。在每个停车点——停车次数比出发次数多——街上的孩子、干瘪得像麻雀一样的老妇、盲人、恐怖电影里的畸形人都会用指甲轻敲我们的车窗，然后把手指放在唇边。小贩们过来兜售盗版的《达·芬奇密码》、《哈利·波特》和《孤独星球》，还有《孟加拉国指南》。

　　道路排水沟两旁排列着用铁皮、油毡纸和棕榈枯叶搭建的高脚棚屋。居民们聚在河岸上洗衣服和厨具，打肥皂洗澡，用树枝刷牙。光着身子的孩子们在被水葫芦堵塞的脏水沟里嬉戏。这座城市只有一个污水处理厂，位于达卡的南郊，处理能力不到城市排污量的 10%。每天有超过千吨未经处理的人造废污直接倾入河流、池塘、运河和排水沟。

　　我们在一个鱼市附近停下，和一些穿着伦吉斯（Lungis）长袍的碎砖工人聊天。和长裤相比，许多孟加拉男人更喜欢穿这种类似布裙的长袍。这些工人正在用锤子将砖碎为卵石大小的碎片。在我们下方 20 英尺的运河左侧有一座摇摇欲坠的棚屋，勉强站在黑水上的竹木上。在右边，未经处理的污水正流入一根水泥管道。我在泥泞的斜坡上找不到立足之处，像一个在操场上玩滑梯的小孩一样冲了出去。被一堆杂草和垃圾挡住，我才没有继续下滑，在离水不远处停下，引来一小群人围观我的"演出"。碎砖工中发出一阵欢闹声。其中一个在问："你从哪里来？"看来，孟加拉国早已经不在传统的旅游路线上了。

在旧城狭窄的街道上，广告牌有：牛津国际学院（Oxford International Academy）；路途英语俱乐部（Pathway English Club）——保证成绩——专家教师；基准学院（Benchmark Academy）——O/A 等级所有考试科目。一栋建筑上的一则告示还提到了财产纠纷。该纠纷很可能要追溯到分裂时代，当时，经历了几十年的官司，有无数家庭的房屋被遗弃、占用或陷入洪水泥潭。告示的英语部分写道：

> 在此期间，被告受临时禁令的限制，不得处置法庭附表所述原告财产。

有的巷子只卖自行车，有的只卖乐器或者面纱。时装模特露出的双眼一路紧盯着街上行走的你。头顶正上方，是一堆凌乱的电线，黑色绝缘管线正好成了猫的摇篮。建筑物能保持垂直似乎完全依靠自己的意志力。宣礼塔里传出祷告时刻到来的报告声。血迹斑斑的屠夫们染了红胡须，挥着屠刀为即将到来的"救赎之夜"——沙伯巴拉特节（Shab-eBarat）做着准备。浓妆艳抹的中性人——究竟是变性人还是太监无法分辨——懒洋洋地躺在街角，嘟嘴弄眼，卖弄风情。

最后，我们到达了布里甘加河，这条古恒河曾经绕着西城奔流，之所以它有古恒河之名，是因为在恒河没有改道之前，旧河道淤塞，新河道尚未开辟，布里甘加河与之一脉相连。如今，恒河早已在 40 英里以外了。

今夜无月，布里甘加河笼罩在墨色里，水面上漂着一层浮油和碎片。在名为萨德哈特（Saderghat）的码头两旁，停着破旧的三层渡轮。我注意到，最近有一个标题不时出现在报纸内页上——孟加拉渡轮因超载倾覆：300 人恐已罹难，搜寻幸存者工作正在展开。

我们爬上一艘生锈的大船，看着装满了篮子、黄麻袋子和成堆绿椰子的尖头小船在更大的船只中穿梭。几分钟后，我们身后的甲板上响起了脚步声。那是一群年轻人。我的照相机似乎是他们头目的兴趣点。我的心口一阵痉挛。照相机、手机、护照、钱包、刚从自动取款机中取出的现金。我见他慢慢地向我们走来，盯着我们看，然后怯生生地笑着问我："你从哪里来？"

我们第二次去萨德哈特的时候，是花了几塔卡雇船夫划船送我们到对岸的。我们经过一段楼梯，来到五楼屋顶，风景尽收眼底。在一个巨大的广告牌的一角上写着："做一个投资哲学家。"

这座危楼是一个小血汗工厂的厂房，为当地市场生产纱丽、伦吉斯和 T 恤衫。十一二岁的女童坐在地上裁布料或缝纽扣。我问其中一个来自哪里，她说是西南沿海的巴里萨尔（Barisal）。一个同龄的男孩正坐在缝纫机前制作一件红色衣物。他的圆脑袋剃得光秃秃的。其中一个男人笑着指指自己的头，对朱厄尔说着什么。

朱厄尔说："他说他们叫这个男孩子'西瓜'。"

·　　　·　　　·　　　·　　　·

后来，我们驱车出了城，向东北方向驶去。此时正是芒果成熟的季节，我们停车从萨德哈特一个水果摊买了一袋。"孟加拉国芒果是世界上最好的。"朱厄尔说。这是爱国之语，但也很准确，我们大快朵颐，吃得果汁都流到了腋窝那里。季风如约而至，猛烈的雨点敲打着车顶，挡风玻璃上的雨刷器嘀嘀作响。田地已经被大水淹没了。一英里一英里望过去，在田野里，房地产投机商们都在为排水和开发绸缪着，每隔一段时间就在齐膝深的水中埋下标志。这就是达卡未来的发展方向，要容纳 2500 万人口，而这一点也是专家们担心的达卡城的城市临界点。

纺织厂和染料厂沿着通往纳辛迪镇（Narsingdi）的道路排成了一列。这个镇子位于梅格纳河左岸，离博多河并不远。自那里开始，恒河进入最后一程，舒缓地奔向海洋。我们一路前行，走进了一家磨坊，一个名叫美努尔·伊斯拉姆（Mainul Islam）的 12 岁男孩正站在打包室里炫耀新手机，那是一款中国制造的粉色索爱手机，如果他还留在学校的话，是永远也买不起的。他家里没其他人工作，他是唯一的经济支柱。他在一个大大的红色标志下摆姿势拍照，那标志用英语和孟加拉语写着：

我们不雇用 18 岁以下的工人

返城的公路两旁飘扬着一串长长的染布，带有橙、黄、红、紫、绿、蓝等各种颜色，正挂在晾衣绳上晾干，仿佛路边版的纽约克里斯托中央公园（Christo's Central Park）"大门"项目。在狭窄泥泞的小巷迷宫中，每家人都会尽心竭力为布里甘加河上的血汗工厂生产这种低质量的织物。他们摇摇欲坠的房子随着铸铁织布机的咣当声震动着，而那些织机看起来好像可以追溯到工业革命时期。在他们的土院里，男性成员，不论年龄大小，都在大锌水盆里来回地荡布，直到腋下都染上了染料，他们的手部和腕部被永久地染成了靛蓝色或深红色。有一个男人告诉我，他每晚都用洗衣粉和漂白剂擦洗胳膊，但是没什么两样。"没关系的，"他露牙而笑，"这里的水很好的。对我们没有害。"他把大盆里的一些液体倒进了排水孔，那些废液会从那里淌到附近的下水道里，再经运河汇入小溪，最后注入直通孟加拉湾的梅格纳河。

62 三角洲的女人

拉纳大厦（Rana Plaza）遗址坑内，杂物堆积如山，有浸了水未及制好的服装，有线轴和套环，也有图案亮丽的布匹。遭到挤压的六七辆汽车残骸在坑里仍待清理，一个破碎的女体石膏模型仰面躺在车旁一摊早至的季风雨水里。她身上套着及膝的紫色紧身裤，腰部以上是裸露着的，沿着躯干的右乳房下方，被切出一条整齐的对角线，但头部仍然完好无损。她有着象牙色的皮肤，嘴唇像一抹粉红的玫瑰花蕾，灰金色的秀发顺着前额向后直梳过去。她的一双蓝眼睛锐利逼人。也许你想从中读到某种信息，比如"这里到底发生了什么？"但她面无表情，一双眼睛只会凝望着天空。

七层的拉纳大厦顷刻之间便坍塌了，这比 5 个月前塔兹琳（Tazreen）工厂的大火甚至还要糟糕。塔兹琳大火中共有 112 名制衣工人遇难，而拉纳大厦事件中的伤亡数字几乎是它的 10 倍。此次罹难者不是被活活烧死，而是被水泥柱碾裂和肢解。柱上发现了裂缝，建材中的三流钢筋一直无人过问。除了世贸中心，这是人类历史上最严重的建筑物倒塌事件，而且只有这一次是疏忽、贪婪和腐败带来的后果，而非出于谋杀意图。

关于这个浅坑，我发现最难理解的是它竟然如此之小。双子塔遗址占地 16 英亩，拉纳大厦的占地面积不会比一个篮球场大多少，而相邻大楼还在施工中。这让我想起了我在安拉阿巴德看到的那些新建起来的劣质的写字楼，正面是薄薄的一层蓝色反光玻璃贴面，看上去就像覆了一张便利贴。室内只是砖墙和灰泥墙的原始架构。这就是达卡，我们有充分的理由认为，它的建筑规划里面包藏了唯利是图的开发商和贪赃枉法的政客间的邪恶勾结。

我跨过安全护栏，几个穿着熨帖整齐的蓝衬衫的警察坐在几码外的塑料椅子上冲着我大喊大叫。但这似乎是他们在训练手册中学来的常规告知责任，无须真正采取进一步行动。所以我又翻过一堆砖头，爬上中途停工的楼梯，来到楼顶。建筑物上面几层受到了大量附带建筑的破坏。大部分天花板朝外鼓胀着，依靠竹竿支撑着，摇摇欲坠。四墙被楼体倒塌的力量给齐刷刷带倒了。拉纳大厦高层上的文件也被风力吸了进来，许多至今仍散落在残骸之间。一些卡片上印着纽扣和拉链的样品，也有一些样表、订购单、衬衫裁剪说明和包装，上面写着："蓝边：质量永不过时。"

塔兹琳大火曾经使沃尔玛深陷丑闻，原因是它有一家供货商长期以来正是签约这家工厂生产睡衣，该公司名为"国际密友"。后来，工人们在废墟中发现了一些文件，秘密才大白于天下。在拉纳大厦，我发现废墟中许多积满灰尘的文件关乎总部位于意大利特雷维索（Treviso）的全色彩的贝纳通（United Colors of Benetton）的合同。而且有些正是蹩脚的意大利语翻译：调整好布匹拉力机。在孟加拉农村发展委员会巴巴尔·迦比尔的办公室外，我看到一位衣着优雅的女人坐在等候区。她个子高挑，金发碧眼，有点像时装模特。"她就来自贝纳通。"他说。

拉纳大厦灾难发生后，记者蜂拥而至，痛心疾首地指责某些人道德沦丧，让商场变成了可能会付出巨大代价的一件事。在很大程度上，这也符合贫穷国家发生类似惨剧的叙事惯例：罪恶的缔造者（某人便是），无辜的受害者（某些人便是），奇迹般的幸存者（脚本中总会有一个幸存者。不管怎样，本次事故中就有一名妇女在被困废墟 17 天后得以生还）。但据我所知，没有任何一个媒体问过遇难的那些女性从哪里来，又是谁把她们带到了这个罪恶之地。

•　　　•　　　•　　　•　　　•

从布里甘加河的血汗工厂和途中的染色车间，到服务于低端国内市场的纳辛迪，最后发展到拉纳大厦，要走过很长一段路。这是全球化产业的一部分，买家关心的只有产品商标的精确缝制角度。这一产业为孟加拉国带来了80% 的出口收入，提供了 350 万人的就业机会，其中大多数人是贫穷和没有受过教育的女性。

在达卡，大多数服装工人住在西北城郊的两个街区：萨瓦（Savar），拉纳大厦所处的位置；米尔布尔，该城发展最迅速的一个地区，那也是朱厄尔曾带我去看人力车坟场的地方。大多数工人是来自农村的城市新移民。在米尔布尔，我遇到了一个长期以来为他们争取权利的人，她名叫希林·阿克特（Shirin Akhter）。"工作是拉力，水是推力，"她说，"我们是一个百川之国，但我们没有水喝。"

如果这些妇女在萨瓦工作，她们很可能来自西北部。在那里，干旱和恒河流域的干涸是他们的天敌。如果他们在米尔布尔工作，则很有可能来自西南恒河百口，在那里，他们的敌人则是食物，因为河流含盐量逐渐增加。因此，在这两个地区，农场凋敝不足为奇。

阿克特有一个理论可以解释萨瓦和米尔布尔之间的差异。她拿出一张地图，指着城市西侧的两个公共汽车站。如果你从北方来，大巴会把你送到萨瓦附近；如果你从三角洲过来，终点站往南边走一点，不远处就到了米尔

——— 299 ———

布尔。

在萨瓦，我到过一个名为加姆哥拉（Jamgora）的住宅开发项目。这是达卡最大的贫民窟之一，居住着10多万人。但他们还不是最赤贫的人群。制衣工人最初可能栖身在贫民窟的竹屋、铁皮屋和棕榈叶屋中。一旦赚到一点钱，他们往往会在像加姆哥拉这样租金高出两三倍的地方安身立命。

加姆哥拉是由一些阴森森的水渍斑斑的混凝土公寓组成的建筑综合体，灯光昏暗的走廊将各部分连接起来。每个街区都是由死气沉沉的水泥墙构建分隔的房间，沉重的金属门窗用挂锁锁住，以防失窃。在一个房间里，两名10来岁的年轻女子正趴在床上看肥皂剧。我询问其中一个从哪儿来。她羞怯地低声回答说，她的家在西北部的一个村庄，就在印度法拉卡闸堰另一侧位于博多河和布拉马普特拉河之间缺水的三角地带。那天恰逢她的假期。像许多人一样，她一天工作10个小时，一周工作6天，但她不再是最低工资的工人。在拉纳大厦灾难发生时，她月工资还不足40美元。

一个年轻人这时走过来加入我们的谈话。他来自同一地区，家里的庄稼连年歉收。现在，他的母亲、哥哥和三个姐姐都在从事制衣工作。

条件虽然简陋，但进入加姆哥拉是一种有限的向上流动。工资很低，没有病假，你可能会因一时冲动被解雇，频频遭到主管们的性骚扰，你甚至没有权利要求上厕所。对另一场塔兹琳大火，或者另一次拉纳大厦坍塌的恐惧从未停止，但至少加姆哥拉的妇女打破了乡村生活的禁忌。如果留在家里，她们可能会面临一场不情愿的由不顾一切想要降低女儿嫁妆成本的父亲一手包办的早婚。要知道，嫁妆只会随着年龄的增长而增加。但在这儿，他们可以用手机和朋友聊天，如果不太累的话，晚上还可以出去喝汽水或吃个冰激凌，也许还敢涂点口红。如果付不起房租，有些姑娘甚至会和男性室友分摊房租（通常是柏拉图式的恋爱关系），但希望谣言不会传到她们父母那里。

·　　　·　　　·　　　·　　　·

第二天晚上，希林·阿克特带我走进米尔布尔一条昏暗的后街，去见一个约有 12 个人的女性群体。根据她的公共汽车站理论，除一人以外，其余人都来自三角洲，其中 9 个来自巴里萨尔。人们在地板上围成一圈，讲述她们迁徙的故事。造成这种情况的原因正如专家们所说的那样，在她们生活的环境中，"极端"和"缓慢发生"的变化在共同发生作用。每个女人的故事都不一样，但水是她们的共同主线。

罗克亚（Rokeya）说，她是从位于大海滨红树林孙德尔本斯边上的家中来到达卡的。随着土壤盐度日益增高，当地一只老虎没有了日常猎物可捕，不得不离开惯常的栖息地，这威胁到了她生活的村庄。纳西玛（Nasima）不一样，她接到了一通邻居用手机打来的电话，警告说她家近旁的河岸正滑入水中。当她回到家，家里的房子、菜园和树木全都顺着河水漂向了孟加拉湾。纳尔吉斯（Nargis）来自梅格纳河河口附近的一个小村庄。2007 年的强热带风暴过后，她和四个兄弟姐妹离开了故乡，现在都在服装厂干活。但她的父母拒绝离开，孩子们寄回家的钱帮助他们重建了小农场。杰斯敏（Jesmin）也同样来自巴里萨尔南部，在父亲死于白血病后，她从十几岁便和哥哥来到这座城市，另一个哥哥随后跟了过来，很快，三人都进入了服装厂。10 年后，经历了飓风的袭击，乡村生活变得脆弱而危险，杰斯敏的母亲和剩下的两个孩子也断定，在巴里萨尔无法继续生活下去，于是也来到了城市。

杰斯敏现在 30 岁了。她穿着一件优雅的红色纱丽,袖子是织锦的,还佩带了一枚小巧的金鼻钉。她有着高高的颧骨和深邃的黑眼睛,就在其他一些女人盯着地面用几乎无法让人听清的单音节讲述她们的人生故事时,她却愿意平静而直接地与我对视,表现出一种淡定和天生的魅力。她讲述了自己在服装厂生活的艰辛,她和朋友们对故乡村庄的偶尔怀念,以及她们对于官方冷漠的怨恨。但当话题转到拉纳大厦,我告诉她心怀善意的西方消费者们质疑从允许类似事故发生的地方购买服装是否真的合适。我说,听说加拿大的一家商店在橱窗上就贴了这样一张告示,上面写道:"我们不卖孟加拉货。"她难以置信地看着我,然后笑了起来。很快,房间里的大多数女人都咯咯地摇着头笑出声来。她们好像从没遇到过这么有幽默感的人。

当笑声终于平息下来,杰斯敏直视着我的眼睛,笑着说:"但如果你们不再买我们做的衣服,你觉得我们会怎么样?我们会饿死。"

63 真主的意志

　　从达卡往南绵延数英里的路上，排列着逐渐变细的高大烟囱，黑色的烟柱从砖窑中摇曳而出，每一个上面都标着标识它们所有者的字母：NGN、NBM、AG、KAS。孩子们蹲在又长又矮的泥巴墙旁，把泥巴压进长方形的模子，然后印上相同的姓名首字母。蓄着长须、戴着绣花无边便帽的工人们肩上扛着沉重的新砖，每筐一打，整齐地堆放在一起。其他人则在几处油布棚子底下打瞌睡。妻子们打理着周围的稻田，或者把煤块分类，以便炊饭。阳光透过灰棕色的薄雾投射下来。

　　砖厂一直延伸到博多河右岸的马瓦（Mawa）渡口。博多河是恒河的主要干流，恒河就在它与梅格纳河的交汇处上游。挖泥船在河床上工作，还有几栋只有一个房间的瓦楞金属棚屋。其中一栋早已废弃在沙滩上，但结构仍然完好，一名男子设法把它整个绑在一辆倾斜到 45 度的两轮车上。除此之外，这里几乎没什么设施，只有一个用来停泊大型渡船的短码头。前滩上排列着可容纳 12 人乘坐的小船和玻璃纤维快艇。你可以经过一段狭窄的竹跳板或涉水赶到船上去。我们选了跳板，一艘快艇拉着我们呼啸着过了河，河面很窄，只有一两英里宽。沙地向两个方向伸展，最后被一堵低矮的树墙拦住。

　　·　　　　·　　　　·　　　　·　　　　·

　　在另一侧岸边，我们登上了一辆没有空调、悬挂系统也不是很好的老式蓝色路虎。历经几个小时的车程，来到了巴格哈特镇（Bagerhat），在那里，大家停下来走马观花式地参观了 15 世纪的沙古巴迦密清真寺（Shait Gumbad Masjid）。人们称它为"六十圆顶清真寺"，尽管事实上有 77 个，而且内部还有同样数量的柱子，室内凉爽的感觉悠然而至。当我走到阳光下时，蓄着黑胡子的伊玛目急匆匆地向我走过来，他赶走了一群朝圣者，其中大多数是穿着长袍的妇女。"你们不必替自己说什么，"他责备道，"此时只向这个美国人开放。"人们只好后退了几英尺，围成半圆形，竭力想跟上来交谈。"你从哪里来？"一个女人问我。

这位伊玛目自我介绍说他叫穆罕默德·赫拉尔·乌丁（Mohammed Helal Uddin）。他的英语很糟糕，我完全不会孟加拉语，此刻，我的翻译又擅离职守，所以我们之间根本无法进行有效的交流。我可以一路走，一路得到"愿你平安"的祝福，但即便如此，我也感到十分紧张，因为我知道一些穆斯林相信先知（愿主福安之）曾教导过他们，不要用"愿你平安"祝福非伊斯兰教徒。但伊玛目彬彬有礼地这么做了，似乎是急于消除我可能存在的任何疑虑或偏见，尽管我并未表达过什么。"伊斯兰教是一个非常和平的宗教，"他神情认真地说道：《古兰经》上说，人人生而平等，没有差别。不论女士、先生，还是不同的祈祷者，都是同样的和平等的。伊斯兰教总是在讲真话，不会讲脏话、假话。"

他给我讲述了 2007 年 11 月上一次飓风来袭的情况，确切地说，是给它取了一个确切的专业名称——特强气旋风暴锡德 06B。它肆虐了 5 天，风速达到每小时 160 英里。就连巨大的棕榈树都被刮倒在了外墙上，但灾难中清真寺毫发无损地安然度过。"对我们来说非常困难，"他说，"人们纷纷来到清真寺避难。"

我们谈到了天气的变化、暴风雨的猛烈程度，谈到了海平面的上升、从孟加拉湾大量浸入庄稼地的盐分。我问他，他认为这些都归因于什么。"我们看到了安拉的意志，"他回答说，"我们视之为真主的力量。"这是对宗教虔诚的召唤。

·　　·　　·　　·　　·

　　巨大的风暴直接袭击了萨拉恩科拉（Savankhola），那是一个由5个村庄组成的村落群，临近宽阔而缓慢的巴利什瓦里河（Baleshwari River），在巴里萨尔以南大约30英里处，距公海30英里。巴利什瓦里河是三角洲地区具有代表性的河流，这里地形复杂多变，我手中的地图此时再次失去了作用。这条河似乎是梅格纳河的一条支流。但到底说的应该是哪一条呢？其源头究竟是纳亚万加尼河（Naya Vangani）、阿里亚尔汗河（Arial Khan）还是卡拉巴达河（Kalabadar）？这条河水流迟缓，蜿蜒许多英里之远，变身为一系列的环状、辫状和牛轭状，沿途接纳了众多支流，绕众多岛屿而行，之后名字换成了卡察河（Katcha），与卡利甘加河（Kaliganga）最后汇合。它次级的支流似乎每次离开一条河流只是为了注入几英里外的另一条河。有些像蛇咬其尾一样蜷缩着，有些似乎同时向两个方向流动。当到达大海的时候，巴利什瓦里河已经成为恒河百口中最大的一条，宽达五六英里。或者到了那里，可能就是所说的博拉河（Bhola），但很难说。

　　在萨拉恩科拉，大多数人是穆斯林，大约只有10%是印度教徒。这两个社区看起来一直和谐共存。穆斯林家庭比较简单，院中可见整洁的松饼型干草堆。印度人房屋更显坚固华丽，饰以生动的原色。有些装饰看起来像女人的美甲图案，他们用篱笆把菜园围起来，在平整的土地上播种稻谷，在邻近的茅舍里精心地供奉神龛。各家各户，不分宗教信仰，都会以一盒盒的饼干、水果和小杯甜红茶为祭品。

一群村民陪我一起沿着一条垫高的狭窄小路前行，路面松软，灰泥浆泛起，这窄窄的一条路足足高出并排的覆盖绿藻的鱼塘6到8英尺。当地人一年种两季水稻和一些蔬菜。人们也会冒险进入森林伐木砍柴，尽管老虎使他们不安。几星期前，邻村一个15岁的男孩在钓鱼时就送了命。

有一个人年纪很大，他还记得1970年和1991年的灾难性飓风。他说，现在的预警系统好多了。从收音机里，人们提前两天就可以了解到锡德即将到来。主要人口居住中心的三级红旗系统预报了其可能具有的破坏力。政府官员和村里的志愿者通过安装在自行车上的扩音器和手持扩音器传递信息。然而，直到最后一分钟，还没有人确切知道风暴会从哪里开始破坏。风暴最后在晚上10:30左右登陆。萨拉恩科拉大多数人躲到了建在高出地面10英尺的混凝土柱子上的避难所里。但在库里亚卡利（Khuriakhali），有14人被困在家中，原因是他们不愿放弃自己微薄的财产，也有人被大水冲走淹死了。"水涨到这么高，"那人指着自己的锁骨说，"但是只有4000人殒命。"

接下来的冬天就像经历一场漫长的放慢动作的余震。几个月以来，田地全被海盐所污染。水稻和蔬菜作物歉收。水井仍是半咸的。渔船已沦为柴火。整个旱季的天气都很诡异，而且比往年长了一个月，尽管不时会有突如其来的倾盆暴雨，但早上10点，人们还在穿着毛衣瑟瑟发抖。人们被各种疾病——头痛、呕吐、腹泻、疲劳，疟疾导致的高烧和入骨的寒战——折磨着，虽说都是常见病，但发病时间无常。

当我们穿过村庄往回走的时候，一位名叫穆克提（Mukhti）的年轻女子用她清亮甜美的女高音为我演唱了一首孟加拉民歌。一个农夫问我是否有兴趣买走他的女儿，她已到了谈婚论嫁的年龄。一个干瘪的老人拄着一根拐杖，站在屋外迎候我。我问他今年多大年纪了，他说 100 岁。

64 含盐的土地

    孟加拉国第三大城市库尔纳位于缓缓流动的鲁普沙河（Rupsha River）上，这条河是恒河百口最重要的河流之一，最后流入孟加拉湾。库尔纳破败不堪，与达卡的混乱相比，至少在相对意义上，交通状况算是得到了大大的改善，真是天赐之福。

    同在印度一样，在库尔纳找一张说得过去的床凑合着过夜具有挑战性。我们选了一家中等价位的酒店，墙上的壁画中有泰迪熊，还有在暴风雪中嬉戏玩耍的卡通人物，旁边是一辆大众甲壳虫，车顶上绑着节日旅行箱，上面写着"冲啊，宝贝"。

    在阴暗而空旷的房间里，墙上挂着一幅裱好的巨幅画作，画的是繁花。在画的后面有什么东西正在蠕动，原来是一只足爪张开足有 8 英寸长的蜥蜴。我给前台打了电话，问他们能不能派人来把它弄走。几分钟后，上来两个人，带着板球拍，一罐生锈的泵压杀虫剂，以及只包括"没问题"的英语词汇量。我试图通过疯狂的手语来传达自己的想法，那就是不需要用上所有武器，他们是不是能轻手轻脚地把蜥蜴赶走，放回花园里呢？"没问题。"他们一边说着，一边把画作从墙上拽了下来，迎着蜥蜴的头近距离喷洒杀虫剂，直到它滚到了地板上，然后开始用球拍击打它。当它终于停止抽搐时，他们一把抓住了它的尾巴。

即使在有着 2 亿人口的北方邦，也存在一些缓解压力的机会。这里有小片的森林，也有空旷的道路。但是，一旦驾车进入三角洲深处的孙德尔本斯山脉，就会引起某种奇怪的露天幽闭恐惧症，你既不能与人隔绝，也不能视而不见某种耕作方式下的土地。每前行一英里都是一场惊心动魄的战斗，一边是满载木雕的卡车，一边是大灯通明的公共汽车，尽管阳光灿烂。车上的乘客们紧紧抓住车顶。人力车、自行车和摩托车概莫能外，纷纷不顾风险，勇往直前，就好像他们正在为全美汽车赛试车一样。平板车上堆满了柴火，20 英尺长的竹竿，一袋袋的大米，饭锅，干草包，摇摇晃晃的食用油桶堆出来的金字塔和乘客。对于这种小车来说，重量早已大大失衡，突然之间它就翻倒了，把司机像马戏团演员从大炮里被射出来一样向后弹射，10名乘客，其中包括一名虚弱的老妇，四处散落，躺在高速公路和川流不息的车流中。一个老妇人强撑着起身，重新站起，掸了掸身上的灰尘，回到了柏油路上各处随意走动的人群和牲畜中。瘦骨嶙峋的山羊，营养不良的牛、鸡、鹅、狗和孩子，拄着拐杖蹒跚而行的白胡子老丈，穿着纱丽和长袍的妇女，戴着格子头巾的临时工。公路上的生活是一场残酷的达尔文主义竞赛，而卡车和大巴总是真正的赢家。

我们继续朝着正西方向前行，穿过一望无垠的稻田，然后折向南方，一直开到孙德尔本斯边界上繁忙的小镇沙姆纳加尔（Shyamnagar），那里距印度边境只有几英里。在印度教徒与穆斯林的冲突史上，沙姆纳加尔曾经留下了浓墨重彩的一笔。16 世纪的印度王公和大地主普拉塔帕迪亚（Pratapaditya）曾在这里抵抗莫卧儿皇帝贾汗吉尔（Jahangir）的海军、火炮和强大的战象，直到最终投降被押解至瓦拉纳西，殁于囚禁期间。在沙姆纳加尔，至今仍有一座普拉塔帕迪亚宫殿的红砖废墟勉强地矗立在一块球场的边上，一些男孩子正在球场打板球。宫殿的窗外生出了树，同无害的眼镜蛇群合住的寮屋客，就把衣服挂在废弃的房间里晾干。

附近又一辆两轮车缓缓驶过，司机身后的平板车厢上，一个留着大胡子的男子对着一对扩音器高声吆喝，震耳欲聋。

"这是怎么回事？"我问本尼迪克特，这个年轻人为非政府组织乌塔兰（Uttaran）工作。该组织致力于关注孟加拉这一地区最贫困社区的民生问题，为该地区人民提供从饮用水到家庭暴力的各类建议。

"他说，如果你捐助伊斯兰学校，你就能直接上天堂。"

几百码开外，另一个大喇叭在大声播放伊斯兰集会的邀请。一群十几岁的男孩堵住了道路，筹集资金。

"他们也来自伊斯兰学校，"本尼迪克特抱怨道，"当然，这只适合男孩。这些学校的数量比以前要多得多，而且一直在增加。他们要做的主要课业就是用阿拉伯语阅读和记诵《古兰经》。政府也鼓励学校开展现代通识教育。但是……"他摊开双手，你能怎样呢？

在过去，孟加拉国农村从未受到伊玛目独裁者的统治，祭司的角色通常仅仅限于主持出生、结婚、死亡和埋葬的仪式。如今，印度教和伊斯兰教之间的文化界限变得模糊。社区聚集不考虑宗教的差别，聚集一堂，聆听受真主和恒河女神青睐的苏菲派大师加济·格鲁（Gazi Kalu）的史诗故事，或者在巡回表演团的歌曲、诗歌以及程式化表演的陪伴下，共同讨论本地事务。现在，类似的事务渐渐被"瓦济"（Wa'azi）所取代，所谓"瓦济"是一种祈祷集会，而这种形式有时会向激进主义靠拢。沙特的资金正大量涌入该国。

·　　　·　　　·　　　·

黎明时分，模糊的人形在雾气中来来去去，穿梭在点缀着椰枣树和无窗茅草屋的泥泞小路上，仿佛莫奈在孟加拉建起了自己的画坊。太阳在地平线上幻化成了一颗苍白里透着橘红的圆球，在半浸在水中的稻秆间反射出晶莹的光芒，这种景观被分割成尖锐的长方形。稻田里到处分布着养虾场，再向远处看去，就只剩下养虾场，只是偶尔露出一片稻田的翠绿。路边的招牌上，绚丽的孟加拉文字旁开始出现英语单词：对虾孵化器；金币水产养殖。池塘里的水含有适量的盐分。在孟加拉，土壤的盐度比 40 年前高出了 80 倍。大部分土地不再适合放牧，稻米和鲜虾养殖之间的竞争就像公共汽车和自行车之间的竞争一样不平等。

本尼迪克特给我讲述了大虾养殖企业是如何进入这些农田的。他们一开始是租赁，半英亩土地两年为期约 2 万塔卡，合 250 美元。然后他们续约。鲜虾养殖不是劳动密集型产业。你失去了土地，也就失去了工作。如果一个农民遇到这种问题，公司就会请来一些黑社会肌肉男。这些生虾销往日本、美国和欧洲，而且价格不菲，所以政府站哪边从来没有太多疑问。

早些时候我在达卡见过本尼迪克特的老板沙伊杜尔·伊斯兰（Shahidul Islam）。沙伊杜尔曾经为了寻求解决的办法穷追不舍，令政府难堪。有一天，两名士兵把他从办公室拖出来带到附近一个军事基地，在那里他被蒙住双眼惨遭殴打。在他的印象中他们打他用的是曲棍球棍。他们把他的脚弄断了，直到如今，他走起路来还是一瘸一拐的。根据孟加拉国特别权力法案，他被判入狱 7 个月，罪名是"组织无地人民反对国家"。

经过布里戈里尼（Burigoalini）、塔蒂纳卡利（Tatinakhali）、科尔巴里（Kolbari），再向前，我们已经没有路了，孙德尔本斯边上最后几个村庄处于土路和自行车道的尽头。布里戈里尼是一个古老的名字，是致敬当地的一位妇女，她曾在这里经营奶牛牧场、水田和繁荣一时的淡水鱼塘。她所代表的经济早已成为历史。虾池星罗棋布，一直延伸到地平线。沿着阿邦西亚河（Arpangasia）的一条支流霍帕图亚河（Kholpetua）泥泞的岸边，销往中国和日本的鳗鱼被吊在绳子上晾干。阿邦西亚河是恒河百口的河流之一。水闸把河里的咸水注入虾池。在另一边，100 码开外，有一堵坚实的森林墙，那是孙德尔本斯国家公园的起点，一个无人居住的地方。

在塔蒂纳卡利，村民们正试图在盐碱线以上的堤坝上种植农作物。他们在用芦席围起来的小池塘里实验漂浮菜园和养殖螃蟹。研究人员正在研究耐盐水稻。达卡的专家称之为"弹性经济"，"弹性"这个词可能正是为孟加拉国而发明的。

"如果可以的话，90% 的人会选择离开。"一名男子说。但这很难。年轻人梦想着城市生活，但他们没钱也没有关系去实现这个梦想。年龄越大，你与村庄的联系就越紧密。建造一个家和一方鱼塘，照料一片可以耕种的田地，清理一个小院，晾干和簸扬你的稻谷——这是 20 年的时间、劳动和感情的投资。

塔蒂纳卡利的地下水已经变得太咸而无法饮用，泥泞的小路上挤满了穿着塑料人字拖的妇女和女孩，她们正前往下一个村庄科尔巴里，那里的砂滤井可以净化鱼塘的水。每天 3 次来回各走一英里半的路，一共 9 英里，在令人发呆的太阳下，她们把破旧的铝罐装满足够全家日常所需的水，带回家。一个叫沙吉达（Shajida）的圆脸女人说，有时候，如果你热了、累了或者迟了，没能及时把饭食摆到餐桌上，你丈夫就会伸手打你。邻居的3个小孩在她身后的大门口睁大了眼睛观望。沙吉达告诉我，他们的父亲3周前被老虎吃掉了。

"你丈夫发生那种事你会怎么样？"我问沙吉达，"有什么补救办法吗？"

她对我微微一笑。"会痛哭吧。"她说。

65 昌德帕的老虎

　　蒙格拉（Mongla）是一个肮脏的河港，港内排满了生锈的货船。在通往防波堤的主路两侧，宣传画提醒着人们遭遇飓风时应该如何自救。画面中一头奶牛随着洪水漂去，一个男人紧攀着木床架子，另一个人则挂在一棵棕榈的半腰，还把自己光溜溜的孩子绑在了树干上。我登上一艘名为森林女神号的内燃机小船，向南驶进孙德尔本斯地界，出发去寻找老虎。

　　达卡的一名制衣工很早就离开了位于孙德尔本斯大森林边上的小村庄，那里正受到老虎的威胁。库里亚卡利一个十几岁的垂钓者命丧虎口。塔蒂纳卡利有 3 个孩子刚刚失去了父亲。如今，在昌德帕村（Chandpai）出现了一只为患一方的老虎。一开始有 60 只山羊、狗和牛等家畜在几个月里被这个老虎给祸害了。之后，老虎又攻击了一位老妇。一天夜里，它从茅草屋屋顶窜进老妇的住所，把她从床上拖走了。最近的受害者是一名男子，当时他正在森林边上为牲畜打饲料。

　　离天明尚远，我就在狭窄的铺位上被起锚的叮叮当当声吵醒。我翻了个身，拉起蚊帐，眯着眼睛看了看手表，四点一刻。在半英里外的岸上，昌德帕骚动起来。第一批灯火忽明忽暗地亮起，伴着发电机轻轻的噗噗声。接着，森林女神号的引擎启动起来，咔咔地低吼了一两次，就进入高亢而稳定的律动。昌德帕占据了一个狭窄海角的顶端，只高出平均潮位几英尺，四周环绕着浓绿的孙德尔本斯森林墙。对于孙德尔本斯这个名字有些不同的声音，有人提出它的含义是"美丽的森林"，但大多数人说是乔木森林，在那里常年生长着的是一种红乔木，因为可以用于打造渔船船体而备受珍视。孙德尔本斯有三分之二的面积在孟加拉国境内，另三分之一在印度，总面积超过 2300 平方英里，是世界上最大的连片红乔木森林。350 万人口生活在孙德尔本斯边缘上的像昌德帕这样的村庄中，但大森林里其实并没有人类居住，只有一些分散的前哨站里有一些政府守卫驻扎，监视非法伐木工、没有许可证的渔民、河盗以及老虎的行踪。

海平面上升 26 英寸——现在几乎可以肯定，在未来几十年内就会发生——将摧毁孙德尔本斯，荡平保护恒河三角洲免受飓风猛烈袭击的缓冲区，还将摧毁世界上最丰富的自然基因库之一：这里有 334 种植物、186 种鸟类、53 种爬行动物、222 种鱼类和 100 种贝类。所有的稀有动物中最珍贵的是体型巨大的濒临灭绝的河口鳄鱼，现存不足 200 条，还有 400 只左右的孟加拉虎。

老虎一直是恐怖的象征。雄虎体重可达 100 磅，身长 10 英尺。在春季潮水上涨期间，它甚至可以与鳄鱼争斗，这也是达卡街头人力车彩绘最受欢迎的场景。老虎还会游到很远的地方去寻找猎物，也会爬上游艇。如今，有一头老虎把昌德帕人吓得魂飞魄散。

·　　　·　　　·　　　·　　　·

太阳升到树梢时，森林女神号沿着宽阔的帕斯尔河（Passur River）缓缓而下。船上还有另外两名乘客，我的朋友们，两名身穿棕色制服的森林警卫以及 9 名船务人员。厨师把我们的早餐摆在一张长桌上，咖喱、米饭和热气腾腾的扁圆面包散发出诱人的香气。

"这是什么咖喱？"我问他。

"绿色蔬菜咖喱，先生。"

10 点半，他再次现身，桌子摆满了食物。

"您要零食吗，先生？"

第二轮的"绿色蔬菜咖喱"让我口渴异常，但只有瓶装水。孟加拉通常是没有含酒精饮品的。有传言说，在达卡能搞得到酒，只要你知道哪里有酒出售。据说都是从缅甸走私过来的。但我从来没有想到如何才能破解这种接头暗号。有一天，我在一家铺着白桌布的餐馆里吃午饭，一个谄媚的侍者给邻桌一位衣着得体的中年男子送了一瓶冰镇啤酒。

待下次他经过时，我告诉他我也想点一杯。

"先生，"他说，"我们没有啤酒了。"

"可你刚刚就卖给他一瓶啊。"我说。

他考虑着如何把达卡社交礼节的实情传达给我。"先生，他是贵宾。"

森林女神号已经进入了一条狭窄的水道，大约有 60 英尺宽。我漫步甲板，拿起手中的小说。我正在重读《黑暗之心》（*Heart of Darkness*）。我们的船只艰难地航行在棕色而浑浊的河水和茂密的森林里，仿佛来到了康拉德（Conrad）时期的刚果。一群恒河猴在一处狭长的沙滩上嬉戏。梅花鹿和野猪在阴影中觅食。几种翠鸟——蓝耳、黑顶、棕翅、白翎——随着飞行姿态的突然改变，羽毛的色泽也会发生变化。濒危的鹳双足细长，沿着水边一线徘徊，栗鸢（Brahmini Kite）和海雕在我们的头顶上空滑翔。在两条大河的交汇处，一群罕见的恒河豚沉浮于水面。不远处，渔民们正在撒下天蓝色的大网，为养虾场捕捉种苗。

我们经过几条鳄鱼，它们正在泥滩上晒太阳，身长有 20 英尺，身上披着野蛮的盔甲。随着舟船越靠越近，它们消失在水中，形成了一个巨大的泥浆漩涡。在这慵懒而温暖的早晨，我和朋友们讨论着哪种死法最糟糕：被鳄鱼、老虎或灰熊攻击，还是被鲨鱼攻击？老虎从脊柱一口咬下去，连脖子都会被咬断。如果是灰熊，它的呼吸里就会有那种难闻的肉腥味，巨爪可以撕开汽车的外壳。鲨鱼往往从下面无声无息发起攻击，你大腿上的一块肉瞬间就不见了，水中泛起血色，无助的人虚脱至死。但鳄鱼似乎才是最可怕的：人被叼在可怕的双颚间，被拖下水直至溺毙，因此要经历双重恐惧。

厨师从下面喊道："午饭好了，先生。"

那是另一种色调深浅有别的绿，我们用餐时，厨师就立在旁边，不过大家实在没有胃口。

"先生，您喜欢旅游纪念品吗？"他指着一个储物柜。我想象着一定是廉价的纪念品、手镯、T恤衫或竹笛。我摇了摇头。

他停顿了一下。"我有非常特别的旅游项目。我可以拿给您看。"

他打开了储物柜。里面有个冷藏箱，内有十几瓶喜力啤酒，冰镇到正好。

•   •   •   •   •

我们的船只"邦比比"（Bonbibi）是以孙德尔本斯女神的名字命名的，据说正是她控制着老虎的活动。"邦"，来自孟加拉语，意思是森林；"比比"，来自乌尔都语，意思是女士。森林女神，是一个典型的孟加拉传统融合神。在森林边上一些村庄的神龛里，她被塑造成一位穿着绿色或蓝色纱丽的印度教女神的形象，面容安详，座下有一只啸傲的猛虎。她的兄长沙江加利（Shajangali）持一根长棍驾驭着这头野兽。用一位学者的话说，他的穿着"像穆斯林绅士中的一员"。

许多为了维持脆弱的生活冒险进入森林的人——渔民、伐木工人和采蜜人——在离家之前都会举行精心的仪式，祈求森林女神的保佑。人类学家已经记录了各种各样的仪式，在这些仪式中，人们将各种各样的物品供奉给女神——海螺壳手镯、朱砂、红布块、绿椰、陶罐、装饰浮雕、糖果、大麻和熏香。在孙德尔本斯印度人区，有人做过简单的实验，森林工作人员试着把老虎面具戴在脑后，以迷惑从后面攻击的老虎。没有证据表明这与向森林女神祈祷有什么区别。

官方报道称，每周约有一人为老虎所害。但是实际上更多的死亡案例并没有报告。莫瓦利（Mowalis）采蜜人尤其脆弱。他们每年4月和5月工作两个月，追踪从喜马拉雅山区结群南飞寻找冬青红树、老鼠簕（acanthus ilicifolivs）、河岸红树和蜡烛果（aegiceras corniculatum）花蜜的岩蜂。一个有经验的采蜜人可以带回200磅或更多的蜂蜜。如果他们向林业局交了许可费，并请林警和政府官员通融一番，两个月难以想象的危险劳作就有可能给他们带来差不多75美元的收入。莫瓦利人单独或两个人一起干活，每年的这个时候他们的出现是破坏性的，因为此时幼虎只有几个月大，还没有出洞。老虎第一次攻击人类很可能是防御性的，但这次杀戮就会使它们从一个"间接"食人兽变成一个"专门的"食人兽。

那天晚些时候，我们在停泊处闲坐了一两个小时。轮船机舱里不时传来砰砰声和咕哝声，一名船组人员不时出现，手里拿着一把活动扳手，上面满是黑色的油污，他向船长低声报告着紧急机械故障。一艘小船停在我们旁边，船夫把一根绳子扔过甲板的缺口，系好。一个穿着绿色马球衫、面色红润的年轻小伙子，登上了森林女神号。在这个偏僻的地方，我吃惊地看到了另一张西方人的面孔。他叫亚当·巴洛（Adam Barlow），生在英国，曾在明尼苏达大学写过关于孟加拉虎的学术论文，现在住在达卡。他说他正在去昌德帕的路上，目的是教会村民们如何麻醉老虎，给它戴上无线电项圈，然后放归森林的其他地方，让老虎远离他们的家园。

我问他当地村民通常如何处理这种问题。

"通常他们会给老虎下诱饵，"他回答说，"接着，把老虎引诱到村子里，人们就成群结队地聚集过来，以棍棒为武装，把老虎围在中间，将其打死。"

66 来到海滩

　　一名护林员走在我后面，另一名在我前面。在科特卡·哈尔（Kotka Khal）潮汐水道，我们走过摇摇晃晃的木头跳板时，二人把步枪斜挎在肩头。

　　科特卡前哨是孟加拉国陆地与大海相融之地。这里别无他物，只有一个森林部门留下的标志。几栋水泥建筑之中，有一栋被近来的一场龙卷风摧残得只剩下残体的楼体外墙。在海峡的另一边，矗立着一座瞭望塔。海滩向西绵延，3英里长的灰褐色沙滩上散落着椰子和棕榈叶，最后来到展阔的贝特莫尔（Betmore）恒河河口。贝特莫尔乍一听起来像黑手党赌场的名字，却是名副其实的恒河百口之一。世界上有许多这样的海滩，你可能更期望找到一家地中海俱乐部或一个高端生态度假村，但在这里，你更需担心的应该是老虎。

　　海滩边上铺满了几乎拗成直角的尖细树根，一条狭窄的小路通向森林深处。护林员的步枪上装着刺刀和残破的木枪托，看起来像是博物馆的东西。其中一个说，问题不在于枪的年代，而在于子弹的年代。他们两个都是40岁。但是他告诉我不必担心，如果我们在森林里遭遇老虎，他们至少有四分之一的机会射杀它。

　　在小径上我们发现了一些踪迹，一棵桑达利（Sundari）红树的树皮上留着几处深深的爪痕，离地面有6英尺高，沙地上还有一只雄虎留下的新鲜足迹，宽如我张开的手掌。但既然没有老虎可寻，我们只好返回了海滩。"你可真不走运。"其中一名护林员说。

独立水边，任凭潮水轻轻拍打我的登山靴靴底。广阔的印度洋，一派棕褐色，它裹挟着浑厚的淤泥，向远方的地平线铺展而去。如果你朝着正南方向沿直线航行，下一个登陆地将是在 5000 英里以外南极洲西冰架上的米哈伊洛夫岛（Mikhaylov Island）。

67 胡格利河上胡里节

有一次，我曾在瓦拉纳西看到一处河坛上飘扬着一个横幅，警告游客七彩春节胡里节潜在的危险。上面写道："望周知，这个节日对女孩来说很危险。所有男人都喝得烂醉。这一天不要拥抱任何人！没人自控，请勿冒险。"

与此同时，加尔各答却鼓励人们主动去拥抱。沿乔林基路（Chowringhee Road），为了给交通提速，尽管帮助不大，当地还是尝试着建起了立交桥。一根根水泥柱上，悬挂着很多巨大的广告牌，上面展示了一个全身打湿、着纱丽的女子缠绕在一个好像3天没刮胡子的宝莱坞版帅男身上。广告词是"胡里也疯狂"。我猜这是一个除臭剂广告。

朋友曾带我前往一个中产阶级社区参加胡里节派对。进入一个带门的小公寓的安静花园，东道主和我互致问候和节日的祝福。女主人是一个分子生物学家，男主人是一个工程师，他们在胡格利河岸边拥有一座小型有机农场。工程师给我调了一杯伏特加莫吉托，上插一小枝薄荷。此时，一个女子端着一盘掺了大麻的帕可拉（pakoras）摇摇晃晃地向我走来。她把盘子塞到我手里，告诉我抓点紧。环顾周围的人群，她的意思再明白不过了。人们蹒跚而行，摇摆不定，有几个舞者好像已经昏睡在扶手椅里。孩子们疯狂地奔跑着，有两个跑过来，泼了我一身彩粉，有绿色、红色、黄色和紫色，我根本逃不开。"我觉得这些颜色象征了胜利，"我听到有人含糊不清地说着，"也许是战争中获胜的颜色，或者别的什么。"来派对的路上还看到另一个广告，那是一家建筑公司敦促人们今年使用有机颜料的。

这次派对的大多数客人似乎在 40 多岁或 50 刚出头。当我问及他们都做什么职业这种典型的美国式问题时，大多数回答有些含糊不清，比如会说自己处于半退休状态、自由职业，或是顾问之类——教学顾问、学校管理咨询师或者 IT 顾问等。在加尔各答，这样的回答有夸大之嫌。所有人英语都说得完美无缺，略带口音，但暗示了他们英美教育的背景。一名男子说，他正在数字化人称"英属印度泰姬陵"的维多利亚纪念馆的大量艺术藏品，他还走到一旁演奏了几支爵士乐。"贝西（Basic）伯爵让我心动。"他说。我和他一致认为，伯爵和吉米·拉什（Jimmy Rushing）共同录制的蓝调唱片堪称绝唱。

"加尔各答从来都是一个美妙的地方，"一位女士说，"在这里是一定要拜会像雅克·德里达（Jacques Derrida），爱德华·萨义德（Edward Said），萨沙·华尔兹（Sasha Waltz），赫比·汉考克（Herbie Hancock）这样的名人的。他们都来过这里。真是太棒了。"

似乎每个人都把这座城市称为"Calcutta"（加尔各答现称），而不是"Kolkata"（加尔各答旧称）。由于种种原因，没人能充分解释其中的缘由，进入印度后殖民时代后，一些地名发生了改变，也有些没有变。这些天来，大多数人似乎都说"钦奈"（Chennai），不再称"马德拉斯"（Madras），但几乎没人把"班加罗尔"（Bangalore）称为"孟加拉鲁"（Bengaluru）。"Mumbai"（孟买旧称）与"Bombay"（孟买现称），和"瓦拉纳西"与"贝拿勒斯"一样，用的人各占五成。

讨论加尔各答新旧名称孰好孰坏以及它们可能的起源，需要再叫一轮帕可拉和莫吉托。大家基本的共识是这座城市是以迦梨女神的名字命名，迦梨是众神中最重要的一位，著名的迦梨神庙就位于迦梨戈特（Kalighat），它的谐音正是加尔各答。有一个更不可思议的观点，旧时基督教传教士被胡格利河沿岸的瘟疫沼泽及其夺去外国人性命的速度吓坏了。于是，他们把这一地区比作各各他（Golgotha），即基督殉难的骷髅山。各各他从拼写上很像加尔各答。我最喜欢的故事版本是这样的：很久以前，有一位英国游客问一位路过的割草人这个地方叫什么，那人没弄明白问题，就用孟加拉语回答说"卡尔－卡塔"（Kal kata），意思是"昨天的割伤"。

"尽管'Kolkata'中间有一个长长的孟加拉'O'音，但是新旧拼法发音几乎没变，那就无所谓了呀？"一位女士说。

"有民意测验显示，"一个男人插话说，"大多数人喜欢新名这个叫法。"

"'Calcutta'还是'Kolkata'，是一个身份问题。这就是我们的文化分裂。"第三个人说。

似乎没人会因这个问题辗转反侧，但加尔各答的文化里总是存在轻微的不确定性。用孟加拉语名字，你便不无骄傲地确认了这一独特遗产的身份，其中包含了音乐、诗歌以及对古老家园的怀旧之情，而现在它被分为两部分，东与西。使用英国化的版本，可能你会含蓄地赞同这样的观点：加尔各答最深层的身份应该是帝国第二大城市，在维多利亚女王的地图上，以其所有的辉煌和所有的残酷，成为最激进的那一部分。但是，如果你是一个热爱爵士乐的IT顾问，新加尔各答也许会接纳你为一个见过世面的人，一个更大世界中的公民；如果你用旧名，这个城市会疑虑你是一个现代主义者呢，还是一个乡巴佬？

我们始终没能找出答案。最终，我们一行人挤进一辆嘎吱作响的大使牌出租车，在微醺里朝着河坛而来，这里沐浴的人正多。人们用香皂冲洗身上的胡里节粉末，一时间河水被染成了深紫色。

68 阿普的天空

　　德里达和贝西的盛名之下，还有两位伟大的孟加拉艺术家的影响不能不提。一个是拉宾德拉纳特·泰戈尔，一位白胡子诗人、小说家、作曲家和博闻强识者。在20世纪初，正是他巩固了孟加拉独特的文化观，成为欧洲以外获得诺贝尔文学奖的第一人。另一位是杰出的电影制作人萨蒂亚吉特·雷伊（Satyajit Ray）。

　　泰戈尔在他的童年回忆中写道，加尔各答是一个谜。"到处都潜伏着一些你意想不到的东西，每天最重要的问题就是：在哪里，哦，在哪里似曾相识？"

　　雷伊出生在城市的国际化精英阶层，他对孟加拉的感情、对乡村和城市之间的情感张力、对于渴望和失望、对于理想主义和失败挫折、对改变的渴望和对延续的渴望，都表现得非常强烈。

　　你应该在自己的电影作品中拍些什么？你可以忽略什么？你愿意离开城市到那小村里去吗？牛群在那无垠的田野上吃草，牧羊人吹奏他的笛子。你可以在那里拍一部清新的电影，反映船夫之歌流淌的节奏……

　　或者你宁愿待在你现在生活的地方，就是眼前这可怕而拥挤的、令人困惑的城市中心，努力协调这种令人眩晕的景象、声音和环境的反差吗？

雷伊拍过的最著名的两个场景来自电影《大地之歌》(*Pather Panchali*),"阿普三部曲"(*Apu Trilogy*)的第一部。一个场景是大雨,另一个场景是火车。那是不变的乡村节奏,也是逃亡具有的汹涌力量。

　　在第一个场景中,乌云在田野上骤起,远处雷声轰鸣,睡莲在风中摇动,阿普的母亲在收干燥的衣物,父亲看了看天,打开伞。第一滴季风雨落入池塘的水面。6岁的阿普在一棵树下避雨,赤裸着上身,冻得瑟瑟发抖。当他看到倾盆大雨中的妹妹杜尔迦(Durga)(以孟加拉人崇拜的女神为名)随着水流飘动的一头长发时,他不禁笑了。

　　在第二个场景中,他们把耳朵贴在一根电线杆上,听着电线里的嗡嗡声。他们蹲在长长的草丛中,阿普转向妹妹问道:"我们在哪里?"她什么也没说。二人飞奔着穿过田野,来到一个隆起的堤岸,一列火车拖着黑烟隆隆驶过。

　　在续集《大河之歌》(*Aparajito*)中,阿普只有9岁。在中央电影审查委员会(Central Board of Film Censors)的审查批准证书下发之后,我们得以透过他的视野,以模糊的黑白色观察恒河。在拉贾河坛正上方瓦拉纳西的马尔维亚桥(Malviya Bridge)的桥墩那边,搬运工正在为火葬场运送木材。他父亲在河坛上祈祷和布道,但不久就病倒了。"这里没有我们家乡好,是不是啊?"他问阿普。他饮尽一口恒河水后,就去世了。

　　电影进行到一半时,一列火车鸣笛而至,哐当当地从大河上驶过,这一次是朝着相反的方向行走——返回孟加拉。阿普俯瞰着河坛向后退去,越来越远。母亲凝视着窗外的风景,阿普把头靠在她的腿上打起了瞌睡。一个男孩子正沿着运河撑船,一个男子驾着牛车沿着泥泞的河堤前行。

　　返回村子以后,这里已经发生了一些微妙的变化。一天,一驾马车来到这里，车上坐着一个头戴遮阳帽，身穿白色西装，纽扣孔上插着玫瑰花结的男人，"文学的嫩叶"通过这个人展现在阿普面前。

"哪些地方的树木和植物最绿？"那人问，"在哪个地方所有人都受到同等的欢迎？哪里种着金灿灿的蔬菜和荷花？那就是我们的孟加拉。我们的国家叫孟加拉。"

在学校，阿普收到了两本书。一部是《非洲的利文斯通》（*Livingstone in Africa*）。另一部讲述了一些伟大科学家的一生，有阿基米德、伽利略、牛顿和法拉第。16 岁时，他在全地区考试中名列第二。他告诉母亲他获得了加尔各答科学奖学金，每月可以收到 10 卢比。他请求母亲允许他去读书。"我能去吗？人们都去那儿上学。"他问母亲。

他们为此争吵。

"像你父亲那样当祭司有什么不好？"母亲反问，"你要我怎么办？"

他给她看地球仪，这是校长送给他的礼物。上面有蓝色的海洋。他在三等车厢里研究它。火车缓缓冒着烟，沿着像网一样汇聚到这里的铁轨，驶入豪拉车站（Howrah Station）。在月台上，阿普被挤在人群中。当他来到外面的街上，一辆汽车把他吓了一跳，这种反应表明他以前从未见过汽车。

他在加尔各答大学和学院街书摊附近的帕图托拉巷（Patuatola Lane）一家印刷厂找了一份差事，晚上的时候读书。他学会了"提喻"（synecdoche）这个词的意思。他开始熟悉这座城市里的名胜：维多利亚纪念堂、迦梨戈特神庙、基奥拉塔拉（Keoratala）火葬场。他坐在河岸上，凝视着船只，梦想着蓝色的海洋。

母亲给他发来一封口气哀怨的短信。"你为什么从不写信，也不回家？"邻居留下信说他母亲病倒了。他坐了 3 个小时火车往家里赶，一路上心里满是内疚和矛盾。他匆忙回到家里，却发现屋里空无一人。

他和一个左肩上披着圣线的老人一起哀悼她的死。

"你要去哪儿？"老人问。

"加尔各答。"

"为什么到加尔各答？"

"我上大学。"

"那你母亲的临终仪式怎么办？"

"在加尔各答河坛上进行。"

老人摸着阿普的前额为他祈福。阿普光着脚沿着泥泞的小路行走，远离镜头，不曾回头。

69 美人迟暮

如果真像泰戈尔所言，加尔各答到处都潜藏着人们梦寐以求的东西，那么寻获它的唯一方法就是步行。无论多么闷热和潮湿，走上城市的街道，我从不会感到厌倦，但不知何故，又总会陷入豪拉桥附近街区带给我的那种幽闭恐惧症——如今，为了纪念泰戈尔，豪拉桥已经易名"拉宾德拉塞图大桥"（Rabindra Setu Bridge）。这个城市似乎可以在它狭小而混乱的范围内提炼出印度最本质的地方。当然你也会明白，每每觉得自己抓住了本质，很可能就会发现，原本不过都是些陈词滥调。

距离大桥半英里处，在 BBD 花园——昔日的达尔豪西广场（Dalhousie Square），如今的加尔各答政治中心——有一台政府设立的电子显示屏，上面写着："保护加尔各答免受污染，保持车辆污染水平不超标。"没有迹象表明，这种期待得到了满足。穿过胡格利河，不论是豪拉车站的红砖塔，还是沿着河对岸缓行的渔船和渡船，在烟雾里总是模糊得分不出轮廓。

悬臂桥的跨度有 500 码，是英国工程的杰作。出于战事的需要建于 1943 年——但正是这一付出，造成了当年的大饥荒，死亡人口达 300 万，占孟加拉总人口的 5%。他们是战争时期战事优先的受害者。1942 年，新加坡沦陷于日军的魔爪，接着是缅甸。此前伦敦方面为了保证军需以及救援物资的供应，解决英国的粮食短缺问题，储备了大量的孟加拉稻米。殖民地警察摧毁了沿海地区装满大米的仓库，以防落入敌人手中。只有投机者们大发横财。丘吉尔认为，孟加拉人的灾难来自他们自己，因为"他们像兔子一样快速繁殖"。他从不隐藏自己对印度民族在基因上的优越感和偏见。"我讨厌印度人。"他曾经说过，希望甘地最好被大象踩死。"他们是一个信奉残忍宗教的残忍民族。"

每一天，有200万人通过拉宾德拉塞图大桥。据说这是世界上承载量最大的人行桥。人群中几乎都是男性，有匆匆忙忙夹着公文包、拿着手机的人，有戴着头巾顶重物的搬运工，也有背着挎包和书包的学童。

靠近桥基是亚美尼亚河坛的新古典主义形制的石柱。这是胡格利河上最古老的一批石柱，于1734年由波斯移民出资建造。作为城里第一批高利贷商人，他们在加尔各答迅速发展起来，就像之前效忠于莫卧儿王朝的领袖一样，顺应世俗的风向，开始一心为东印度公司服务。亚美尼亚商人卡奇克·阿拉基尔（Catchick Arrakiel）为了庆祝乔治三世从疯病中康复，就曾举行过焰火表演。不过，当事实证明症状只是暂时缓解时，毫无疑问，亚美尼亚人一定难过不已。

在亚美尼亚河坛附近有一个艾伦·金斯伯格常去的规模不大的湿婆神庙。醉汉们常常四脚朝天地躺在那里乡村酒铺外的台阶上（营业时间为上午11点到晚上9点，周四不营业）。另一些男人则在水龙头旁自顾自地打肥皂。水龙头旁贴着一张大海报，上面留了一个免费电话，是为那些有兴趣了解更多艾滋病预防知识的人着想。还有一些人会光顾在白人福利协会资助下设立的公厕等公共设施。如果你太穷付不起入门费，早间也可以蹲在附近的拉姆·钱德拉·戈恩卡·泽纳纳浴场（Ram Chandra Goenka Zenana Bathing Ghat）解手。台阶最顶端的建筑便是莫卧儿式的拱顶和长满叶子的塔楼。加尔各答到处都是树木、灌木丛和气生根，它们会从窗口、墙壁和破旧的屋顶探出头来。朝迷宫般的柱子和拱门里面行走，应该是罗马式地下室。过去这一处河坛浴场专为女性设计，但这种区别很久以前就消失了。如今，男女老少都会聚在这里，也会在台阶上浸浴和厕屎。在泽纳纳浴场有一个标志很有用：当心脚下。

●　　　●　　　●　　　●　　　●

一天早上，我和朋友达玛扬蒂（Damayanti）一起吃早餐。上次就是她邀请我参加胡里节派对，她的许多朋友都叫她"多多"（Dodo）。我们来到大学街旁边的印度咖啡屋，在这里，学生们在一幅真人大小的泰戈尔画像下吃着 50 美分的羊肉片。一边吵吵闹闹，打情说爱，用手机聊天；一边用咖啡因和尼古丁麻醉自己的灵魂。在楼上一条破旧不堪的走廊一侧的小房间里，男人们敲打着手工打字机，写着"请回复"或"请完成必要的工作"这样的结束语。这类小印刷厂都在忙着赶制文学通讯和小册子，以分析孟加拉无产阶级在即将到来的世界革命中的作用。

多多自称是"持不同政见的自由主义者"，她是在阿普和泰戈尔的复杂世界中成长起来的。"我的父母私奔成婚，仅仅是因为种姓的不同，"她说，"我父亲来自东孟加拉的一个大地主家庭。在我 15 岁的时候，他与神圣的家族断绝了联系，那是我最自豪的时刻。我母亲支持他那样做。我父亲的家庭一直对音乐和古典艺术感兴趣。手鼓演奏家扎基尔·侯赛因（Zakir Hussain），伟大的西塔琴演奏家尼吉尔·班尼基（Nikhil Banerjee），还有很多其他的音乐家，他们以前都曾住在我家。与我母亲交好的都是些作家、艺术家、画家和舞蹈家。马洪达斯（Majumdars）被认为是加尔各答最重要的家族之一。所以我有一个非常幸运的成长环境。我是看着萨蒂亚吉特·雷伊的电影，听着那些故事长大的。我叔叔还曾为他的电影设计过许多布景。"

她的母亲听起来是一个非常有趣的人。作为一名画家，她曾鼓励学生创作壁画，以掩盖 20 世纪六七十年代加尔各答墙上的革命涂鸦。多多说："她认为应该用更适合学生看的作品来替代这些涂鸦，因为上学路上看到这种东西不是一件好事。"她母亲的许多画作是对加尔各答两位伟大女神迦梨和杜尔迦的二次想象。

吃完早餐，多多想带我参观更多的海滨风景，所以我们回到了豪拉桥。在那里，殖民统治时期的遗迹与现代城市的喧嚣交相辉映。"我一直记得一位城市规划师曾经说过，"我们沿着海滨大道走着，经过废弃的旧仓库时她说，"加尔各答就像一个渐渐老去的妓女。虽然浑身是伤，但她自有独特的风情。"

一列火车在内环城轨上隆隆驶过。破旧的棚屋密密匝匝依路而建，居民们伸出手，甚至可以和车里的乘客握手。我们在一个摊位前停了下来，那里出售一种我叫不上名的又圆又尖的水果。多多说这是刺苹果，一种茄科植物，虽然有毒，但能壮阳且能引起幻觉。"这就是为什么我们用它来做湿婆礼拜，"她说，"因为湿婆是第一个吸大麻的神。"

隔壁是一家自行车和人力车修理店，到处贴着那种常见的湿婆、奎师那、象头神和吉祥天女的画报。另外一位留着八字胡的神我之前从未见过，他被一堆扳手、镰刀、钳子、斧头和铲子抽象图案环绕着。多多称他毗首羯摩天（Vishwakarma），是工具和手工艺之神，他赋予金属匠人、铁匠、木匠和石匠等共同的种姓。一名工人正用锤子和錾子打造一个厚重的铸铁格栅，格栅上还印有英国制造商的名字。我问他这是在做什么。"除非是紧急情况，否则当局是不会清理下水道的，"他说，"所以，我们必须在季风来临之前未雨绸缪。"去年河水涨得很高，淹没了商店后面的铁轨，造成火车全天停运。人们都说，青蛙撒泡尿，加尔各答都会洪水泛滥。

·   ·   ·

在穆立克（Mullick）河坛，一队卡车正在为花卉市场卸货。这里被认为是世界上最大的花卉市场。在搬运工们拥挤推搡之下，我被推到了一边。他们并没有敌意，只是出于本职的需要。

我发现，相当多的卖花人来自加尔各答南部的奥里萨邦（Orissa），即现在的奥迪萨邦（Odisha），这是另一个让人心理失衡的地名更改。"我们是经港务局授权的，"其中一人说，"但人们还是会把我们当成外人。当地人联合起来对付我们，生活因此变得更艰难了。我们向当局投诉过，但他们不闻不问。"

"一定得贿赂他们吗？"我问。

"不，我们永远不会那么干。"

"好吧，很明显，这就是他要告诉你的。"多多小声用英语对我说。

从奥里萨邦来的那人凌晨3点就开张营业了。他会在晚上9点打烊。这段时间里他就一直坐守在花丛中央。花丛中有用橙色和黄色的金盏花编成的巨大花环，班加罗尔葬礼上摆放的白玫瑰，渲染成彩虹色的菊花，小巧精致的粉红色夹竹桃，鲜亮可人的非洲雏菊。蓝紫色的蝶豆也称"女蕊"，因其外形酷似女性的生殖器而得名，被视为湿婆圣花，据说对泌尿系统感染有一定的治疗功效；紧实结串的芙蓉花，像红色的鞭炮；一簇簇的葱莲花，是"夜来香"。一位老妇蹲在台阶的顶端，用她那患有关节炎的手指将蜡白色的葱莲花从花茎中掐下来，做成项链。她的手环叮当作响。我问她这样做了多久了，她说有 60 年了。

那个小贩还在等当天的另一批货，但卡车晚点了。"也许司机出了事故。"他说。

"更有可能是他喝醉了。"另一个男人说。

因为大部分生意是经营金盏花，我问那个奥里萨邦男子卖什么价钱。他说他 20 个花环开价 200 卢比，大约 3 美元多一点，但人们通常还会讨价还价。问题是，似乎什么都没有卖出去，虽然才上午 10 点左右，气温却已经升到了 90 多华氏度，汗水从我身上滴下来。他耸了耸肩。"如果一天结束前卖不出什么货，我们就把这些花打包运往比哈尔邦或孟买。"他指着几个正在往冰袋里装东西的年轻人说，"有这个就会没事的。我是不会让任何东西变质的。"

花卉市场的经济效益让我大失所望。一个 4 到 5 英尺长的花环价值 10 卢比 15 分。种植者能赚多少？采摘者呢？卡车司机呢？中间商呢？搬运工呢？供应商呢？发货人呢？冰袋包装工呢？比哈尔邦的卖家呢？孟买的卖家呢？他们是怎么赚到赖以为生的那一份的？多多说这些问题她也回答不了。

70 园中漫步

有一天，我们坐上闷热的大使牌出租车前往普林塞普（Prinsep）河坛。"我们孟加拉人是一群懒人，"堵车的时候多多对我说，"我们和拉贾斯坦邦移民还不一样，就比如汽车生产商伯拉斯（Birlas）。"20 世纪 50 年代以来，加尔各答伯拉斯印度斯坦汽车厂生产的大使牌汽车始终在效仿英国莫里斯牛津（Morris Oxford），抵制任何一种设计和时尚方面的创新。

"出租车司机也一样，"她接着说，"大多数来自比哈尔邦，他们工作特别努力。"此时，司机猛砸着喇叭，可这对堵车来说，根本不起作用。多多示意他不要这样。也许比哈尔人很勤劳，但他们真的很吵。

"这是你的心理感觉。"普拉迪普·卡卡尔（Pradeep Kakkar）说。此时，他要和太太博纳尼（Bonani）一起陪我们去河边。普拉迪普在加州大学洛杉矶分校获得了管理学博士学位，并在亚洲各地担任一些顾问之类的职务。"'我来了，您认得我吧。'这是他们与人进行社会交往的方式。"普拉迪普这样说的时候，大有感同身受之意，接着他又说："噪音是印度的头号问题。"1990 年地球日，他和太太——公共卫生专家博纳尼与一个小型公民团体组织了几次反鸣笛集会，他们称之为"加尔各答更美好生活联合群体"，为了方便，英文缩写是"PUBLIC"。

卡卡尔夫妇二人都处于中年后期，英语表达方式相当正式，语调拿捏得相当优美，但略显做作，他们为严肃主题有声读物的读者提供了更多更好的选择。"PUBLIC 最初开始运作完全是出于愤怒，"普拉迪普说，"在我们为之努力奋进的这条道路上，我们都还略显稚嫩。"加尔各答已经成为衰败和功能障碍的代名词，这里的中产阶级大批地离开。"按照种姓和宗教进行投票选举就是对民主的嘲弄，"他说，"每天这里都会停电，可能会持续六七个甚至八个小时，却没有任何警告。所以我们组织夜间游行反对停电，每个人都穿起黑衣，拿着黑色的灯笼和标志，上面涂着发光的油漆。我们还在医院和学校附近开展过一场反噪音运动。能让我们留在这里的，是我们对这座城市的热爱。我们觉得它是世界上最伟大的城市之一，并且应该会一直是。我们觉得我们需要的正是中产阶级行动派。我们关注的重点始终是社会福利和扶困济贫。我们是第一批为此聚在一起的人。我们提出，我们想要一个更好的城市，我们要拥有印度其他城市早已达到的最低生活水平。"

●　　●　　●　　●　　●

我们来到了普林塞普河坛，那是一座巴拉迪欧式（Palladian）拱廊，看起来更像是在一个具有战略意义的山头，英国人在自家富丽堂皇的住宅置下的一个装饰性建筑。由此，我们也需要追问一个常见的命题：加尔各答何以成为世界闻名的大城市之一——是孟加拉文化还是英国传统成就了它？这座纪念丰碑建于 1843 年，以纪念亚洲学会秘书长詹姆斯·普林塞普（James Prinsep）。詹姆斯是一位艺术家，创作过以瓦拉纳西河畔为主题的一系列精美的素描画和石版画。那时，河坛还是处决海盗的刑场，处死方式当然不是绞刑，而是溺亡。同时，这里也是皇室来访的乘降地点。

"有一天清理河流时，"博纳尼说，"我告诉大家我们订了午餐，届时在普林塞普河坛会有一辆装着三明治的面包车等候。但河坛四周有一个高约 20 英尺的脚手架，还有一个爬藤覆盖的圆栅栏。这简直是一座宏伟的纪念碑！因为它，你根本无法看到大河。我都不敢相信。我说：'看不见河坛了。'所以我们去说服政府，这种英属印度时代的珍贵文物一定要复原。"

那是 1993 年。现在普林塞普河坛上矗立着爱奥尼亚（Ionic）石柱，处于新公园的最南端。整个园区一直延伸到巴布（Babu）河坛，那里有多立克（Doric）石柱。这里离莫蒂拉尔·希尔（Motilal Seal）河坛还有一段距离，那边则是科林斯（Corinthian）石柱，装饰着漂亮的槽壁。

滨水区的恢复工作还远未完成。水边仍有被遗弃的锈迹斑斑的船只，它们搁浅在植被之中，就像一次放慢动作的化学实验，旨在证明河水和阳光对铁的影响。多多说："在开展大清理以开门迎客之前，这里看起来就像吴哥窟。"

但公园已建成的部分还是令人愉悦的。垃圾桶是袋鼠、鳄鱼和海豚的样子，每一个上面都留了一句提示"用我"。老实说，这在印度并不常见。蓝白相间的栏杆后生活着许多高大的野生象。还有同样是蓝白相间的公厕。警察坐着改装的高尔夫球车在园中巡逻，车体也被漆成了蓝白两色。不管是谁签约供应蓝白两色的油漆，一定都能发大财。"哦，那是迪迪（Didi）的弟弟。"多多说，她暗指总理。

"这届政府是第一个 30 年里采用不同'颜色'的政府，"普拉迪普说，"此前是一个左派政府，被贴上了'共产主义'的标签，但对街头百姓的生活没有造成任何影响。由于前政府的愚蠢，新势力上了台。像我这样的百姓对前一届也非常不满，所以当时也投了反对票。可我们是刚出油锅，又进火坑。新一届政府干的多是粉饰太平的工作。据我个人的了解，领导人的教育背景相当贫乏。在他们看来，街上安装了明亮的路灯，人行道上刷了新油漆就是政绩。虽然在某些情况下，这不是一件坏事，比如河滨的改善，但它究竟是一项长期工程。"

客观地说，正是前政府于 2000 年创建了名副其实的千年公园（Millenuium Park）。但即使在当时，在"共产主义"的统治下，你也无法摆脱英国的影响已经深入加尔各答的骨骼与肌肉的事实。

博纳尼说："伦敦河流公司（London Rivers）的乔治·尼科尔森（George Nicholson）曾来到这里参加会议。他沿着胡格利河走了一段路，之后对当局说，加尔各答城因这条河流而出现，可现在却背叛了它。就是因为这些棚屋，你甚至无法靠近这条河流。当视野被阻，所有与这条大河的联系就都断开了。唯一能提醒你这一河流依然存在的，就是当你开车过桥前往豪拉车站的时候。乔治非常坚持，英国副高级专员也附议。于是，这里的政府官员前往伦敦考察泰晤士河的再开发举措，了解那里的河水是如何与各种美术馆和餐馆和谐共存的。参观过后，政府开始把重点放在河流的治理及其未来规划上。这是在 1999 年。"

"清理棚户区是最困难的一部分。"普拉迪普说。

"有一天早上，我们去了那边，看到消防员、警察和装货工都在场，他们就是去捣毁这一切的。"博纳尼说。

"但不包括住在那的人，而是针对那些干非法勾当的家伙。有的船里竟然开了妓院。我们一直为加尔各答骄傲，即使在 20 世纪 70 年代，紧急情况下，这里也从来没有像德里或孟买那样连推土机都出动了。我们总是说人住到了大街上是我们的失败。这种情况出现在我们眼前也提醒了我们，的确有些人生活在这样的条件下，但我们也不能把他们当作垃圾从地毯上扫到河里去。"

"当我们还是孩子的时候，下河常常是星期日的一个特殊节目，"博纳尼说，"这里很凉快。有卖气球的，也有卖冰激凌的。"

"现在需要做的就是建设无障碍通道。"普拉迪普说。

"甚至在像柬埔寨这样的贫穷国家，也能看到河滨设了无障碍通道，所以我们应该可以做得到。"

· · · · ·

巴布河坛多是多立克石柱，祭司们和沐浴者一片嘈杂。其中一个祭司静静地坐在一块草席上，诵读着经文。他就生活在这方讲席上。他说："我在草席上工作，在草席上吃，在草席上睡。"这张讲席大约有 8 英尺长、4 英尺宽，已经足够大了。他叫巴拉姆·潘达（Balaram Panda），已经在这里生活了 58 年。他是家族中第五代占据这个地方的人，是 1830 年来到加尔各答的 11 位婆罗门之一的后代。也就是这一年，这里建起了河坛。就像我在穆立克河坛遇见的卖花人一样，他们都是奥里萨邦人。

"你整天都做些什么？"我问。

"人们请求我主持的任何一种仪式，"他说，"孩子第一次食用固体食物，婚礼，圣线仪式，葬礼，新房祈福。"

"他就是一站式礼仪店。"多多说。

稍微展开你的想象力，就能想象当你置身瓦拉纳西时的情景。在那里，文化的传承全部基于印度教寺庙、宫殿和纪念花园。但在这里，则是新古典主义风格的廊柱和冰激凌售货车。沿着两个城市的河坛一路走去，不难发现二者之间的天差地别，但此间潜在的信息似乎全然一致：让人们能更加亲近这条河流，并尊重它的传统，即便你尚不能确认究竟什么才是传统。

71 入乡随俗

公园街原来叫墓地路。在这座古老的殖民地时期的墓地里，可以看到更多爱奥尼亚石柱、多立克石柱和科林斯石柱，数不胜数。我想绕道那里，顺便找个地方吃早餐。我没有进多米诺（Domino）比萨店、必胜客（那里的比萨有点印度化，奶酪特别多）和麦当劳，就算麦当劳的印度乳酪（mcspicy paneer）正在搞特卖。后来，我发现了一家名为卡丽缇（Kwality）的餐馆，可以点和印度菜差不多的东西。

一群英国游客早已在入口处一张长桌旁坐定，正在浏览菜单上的选项，他们带着伦敦南部的鼻音高声交谈。

"要知道，你可以在这买点早餐玉米片和粥的。"

"多莎（dosa）玉米薄饼。挺长的，对吗？"

"哦，我不怎么饿。我想我可能需要布丁。"

"不过，也可以来点炸鱼薯条。"

在加尔各答，你永远无法完全摆脱英语。我已经想好了，午后去陪那些逝去200年的英国先人一起度过。我不想听游客们闲聊，于是站起身来，沿公园街走了一段路，到了威廉·琼斯·萨拉尼爵士（Sir William Jones Sarani）大街街角的一家面包坊，这里有各种各样的松饼——蓝莓饼、胡萝卜巧克力松饼、葡萄干麸皮饼——还有希腊酸奶加格兰诺拉（granola）麦片、帕恩欧（pain au）巧克力、丹麦奶酪和各种牛角包。我选择了奶油百吉饼（bagel）和卡布奇诺，觉得自己好像是在纽约，尽管其他所有顾客看起来像是些新兴的孟加拉富人。

威廉·琼斯爵士是最著名的东方学者，亚洲学会的创始人，该学会常在公园街 1 号举行会议，并开设了一个图书馆。"亚洲人琼斯"是一位法官、语言学家、考古学家，他学识渊博、待人宽容，尤其是在宗教方面。他写道："我认为印度人关于天国的教义，比基督教徒没完没了地强调惩罚、灌输可怕的观点更理性更虔诚，也更有可能阻止人们堕落。"他精通 13 种语言，还能够运用另外 28 种语言开展研究。但可笑的是，他对世界上每一种语言都了如指掌，唯独不精通母语。和范妮·帕克斯一样，他也是一个威尔士人。琼斯爵士死于 1794 年，享年 47 岁，"死于孟加拉邦的常见病肝炎。"葬于南公园街公墓。

·　　·　　·　　·　　·

在公墓的门房，我在游客手册上签了字，并付给看门人几个卢比买了本由英国南亚公墓协会（British Association for Cemeteries in South Asia）和印度历史公墓保护协会（Association for the Preservation of Historic Cemeteries in India）印制的薄薄的小册子。看门人是一个 60 多岁的秃头男人。他个子不高，留着牙刷胡，穿着便裤和马球衫。很显然，他是一个欧洲人，但被太阳晒得像孟加拉人一样。他拿起一张纸，为我写下了他的名字：肯尼思·费尔南德斯（Kenneth Fernandes）。我想知道他是不是第一批在胡格利河沿岸定居的葡萄牙商人后裔，他笑了。

"不是，"他说，"情况不是那样的。1939 年，我父亲从葡萄牙来到这，加入警察队伍。"

"您母亲呢？"

"她是英国人，从伦敦来。"

"是什么让她来到加尔各答的呢？"

"信不信由你，1943 年，她最开始是加入曲棍球队以后才过来的。"

他告诉我不强制，但如果我愿意的话，也可以捐钱参与"认领"计划，以资助修复和维护具体某一座公墓。很明显，这的确有必要。大理石和石雕历经 250 年风雨的侵蚀，近几十年来，墓地已经日益破败，退化成一个光有围墙的小树林。东孟加拉难民、吸毒者、野狗和毒蛇以此为家。现在，修复工作已经完成了一半，在效果上显得有些奇怪，就好像一个人的头发，一边蓬松凌乱，另一边剃得溜光。修复后的部分，长满青草的小路干干净净，纵横交错，路旁的芒果树投下阴凉；另一半仿佛一座野草丛生的荒屋，墓碑上的铭文早被苔藓和地衣所遮蔽。

在小册子的帮助下，我很快找到了"亚洲人琼斯"的坟墓。一根高耸的克里奥帕特拉（Cleopatra）方尖碑，两侧各有四个高浮雕瓮和两个交叉的铁锹以纪念他的考古才能。他的墓志铭出自自己之手："此处长眠一人，他敬畏上帝，但不惧死亡，在他看来，无人比他卑微，除了低俗和不公；无人比他高尚，除了智慧和美德。"

尤其是在夏天，石匠和凿子工甚至有点应付不过来。1767 年，在南公园街挖掘第一座坟墓的几十年前，东印度公司一半以上的员工死于疾病，其中大多数是年轻人。一位英裔印度人说："一个人可能早餐时还在和你说话，午后就死去了。"在加尔各答，能把你送进棺材的疾病不胜枚举：霍乱（起源于恒河三角洲，致死速度可怕）、疟疾〔其病因最终于 19 世纪 90 年代在加尔各答被罗纳德·罗斯爵士（Sir Ronald Ross）发现〕、伤寒、痢疾、蜱热、黑水热、"丛林热"、天花、蛇咬、中暑、溺水、马球和骑马事故、狂犬病、性病、伤口感染。酗酒通常被掩饰在委婉的说辞之下，但也是一个杀手。在东印度公司的辉煌岁月里，男人们一心只想着在午餐时能尽情享受3瓶红酒。

对"捕鱼的船队"，也就是那些乘坐东印度公司的帆船历经6个月来到加尔各答寻找丈夫的妇女来说，分娩往往是致命的。

> 伊丽莎（Eliza），W. G. 格里利（W. G. Grieley）的爱妻
>
> 逝于婴儿床上
>
> 1827年8月1日，22岁7个月26天

> 伊莎贝尔·马蒂尔达（Isabel Matilda）
>
> Wm. J. 舒尔德姆（Wm. J. Shuldham）先生之妻
>
> 1854年4月23日离开人世
>
> 年仅15岁5个月
>
> 她曾诞下一名男婴，男婴仅存活11小时

许多墓碑上以那个时代的感伤语言写下了富有诗意的墓志铭。

> 他举止温和，他脾气温和
>
> 有着成人的智慧，孩子一般的单纯

> 罗丝·艾尔默（Rose Aylmer），有一双清醒的双眼

也许哭泣，却再也看不见

在回忆和叹息的夜晚

将此献给你

1820 年，罗丝升入天堂，死于"过度食用危险水果菠萝导致的某种极为严重的肠道疾病"。

在一座黑暗而沉闷的陵墓处，我终于找到一两个活到老年的人——孟加拉邦炮兵威廉·霍珀（William Hopper）少将。

服务于东印度公司 60 年，享年 77 岁

真诚地哀悼

爱妻玛格丽特，他的遗孀，74 岁

附近是另一位高级军官的坟墓。

查尔斯·斯图尔特（Charles Stuart）少将

（即"印度人斯图尔特"）

1758 年—1828 年 4 月 1 日

第一孟加拉队队长

欧洲兵团和后来的指挥官

第十安第斯军团

这是我一直在找的那一个。

"那么，我看见你找到了他。"我身后的一个声音说。我转过身来。是费尔南德斯先生。

"嗯，这并不难。"我说。毕竟在几十座古典柱基和基座、柱子和火杯、希腊瓮、金字塔和方尖碑中，这是唯一看起来像印度教寺庙的坟墓，上面雕刻着神灵或圣人，很难说是哪一座，因为具体特征已被时间、天气和污染所侵蚀。

"印度人斯图尔特"生于爱尔兰，十几岁时便来到印度，与威廉·琼斯爵士有同样的求知欲和自由精神。他写道："到国外旅行的主要目的是研究当地居民的举止、风俗以及他们的政策等。"但他撰写的小册子比学者的还多。在一份名为《对印度人的辩护》（*A Vindication of the Hindoos*）的文章上，他痛斥"令人恶心的"基督教传教士。"就我的判断而言，"他宣称，"（印度教）似乎是世界上最完整、最充分的道德寓言体系。"

这不仅是一种出于尊重的表达，也是一种对于个人虔诚信仰的表达。斯图尔特认为自己是一个皈依者，尽管从程式上讲，正式皈依印度教是不可能的。他穿着尖尖的拖鞋，在家里摆设了用来榨取爽口槟榔包汁的罐子和一批价值连城的神像，其中一些最终被陈列在大英博物馆里。他拒绝食用牛肉，这肯定极大地限制了他在部队上用餐的选择。他去安拉阿巴德参加过大壶节。最后，他在加尔各答距墓地半英里的伍德街（Wood Street）上定居下来，每日清晨都会漫步到胡格利河畔，并进行圣浸。

• • • • •

他喜欢在女人聚集的河坛沐浴。"他比我认识的任何人都爱痒。"一位朋友兑。

　　从 17 世纪 70 年代开始，英国妇女进入加尔各答，但直到 1820 年左右她们才真正开始乘捕鱼船队抵达加尔各答，而且具体数量是极少的。如果她们在一年内找不到丈夫，就会被东印度公司当作"归国单身"送回国内。在 1790 年，城里有 4000 名英国男子，只有 250 名妇女，这是一个女人所能忍受的最大的耻辱。如果找不到符合自己标准的对象，未婚男子总是可以选择"比比"，即当地女子。比比有其额外的优势，就是可以充当"床头字典"，帮助年轻的男主人掌握棘手的本地语言。作为回报，她可以得到几位属于自己的仆人和一笔适当的津贴，以及衣服、鞋子、爽口槟榔包、烟草和珠宝。

　　约伯·查诺克（Job Charnock），东印度公司的创始人和管理者，在比哈尔邦恒河岸边从一个丈夫的火葬堆中带回来一位美丽的印度教女子，和她一起生了 3 个孩子。当时她 15 岁，名叫拉尼（Rani），不过他更喜欢叫她玛丽亚（Maria）。律师威廉·希基（William Hickey）在他 21 岁的妻子夏洛特去世后，把她葬在南公园街。他让一个仆人给他找了一个名叫杰姆达尼（Jemdanee）的南亚女孩，"从此，他温柔而深情地爱恋着这个姑娘"。

　　有些人对穆斯林妇女更感兴趣。大卫·奥切特隆尼（David Ochterlony）将军，也被称为鲁尼·阿赫塔尔（Loony Akhtar），加尔各答维多利亚纪念馆对面的一根柱子上记载着他的荣誉。他有 13 位女眷。有一次，在接待希伯主教时，他身穿穆斯林长袍，头戴绿色头巾，这让主教颇为震惊。这个 18 世纪的加尔各答居民还接受割礼来增加自己的魅力。

　　斯图尔特坚持信仰印度教，并与《加尔各答电讯报》（*Calcutta Telegraph*）的读者分享他的感受。"新割的干草并不比她们的呼吸更甜美。……她们的四肢充满神性地转动着，造型如此精致，她们的双眸如此顾盼多情。你必须承认，她们并不次于欧洲最有名的美女。……一张古铜色脸庞上的耀眼光芒，远胜于欧洲集市上的苍白病态色调。"他敦促英国妇女早点穿上纱丽，每当他接受圣浸时，她们的美德就凸显出来。他写道，既然一位印度妇女全身沐浴时穿着纱丽，她"必然要求不去湿衣，站在溪水中沐浴。如果我有专制特权，会让我们英国的淑女们效仿，并使她们充分相信，这会有助于保证女性柔美之火永不熄灭"。

他最讨厌的是紧身胸衣，范妮·帕克斯有时也觉得自己更像一个原始女权主义者，和他有类似的想法。"在欧洲，女性走起路来真是很不优雅！"她在《一个朝圣者寻找风景的漫游》中写道，"就像被捆在绳索里，身体像带壳的龙虾一样僵硬。"

斯图尔特在名为《女性观察者》(*A Ladies' Monitor*) 的一系列匿名出版物中痛斥丑陋的内衣。该作品还有一个令人印象深刻的副标题：

> 首次出版于孟加拉的关于女性服饰主题的一系列信件，倾向于支持严格采用印度服装，拒绝本国女性多余的衣物：附带关于印度人之美的评论；鲸骨支撑架；胸衣内钢丝；印度式紧身胸衣；男士内衣；悠闲的单身汉，发粉，侧鞍，侍女和男仆。

他指出，这不仅是一个感官和美学的问题，还有一些实际的考虑。所有英国女性胸衣里的铁件可以更好地利用起来，比如送给贫民加固家用牛车车轮。何况这些东西非常容易带来雷击的风险。

军方似乎从来都未搞懂是什么造成了斯图尔特的怪癖，但他们还是给予他晋升的阶梯，直到最后能以少将荣退。他们只否认一点：斯图尔特希望作为虔诚的印度教徒被火化。又过去半个世纪后，文明社会才接受这位英国人以火化善终。

72 王冠遗珠

在加尔各答，萨达（sadar）指地方上诉法院。随着历史的演进，在英语的影响下，萨达变成了苏德（sudder）。在一个阳光炙烤湿度骤降的周日清晨，苏德街和往常一样人潮涌动，拥挤不堪。加尔各答是人力车的最后一个堡垒，当其他人还在打盹，6个枯瘦如柴的车夫已经开始为游客提供服务。背包客们正在检查每晚10美元的客房里是否包括臭虫。在我经过时，有个年轻人低声嘟囔："您要哈希（hash）（一种新型毒品）吗？"有一个无家可归的家庭，以印度博物馆外的人行道为家，他们在小煤油炉上煮起了小扁豆汤。一种在加尔各答随处可见的蓝头乌鸦正在叼拽一卷生锈的打包线，好像打算要把它拖过马路。一块牌子上写着："贫困人群集体进餐时间是每周日上午9点。"圣歌的旋律从卫斯理公会教堂（Wesleyan Church）敞开的门里飘出。

· · · · ·

在菲尔岚酒店（Fairlawn Hotel）餐饮区，我点了一整套英式早餐。煎蛋、培根、炸蘑菇、油炸西红柿和烤豆。这里的吐司选用进口果酱，茶壶以绣花保暖罩保暖，玻璃橱柜的藏品来自世界各地，有中国物件、火柴盒和一些装饰性茶匙。接待台旁的墙上，挂着一幅伊丽莎白女王二世的金婚纪念照以及一张凯特·米德尔顿和威廉王子在白金汉宫阳台接吻的照片，一张小贴

348

纸上写着:"我戒酒、烟和性生活。最糟糕的 15 分钟。"

在酒店院外,苏德街的公爵夫人维奥莱特·史密斯(Violet Smith)接待着来宾,酒店四周长满了热带绿植。她化了浓妆,头发上涂了厚厚的发胶,黑框有色眼镜的镜片同样很厚。她又矮又胖,体重使她深深地压坐在椅子上。她今年已经 93 岁了。她拍了拍旁边的座位对我说:"过来坐在这里。我正需要一个新的小情人。"

她告诉我她婚前姓萨基斯(Sarkies),是亚美尼亚语。"1915 年土耳其人实施种族大灭绝后,我的外祖母背着我的母亲罗西(Rosia),从开伯尔(Khyber)山口一直逃到达卡。但我父母从来没有跟我说过这些。我们亚美尼亚人总是只管好自己的事。我的家人在达卡做黄麻生意,我也生在那里。但就算你出生在马厩里,你也不会变成马。如果他们问我出生在哪里,我会说我来自猿类的星球。"

20 世纪 30 年代,维奥莱特的父亲在达卡丢了工作,家庭陷入困境。"1卢比对他们来说意义重大。"她说。他们来到加尔各答,融入当地的亚美尼亚人社区。这个社区已经有 300 多年的历史了。

"今天,几乎没什么亚美尼亚人留下来。"维奥莱特的女儿珍妮弗·福勒(Jennifer Fowler)坐在桌子另一边,此刻正在翻阅账目。"50 年代末和 60 年代就都走光了,但会从亚美尼亚带着穷苦的孩子们来这里接受教育,之后又把他们送回国。有一位老妇就住在路边,非常悲惨。这边有收留亚美尼亚人的机构,但她拒绝去那儿生活。"

·　　　·　　　·　　　·　　　·

菲尔岚酒店建于 1783 年,当时正值东方主义时代的鼎盛时期。建造者名叫威廉·福特（William Ford），是一位英国人。房契将其定义为一流建筑，原因在于它用砖建成，这是欧洲人才有的特权。对于孟加拉人来说，建筑材料仅限于椰子和泥土。菲尔岚酒店在过去几经转手，其拥有者包括两名盛传走私鸦片的19世纪海军军官和两个老处女，一个叫克拉克小姐，另一个叫巴雷特小姐。二人从1900年到1936年拥有它，后又转卖给罗西·萨基斯，是罗西把它改造成了一家酒店。二战期间，菲尔岚酒店被加拿大空军征用。也就是那时候，维奥莱特遇见了她的丈夫泰德·史密斯（Ted Smith），他是北安普敦郡团（Northamptonshire Regiment）的一名英国军官。她说："所以我觉得自己既是英国人，也是一个亚美尼亚人，感觉自己是一个世界公民。"

另一位客人从早餐室那边走过来，道了声早上好，他同样是一位说着一口流利英语的外籍人士。"今天可好啊？"他弯下腰去吻维奥莱特画满浓妆的脸庞，维奥莱特问他，"今天是个乖孩子还是个淘孩子？"

维奥莱特和泰德结婚时正值一个可怕的时代，那时，整个加尔各答城唯有乌鸦、秃鹰和黑市商人才会发胖。不提及温斯顿·丘吉尔和饥荒的话题似乎是明智的，因此，我直接问他们1947年独立后加尔各答的民生发生了哪些变化。

"没怎么变，"珍妮弗答，"他们每晚都去俱乐部，欢宴舞蹈，他们有自己的社交圈子。你知道，印度社会仍需时间来改善他们内部发生的小冲突。"

"我说过，我们亚美尼亚人只管好自己的事。"维奥莱特说。

小冲突。好吧，这是一种合适的表达方式。印巴分治之后，东孟加拉邦难民源源不断，1971年孟加拉国独立战争期间难民再次大规模涌入。1964年，在克什米尔一个神殿里一位先知的头发被偷走了，由此引发了一场社区骚乱。从此，印度教徒在某些穆斯林占多数的东孟加拉邦地区被禁止穿鞋子、带雨伞或坐人力车，数千人惨遭屠杀。随后，加尔各答有 100 名穆斯林被报复性杀害。接着，1967 年纳萨尔派（Naxalite）叛乱爆发，半个世纪后仍在印度东北部的多个地区持续进行。

"后来，我们接受了共产党人，他们统治这里长达 35 年，这也彻底摧毁了整个历史，"维奥莱特说，"毁了大英帝国的第二个城市，毁了英国和印度之间的所有联系。"共产党拆除了英属印度时代英雄们的雕像，这似乎使她特别愤怒。

"我想您有好多次想着回英国吧，是不是啊，妈妈？"珍妮弗说。

"印度对我来说很好啊。我也很喜欢印度人。没有他们我会觉得生活是一个烦心事。我不会做饭、打扫、熨衣服，做不了任何事情。她们会说：'夫人，我们来给你做饭和打扫。'我不会做饭或其他任何事，我的天啊。"

"您是个逃难的人，对不对，妈妈？你一直在逃亡。"

·　　　·　　　·　　　·　　　·

但是顾客光临使得一切都变得富有意义，即使现在访客尤其是名人大大减少了。以菲尔岚酒店为家的第一个家族是肯德尔家族（Kendals），那是一个从事戏剧表演的英国人家族，在印度各地演出莎士比亚戏剧，他们全家在酒店里断断续续地待了 30 年。有一个房客也叫珍妮弗，她嫁给了非常帅气的宝莱坞明星沙希·卡普尔（Shashi Kapoor），二人在这里度蜜月，17 号房门上至今还挂着一块牌子，上面写着"沙希·卡普尔的房间"。伊斯梅尔·默钱特（Ismael Merchant）和詹姆斯·艾弗里（James Ivory）曾在这里住过一次，二人在"孟买之音"（Bombay Talkie）共事，那时就曾合租过。接着就是《欢乐之城》(*City of Joy*)的演员帕特里克·斯威兹(Partrick Swayze)的入住。他们拍的是一部关于一位理想主义美国医生在加尔各答干起了人力车夫又遭遇了一场灾难性季风洪水的片子。他们还曾在菲尔岚酒店的接待区拍摄过一个场景。维奥莱特和珍妮弗都认为,由奥姆·普里(Om Puri)扮演的印度英雄有一个可信度的问题,他只比一般人高了9英寸,体重却是苏德街现实生活中人力车夫的两倍。

这几天入住的人群比较复杂。"日本人、马来西亚人、泰国人,"维奥莱特说,"你看,来自曼谷附近。"

"有很多澳大利亚人,"珍妮弗说,"也有很多法国人和德国人,还有来自西班牙的人。"

"这很好。"

"他们都很可爱。我们不想只接待说英语的顾客。那也太无聊了。"

"尽管我们确实接待过各种奇怪的英国名人。迈克尔·佩林(Michael Palin),你知道的,巨蟒剧团(Monty Python)的演员。他人超好。英国广播公司也来过这。还有汤姆·斯托帕德(Tom Stoppard)。"

"朱丽叶·克里斯蒂(Julie Christie)。"

"是斯汀(Sting)。"

"我们这里还住过一位贵族,一个苏格兰人。还有一些政客。"

"嗯,安德鲁王子来过,如果你可以称他为政治家的话。戴安娜王妃来看特蕾莎修女的时候也住在这儿。"

"后来有个德国人,叫京特·格拉斯(Günter Grass),1971年来这儿。我不喜欢他。他是个非常强硬的人,反孟加拉情绪很严重。德国人很难相处。他来这里搞破坏,把孟加拉搞垮了。这些印度人很敏感。"

"妈妈远离政治。她没有看到加尔各答坏的一面。她生活在属于她自己的小世界里。这就是她永葆青春的原因。"

当一位酒店员工拿着登记簿过来请示她一个关于新入住客人的问题时，珍妮弗很是不快地抬起头。当那个男员工回到前台时，她翻了个白眼，说："我先生告诉过我，我才是一个真正专横的人。但必须有人管理好他们。他们真的像孩子。必须得有人教他们该做什么，他们不听话的时候，必须走人。"

"我爱大家，"维奥莱特说，无视她的女儿，"我想好好享受余生，要不然，就是坐在这里等死。积极还是消极，这是一个问题。"

我问她一整天都在做什么，除了坐在盆栽中间，客人们排着队走过来向她致敬。"我整天胡说八道，"她咯咯地笑起来，"看看墙上这些废话。我就坐在这里，等着我的小情人们像你一样出现。"

一语成谶，苏德街的公爵夫人并没有太多机会享受更好的余年。在我离开加尔各答 6 个月后，在菲尔岚酒店一个私人房间里，她安详地离开了人世。

73 拥挤和瘟疫

维奥莱特·史密斯可能更喜欢独立于加尔各答黑暗面之外，但对其他人来说，更需要了解有关这个城市的一切。加尔各答，是一座黑暗之城。

一天，在巨大的巴拉巴扎尔（Barabazar）集市，我看到两只蓝头乌鸦正为一只死老鼠打架。一只以喙衔住，飞到 10 英尺的半空，然后丢下。另一只俯冲而下，重复这个表演。它们也会停下，绕着老鼠一边转圈一边互啄上一阵子。然后第一只会再次抓住老鼠，毫不在乎附近摊贩正在出售便宜的 T 恤和内衣。

这就像路易·马勒（Louis Malle）摄于 1969 年的城市纪录片中的某一象征性场景。在这部反映贫穷的色情电影中，加尔各答某些现实问题超乎想象，无法救赎，人们深受其害，从而更加深刻地认识到它的人间地狱属性。儿童在未经处理的污水中泼洒游戏。人们敲起鼓，用陌生的语言咏唱。更有人高呼毛主席万岁的口号。残疾的乞丐三三两两躺在大街上。特写镜头下，一些麻风病人甚至比乞丐更让人敬而远之。在圣心济贫院（Nirmal Hriday）——特蕾莎修女的临终关怀之所，有的人已经虚弱得无法把米饭送进嘴。有的人濒临死亡。直到今天，你依然可以在加尔各答看到这些，不过这已经是这位电影人展示的全部了。在一个小片段里，片子也展示了西装革履的上流社会印度人专注于赛马，在精心浇灌的高尔夫球场上轻快地击球。这位导演唯恐人们会忘记生活中永存的淫秽与残忍。如果真有比电影更暗黑的作品，那就是来自克劳德·列维-施特劳斯（Claude Lévi-Strauss）和京特·格拉斯的刀笔。对于法国人类学家来说，加尔各答是国家疾病的象征："肮脏、混乱、滥交、拥挤；废墟、棚屋、泥土、污垢；粪便、尿液、脓汁、体液、分泌物和脓疮。"施特劳斯在《悲惨的热带》（*Tristes Tropiques*）中写道。继《比目鱼》（*Der Butt*）之后，德国作家马勒（Malle）写道，这座城市是"上帝排出的一堆大便，称加尔各答"。他给游客们提过一些有益的建议："不要多费口舌谈什么加尔各答。干脆把它从旅行手册中删除。"另一个人与他相似，灵魂作家瓦斯科〔即伟大的探险家瓦斯科·达·伽玛（Vasco da Gama）〕来到迦梨戈特，说："在加尔各答，一个人就得自我阉割。"（在以小山羊献祭的迦梨神庙里，树上挂满了殷切求子的许愿石，而且许愿多生。）来到迦梨戈特，格拉斯前往圣心济贫院看望那些临终的人，特蕾莎修女不在。他鄙视那些温文尔雅、敏感造作、文化理念混乱的孟加拉作家，而且他较马勒更加入木三分。他们那一帮人"（用英语撰写的）诗歌作品真是臭味相投，写的都是繁花、季风云和象头神"。

不可否认，20世纪70年代初的加尔各答正处于可怕的境地。可是，走过四分之一世纪难以想象的恐怖岁月，哪一个城市不是如此？当时，孟加拉因印度霸道的行为造成了饥荒，损失了300万人口。宗教不同造成的分治带来了深远的后续影响，数百万东孟加拉邦难民大量涌入，以致人满为患，除了人行道，难民无处安身。它面临着一场历史性身份危机。绝望的比哈尔邦、北方邦和孟加拉本地人发现自身的人口已经缩减到全部人口的40%，而且随着新一波难民的涌入，这种危机正在日益加深。

但是，所有来自欧洲的诡辩和判断都是建立在超过两个世纪的偏见和陈词滥调之上的。加尔各答气候恶劣，恶疾频发。1756年，一群英国囚犯，包括男人、女人和儿童死在了小型监狱"黑洞"里（根据同时代记载，死亡人数达 146 人，后来有学者估计人数可能只是接近 43 人）。迦梨女神祭祀仪式已经成了狂热的暴徒绞死成千上万无助难民的刑场。最黑暗的是女神本尊，黝黑的皮肤，凶悍的神情，四只胳膊，突出的血红舌头，前额中间锐利的第三只眼，而且还佩戴了一条骷髅项链。她是你至今仍可以在全城任何一条后街的墙上看到的标志性形象。

　　早在马勒和格拉斯以及列维 - 施特劳斯揭开加尔各答的伤疤之前，在拉迪亚德·吉卜林的《恐怖夜之城》(*The City of the Dreadful Night*) 一书中，西方人就已经对加尔各答的黑暗做过一番归纳。他记述道，他在夜里与当地一名警察出行，遭遇了"精致的邪恶与臃肿的恶习"——小偷、妓女和瘾君子。是的，吉卜林确实以"拥挤和瘟疫"来定义这座城市，但同时，他反思的深层复杂的事实常常为人遗忘。"让我们脱帽致敬加尔各答，"实际上，该书一开篇就写道，"生命、欲望和人性痛切地放声呐喊"，这座城市"一城多面，烟雾重重，宏大而壮丽。""要多久才能真正了解它呢？"同警察巡查归来后，他问身边这位导游。"大概要一辈子。"那人答道。

74 一神多面

　　大概要一辈子。吉卜林身边的警察说得没错。在加尔各答，每事每物似乎都是需要时间和努力才能破译的隐喻，或者说，可能是一个"局部隐喻"，这是阿普从学校学来的表达。每一种事物都有你在表面无法参透的层次，有时甚至永远都不可见。漫步加尔各答，我从未如此敏锐地领悟到一个朋友在我完成三四次印度之行后讲的道理：在那里你走得越多，就会觉得对它的了解越少。

　　迦梨和杜尔迦最令我困惑，这两位女神与这座城市联系最为密切。在某种程度上，这就是一种隐喻，尽管不可避免地带有主观性，因为这完全取决于你选择关注女神的哪些属性。加尔各答人了解一神多面，但英国人及后来的欧洲知识分子发挥想象力的出发点不同，因此更专注印度神话的黑暗面。

　　迦梨和杜尔迦都因极端暴力而闻名。杜尔迦有 10 只手，每一只手都拿着不同的武器，她杀死了可怕的变形水牛恶魔玛希莎（Mahisha），将其斩首并钉在湿婆的三叉戟上。迦梨戴着她那条骷髅项链，穿着断臂裙，率领大军征服了恶魔军团，魔众纷纷臣服，称其为主人。纳萨尔派就把这位女神当作自己的标志。但除了斩魔，女神也是一位美德保护者。两位女神都代表了善终能战胜恶，既扮演了创造者，同时也是毁灭者，但加尔各答人在大礼拜上所赞美的并非杜尔迦暴力的那一面。

　　我请一位杜尔迦礼拜研究专家——严谨而优雅的塔帕蒂·古哈－塔克塔

（Tapati Guha-Thakurta）给我讲解更多这方面的知识。"你知道，根据神话传说，杜尔迦是一位女战神，"她说，"但在这里，她被看作已婚女性，每年她都会带着孩子下山，离开婆婆家，仪式结束返回时，人们同她作别。所以母亲、女儿和妻子三位一体的角色与她恶魔杀手的角色并行不悖。这在孟加拉有悠久的传统。"

在一个充满爱的家庭，女儿一年一度离开丈夫归来探亲，似乎合情合理。因为丈夫性情狂野且难以预测。杜尔迦的丈夫就是湿婆神，这层关系让我非常困惑。

·　　　·　　　·　　　·　　　·

我经常想到范妮·帕克斯坐在恒河划桨船的甲板上，试图画出解释印度教神明等级制度的组织结构图的情景。来到加尔各答，我同样带着这样一份谱系图，想确定迦梨和杜尔迦在众神中的位置。下面这些涂鸦是我大脑打结的证据。

　　帕尔瓦蒂（"群山的女儿"）嫁给湿婆

　　迦梨（"黑暗女神"）和高莉（Gauri）（"白色女神"）——帕尔瓦蒂的两个化身

　　帕尔瓦蒂＝高莉，但是高莉＝杜尔迦（？）

　　但迦梨变成了高莉（？？）

　　迦梨〔又名阿卡·萨蒂（aka Sati）、钱迪卡（Chandika）——太复杂，直接忽略〕嫁给湿婆

　　杜尔迦嫁给湿婆（那么是都嫁给了湿婆吗？在不同时期吗？）

杜尔迦诸子〔象头神和韦驮天（Kartikeya）〕也是帕尔瓦蒂的儿子

　　但她的女儿却不是（吉祥天女，萨拉斯瓦蒂）

　　迦梨（萨蒂）后来以帕尔瓦蒂的身份归来

　　迦梨从安必迦（Ambika）的前额诞出，安必迦从帕尔瓦蒂身体中分出（所以她是帕尔瓦蒂的孙女？）

　　但其他的说法是"迦梨从杜尔迦的前额里射出"

　　所以杜尔迦＝高莉＝帕尔瓦蒂＝迦梨（？？？）

也许探索其中奥秘毫无意义。最终所有这些神明，包括迦梨、杜尔迦、帕尔瓦蒂、萨蒂和高莉，都是伟大的地母神黛维（Devi）的化身，也是沙克蒂（Shakti）性力女神的表达形式。而恒河女神，从加尔各答流向大海，是这种力量液态形式的存在。

　　·　　　　·　　　　·　　　　·　　　　·

　　但究竟是什么让杜尔迦和迦梨首先来到加尔各答的呢？因为在英国人将这里定为首府之前的几千年里，这里不过是一片河边沼泽地。这段故事中讲到有一位名叫达刹（Daksha）的国王，他是萨蒂（也译为迦梨、高莉或其他称呼）之父，和往常一样，这个名字有多种变体，这取决于你参考哪一部经文。

　　萨蒂／迦梨都嫁给了湿婆，但达刹鄙视他的女婿，因为湿婆是一个充满野性的、满脸灰尘的叛徒。达刹拒绝邀请他参加在哈瑞多瓦郊区坎哈尔举行的祭祀仪式。也就是在坎哈尔，我第一次看到了焚化尸体。萨蒂再也受不了父亲的侮辱，于是投火自焚，因此坎哈尔被尊为所有火葬场中最神圣的一个。

湿婆因愤怒和悲伤而发狂，他撕开一缕头发，从中诞下两个具有复仇心的恐怖生灵。他们在达刹的庆典上排出大量污物，于是，尸首和碎尸遍布坎哈尔。达刹也被斩首了，但后来出于仁慈，湿婆把达刹的头换成了山羊头。

湿婆横冲直撞地穿过宇宙，肩上扛着妻子烧焦的尸体。一些版本指出，因为他的狂野和旋转的舞蹈，萨蒂/迦梨的身体碎片散落在当今的南亚各地。其他版本说，众神对他的暴行非常震惊，于是他们派出毗湿奴来阻止他。毗湿奴把铁饼投向湿婆，试图以此阻止他，可不但没有击中，女神的身体也被切成了碎片。落下之处变成了今天的各个朝圣地。其中四处最为重要，其中一处就位于胡格利河的河岸上。学者们对故事的原址争论不休，但眼前这座现代神庙建于 1809 年，就位于加尔各答南部一个拥挤的街区。

·　　　·　　　·　　　·　　　·

在印度，我学会了避免使用一句套话，即所谓的"自古以来"。比如"自古以来，印度教徒就成群结队地到迦梨戈特去敬拜女神。"事实证明，在迦梨戈特，你能感到离英国人竟然比在印度其他地方要近得多。最初这里只有一座河坛，旁边还有一座寺庙。正是由于东印度公司威廉·托利（William Tolly）少校的创业热情，1775 年这里才扩建了一条小运河，后来又称托利大运河。他的最初想法是为恒河支流阿迪恒河（Adi Ganga）清淤，加快通往孟加拉内陆的速度。他还利用这一地利向过往船只征收通行费。后来，围绕这座河坛，形成了一个繁荣的集市。繁荣的集市至今仍在，出售各种宗教用品和迦梨主题的小饰品，如钥匙链、明信片和冰箱贴。但托利大运河现在和其他无数的沟渠一样臭气熏天，尽管政府承诺会治理它。

我走进令人产生幽闭恐惧的寺庙内室，加入了绕行女神礼拜的人群。沿着墙壁排列着空荡荡的被烟熏黑了的壁龛，铁皮屋顶的梁上结着厚厚的蜘蛛网。墙上还挂了一个高高的小悬臂式平台，上面放了一台关着的古董电视机，就像廉价汽车旅馆房间里的那种。吊扇搅动着黏糊糊的空气。房间里还有"小心扒手和江湖骗子"、"请在指定地方敲椰子"和"不要碰可疑的物品"的警告标志和指示。

我也买了一份花盘供品，以"达申"见到真神的机会。迦梨神像用黑色大理石制成，放在一个看起来像老式电梯厢的金属装置里。那种黑色的确有点让人不安，那三只眼睛眼神锐利，舌头像一只喘粗气的狗一样长长地伸着。对孟加拉崇拜者来说，舌头的第二个含义完全不同。在迦梨消灭了魔众之后，她的嗜血欲失控了，众神召唤她的丈夫湿婆来安抚她。在路上湿婆拦住了她，但在错乱之中，卡利踩到了湿婆，这让她尴尬无语，于是咬了咬嘴唇，然后伸出舌头，带着悔恨投入了亚穆纳河，再次成为温柔高雅的高莉女神。即使在她黑暗暴力的性格中，迦梨也是女性力量的典范。在 19 世纪，迦梨戈特兴起了一个绘画流派，该流派讽刺孟加拉的新富阶级巴布（babu）老爷们的虚荣心和放纵不羁。他们在东印度公司出现以后大发横财。这些绘画作品有些画的是他们的妻子和情妇被迦梨的正义能量所激励，将这些巴布老爷们殴打或踩在脚下。

·　　　·　　　·　　　·　　　·

迦梨戈特的神庙名下有 1000 名祭司，其中一位邀请我去他哥哥家的糖果店。在一个没有窗户的后房里，一位年长的女士正在从一个木制托盘上刮面团，她光秃秃的手掌间一直在揉搓着一个占卜用的海绵球。他们坚持要我尝一点，我只能礼貌地接受。那晚我花了大半时间躺在浴室地板上，大口喘气，我认为糖果可能是罪魁祸首。

"迦梨分成了 108 个碎片，其中一块落到了人间。"我的翻译说。但是也有人提出是 51 块碎片。

我说过我读到过这个。落在迦梨戈特的那块石头是右脚的四趾，每年取出一次，在夏季满月时的节庆——沐浴节（Snana Yatra）期间洗浴。

翻译不同意我的说法。"不，这里落下的是她的生殖器部分。"

我不习惯争论有关印度教神学的观点，但我说："你确定吗？"

她跟祭司用孟加拉语讨论了一小会儿。

"是的，肯定是生殖器，"她最后说，"就在你刚去过的寺庙的金箱里。"

我后来交叉核对了这一说法。迦梨的生殖器在阿萨姆邦（Assam）的东北部。她的脚趾在加尔各答。这是我第一次在有关印度教的奥秘中探究，抽丝剥茧，找到其合理之处。

75 宝莱坞版女神

　　大礼拜历法是由月亮的运行来决定的。根据该历法，1月或2月敬拜智慧和知识女神萨拉斯瓦蒂，4月或5月敬拜象头神，9月或10月敬拜战争女神杜尔迦，之后的三个星期敬拜迦梨。其中规模最大的是杜尔迦礼拜。当数千个女神的泥身和草偶浸在胡格利河时，这是轻言"从古至今"的另一种危险，因为来自英国人的异邦文化影响非常明显。

　　1757年，为庆祝英军在普莱西战役（The Battle of Plassey）中获胜——英国经此一战完全控制了孟加拉——一位当地的王公首次举办了大规模的杜尔迦礼拜活动。"印度征服者"罗伯特·克莱夫（Robert Clive）被奉为贵宾，但就是此人，曾用大量形容词来表达对孟加拉人的鄙视。根据阶级的分层，贬损之词包括奴性、卑鄙、顺从、复仇、柔弱、奢侈、暴虐、叛逆和残忍。

　　"奢侈"一词大概指的是"巴布"。19世纪50年代，巴布接管了杜尔迦礼拜，这种场面是他们寻找新投资的好机会。在节日结束时，英国官员受邀参加他们的雪莉香槟酒会。

　　巴布还涉足土地投机和房地产，并在加尔各答北部建立了一些种姓社区，英国人称之为"黑镇"。在这些社区里，他们聚集了鞋匠、裁缝、制革工和陶工等技艺娴熟的工匠。陶工们来自胡格利河东岸像奎师那诺戈尔（Krishnanagar）这样的城镇和村庄，用河流中的黏土作为材料。他们仍然聚集在巴布为他们规划的社区库马特里（Kumartuli）里，就在豪拉桥的北边。他们专门的职业分工就是制造杜尔迦礼拜及其他重大节日期间浸浴在河中的雕像。

·　　　·　　　·　　　·　　　·

所有这些人都来自同一种姓库马（Kumhars），也就是陶工，而且人们似乎都叫保罗（Paul）或帕尔（Pal）之类的名字。在库马特里后巷无数的作坊间，我在一家门口停下来，和阿克希尔·保罗（Akhil Paul）聊了起来，他来自奎师那诺戈尔。陶工里最著名的当数戈佩什瓦尔·帕尔（Gopeshwar Pal），他曾于 1924 年前往伦敦参加大英帝国博览会，在 45 秒内用黏土制作了一个令人叹为观止的马头。但真正打动皇室游客的是他能以闪电般的速度造出一座栩栩如生的康诺特（Connaught）公爵雕像。后来，他还去过意大利，并学会了用石头和青铜雕刻。

作坊外堆放着粉紫色的象头神和蓝色的奎师那神，还有各种形状和大小不一的湿婆神像，一眼看不到头。其中，还有一尊精致的白色萨拉斯瓦蒂神像。她象征了知识和智慧，乘坐天鹅，演奏着七弦琴。阿克希尔·保罗正在制作一个小号的迦梨神像。"这里的迦梨礼拜仪式规模也非常大，"他说，"我们全年都在工作。神灵必须听从我们的安排，而不仅仅是我们听从神的意志。"

他的一个工友正在完成十臂杜尔迦神像，就差头部没完成了。他向我描述了这一工艺的各个阶段：首先要把竹木框架钉在一起，然后捆绑成捆的稻草，以创造身体的基本形状，最后连续添加黏土层。"我们需要渔民把乌鲁伯里亚（Uluberia）的泥土带到我们这里，它就在城市的下游，"阿克希尔说，"他们会把它丢在河岸上，然后经过经销商之手把它卖给我们。"胡格利河就在几个街区外。

从传统上说，路过妓女的门口沾上点泥土就会很幸运，这似乎很容易做到，因为库马特里就位于臭名昭著的索纳加奇（Sonagachi）红灯区旁边。但这是我后来才知道的细节，所以我并没有问他。

"黏土在某种程度上定义了孟加拉艺术，"塔帕蒂·古哈-塔克塔说，"在我们这里，石头太少，黏土却有很多，直接取自河中。这些神像只能用未经燃烧的黏土制作，这是一种仪式禁忌。黏土的纯度是指它没经过任何形式的火烧。把不同种类的黏土混合在一起，有不同的命名方式，这是一种高深的技术。"

其中一个工人正在往另一尊迦梨神像身体上涂抹厚厚的黏土。此外，他还会添一种更硬更沙的黏土，并将其打磨平整，使其最终成形，有时也好将其与油混合，从而使神像具有光泽。一个男孩正在用一把尖端很细的刷子在一个由单独模具制作的杜尔迦头像上作画。尖尖的鼻子，槟榔叶一样的黄脸，还有一双倾斜而细长的眼睛，形如竹叶——这是女神重现生命力的时刻。这时，神像就制作好了，随时可以用来浸浴。塔帕蒂说："制作浸浴神像的根据是，杜尔迦神来自河流，且要再次回到那里，所以必须用河泥制作。"

在节日的最后一日，女人们会用槟榔叶抚拭神像，喂她糖果和爽口槟榔包，并祈望她明年回来。男人们会把她扛在肩上，一直带到河里，再把她送回凯拉什山见证下一年的人间婚姻——通常都是很不礼貌地扔进水里，这从我看过的有关这件事的录像中可以判断出来。塔帕蒂说："过去的四五年里，在主要的河坛，他们甚至开着巨大的起重机，所以实际上，就是用这种方式来浸浴女神。"黏土从神像上融掉，沉落河床，人们涉水去取回框架和稻草，剥去金箔、珠宝和装饰品——所有可以保存和回收的东西。正如塔帕蒂所描述的，这个过程没有什么值得尊敬的。"事实上，这很残酷。女神被剥去了衣服。她的四肢脱落了。她真的被肢解了。"

这在一定程度上与城市政治有关。河水很浅，垃圾很快就堆积起来了。当局对污染处理重拳出击，坚持要求神像制作者只使用天然材料和无铅油漆。"但是社区的宗教情感必须维持下去，"塔帕蒂说，"这是一个不能停止的习俗。你可以结束动物献祭，但不能禁止浸浴。女神必须回到河中。"

·   ·   ·   ·   ·

在拐角处，在赛伦·保罗（Sailen Paul）的作坊里，明显没有稻草和黏土。

"那些看起来都像玻璃纤维啊。"我说。

他点点头。这些雕像可能会在传统的基础上有一个飞跃，而且它们是牢不可破的，是专为海外运输而制造的。他说可以通过"在线神像预订"进行定制，用信用卡支付，从而在家里组织属于自己的礼拜仪式。

赛伦说："我已经有三批货发到了伦敦。"

"我们叫她们 NRB 杜尔迦，"塔帕蒂说，"NRB 指的是非常住孟加拉人。"

当我们走过库马特里时，有许多带有明显世俗色彩的神像：具有宝莱坞明星特征的女性雕像，看起来像是从波利克里托斯（Polyclitus）或普拉克西特利斯（Praxiteles）作品中复制出来的男性雕像，还有俨然一副苏联战争纪念馆里的英雄士兵形象，下巴高抬指着远方的其他神像。在角落里随意丢着的，要么是蝙蝠侠，要么是超人。它们的衣服和面部还没有上漆。

塔帕蒂叹了口气。"一切都已经变得非常世俗化了。"杜尔迦礼拜的组织必须牢记百事可乐和塔塔（Tata）等赞助公司之间存在的竞争。在浸浴前，这些神像要被陈列在奢侈的临时棚舍展台上，展台也设计得越来越符合流行文化的主题。一年以来，哈利·波特的霍格沃茨魔法学校一直是最受欢迎的，直到 J. K. 罗琳起诉他们侵犯版权。

　　一些杜尔迦神像的制作几乎忽略了黄色皮肤与竹叶般的眼睛这些所有具有辨识度的元素。"她被造成了一个更容易辨认的样子，"塔帕蒂说，"这就是我们所谓的女神宝莱坞化，穿着非常电影化的服装。她必须符合公众的审美。"

　　公众也是如此。杜尔迦礼拜是一个颇受欢迎的街头节日，与亲友一起漫步在闪烁的灯光和焰火中，享受早点小吃和丰盛的晚餐，让孩子们乘坐摩天轮。你必须呈现最美的一面。在杜尔迦礼拜开始前的几周时间里，整形外科医生加班加点，以满足隆鼻、垫高下巴和吸脂的需求。我看到了一份医生服务的价格表：隆胸 1500 美元，腹部整形 1200 美元，一针肉毒杆菌 200 美元。这看起来简直就是一次明火执仗的盗窃。

76 货币收藏家

千百年来，数百万人被恒河的魅力吸引至此。

玄奘和艾尔－比鲁尼（Al-Biruni），威辛顿（Withington）和塔弗尼尔（Tavernier），都前来一探她的奥秘，并把见闻讲述给他们的同胞和亲人。

一些英国人为之探索，为之制图，寻找它的源头；一些英国人射杀它上空的飞鸟或它岸上的走兽；一些人为之挥笔作画，歌颂它的至美；哈希尔之王在这里采伐雪松，种下苹果树。

前来攫取财富的东印度公司；前来寻找丈夫的美丽女郎；因饥荒震惊的人道主义者；粉碎叛乱的将军；建造路桥和开挖运河的工程师；掌管大英帝国官僚机构的人和收藏家。

出售图书的法国人；经营蛋糕店和酒店的英国人；记录并深爱它的作家和电影人；嘲讽它的作家和电影人；热爱学习的威尔士人威廉·琼斯；寻找如画风景的威尔士女子范妮·帕克斯。

在葬仪之火旁寻找生命意义的诗人和赤裸的苦修者；寻求音乐创作灵感，试图戒毒的披头士；被善之震荡吸引的印度航空退休人员。

志在全新征服自然之旅的新西兰登山家；寻求冒险的拉脱维亚蹦极爱好者和古吉拉特邦嬉皮士；双腿失去知觉的以色列退役青年士兵；学习瑜伽和西塔琴基础技巧的嬉皮士；火化尸体现场目瞪口呆的游客。

带给异教徒光明的主教和耶稣会会士；发现比自己的信仰更好的宗教的士兵；利用宗教拉选票的政客；把牛奶卖给朝圣者的游牧民族。

朝圣者们数不胜数，成群结队地涌向甘戈特里、哈瑞多瓦、德夫普拉亚格、安拉阿巴德的三河汇流之地、瓦拉纳西河坛，以及加尔各答以南的恒戈撒加岛。当他们来到那里，创世故事将告一段落，女神遇见了国王，河水与大海交融。

∙　　　∙　　　∙　　　∙　　　∙

我在钻石港（Diamond Harbor）中途小驻，离城市尚有一个半小时的路程，此时路过一个叫列宁·纳加尔（Lenin Nagar）的街区，在斯大林-爱因斯坦图书馆（提供复印服务）外停车。一个渔夫坐着轮胎在水面划行，查补渔网。一个穿着亮绿色纱丽的中年妇女跳出来，挡住我的去路，高声尖叫。一个小货摊的老板一边笑一边用手指在头上转来转去。

在卡德维普（Kakdwip）村，河流在一个又长又窄的岛屿处一分为二，东面的水道称穆里恒河（Muriganga），也称爆米花恒河（Puffed-Rice Ganges）。这个岛屿在那里可能已经存在几个世纪了，也可能是几年前淤积而成。在到达恒戈撒加岛前最后几英里之中，恒河仍然拒绝驯良恭顺。在恒河上航行总是很危险的，水中的沙洲臭名昭著，东印度公司的船长们在海图上标下了熟知的沉船名称和遇难地。

鳄鱼是恒河女神的战车，尤其在三角洲，鳄鱼是一个致命威胁。生活在加尔各答的英国人对当地用黏土制作婴儿模型并投入河中以安抚这种野兽的习俗感到恐惧。出于同样的原因，船头也刻成鳄鱼的形状。鲨鱼同样出没于这些水域，令人恐惧。20世纪20年代，一位作家描述了在恒戈撒加岛举行的仪式：人们怀着被鲨鱼吃掉的渴望，走进大海，以安抚这黑暗和强大的力量。

· · · · · ·

从码头到恒戈撒加岛还有 2 英里。等船的时候，我和 4 位年轻的海洋生物学家畅聊。他们带着橙色的救生衣，铝制手提箱里面装着建立测试站、评估河流底栖生物健康状况所需的设备。他们告诉我，离海洋这么近的地方污染并不严重。

渡船终于来到。人们纷纷涌上了船，把它压得越来越低。我猜超过 150 名乘客就无法保证安全，可我数到最后竟有 400 多人上了船。在这里，不时就会发生翻船，就像他们穿越孟加拉国边境时一样。

一群快乐的古吉拉特邦老太太挤在我旁边，紧挨着机舱。正如瑞诗凯诗的蹦极运动员所说，在印度无论你去哪里，都会遇到古吉拉特人。其中一位老妇人手臂上有一个装饰性文身，上面刻着一句印地语。我问她是什么意思，她说："永生奎师那，永生罗摩。"她们乘坐 60 人的包车从位于苏伦德拉讷格尔（Surendranagar）的寺庙出发去朝圣，会一路向南到达泰米尔纳德邦（Tamil Nadu）的罗摩那特斯瓦米（Ramanathaswamy）神庙。他们不喜欢当地食物，于是自带，此刻正狼吞虎咽地咀嚼着五袋染成了鲜绿色的烤鹰嘴豆，吮吸着淡黄色的冰棒。这些颜色在大自然里都是不存在的。老妇人还把一大把鱼食投到船边，低声祈祷。

电塔高耸在浅棕色的穆里恒河河水中，成群的海鸥在我们周围疾飞俯冲。海岸线上点缀着砖厂的细长烟囱，恒戈撒加岛地势平坦，一片绿色。向东 100 英里，便是科特卡（Kotka）森林站，我终于到达孟加拉另一处恒河百口。

在突堤前端的卡丘贝利亚（Kachuberia）河坛，我们乘坐小巴，沿着一条箭头指向岛屿南端的公路行驶了45分钟。司机是个健谈的人。"如果你沿着这条河走，风景非常漂亮，"他说，"你会自动记住所有的美好。"岛上主要的经济活动是种植槟榔和生产爽口槟榔包。他驾驶的汽车是液态天然气动力车。他还一定要我看看一座小型湿婆庙外的太阳能电池板。当地的学校做得很好，政府一直支持教育。我们来到迦毗罗神庙。就是这位迦毗罗先知把萨加拉国王的6万个儿子化为灰烬。司机指给我们一块新建的直升机停机坪，它每周都可以为来自加尔各答的富有的朝圣者提供服务。在它附近有一座宾馆，专为西孟加拉邦长官而建。它用热带硬木建成，共花了900万卢比，约合150万美元。

两位年轻的祭司在神殿值守。神殿低矮而狭小，虽然现代，但华而不实，毫无吸引人之处。它的前身早已被潮水冲走了。每年1月，为期3天的恒戈撒加文化节，仅次于安拉阿巴德的大壶节，会带来100万名或更多的游客，他们在冰冷的河水中沐浴，献上椰子，洗去一生的罪恶。今天只有少数游客。圣殿附近建了一些苦修者居住的棚屋。有一个上面还飘扬着一面画着镰刀和锤子的旗帜，上面印着首字母"CPI（M）"，指印度共产党（马克思主义）。这和马克思列宁主义不同，后者增加了表示列宁的"L"。"那些棚屋是不端行为的避风港。"多多嗤之以鼻。

在去海滩的路上，我花了10卢比从一个苦修者手里买了一袋稻米和木豆，并作为礼物还给了他。他也馈赠了我一个礼物：为我点了一个荧光的橙色吉祥痣。

温和的海浪中一些小康家庭在嬉戏玩闹，用苹果手机自拍。看起来不会有鲨鱼。十几只野狗在争夺一些破碎的椰子块，一个穿着印有亚利桑那百吉饼广告 T 恤衫的男子在水中来回地拖拽着一个奇怪的装置，像是一个大耙子，上面还镶着两排金属圆盘。他说他叫阿肖克·派克（Ashok Paik），是在恒戈撒加岛长大的。这些圆盘是磁铁，他在收集作为供品被抛入大海的钱币，而且不是那种用贱金属制成的新卢比，是安娜斯（Annas）旧币。我看到过有商贩在乔林基路路边摊上出售。

我问他是否成功，他耸了耸肩。"有时候运气好，有时候运气差，"他说，"这要看情况了。一切都在恒河女神的掌控之中。"

致　谢

感谢莫斯塔菲尔·拉赫曼·朱厄尔、普拉文·卡修尔、达马扬蒂·拉希里、阿杰·潘迪、帕拉维·沙玛、普拉纳夫·沙玛，是你们助我跨越语言之壑，打开紧闭之门。

感谢慧眼独具的阿格内斯·德尔贝斯，感谢杰出的摄影师和旅伴黛安·库克、伦·詹谢尔。

感谢道格·巴拉希、约翰·本内特、艾伦·伯迪克、斯科特·多德、麦克·芬克、珍妮特·戈尔德、大卫·科尔塔瓦、大卫·伦尼克和多萝西·威肯登，在你们的帮助下，此前我得以将此书稿的部分内容付梓。

感谢"文章写作空间"使我终成此书。感谢乔伊·帕里西，为你的远见卓识和真挚友谊；感谢李·鲍勃·布莱克、瑞安·达文波特、玛雅·麦克唐纳、伊拉娜·马萨德、艾米·蒙，为助我写作之舟能够一帆风顺，总是满满地为我备下好时巧克力罐。

感谢诸位教我关于协同工作的新知（即使你们当时并未意识到），是你们在我艰难时，忍受我的长吁短叹。虽不能一一列举，但仍不希望遗漏所有的文友名字，感谢索尔·安东、扎娜·阿拉法特、卡维塔·达斯、丽莎·迪尔贝克、伊莉莎·伊斯特、威尔·海因里希、索菲·贾夫、安妮－索菲·朱汉诺、乔治·凯尔蒂斯、蒂姆·曼金、露丝·玛加利特、山姆·尼格罗、苏珊娜·谢伦伯格、考希克·施里达拉尼、凯瑟琳·史密斯、莎拉－简·斯特拉特福德、劳拉·斯特拉斯菲尔德、辛西娅·韦纳。奥尔维·夏尔马是一个特别的挚友，她以善良、敏锐的头脑和幽默感使我避免了许多错误，不论大小。

感谢你们与我分享时间，给予我建议、热情和鼓励，容忍我永不满足的好奇心和常常是因孤陋寡闻才有的问题，感谢阿努帕姆·阿加瓦尔、法蒂玛·哈利马·艾哈迈德、希林·阿赫特、巴布·阿拉姆、菲罗兹·阿拉姆、塔吉·阿拉姆、阿卜杜拉·安萨里、阿丽莎·艾尔斯、朱加尔·吉里·巴巴、阿查里亚·巴尔克里什纳、亚当·巴洛、拉吉夫·巴瓦、马丁·布莱丁、大卫·布鲁斯、维迪亚瓦提·乔杜里、瓦拉纳西的乔杜里家族、阿肯莎·乔里、普拉泰克·查瓦拉、迪利普·切诺伊、萨拉特·戴什、卡苏尔·德伯、比贝克·德博罗伊、保拉·德维、萨姆特·杜比、迈克尔·达菲、R. K. 迪维迪、珍妮弗·福勒、阿塔努·甘古利、安苏尔·加格、安吉塔·加塔克、维格尼什·戈里尚卡尔、塔帕蒂·古哈－塔库塔、哈菲祖拉曼、萨莱穆尔·哈克、卡努皮亚·哈里什、赛义德·伊克巴尔·哈斯南、沙伊杜尔·伊斯兰、拉马斯·瓦米耶、安杰利亚·贾斯瓦尔、拉凯什·贾斯瓦尔、拉金德·辛格·贾姆纳尔少校、杰斯敏、萨瓦和米尔普尔的女性、塔拉·乔伊、巴巴尔·迦比尔、库什·卡比尔、博纳尼·卡卡、普拉迪普·卡卡、莫斯塔法·卡马尔上尉、阿披舍克·卡尔、拉朱·凯什里、米塔·基尔纳尼、拉迪卡·科斯拉、扎基尔·基布里亚、希瓦玛·克里希南、马诺伊·库马尔上校、尼蒂什·库马尔、阿尼尔·库里亚尔、巴拉特拉尔、阿努拉达·洛希亚、阿伦·洛希亚、马哈拉杰、伊夫泰哈尔·马哈茂德、佩特拉·曼菲尔德、伊丽莎白·法尔尼·曼苏尔、伊冯·麦克弗森、布里·赫梅赫拉、迈克·梅特里克、维什万巴哈纳特·米什拉、拉姆帕波·莫利、帕塔·穆克霍达耶、穆克提、鲍勃·尼克尔斯伯格、西蒙·诺福克、马丁娜·奥德马特、拉吉尼·潘迪、迪潘德·潘沃、普里亚·帕特尔、阿杰·普里、普雷玛·拉姆、纳维特·拉曼、尼提亚·拉马纳森、杰伦·兰密施、安妮塔·娜娜、哈龙·乌尔·拉希德、玛丽亚姆·拉希德、迪帕克·拉瑟尔、拉文德兰、谢拉维亚·雷迪、易卜拉欣·哈菲兹·雷曼、拉希姆·里亚兹、帕拉维·萨、阿尔文德·赛德、拉文德拉·赛德、本尼迪克特·波雷什·萨达尔、苏雷什·赛姆瓦尔、沙南、A. K.夏尔马、莫维·夏尔马、R. P.夏尔马、沙希·谢卡尔、A. C.舒克拉、阿吉特·辛格、阿伦·辛格、马哈维尔·辛格、米吉特·辛格、拉凯什·辛格、S. N.辛格、维奥莱特·史密斯、萨尔玛·索班（已离我们而去）、丽娜·斯利瓦斯塔娃、马穆杜勒·苏曼、S.森达克、麦克·汤普森、克里斯宾·迪克爵士、维杰·山卡尔·蒂瓦里、拉蒂斯、安娜普娜·万克什瓦兰、B. G.维尔盖斯、佩特拉·伍尔夫。

对于那些美丽的地图，感谢乔·莱蒙尼尔。

致谢安妮、戴维和朱丽亚，感谢你们的集体创造力、知识上和道德上的好奇心以及对优秀作品的关注。

为了16年的友谊、建议和支持，感谢我无与伦比的经纪人亨利·多诺。在这个行业中，长久的关系和个人的忠诚越来越少，作家们常觉自己就像棒球场上的替补投手，不断改换门庭，为每个新赛季寻找最好的合同，因此能在同一家出版社连续合作两次实是一种特别的幸福。

还要感谢萨拉、恩西、梅里尔·格罗斯和格温·霍克斯以及圣马丁出版社优秀团队的其他成员。首先允许我感谢迈克尔·弗拉米尼，是他最先提出出版此书的想法。迈克尔，我将此书献给你。

译后记

  在我的印象中，印度是一方无上的圣地。一部《西游记》塑造了我们心中的释迦摩尼诞生地，将中国和南亚诸国的历史文化渊源联系到一起，佛陀、猴王和玄奘已然成为国人从遥远异国管窥古恒河文明的重要文化符号。时至今日，汉语言文化中随处可见借自梵语的语词和表达方式，这和我国晋唐时期大量译入梵语宗教文献有着密不可分的关系。

  对一个普通读者来说，一日读尽恒河两岸纷纭的世相绝非易事，因为这不免要溯及漫长的南亚文明进化史，更不必说动手翻译这样一部文字生动精美同时蕴含着丰富人文思考的纪实性文学作品。

  恒河文明复杂多元。恒河两岸众生喧嚣，是当今世界人口最密集的地区之一。雪山冰川的激情汇入这条多变的母亲河，她每流经一地，就可能易名，但不变的是她浇灌着沿途的良田森林，孕育着生生不息的生命，映照着昼夜不熄的圣火。她荡涤罪恶，送走逝者，给世俗之人以无穷想象，呼应供人顶礼膜拜的三界诸神。正如本书的作者乔治·布莱克所言，伟大的圣河恒河两岸生存着两类人：圣人或者罪人。印度教徒认为，唯有经过虔诚的圣浴，才能洗尽孽业，获得永生。从喜马拉雅山脉的冰川到瓦拉纳西的圣城，再到恒河三角洲的"恒河百口"，在大河流经的广阔地域内，圣城在上，诸神在天，尘世间的芸芸众生经受着贫穷、愚昧、贪腐、不公、干旱和洪涝的侵蚀，他们躬身俯首，致献花盘，虔诚祈祷。在物质匮乏的情况下，信仰成为他们存在的坚定理由。

作者试图通过所见所闻，辨析罪恶与救赎的形和质，最终勾画出恒河两岸的世相百态。在翻译的过程中，处处能够感受到作者对宗教和历史的真诚触摸，无论是客观描述还是有感而发的简单评价，这种"外人"的视角更令我感同身受。

这里的每个人似乎都被贴上了民族、种族、宗教、阶层和社会的标签，作者遇到的每一个人都在交织的身份标签下明确了位置。这也表明恒河流域自古以来就面对着社会阶级分明和分裂的现实困境。

翻译过程中，最难把握的当属印度文化中的海量名词，比如那些特定的宗教和神话语言。印度的宗教和信仰体系复杂，作品中涉及诸多教派、教义、神祇等，都须反复查证，不容出错。地名翻译起来也尤为吃力，各种河流名称出现了600多处，恒河每到一地，都变换一个名字，新名和旧名的更迭代表了历史的割裂和延续，这是作者小心翼翼的地方，也是翻译时需要格外注意之处。另外，恒河两岸自然生态丰富，人文风情多彩，很多植物名、动物名、美食名……亦是我之前不熟悉或不知道的。

我们赞叹恒河之滨的风景，也遗憾于那里的多灾多难；赞美那里的瑰丽宏大，也接受历史赋予那里的苦痛；赞美恒河的伟大与包容，也无法回避她的污染和未来。她的丰腴、独特、残破和缺憾都应被世人珍藏。

译毕合卷，我好像和作者一样，沿着恒河奔走了2500公里，如同求取真经一样疲惫。我会因遭遇洪水、干旱和类似屠杀的片段而心痛不已，也会因名词繁复或译句不通而踟蹰不前。终于，我还是受到威尔逊、范妮·帕克斯、拉迪亚德·吉卜林以及泰戈尔等作家和学者的鼓励，一路领略异域风光，不断结交当地人朋友，未曾中途放弃，坚持着在访学的同时，把全书译竣。我的心中从此也多了一份对印度哲学的神驰心往，任何一项艰难任务的完成都是一番修行。夜深人静，安坐屏幕前打字的时候，四季美好只能尽抛窗外，但往往就在那时，文明的盛景鲜活生香，喷薄而出。我亦能体味到那种文字转移之趣和期待译作付梓之喜。

　　也许，人间并无圣地。作为一个"外人"，我期待印度弥合社会阶层的分裂，推动民众权利平等与男女平等，提高全民教育水平……不过，在作品的结尾，抛币者也说日子有好有坏，"一切都在恒河女神的掌控之中。"印度，有它独特的运行方式。

　　不赘言，译作疏漏难免，期待各位读者批评指正。

晓秋

2019 年 7 月 16 日

于同济大学

图书在版编目（CIP）数据

浮世恒河：印度圣河边的罪恶与救赎 /（美）乔治
·布莱克著；韩晓秋译. -- 北京：社会科学文献出版
社, 2020.1（2022.4重印）
书名原文: ON THE GANGES:Encounters with Saints
and Sinners along India's Mythic River
ISBN 978-7-5201-5370-6

Ⅰ.①浮… Ⅱ.①乔… ②韩… Ⅲ.①游记-作品集
-美国-现代 Ⅳ.①I712.65

中国版本图书馆CIP数据核字（2019）第263244号

浮世恒河：印度圣河边的罪恶与救赎

著　　者 / 〔美〕乔治·布莱克
译　　者 / 韩晓秋

出 版 人 / 王利民
责任编辑 / 杨　轩　胡圣楠
文稿编辑 / 许文文
责任印制 / 王京美

出　　版 / 社会科学文献出版社·北京社科智库电子音像出版社（010）59367069
　　　　　　地址：北京市北三环中路甲29号院华龙大厦　邮编：100029
　　　　　　网址：www.ssap.com.cn
发　　行 / 社会科学文献出版社（010）59367028
印　　装 / 北京盛通印刷股份有限公司

规　　格 / 开　本：889mm×1194mm 1/32
　　　　　　印　张：12.75　插　页：0.5　字　数：305千字
版　　次 / 2020年1月第1版　2022年4月第2次印刷
书　　号 / ISBN 978-7-5201-5370-6
著作权合同
登 记 号 / 图字01-2018-7150号
定　　价 / 79.00元

读者服务电话：4008918866